KB038261

궁 안에 잠들어 있는 꽃

태양을 사랑한 달

차혜진 장편소설

2

단글

궁 안에 잠들어 있는 꽃 2
태양을 사랑한 달

초판 1쇄 인쇄 2017년 7월 21일
초판 1쇄 발행 2017년 7월 31일

지은이 차혜진
발행인 오영배
기획 박성인
책임편집 김규영
디자인 기갈
제작 조하늬

펴낸 곳 (주)삼양출판사 · 단글
주소 서울시 강북구 도봉로 173
대표 전화 02-980-2112 **팩스** / 02-983-0660
편집부 전화 02-980-2116 **팩스** / 02-983-8201
블로그 blog.naver.com/dan_gul
출판등록 1999년 3월 11일 제9-00046호.

ISBN 979-11-283-9271-9 (04810) / 979-11-283-9269-6 (세트)

+ 이 도서의 국립중앙도서관 출판시도서목록(CIP)은 서지정보유통지원시스템홈페이지(http://seoji.nl.go.kr)와 국가자료공동목록시스템(http://www.nl.go.kr/kolisnet)에서 이용하실 수 있습니다. (CIP제어번호: 2017016881)

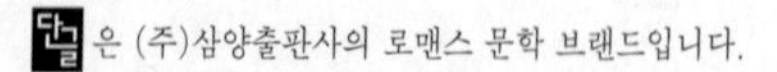

궁 안에 잠들어 있는 꽃

태양을 사랑한 달

차혜진 장편소설

2

단글

궁 안에 잠들어 있는 꽃

태양을 사랑한 달

목 차

一花.
나도 같이 갈래

“낮에 제가 한 말을 잘못 이해한 모양이군요, 전하.”

활짝 웃고 있는 얼굴과 달리 제하는 속이 타들어 갔다. 그는 늦은 밤에 찾아온 손님들이 못마땅했다. 물론 그중의 딱 한 명을 제외하고는.

“단둘이 차를 마시자는 뜻이었는데.”

분명 차를 마시기로 약속한 사람은 한 명이었는데, 찾아온 손님은 셋이었다.

“이렇게 줄줄이 따라 올 줄이야.”

아라의 뒤로 보이는 무휼과 월비를 응시하던 그가 작게 한숨을 내쉬었다. 든든하게만 느껴졌던 그들이 오늘따라 얄미운 방해꾼으로 보였다.

"신왕."

특히나 저 유월비라는 여자.

"뭐 하나만 여쭈어도 괜찮겠습니까?"

어느새 방 안에 들어와 이곳저곳을 둘러보고 있던 월비가 입을 열자, 제하는 본능적으로 긴장했다. 자신만 보면 적대심부터 내비치는 그녀는 상대하기가 껄끄러웠다.

"허락하지."

허락이 떨어지기 무섭게 월비의 걸음이 어느 한 곳에서 멈추었다. 그곳은 다름 아닌 침상. 상당히 마음에 안 든다는 눈빛으로 침상 위를 응시하던 그녀가 물었다.

"베개가 왜 두 개나 있는 겁니까?"

"……."

너무나도 뜬금없는 질문에 제하는 순간 할 말을 잃었다. 침상에 베개가 하나가 있든 두 개가 있든 그게 무슨 상관이라고 저러는 건지 모르겠네.

도대체 이런 상황에서는 뭐라고 대답해야 하는 거야?

명쾌한 해답을 찾고자 그가 잠시 고민에 빠져 있는 사이, 굳게 닫힌 그의 입을 본 월비가 씨익 웃었다. 그녀가 이 틈을 놓칠 리 없었다.

"혹시 다른 여인이라도 들이셨던 겁니까?"

"……."

눈썹을 씰룩이기까지 하며 깐죽대는 월비의 말에 제하는 미간을 찌푸렸다. 참으로 기가 막혔다.

"아주 날 모함하려고 작정을 했군."

그 말대로 월비의 눈에는 독기가 가득했다. 어디 뭐 하나라도 걸리면 가만두지 않겠다는 듯 두 눈에 불을 켜고 있다. 말을 꾸며서라도 구제하라는 남자를 끝까지 자극할 심산이었다.

"그렇다면 솔직하게 대답해야겠네."

그러나 월비가 한 가지 간과한 게 있었으니.

"사실 오늘 전하께 술을 잔뜩 먹여 놓고는 틈을 봐서 잡아먹으려 그랬다. 왜."

구제하라는 사내 역시 월비만큼이나 별종이었다. 그는 만만하게 볼 상대가 아니었다. 그의 입가에 걸린 능글맞은 미소를 본 월비는 그대로 굳어 버렸다. 금방이라도 터질 것처럼 붉게 달아오른 얼굴로 벌벌 떨기를 얼마, 뒤늦게 화들짝 놀란 그녀가 무휼에게로 달려갔다.

"봐, 들었지? 너도 들었지? 내가 뭐라고 했어, 남자들은 다 똑같다니까?"

문득 아라는 무휼이 불쌍해졌다. 그 역시 사내이거늘 그런 말을 해서 어쩌자는 거야. 봐라, 무휼의 곤란해하고 있는 저 모습을.

"아무래도 단체로 차 마시러 온 거 같지는 않네."

제하가 고개를 돌리며 말했다. 씩씩거리며 저를 경계하고 있는 걸로 봐서는 화기애애하게 차를 마실 때가 아닌 듯싶었다. 미리 자리를 잡고 앉아 있던 아라가 고개를 끄덕였다.

"은밀히 할 말이 있어서 왔습니다."

"그러니까 은밀히 할 이야기가 있으면 혼자 오라고."

아니, 셋이 몰려와 놓고 '은밀'이라고 하는 건 좀 그렇지 않은가.

"둘이서 은밀하면 좀 좋아."

제하가 방해꾼 둘을 노려보며 끝까지 투덜대자 아라는 웃음을 꾹 참았다. 지금껏 제 앞에서 불평을 늘어놓는 사람은 누가 됐든 다 싫었지만, 그는 별개였다.

"그쪽은 초대도 안 받고 온 거니, 차는 바라지도 말도록."

미리 준비해 놓은 찻잔 수가 딱 두 개였다. 사람을 불러 더 가져오라 시키면 되었지만, 제하는 그러지 않았다. 그저 아라만을 살뜰히 챙기고 있는 그 모습에 무휼은 피식 웃음을 터트렸다. 이상하게도 그에게서는 동질감이 느껴졌다.

"그래서, 은밀히 할 이야기라는 게 뭐지?"

기왕 이렇게 된 거 본론이나 빨리 들어 보자며 제하가 물었다. 그의 물음에 마찬가지로 차를 한 모금 들이켜던 아라가 찻잔을 내려놓았다.

"내일 아침 일찍, 잠행을 떠날 거예요."

"잠행?"

"네. 하루 정도 궁을 비울 예정입니다."

하루 꼬박 궐을 비울 거라는 그녀의 말에 제하는 심각해졌다. 저를 내버려 두고 궐 밖에 나간다는 것만으로도 마음에 안 드는데, 하루라니. 이제는 가까운 곳에 없으면 불안해서 미칠 거 같건만.

"신료들도 알고 있나?"

"몰라요. 알고 있는 사람은 김 상궁을 포함한 중앙궁의 일부 궁녀가 다예요."

"그것참 다행이군. 알게 되면 시끄러울 테니."

"아주 난리가 나겠죠."

아라는 고개를 끄덕였다. 여왕이 직접 감찰을 나선다는 것을 그들이 알게 된다면 궐 안이 한바탕 뒤집힐 것이다.

지방 관리들이 건재할 수 있는 건 다 중앙 귀족들과의 연줄 덕분이었다. 그들은 엄청난 뒷돈의 대가로 지방 귀족들의 뒤를 봐주고 있었다. 수령에 대한 고발이 왕에게까지 제대로 전달되지 않는 이유 역시 이 때문이었다.

"다행히 내일부터 국시가 시작돼요. 앞으로 이틀 동안은 조회도 없고, 대신들은 눈코 뜰 새 없이 바쁠 시기죠. 아무도 나한테 신경 쓰지 않을 거예요."

"그래도 혹시 모르잖아."

"그래서 지금 협조를 부탁하고 있는 거 아닙니까."

"협조라니, 뭘……."

"입 좀 맞춰 주십시오."

"뭐?"

"제가 궐을 비운 동안, 여기에 있었던 거로 해 달라는 말입니다."

이어지는 아라의 말에 크게 실망한 제하가 쓴웃음을 지었다. 도와 달라기에 거창한 일인 줄 알았건만 아니었다. 그러니까 지금 집이나 지키고 있으라는 거 아닌가.

"빨리 다녀올게요."

"……."

"……올 때 뭐라도 사다 줄까요?"

확실한 답변이 들려오지 않자 불안해진 아라가 말을 덧붙였다. 그러나 그럼에도 제하의 입은 열릴 생각을 안 했다. 그러길 잠시.

"거절하겠습니다. 전하."

"……."

"나도 같이 갈래."

생각에 잠겨 있던 그가 싱긋 웃으며 말했다.

가지 말라고 해도 말을 들을 거 같지 않았다. 보내 놓고 전전긍긍할 바에는 차라리 함께 가는 것이 나을 듯했다.

그 말에 아라는 잔뜩 인상을 찌푸리며 무휼을 바라봤다. 그녀의 눈이 '거 봐, 내가 뭐라 그랬어?'라고 말하자, 무휼이 재빨리 고개를 돌렸다.

짐 하나를 덜려다가 오히려 짐이 늘어날 판이었다.

"아무리 그래도 여왕에 국서까지 궐을 비우면 사람들이 눈치를 채지 않을까요."

"그건 걱정 마. 둘만의 오붓한 시간을 방해하지 말라고 으름장을 놓으면 희수궁 주변에서 사람을 물려도 의심 안 할 테니까."

물론 그 대신 궐 안에 한바탕 소문이 돌 것을 각오해야겠지만, 제하는 굳이 그 이야기까지는 하지 않았다. 분명 싫다고 한바탕 난리를 칠 게 뻔했으니까.

"내가 수령 밑에서 자금을 관리했던 걸 잊은 건 아니겠지?"

"윽."

"관아의 실정, 고을 하나가 돌아가는 추세, 비리면 비리. 빠삭하게 꿰고 있지."

"아무리 그래도……."

제발, 제발. 아라는 제발 월비가 폭발하기만을 간절히 바랐다. 그녀가 절대 안 된다며 들고 일어서면 그도 더 이상 뭐라 말 못 할 거 같았기 때문이었다.

그러나.

"괜찮지 않을까?"

"……."

이번에는 잠자코 있던 무휼이 대뜸 끼어들었다. 종종 아군인지 적군인지 구분이 안 가는 그가 또 다시 구제하 쪽의 손을 들어준 것이다.

"무휼!"

"신왕께서 하시는 말씀이 맞기는 해. 솔직히 우리는 우물 안의 개구리나 마찬가지잖아."

"이렇게 큰 우물 봤어?"

감히 궐 안을 우물에 비교하다니.

"우물의 크기가 제아무리 크다고 해도, 그걸 바다라 부르는 사람은 없겠지."

"……."

"게다가 움직일 때는 홀수보다 짝수가 편할 테고."

그 말에는 아라도 동의했다. 대부분 셋이 항상 붙어 다니기는 했지만, 찢어져야 하는 상황이 종종 발생했기 때문이다. 보통 2대 1로 나뉘게 되는데, 그럴 경우 인원 배치가 참 난감했다.

"으음……."

다른 사람도 아니고 무휼이 저렇게까지 말하니 아라는 고민에 빠졌다. 어쩔 수 없는 것인가. 그녀는 잔뜩 인상을 찌푸리고는 제하를 응시했다. 그러자 그가 싱긋 웃으며 쐐기를 박았다.

"아니면 궐밖에 몰래 나갔다고 말하고 다닐 거야."

"안 그럴 거면서."

지금 그걸 협박이라고 하는 건가. 장난치지 말라는 아라의 말에도 그는 꿈쩍을 안 했다. 그만두기는커녕 오히려 강도를 높였다.

"혹시 또 모르지. 외로움에 사무친 국서가 일순 정신을 놓아 만행을 저지르고 다닐지."

"……."

"그래, 이를 테면 순간의 잘못된 판단으로 고귀하신 여왕 전하와의 약속을 어긴다거나……."

"……치사합니다."

그의 비협조적인 태도에 아라는 결국 백기를 들 수밖에 없었다. 다른 무엇보다도 잠행을 나간다는 것을 들켜서는 안 됐다. 아무래도 구제하를 찾아온 건 실수였던 모양이다.

"그나저나 이런 정보는 어떻게 입수한 거지?"

"보통은 무휼과 월비가 중간에서 가로채요. 귀족들이 미리 빼돌려서 폐기하거든요."

그러나 중간에서 탄원서를 가로채는 것 또한 쉬운 일이 아니었다. 구제하 때처럼 꾸준히 보내오지 않는 이상, 한번 폐기된 탄원서의 내용은 돌려놓을 수 없으니 말이다.

"또는 이번처럼 믿을 만한 소식통이 전해 줄 때도 있지요."

그렇게 말하며 아라가 서신 하나를 그에게 내밀었다. 일전에 월비에게 온 서신 안에 들어 있던 또 다른 서신이었다. 자연스레 그것을 받아 들던 제하가 서신을 펼치려다 멈칫했다. 새하얀 봉투에 적혀 있는 검은 글자가 신경 쓰였다.

"월영?"

들어 본 적 있는 이름인데……. 왠지 낯익은 이름에 그가 고개를 갸웃거렸다. 그러나 아무리 생각을 해 봐도 떠오르지 않는다. 분명히 알고 있는 이름인데.

"믿을 만한 사람이에요."

아라가 재빨리 말했다. 그제야 '월영'이라는 이름에서 눈을 뗀 제하는 고개를 들어 그녀를 바라봤다. 그의 눈빛이 묘하게 어두워졌다. 착각일 수도 있겠지만, 그녀의 목소리에선 상대에 대한 믿음과 함께 다른 감정이 느껴졌다. 이상하게도 속이 쓰렸다. 도대체 이 사람이 누군지는 기억해 내지 못하겠으나 한 가지는 분명했다.

"별로 나랑은 안 맞을 거 같네."

그냥 싫었다. 마주하고 싶지 않다는 생각밖에 들지 않았다.

'뭐, 어때. 직접 만나는 일도 없을 텐데.'

꺼림칙한 기분을 뒤로하고 제하는 서신을 내려놓았다. 그러자 무휼과 함께 잠행 계획을 짜고 있던 아라가 그를 바라보며 말했다.

"출발은 내일 묘시 반각, 궐의 뒷문에서. 늦지 마세요."

*　*　*

해가 뜨지 않아 그런지 하늘이 어둡다. 날이 더워지고 있기는 하지만 아직까지 새벽 공기는 조금 서늘했다.

오가는 사람 없는 한적한 거리에 말 세 마리. 그리고 사람 넷이 모여 있다.

"말이 왜 세 마리야?"

제하가 물었다. 사람이 넷이니 인원수에 맞게 말 역시 네 마리여야 하지 않느냐는 뜻이었다. 아니면 하다못해 두 마리이거나. 애매하게 세 마리라니.

"걱정 마세요. 설마 신왕께 발품을 팔라 하겠습니까."

말의 고삐를 쥐고 있던 무휼이 그에게 하나를, 그리고 하나를 보란 듯이 아라의 손에 쥐여 주더니 마지막으로 남은 고삐는 자신의 것이라며 돌아섰다.

"잠깐, 이 녀석 말 탈 수 있……."

그 말이 끝나기도 전에 아라가 훌쩍, 말에 올랐다. 안장에 올라탄 자세가 안정적이고 고삐를 쥔 손 역시 야무진 것이, 한두 번 타본 솜씨가 아닌 듯했다.

"실망이 크시겠지만."

"……."

"아라는 말을 아주 잘 탑니다."

무휼의 말에 제하는 한숨을 내쉬었다. 살짝 실망한 감이 없잖아 있었다. 그런 그를 본 무휼이 웬일로 으스대며 말했다.

"제가 잘 가르쳤거든요."

어렸을 때부터 무휼의 집중적인 가르침을 받은 덕분에 아라는 말을 잘 탔다. 또 타는 것을 좋아하기도 했다.

"그런데 왜 그쪽 여자는 못 타는 걸까."

제하가 못마땅하다는 눈으로 무휼을 흘겨봤다. 정확히는 그의 앞에 타고 있는 월비를 지적하며. 그러자 아라가 작게 웃으며 속삭였다.

"일부러 안 가르친 거죠."

"어쩐지."

그렇게 안 봤는데 저 녀석도 사내였다느니, 치사하다느니 따위의 말을 속닥거리길 얼마, 그들이 탄 말이 시전 안에 들어섰다. 이른 시각임에도 상인들의 움직임은 분주했다. 말 위에 올라 새벽 장을 둘러보던 제하의 입가에 느긋한 호선이 그려졌다.

"이렇게 말을 타고 돌아다니는 것도 오랜만이네."

"예전에는 자주 탔어요?"

"갑자기 신분 상승을 했잖아. 천유까지 오는 데에도 누군가의 배려 덕분에 꽃가마 타고 오고."

자신은 아직도 그때의 수모와 창피를 잊지 않았다며 제하가 덧붙였다. 참고로 그 가마는 현재 월비네 집 창고에 있다는 아라의 말에 그의 시선이 곧장 무휼을 향했다. 경험자로서 불쌍하다는 듯한 눈빛으로.

"다른 곳은 얼마나 가 봤어요?"

"음. 한 예닐곱 군데는 가 봤나. 그중에는 단기 부임도 있었고."

"한 곳에 정착할 생각은 안 해 봤어요?"

"응."

"왜요?"

제하가 잠시 대답하기를 망설였다. 한 곳에 정착할 생각이라, 놀랍게도 해 본 적이 없다. 예서의 경우에도 임기가 끝나면 바로 떠날 생각이었다.

"정 들까봐."

그곳에 너무 많은 정을 붙이게 될까 봐. 늘 그렇게 떠났다. 그리고 자신을 모르는 사람들이 가득한 새로운 곳을 찾아갔다. 잠시 멍하니 있던 제하는 퍼뜩 정신을 차렸다. 괜히 저 때문에 분위기가 무겁게 변한 거 같았다. 빨리 화제를 바꿔야겠다는 생각에 그가 다급히 물었다.

"그러고 보니 행선지를 안 물었네."

"모르고 가시는 거였습니까? 어제 서신에 적혀 있었잖아요."

"아, 그 서신…… 그냥 보기 싫어서 자세히 안 봤어."

그건 또 무슨 말이냐는 아라의 질문에 제하는 그런 게 있다며 넘어가려 했다. 다행히 아라는 그것을 대수롭지 않게 넘어갔다.

"우안(優安)이라는 고을이에요."

그 말에 제하가 어깨를 움찔 떨었다. 저도 모르게 고삐를 잡아당기는 바람에 말이 멈춰 서기까지 했다. 제하가 갑작스레 멈춰 서자 아라가 놀란 얼굴로 그를 돌아봤다.

"왜 그래요?"

"우안이라고?"

"아는 곳이에요?"

아라가 걱정스러운 얼굴로 물었다. 잔뜩 인상을 찌푸린 그는 어딘지 곤란해 보였다. 잠시 굳게 닫혀 있던 그의 입술이 서서히 열린다.

"아니, 아니야. 그냥 전에 한번 들어 본 게 전부야."

이번에도 아라는 대수롭지 않다는 듯 그냥 넘어갔다.

하지만 거짓말. 그냥 들어 봤다고 하기에는 그의 호흡이 엉망으로 흐트러져 있고, 고삐를 쥔 손에서는 식은땀이 나고 있다.

우안.

'하필이면 그곳일 줄이야.'

* * *

"두 명씩 나누도록 하겠습니다."

고을 어귀에 들어서기 무섭게 무휼이 말했다. 그러자 제하가 재빨리 아라의 곁으로 붙더니 절대 떨어지지 않겠다는 의지가 가득한 눈빛으로 그녀의 손을 잡았다.

"벌써? 생각보다 일찍 도착했겠다, 다 같이 좀 둘러보고 그러자."

"월비, 늘 말하는 거지만 우리는 놀러온 게 아니야."

"그래도……."

항상 아라 때문에 궐에 얽매여 있다 보니 새로운 곳에 오면 쉽게 흥분하는 월비였다. 그런 그녀를 진정시키는 것 역시 무휼의 역할.

"듣자 하니 근처에 커다란 호수가 있다는데, 거기 잠깐 들렀다 갈까?"

제하의 말에 침울해져 있던 월비의 두 눈이 반짝이기 시작했다.

그간의 경계심과 분노는 어디에 버린 건지, 제하의 의견에 찬성한다는 듯 손뼉까지 쳤다.

그런 월비의 적극적인 반응에 제하가 싱긋 웃었다.

"참 단순해, 그렇지?"

아라는 속으로 감탄했다. 대단하다, 대단해. 그 짧은 시간에 월비를 간파하다니.

"안 돼."

그러나 무휼도 대단했다. 월비가 저렇게까지 말하면 조금은 고민을 하는 게 정상일 텐데, 그는 단호했다.

"우안은 넓다고. 게다가 우리는 하루 안에 볼일을 끝내고 돌아와야 해. 놀 시간이 어디 있어."

그 말대로, 남쪽과 북쪽 마을로 이루어져 있는 우안은 수도인 천유 다음으로 넓은 지역이었다.

"네가 그러니까 여자한테 인기가 없는 거야. 아라도 그렇게 생각하지?"

갑작스러운 질문에 아라는 미간을 찌푸렸다. 왜 자신을 끌어들이는 거냐고 한마디 할까 하다가 멈칫. 그래도 친구이고 사정을 알고 있으니 무휼을 도와줘야 하지 않을까.

"무휼, 궐 안에서 인기 엄청 많아."

오죽하면 귀족 가문의 영애들조차 아버지를 핑계로 궐에 들어와 그를 보고자 할까. 문제는 바로 곁에 있는 월비가 그것을 눈치 못 채고 있다는 것이다.

"솔직히 괜찮은 남자지."

십수 년이라는 긴 시간 동안 한 여인에게 마음을 주는, 지고지순한 사랑을 하는 남자가 몇이나 될까.

"그러니까 월비, 만약 정인을 찾으려거든 저런 남자를 만나야……."

"아라."

"응?"

열심히 무휼의 장점을 열거하고 있던 아라가 고개를 들었다. 어째서인지 그의 표정이 좋지 않다. 널 위해 한창 노력 중인데 왜 그렇게 죽상이냐는 물음에 무휼이 어느 한 곳을 가리켰다.

"도와주는 건 고마운데, 네 상황도 봐 가면서 해라."

말이 끝나기 무섭게 등 뒤에서 서늘한 기운이 느껴졌다. 이윽고 커다란 손이 시야에 불쑥 들어오더니, 순식간에 그녀의 어깨를 감싸 안았다.

아, 이 남자를 잊고 있었구나.

"사내라는 것들은 다 믿어서는 안 돼. 명심해."

"그 사내라는 것들에는 당신도 포함되어 있습니다만."

"난 사내이기 이전에 남편이니 상관없어."

아라는 꽤나 뻔뻔한 논리를 들먹이는 그를 한참 흘겨봤다. 그러나 그와 실랑이를 벌여 봤자 자신만 손해라는 것을 너무나도 잘 알고 있기에 재빨리 고개를 돌려 무시했다.

"잡담은 여기까지 하고, 두 명씩 어떻게 나눌래? 제비뽑기라도 할까?"

"당연히 나랑 월비 그리고 너와 신왕, 이렇게 나눠야지. 신왕께서는 어떻게 생각하십니까?"

"명안이로군."

그래. 사내라는 것들은 믿어서는 안 되는 거였어. 이럴 때만 서로 의견이 꼭 들어맞아 가지고는.

그러나 분하지만 맞는 말이기는 했다. 월비와 구제하의 조합은 그야말로 재앙이니까. 두 사람이라면 한 걸음 내디딜 때마다 싸울 게 뻔했다.

"걱정 마, 우리 잘할 수 있어."

빨리 일을 끝내고 자신과 오붓한 시간을 보내자는 그의 말에 아라는 한숨을 내쉬었다.

"내가 지켜줄게."

그러니 걱정 말라며 그가 말했지만, 아라는 마음이 편치 않았다. 당신이 걱정되는 겁니다, 당신이.

"그럼 해시 정각에 이곳에서 다시 만나는 거로 하자."

"좋아."

그렇게 그들은 헤어졌다. 월비와 무휼은 남쪽 마을로, 아라와 제하는 북쪽 마을로.

* * *

우안은 중앙 귀족에 들지 못하거나, 중앙에서 떨어져 나온 귀족들이 모인 마을답게 부유층이 많았다. 그렇다 보니 전체적으로 화려했다. 특히나 아라와 제하가 맡게 된 북쪽 마을이 더 화려했는데,

덕분에 구경거리가 넘쳐났다.

“우리가 좇고 있는 사람이 누구야?”

“이재학. 우안 수령의 장남이에요.”

떠나기 전 무휼이 나눠 준 자료를 훑고 있던 아라가 답했다. 곧 다음 장을 넘긴 그녀는 경악했다. 다음 장에는 월영이 그린 인상착의가 있었는데, 나름대로 노력한 티는 났으나 수준이 형편없었다. 다섯 살 어린애도 이것보다는 잘 그리지 싶을 정도로.

“……정보는 이름밖에 없네요.”

아무래도 이건 못 쓰겠구나.

“죄목은 봉급 갈취, 횡령, 주민 폭행, 재물손괴, 풍기문란에 부녀자 희롱 전과 다수.”

“아주 악질이네.”

“그 소문이 중앙에까지 퍼져 자진 출두를 요구받았지만, 벌써 반 년째 이를 무시하고 있음. 우안의 순찰관들도 손을 못 쓰고 있다네요.”

“그 정도면 얼굴은 몰라도 금방 찾을 수 있겠다.”

이름만 들어도 벌벌 떨 거라며 그들은 시전 상인들을 붙잡고 수소문하기 시작했다. 그러나 신기하게도 돌아오는 것은 한결같이 모른다는 대답뿐. 그렇게 넓은 마을 안을 돌아다니길 얼마, 반나절에 걸친 사람 찾기에 지쳐 버린 그들은 작은 다점에 자리를 잡고 앉았다. 이윽고 한 가지 결론을 내렸다.

“오늘 이쪽에서 본 사람은 없네요.”

“그러게.”

"아무래도 월비네 쪽이었나 봐요."

"불쌍하게도."

불쌍하게도. 그러나 말과는 다르게 아라와 제하의 입가에는 동시에 즐거운 미소가 두둥실 떠올랐다. "그럼 우리는 마음 놓고 관광을 해도 된다는 뜻이네?"

"그럼 셈이죠."

손바닥을 마주치기까지 하며 아라가 고개를 끄덕였다. 사실 총회니 뭐니 때문에 쌓인 피로가 어마어마했다. 평소라면 이틀 정도 쉬었을 텐데 이렇게 잠행을 오게 되었으니.

"웬일로 운이 좋지? 보통 이런 건 늘 내가 걸렸거든요."

"나랑 같이 있어서 그래."

늘어지게 기지개를 켠 아라가 말하자, 제하가 싱긋 웃으며 대꾸했다. 이렇게 보내는 시간이 아깝다며 그가 그만 가자고 재촉했다.

"일은 걔네들이 알아서 하라고 그래. 어딜 감히 여왕과 국서에게 일을 시키려고 해."

"옳으신 말씀."

"자, 가자!"

간만에 꿀 같은 휴식시간으로 의기투합한 그들이었다.

"꼭 꽃놀이 때 같네요."

물론 시기상 꽃은 하나도 보이지 않았지만, 그럼에도 거리 자체가 화려해서 그때 못지않은 분위기를 연출해 내고 있었다. 소비층이 어느 정도 재력을 갖추고 있어서 그런지 장신구나 비단들 역시 화려하고 비싸 보이는 것들로 가득했다.

"그때 네가 그 작은 여왕이었다는 걸 알았더라면, 좀 더 즐거웠을 텐데 말이야."

즐거워하는 아라를 바라보던 제하가 작게 중얼거렸다. 당시에는 눈으로 보이는 풍경이 너무나도 아름다웠지만, 머리와 마음이 너무나도 복잡해서 그런지 제대로 눈에 들어오지 않았다.

"하지만 지금도 제대로 눈에 들어오지 않기는 마찬가지네."

옆에 그녀가 있는데, 어디 주변을 둘러볼 틈이 있겠는가.

"사람이 많으니, 손 꼭 잡고 다니자."

"솔직하게 말하지 그래요? 잡고 싶다고."

"그래, 잡고 싶다. 그러니 잡아 줘."

그래, '오늘 하루쯤은.' 하고 그의 손을 잡으려던 아라가 멈칫했다. 갑자기 긴장을 해서 그런지 손에 식은땀이 가득 찼다. 축축한 느낌에 그가 거북하다고 하면 어쩌지? 잽싸게 쥐었다 폈다를 반복해 보지만 상태는 여전.

잠시 울상이 된 아라가 정색을 하며 말했다.

"내가 애도 아니고…… 알아서 잃어버리지 않고 따라갈 테니 걱정 마세요."

"그런데 왜 그리 울상이실까."

제하의 눈빛에 불만이 가득했다. 그렇게 한참이나 그녀를 바라보던 그가 돌아섰다.

"나중에 후회하지 마."

"절대 그럴 일 없거든요."

아라가 단호히 대꾸했다. 손잡는 게 뭐라고 고작 그런 거 갖고 아쉬울까 했는데, 몇 걸음 걸어 보니 생각했던 것 이상으로 아쉬웠다. 언제든지 먼저 잡으라는 듯 눈앞에서 살랑이고 있는 그의 손을 바라보며 걷고 있는데 문득 그가 물었다.

"그러고 보니, 그때 준 뒤꽂이는 어쨌어?"

"잘 보관하고 있어요."

"결국에는 두 개 다 너에게 준 셈이네."

꽃님이의 정체를 몰랐을 당시, 그가 제 딴에는 신경 쓴다고 준 물건이었다. 하나는 평소 아라가 착용하고 다녔지만, 역시나 둘은 무리였다. 때문에 또 다른 하나는 고이 모셔 두고 있었다.

"그럴 줄 알았으면 다른 걸로 사 주는 거였는데."

"괜찮아요. 그게 가장 예뻤으니까."

"혹시 달리 마음에 드는 게 있으면 말해, 새로 사 줄 테니."

주변에 넘쳐나는 예쁜 장신구들을 가리키며 그가 말했다.

"나 돈 많거든요? 원하는 게 있으면 내가 살 테니 걱정 마시죠."

"그래도 내가 사 주는 건 좀 다를걸?"

도대체 이 남자는. 어떻게 매번 이렇게 확신을 갖고 말하는 걸까. 그의 당당함에 아라는 늘 기가 죽었다. 물론 그가 사 주었다는 것만으로도 큰 의미가 되는 것은 사실이었다. 실제로 또 하나의 뒤꽂이는 현재, 때가 탈까 상처가 날까 애지중지하며 고이고이 보관하고 있었으니 할 말이 없었다. 그래도.

"괜찮아요. 장신구에 그렇게 관심이 있는 것도 아니고……."

계속되는 아라의 거절에 제하가 다시금 걸음을 재촉했다. 그 뒤를 멍하니 따르길 얼마, 그녀의 걸음이 어느 점포 앞에서 멈췄다.

외국에서 들어온 물건들을 취급하는지, 난생처음 보는 특이한 물건들이 가득한 가게. 그중에서도 아라의 눈길을 사로잡은 것은 장신구가 아닌 작은 단검이었다. 매끈한 몸체에는 특이한 문양이 새겨져 있고, 반짝이는 보석이 적당한 간격으로 총총 박혀 있는 그것은 너무나 아름다웠다.

"그러고 보니, 선물도 받았는데 무슨 답례를 해야……."

아라는 고민에 빠졌다. 밖에 나갈 때마다 검을 지니고 다니라고 그렇게나 말했지만 그는 듣지 않았다. 그런 걸 들고 다니는 게 익숙하지 않다나 뭐라나.

"사줘도 필요 없다 내팽개칠 거 같은데."

나중에 무휼에게 검술을 가르쳐 놓으라고 해야지, 원. 그녀가 굳게 다짐하며 검에서 시선을 거두려던 그때였다.

"저게 마음에 드는 것이냐."

근처에서 한 남자의 낮은 목소리가 들려왔다. 그러나 그것은 그녀가 잘 알고 있는 목소리가 아니었다. 덧붙여 귓가에 스치는 것만으로도 심장을 떨게 만들던 어떤 사내의 것도 아니었다.

오히려 그 반대. 오싹하다.

그녀를 접대하던 점포 주인의 낯빛이 어두워졌다. 곧 그가 걱정스러운 얼굴로 그녀를 바라본다. 마치 안쓰럽다는 듯. 검은 그림자 여럿이 그녀를 에워싼 것은 그 다음 순간이었다.

"아가씨가 관심 가질 만한 물건은 아닌 듯한데……."

곧장 고개를 돌린 아라의 눈에 사내 하나가 들어왔다. 해골마냥 툭 튀어나온 광대에 양 옆으로 찢어진 눈. 특히나 그녀를 내려다보는 눈동자에는 건방지고 오만한 기색이 가득했다. 아라는 미간을 찌푸렸다. 그에게서 풍겨 오고 있는 술 냄새나 시뻘겋게 달아오른 얼굴을 보아하니 취기가 있는 게 틀림없다.

"갖고 싶으냐?"

"……."

"내가 사 줄까?"

순간 아라의 머리가 빠르게 돌아갔다. 무휼이 늘 말하지 않았던가. 술에 취한 사내는 무조건 조심하라고. 가까이 해서 좋을 거 하나 없다.

그에게 붙잡혀 있던 팔을 빼낸 아라가 싱긋 웃었다.

"제 남편에게 어울릴 거 같다고 생각하고 있었습니다."

"남편?"

남편이라는 말에 사내는 인상을 찌푸렸다. 험악한 표정으로 주변을 둘러보더니 풋 하고 웃음을 터트렸다.

"네 남편이라는 사내는 어디에 있는 것이냐, 아무리 봐도 너 혼자인데."

"……."

그럴 리가 없다며 주변을 두리번거리던 아라는 심장이 덜컹 내려앉았다. 그러고 보니 정말 혼자였다. 그렇게나 손을 꼭 붙잡고 다니자던 구제하는 어디로 가 버린 건지, 점포 앞에는 저 혼자 달랑 남아 있었다.

'이를 어쩌지…….'

"자, 잠시 어디에 간 모양입니다."

"거짓말. 아무리 봐도 성인식조차 치르지 않은 거 같은데."

상황이 꼬이고 말았다. 마치 일부러 거짓말을 한 거 같은 상황이 되어 버리고 말았다. 물론 여기에 구제하가 함께 있었다고 해도 상황이 나아질 거 같지는 않았지만. 차라리 다행일지도 몰랐다. 거느리고 있는 가솔들을 보아하니 꽤나 단련을 받은 느낌이 물씬 풍겼다. 이 사내가 보통 사람이 아니라는 뜻이다.

"흐음."

최대한 빨리 벗어나야겠다는 생각에 아라가 뒷걸음질을 쳤다. 그런데 그때. 팔을 붙잡은 사내가 그녀를 잡아끌더니 다른 한 손으로는 턱을 붙잡았다. 거기서 그치지 않고, 사내는 기분 나쁜 시선으로 아라의 얼굴을 요리조리 뜯어보기 시작했다.

"아직 어린 계집이기는 하지만……."

순간 아라는 기분이 땅으로 떨어지는 듯했다. 너무 불쾌해서 눈물이 핑 돌 지경이었다. 눈앞의 사내를 한바탕 먼지 나게 패 주고 싶을 정도로 불쾌했다. 제 뺨을 쓸며 능글맞게 웃고 있는 저 입을 찢어 버리고 싶을 정도로 기분이 나빴다.

"제법 곱상하구나."

예쁘다는 말조차 불쾌했다. 틈만 나면 제하가 '예쁘다.'고 할 때마다 그러지 말라고 투덜거렸는데 그때와는 달랐다. 그에게서 들었던 습관적인 말의 몇 배, 아니 수십, 수백, 수천 배는 더 기분이 나빴다.

아라가 매몰차게 손을 쳐 냈다. 그러자 사내의 두 눈이 동그래지더니, 이내 껄껄 웃기 시작했다.

"내가 누군지 모르나?"

"죄송합니다. 다른 지역에서 와서 이 마을에 대해 아무것도 모르는지라……."

"아하, 외지인이었군. 어쩐지, 처음 보는 얼굴이다 싶었지."

어느 정도 거리를 벌린 아라가 도망칠 기회를 노리고 있던 그때였다. 순식간에 거리를 좁히며 다가온 사내가 이번에는 그녀의 팔을 있는 힘껏 움켜쥐었다.

"따라 오거라. 내 오늘 시간이 남아도니 함께 네 남편을 찾아 주마."

"아니요, 괜찮습니다. 제가 혼자 찾아보겠습니다. 어차피 이 근처에 있을……."

"어허, 내가 찾아준대도 그러네."

그녀의 본능이 따라가서는 안 된다 말하고 있었다.

거리 한복판에 벌어진 실랑이에 서서히 구경꾼들이 몰리기 시작했다. 하나같이 아라를 불쌍하다는 눈빛으로 바라보며 '또 시작이네.' '아이고, 저걸 어째.'라 탄식하는 것이 아무래도 제대로 걸린 모양이었다. 주변이 소란스러워지자 사내도 짜증이 나는지 미간에 주름이 잡혔다. 그리고 아라의 팔을 붙잡고 있던 손에 힘이 더해진다.

더는 안 되겠구나.

"당장 놓으세요."

"뭐?"

"놓으라고 말했습니다."

아라의 당돌한 말에 점포 주인이 화들짝 놀랐다. '아이고, 아가씨…….'를 연발하며 그녀를 말리기까지 했다.

"이 계집이 한고집 하네."

제 뜻대로 따라오지 않는 그녀에게 짜증이 난 건지, 그가 쯧, 하고 혀를 차더니 제 가솔들을 바라봤다.

"뭣들 하느냐! 붙잡지 않고."

말이 끝나기 무섭게 남자 둘이 그녀에게로 다가와 양팔을 붙잡았다. 아라가 몸을 뒤척이며 팔을 빼내려 했지만, 건장한 사내 둘을 상대하기에는 역부족이었다.

"기껏 예뻐해 주려 했더니, 어디서 건방을 떨고 있어!"

사내가 눈앞의 판매대를 발로 뻥 차며 외쳤다. 도자기와 장신구들이 떨어지며 '와장창' 하는 소리가 거리 안을 가득 메운다. 점포 주인이 울상이 되든 말든 사내는 제 분풀이를 하느라 정신이 없는데, 화가 난 것은 그뿐만이 아니었다.

아라의 머릿속에 누군가의 얼굴이 가득 채워졌다. 구제하와 손을 잡을 때는 몰랐는데, 외간 남자에게 붙잡혀 있다는 것이 이렇게까지 불쾌할 줄은 몰랐다. 그녀는 지금 한 남자가 너무나도 간절하게 보고 싶었다.

"지금 당장 이 손을 놓지 않으면……."

그때였다.

"이봐, 거기."

낮익은 목소리에 순식간에 끓어올랐던 분노가 단번에 가라앉았다. 그러나 그녀와는 반대로 그 익숙한 목소리는 지금까지 들어 본 적이 없을 정도로 화가 나 있다.

고개를 돌린 아라는 한숨을 내쉬었다. 이것이 안도의 한숨인지 아니면 곧 터질 일에 대한 염려인지는 모르겠으나 한 가지 확실한 건.

"사내 셋이서 남의 부인을 에워싸고 뭐하는 짓이지?"

저 앞에 보이는 구제하라는 남자가 폭발 직전의 상태라는 것.

二花.
구제하를 사랑한다

무휼이 크게 심호흡했다. 그의 두 눈이 번뜩인다. 절대 놓치지 않겠다는 듯 저 멀리 떨어진 과녁을 바라보며 그가 활시위를 힘껏 당겼다.

"이런."

그를 떠난 화살이 빠르게 허공을 가르며 날아갔다. 이윽고 그것은 붉은 원을 조금 벗어난 곳에 자리를 잡는다. 그러자 험상궂은 인상의 사내가 벌떡 일어나더니 큰 소리로 외쳤다.

"꽝이요오!"

꽝. 꽝이었다.

"아깝다, 무휼."

못마땅하다는 얼굴로 활시위를 매만지던 무휼이 월비를 바라봤다. 지금 이러고 있을 때가 아니었다.

“그냥 사 준다니까 이걸 왜 하라는 건지, 참…….”

우안의 남쪽 마을을 조사하고 있던 그들 역시 아라와 상황이 비슷했다. 무휼은 월비의 꼬임에 넘어갔고, 결국 이재학 수소문은 뒷전으로 미룬 채 그녀를 위해 활을 들었다.

“딱 한 발만 더 맞추면 완벽했는데!”

“에이, 아가씨. 다섯 발 중 네 발을 명중시킨 것만으로도 대단한 거요. 내 여기서 장사한 지 벌써 십 년이 다 되어 가는데, 네 발은커녕 세 발을 맞춘 사람도 손에 꼽을 정도라우.”

“어, 그런 거예요? 대단하네, 무휼.”

월비가 손뼉까지 치며 그를 칭찬했다. 그러나 무휼의 표정은 여전히 어두웠다.

“왜 그래?”

“……왠지 불안한데.”

그가 작게 말했다. 사실은 마지막에 놓친 한 발이 너무나도 신경 쓰였다. 활은 그가 검술 다음으로 자신 있는 분야로, 단연 궐 안의 병사들 중에서도 으뜸이었다. 화살 다섯 발 명중 따위, 원래 그의 실력이라면 아무것도 아니었다.

“아라한테 무슨 일이 생긴 건 아니겠지?”

“사람이 실수를 할 수도 있는 거지.”

그가 심각한 얼굴로 중얼거리자 월비는 한숨을 내쉬었다. 사람이 예민하면 오래 못 산다는데, 그는 너무 예민해서 탈이었다.

“게다가 아라가 혼자 있는 것도 아니고, 국서와 함께 있잖아.”

그래. 아라에게는 구제하가 함께 있다. 물론 월비는 여전히 그를 믿지 않았지만, 그래도 없는 것보다는 낫겠지 싶었다. 실컷 놀았으니 이제 그만 가자며 무휼이 활을 내려놓았다. 그러자 점포 주인이 옥으로 된 가락지 한 쌍을 그들에게 내밀었다.

"자, 그래도 네 발이나 맞췄으니 드리는 선물일세."

"어, 정말이요? 감사합니다~"

꾸벅 인사한 월비가 하나를 제 손가락에 끼더니, 다른 하나를 자연스럽게 무휼의 손가락에 끼웠다. 그녀의 귀여운 행동에 무휼도 흐뭇하게 미소 지었다.

"저기, 혹시 이 근방에서 이재학이라는 사내를 못 보셨습니까?"

그의 물음에 활을 정리하던 주인이 고개를 갸웃거렸다.

"이재학? 수령의 장남을 말하는 건가?"

"예."

점포 주인의 미간에 깊은 주름이 잡혔다. 이를 본 무휼은 불안해졌다. 이름만으로도 사람을 저렇게 불쾌하게 만들 수 있다니, 도대체 얼마나 문제가 많은 사람이기에 저러나. "봤지, 봤어. 아침부터 이 근처 주막에 들이닥쳐서는 술이란 술은 전부 거덜 냈다더군. 그것도 무일푼으로 말이야."

바로 이 근처에서 봤다는 목격자의 제보에 무휼의 얼굴이 밝아졌다.

"그래요? 그럼 지금 주막에 가면 만날 수 있을까요?"

"글쎄…… 아무래도 지금은 시간이 꽤 지났으니……."

주인이 어깨를 으쓱였다. 자신도 모르겠다는 뜻이었다. 그래도 혹시 모르니 일단 한번 들러볼까 고민하고 있는데, 옆에 있던 포목점 주인이 불쑥 말했다.

"그 양반, 새로 생긴 기방에 갔다고 들었는데?"

"그게 어디에 있습니까?"

"여기 말고 저기, 북쪽 마을에 있지."

북쪽 마을이라는 말에 무휼과 월비의 정신이 번쩍 들었다. 곧 그들의 시선이 허공에서 부딪힌다. 사라졌던 불안이 다시금 몰려오기 시작했다.

* * *

제하는 지금 기분이 매우 안 좋았다.

"사내 셋이서 남의 부인을 에워싸고 뭐하는 짓이지?"

매섭게 치켜뜬 그의 눈이 말하고 있었다.

떨어져. 지금 당장 떨어지라고. 네놈들이 뭔데 그녀의 곁에 서 있는 거야.

"잠깐 한눈판 사이에 벌레만도 못한 것들이 바로 꼬이다니……."

"뭐, 뭐야?"

"그러게 손잡고 다니자니까 말도 안 듣고."

제하의 살벌한 분위기에 아라를 잡고 있던 사내가 흠칫 몸을 떨었다. 안 그래도 험상궂은 얼굴이 더욱더 고약하게 일그러지면서, 식은땀까지 뚝뚝 흘리고 있다.

"네놈은 또 뭔데 끼어드는 게냐!"

괜히 목청을 높여 보지만 이는 불난 집에 부채질하는 꼴밖에 되지 못했다.

"지금 네놈이 붙잡고 있는 여자의 남편 되는 사람이다."

사내의 눈이 휘둥그레졌다. 그는 놀란 얼굴로 아라를 바라봤다. 남편이 있다기에 그냥 하는 말이겠거니 했는데 그게 사실이었단 말인가. 그러나 당황하는 것도 잠깐, 다시금 고개를 돌린 사내의 입가에는 비열한 미소가 지어졌다.

"네 부인께서는 지금 바쁘시니, 나중에 다시 오거라."

임자가 있든 말든 제 알 바가 아니라는 뜻이었다. 그러자 제하의 낯빛이 점점 더 어두워졌다. 이를 본 아라는 한숨을 내쉬었다. 일이 점점 커지고 있었다. 어쩌다가 이런 것들이 꼬여서는 이 사태에 이르렀을까. 그냥 그가 손을 잡자고 했을 때 순순히 잡았어야 했다며 뒤늦은 후회가 몰려왔다.

"헛소리 그만 지껄이고, 빨리 그 손 안 놔?"

제하가 씩씩대며 외쳤다. 그가 자신을 막아서는 사람들을 뿌리치고 그들을 향해 다가가자, 그 기세에 눌린 남자가 슬그머니 뒷걸음질을 쳤다.

"뭐야, 지금 어디서 목소리를 높이는 게야? 네 이놈! 감히 내가 누군 줄 알고……."

"몰라, 내가 어찌 알아."

관심 없었다. 지금 그의 눈에 보이는 건 아라의 팔을 잡고 있는 사내의 손뿐이었다. 그 손을 분질러 버리고 싶다는 생각만으로도 머릿속이 가득 찼다.

"아이고, 나리!"

제하가 당당하게 모른다 대꾸하자 이를 지켜보고 있던 주변 사람들은 펄쩍 뛰었다. 저 사내가 아주 죽으려고 환장을 했구나. 결국 보다 못한 행인 하나가 새파랗게 질린 얼굴로 제하를 붙잡았다.

"그만하세요. 저자가 누군지 정말 모르시는 겁니까?"

"아, 글쎄 모른다니까!"

"아니, 우안의 이재학을 정말 모르시는 겁니까?!"

이재학?

익숙한 이름에 제하의 걸음이 멈췄다. 그리고 바둥대던 아라의 움직임 역시 멈췄다. 그들은 서로를 바라봤다.

"그대가 이재학인가?"

"그래, 내가 이재학이다."

사내가 당당히 고개를 끄덕이며 외쳤다. 그의 정체에 제하는 잠시 넋이 나간 얼굴로 멍하니 섰다. 이를 본 이재학이 이죽거렸다. 그럼 그렇지, 이 우안에서 저를 모른다는 게 말이 안 됐다. 이름만 들어도 벌벌 떠는 것이 보통이거늘.

"이제라도 알았으면 알아서 기……."

"어쩐지."

잠자코 있던 아라가 고개를 바짝 치켜들었다.

"딱 봤을 때부터 느낌이 영 별로다 싶더라니."

그렇게나 찾아 헤매던 인물이 제 발로 직접 납시어 주셨으니 분명 기뻐해야 할 텐데, 기분이 좋지 않았다.

"운이 좋기는 뭐가 좋아, 꽝도 이런 꽝이 없구만."

꽝. 꽝이었다. 그것도 엄청난 꽝이었다.

"뭐야? 이 계집이 지금 뭐라 중얼대는 거야?"

이재학이 혼잣말을 늘어놓고 있는 아라를 향해 버럭 외쳤다. 그러나 아라는 겁을 먹기는커녕 오히려 그를 똑바로 응시했다. 그가 바로 자신들이 찾던 사람이라는 것이 밝혀졌으니, 더 이상 봐줄 필요가 없었다.

손의 힘이 느슨해 진 틈을 타 재빨리 팔을 빼낸 아라가 판매대 위에 놓여 있던 검 하나를 집어 들었다.

"무, 무슨!!"

순식간에 양옆에 서 있는 두 남자의 옆구리를 가격한 그녀가 검을 뽑아 이재학의 목에 겨누었다. 눈 깜짝 할 새에 벌어진 일이라 그들은 속수무책으로 당할 수밖에 없었다. 새파랗게 어린 계집의 몸놀림이 이리도 날쌜 줄이야.

"이 계집이 미쳤나! 네년이 이러고도 무사할 줄 알아?!"

벌러덩 자빠졌던 가솔들이 잽싸게 일어났지만, 이미 제 주인의 목에는 칼이 겨누어진 상태였다. 오히려 섣불리 손을 대었다간 제 주인이 피를 볼지도 몰랐다.

"뭐, 뭣들 하는 게야! 당장 이 계집을 잡지 않고!"

"하, 하지만……."

"에라이, 이 쓸모없는 것들!"

이재학이 끝까지 발악했다. 그러자 그를 흘겨보던 아라가 품 안에서 작은 패 하나를 꺼내더니 그의 눈앞에 들이밀며 말했다.

"이게 뭔지 아십니까?"

"이게 뭐……!!"

큰 소리 치던 것도 잠시, 그녀의 손에 들려 있던 패를 알아본 그가 새파랗게 질렸다. 만족스러운 그의 반응에 아라는 작게 웃었다. 그래, 아무리 망나니라도 글씨 정도는 읽을 수 있겠지?

"저는 중앙군에서 나온 임시 감찰관입니다."

운도 나쁘지. 안타깝게도 이번 잠행에서 그녀의 신분은 중앙군의 감찰관이었다. 그 작은 패는 우안에 들어서기 전 무휼이 준 것으로, 감찰관의 신분을 입증해주는 중요한 물건이었다.

"주, 중앙군? 감찰관?"

"예. 당신을 체포하기 위해 천유에서 왔습니다."

상황이 역전되었다. 이재학은 하늘이 무너지기라도 한 듯 얼이 빠진 얼굴로 멍하니 섰다. 저를 잡고자 중앙에서 직접 나섰다는 건 곧 끝이라는 뜻이나 다름없었다.

마음껏 활개를 치던 날개가 우뚝하고 부러졌다.

그때였다.

"이게 다 무슨 일입니까!"

때마침 주변 상인들의 신고로 출동한 순찰관들이 인파를 비집고 들어왔다. 곧 그들의 눈에 들어온 건, 한 여인이 이재학의 목에 칼을 겨누고 있는 장면이었다.

"도련님!! 네 이년! 감히 이분이 어떤 분인 줄 알고……."

"우안의 순찰관이십니까?"

발을 동동 구르는 그들과 달리 아라는 여전히 침착했다.

"당장 그 칼을 내려놓지 못할……."

"저는 중앙군에서 온 감찰관입니다."

중앙이라는 말에 한 번, 그리고 감찰관이라는 말에 두 번. 그게 말이 되느냐며 비웃던 그들이 아라의 손에 들려 있는 패를 보더니 새하얗게 질렸다.

"죄송합니다! 오, 오신다는 연락을 못 받았는데……."

"감찰관이 미리 연락하고 오면 되겠습니까?"

"아……하하. 그것도 그렇군요."

그들은 경악했다. 중앙군이라니! 전하의 직속 부대가 아니던가. 이런 작은 계집이 그 부대의 일원이라는 게 믿기지 않았지만, 손에 들고 있는 패가 모든 것을 증명해 주고 있었다.

"곧 중앙군에서 정식으로 사람을 보내올 겁니다. 그때까지 이재학의 감시를 부탁합니다."

그녀의 명령에 병사들이 난감해했다. 그도 그럴 것이 상대는 이재학이었다. 그 어떤 만행을 저질러도 함부로 손을 댈 수가 없던 사람이란 말이다.

이를 눈치 챈 아라가 싱긋 웃으며 덧붙였다.

"혹시라도 죄인이 도주하거나 죄인의 편의를 봐줬다는 소문이 들린다면, 그대들 역시 처벌을 면치 못할 테니 각오하세요."

"예, 예! 알겠습니다!"

병사들은 선택에 기로에 놓였다. 수령의 장남이냐, 아니면 왕의 직속 부대인 중앙군이냐. 고민할 필요도 없었다. 중앙군의 명령은 절대적이었으니까.

그렇게나 기세등등하던 이재학도 이제는 모든 것을 포기한 건지, 순순히 병사들을 따랐다. 그가 관아에 있는 옥에 들어가는 것을 보고 나서야 아라는 마음을 놓을 수 있었다.

"아라."

아, 아직 한 가지 일이 남았구나.

자신을 부르는 나지막한 목소리에 아라는 고개를 돌렸다. '어때요, 별거 아니지요?'라고 말하며 해맑게 돌아서려는데 넓고 따듯한 품이 그녀를 덮쳤다.

"……."

"왜 그래요? 많이 걱정했어요?"

"그래, 걱정했어."

장난스레 물은 질문이었는데 돌아오는 대답이 너무나 무거웠다. 순간 아라는 깜짝 놀랐다. 머리 위에서 들려오는 그의 목소리가 촉촉하게 젖어 있다. 설마 싶어 고개를 들어 올리려 했지만, 그가 재빨리 턱으로 머리를 꾹 누르는 바람에 그녀는 고개를 들 수가 없었다.

할 수 없지. 그의 가슴팍에 머리를 기댄 그녀는 한동안 그렇게 얌전히 안겨 있어 주었다. 그의 심장 소리가 너무나 선명하게 들려왔다. 제 것의 소리보다도 더 크게 들려오는 그 소리에 깊게 숨을 들이쉰 그녀가 지그시 눈을 감았다.

"……아무리 생각해도 나는 잘못한 게 없는 거 같지만, 그래도 일단 빌어야 할 거 같은 분위기군요."

"잘 알고 있네."

아무래도 안 되겠다. 저 때문에 놀란 그를 진정시키는 게 우선인 듯 했다.

"말해 봐요, 내가 어떻게 하면 진정될 거 같아요?"

그녀의 물음에 잠시 말이 없던 제하가 떨어졌다. 뼈가 으스러지듯 꼭 끌어안고 있던 두 팔을 풀고 걱정이 가득한 얼굴로 그녀를 내려다본다.

"일단 한번 꽉 안아줘 봐."

그 정도야 별거 아니라며 아라가 그를 꽉 안아 주었다. 이제 됐느냐는 얼굴로 그를 올려다보자, 제하가 고개를 젓는다.

"눈도 감아 봐."

"……."

"인상 쓰지 말고."

눈은 왜 감으라는 건데? 아라는 잔뜩 경계의 눈빛으로 그를 응시했다. 기분을 풀어 주겠다고 했지 그의 손아귀에서 놀아나 주겠다고 말한 적은 없었다. 그러나 그에게서는 장난기 하나 느껴지지 않았고, 꽤나 진지해 보였기에 할 수 없이 눈을 감아 줄 수밖에 없었다.

곧 양 뺨에 그의 손이 닿았다. 그에 의해 고개가 들려졌다. 앞으로의 일에 대한 기대감에 심장이 미친 듯이 뛰기 시작하는데…….

"윽."

단단한 무언가가 그녀의 이마를 세차게 때렸다. 눈을 떠 보니 쌤통이라는 듯한 얼굴로 이마를 맞대고 있는 제하가 보인다. 욱신거리는 통증에 어느새 그녀의 눈가에는 눈물이 가득 차올랐다. 별 같은 것도 보인 거 같은데 이러다 혹이라도 생기면 어쩌나 걱정될 정도로 아팠다.

"아프잖……!!"

"어떻게 된 줄 알고 놀랐잖아!"

"……."

아라가 이게 무슨 짓이냐며 버럭 외치려 했지만, 한발 앞서 화를 내는 그에게 놀라 입이 딱 다물어졌다.

"나 혼자 두고 가지 말란 말이야!"

"아니, 혼자 간 건 그쪽이었거든요?"

"제대로 따라 왔어야지!"

적방하장도 유분수라더니, 가만히 듣고 있을 수가 없었다. 결국 아라는 폭발했다. 따지고 보면 이게 다 누구 때문인데. 저 혼자 쌩하니 가 버린 그의 탓이 아니던가.

그녀가 씩씩거리며 그에 못지않은 기세로 응수했다. 그렇게 주고받기를 얼마, 어느 정도 진정이 된 건지 제하가 땅이 꺼져라 한숨을 푹 내쉬었다.

"다친 데는."

"이마가 조금 아픈 거 같은데요."

"그건 괜찮아. 내가 낸 상처니까."

아라의 원망 가득한 시선에도 그는 굴하지 않았다. 오히려 당당했다.

"그밖에는."

"없는 거 같습니다."

"다행이다."

"……."

"정말 다행이야."

다행이라는 그 한 마디가 심장에까지 와 닿았다. 아라는 기분이 이상했다. 좀 전까지만 해도 머리끝까지 차올랐던 짜증이 순식간에 지워지며 심장이 따듯해졌다.

"다음부턴 내 손 꼭 붙잡고 다녀, 꼬맹아."

"……."

"내 앞에서 사라지지 마, 제발."

다른 남자가 자신을 붙잡았을 때는 너무나도 불쾌했는데, 그의 품은 오히려 마음이 놓였다. 다른 사내의 입에서 흘러나온 칭찬은 기분이 나빴는데, 그가 말하니 꼬맹이라는 말조차 설레었다.

문득 예전에 무휼이 했던 말이 떠올랐다.

"있지, 사랑이라는 감정은 그렇게 거창한 게 아니야."

"그럼?"

"그냥 남들보다 조금 더 특별하다는 거야."

구제하라는 남자가 바로 그랬다. 그는 남들보다 조금 더 특별했다. 순간 복잡했던 머릿속이 단번에 정리되면서 아라의 표정이 점차 밝아졌다. 지금까지 무작정 밀어내느라 보지 못했던 새로운 것이 보이기 시작했다.

그래, 인정할 건 인정해야겠다.

첫째, 한 사내를 사랑해 버렸다.

둘째, 그를 사랑하게 되었다.

셋째, 구제하를 사랑한다.

아라가 웃었다.

"뭐야, 왜 웃어? 지금 혼나고 있는 거 알아?"

"아니, 그냥요."

인정을 하고 나니 가슴을 꾹 누르고 있던 커다란 돌덩이가 사라진 것마냥 마음이 가벼워졌다. 덧붙여 그와 함께 있을 때마다 술렁이던 것들도 싹 사라졌다.

처음이 어렵지 막상 결심하고 나니 다음부터는 쉬웠다.

"그냥 좋아서."

그래, 그냥 좋다.

괜찮은 게 아니라 좋다.

구제하라는 남자가 좋다.

"뭐든 다 헤쳐 나갈 수 있을 거 같아서."

당신과 함께라면.

* * *

멍하니 하늘을 올려다보고 있던 아라가 제 손을 붙잡고 있는 커다란 손을 바라봤다. 그리고 고개를 돌려 그 손 주인의 눈치를 본다.

"아, 이제 그만 진정하세요."

"진정하고 있어."

거짓말. 돌아오는 대답은 꽤나 단호했지만 아라는 이를 믿지 않았다. 그도 그럴 것이.

"손을 이렇게나 떨고 있는데요?"

맞잡고 있는 그의 손에서 미세한 떨림이 고스란히 전해져 왔다. 거기에 항상 시끄럽던 입은 웬일로 꾹 다물어져 있기까지 한데 믿을 수 있겠는가.

이재학을 관아에 넘기고 난 뒤부터 구제하는 계속 이 상태였다.

"아니, 일도 일찍 끝났는데 이게 뭐하는 건지……."

기껏 제 발로 납시어 준 어리석은 죄인 덕분에 일도 일찍 끝났겠다, 남은 시간은 고스란히 자유 시간임에도 불구하고 그들은 멍하니 자리에 앉아 아깝게 시간을 흘려보내고 있었다. 아라가 자신과 함께 우안의 마을을 구경하지 않겠냐 제안했지만, 그는 기분이 안 좋다는 이유로 이를 거절했다.

그래, 거절하는 건 좋아. 하지만 혼자 다녀오겠다니까 손을 놓아주지 않는 건 뭐냐고. 한참의 실랑이 끝에 결국 아라는 포기할 수밖에 없었다.

"하아…… 다 큰 어른 달래는 게 여간 힘든 일이 아니네."

그의 눈치를 보던 아라가 작게 중얼거렸다. 마음 같아선 그가 삐치든 말든 내버려 두고 싶었지만, 그럴 수가 없었다.

'좋아한다고 깨닫고 나니, 그냥 내버려 둘 수가 없잖아.'

사랑하면 지는 거라더니 지금이 딱 그 짝이었다. 결국 그녀가 할 수 있는 일이라고는 이렇게 그의 곁에 앉아 손을 잡아 주는 게 전부였다.

"애도 아니고……."

한숨을 내쉰 아라가 작게 중얼거렸다. 그러자 별다른 반응이 없던 제하가 움찔하더니, 어디 못 가게 잡고 있던 그녀의 손을 으스러질 듯 꽉 움켜쥐었다.

"이게 다 누구 탓이더라?"

"아니, 그게 꼭 내 탓만은……."

어디 한번 끝을 보자며 응수하던 아라가 멈칫, 심장이 철렁하고 내려앉았다.

"우, 울어요?"

"울긴 누가 울어!"

줄곧 고개를 숙이고 있기에 몰랐는데, 제하의 눈시울이 붉게 물들어 있다. 눈가 역시 촉촉한 것이 아무래도 정말 놀랐나 봐.

"잠깐, 그래서 이렇게 손잡아 주고 있잖아요."

아라는 당황했다. 그러나 당황함 뒤로 슬쩍 즐거움이 따라붙었다. 얄미운 사람인 줄로만 알았는데 이런 면도 있었다니. 그것도 툭하면 저를 꼬맹이라 부르던 사람이 말이다. 그녀의 입가에 걸린 미소를 본 제하는 한숨을 내쉬었다. 웃는 그녀는 예뻤다. 예쁘니 다시금 낮에 있었던 상황이 떠올랐다.

"잠깐 떨어진 틈에 남자들이 꼬이질 않나."

"……."

"역시 나 하나로는 성에 안 찼던 거야."

흘러내린 그녀의 머리카락을 쓸어 넘겨 주던 제하가 아라의 귀를 매만지더니 살짝 꼬집었다. 그때의 상황을 생각하니 아라를 위협하던 사내의 비열한 미소까지 떠오른 것이다.

"아, 글쎄 그건!!"

진즉에 종결된 남첩 사건은 왜 또 꺼내는 거냐며 아라가 목청을 높였다.

"내가 꼬셨어요? 네? 내가 꼬셨냐고요."

오늘 있었던 일에 대해서는 그녀도 할 말이 많았다. 조용히 물건을 구경하고 있는데 그들이 먼저 접근했다. 물론 그녀도 벗어나려고 노력했고 저항도 했지만, 사내의 힘을 어찌 이기겠는가.

"얼굴이 예쁘면 자각이라도 좀 하든가. 경계심 없는 건 네 잘못이 맞아."

그가 바짝 다가왔다. 숨결이 느껴질 정도로 근접한 거리에 놀란 아라가 뒤로 물러나려 했지만, 그에게 붙잡혀 있는 상태라 꼼짝도 할 수 없었다. 코앞에 보이는 화가 난 그의 얼굴에 아라는 크게 숨을 들이쉬었다.

"게다가 겁도 없이 남자를 상대로 덤비다니, 그러다 큰일이라도 났어 봐!"

아라의 소맷자락을 만지작거리던 제하가 슬쩍 그녀의 눈치를 보더니, 단번에 그것을 걷어 올렸다. 곧장 드러나는 새하얀 맨살에 아라는 화들짝 놀랐다. 재빨리 팔을 빼내려 했지만 이 역시 그에게 붙잡힌 상태라 꼼짝도 할 수 없었다.

"어쩐지, 팔에 상처가 많다 했지."

제하는 그 어느 때보다 진지했다. 일전에 그녀가 술에 취했을 때보았던 푸르스름한 멍 자국들이 여전히 새하얀 팔뚝에 자리 잡고 있다.

"설마 잠행을 나갈 때마다 매번 이런 식이었던 거야?"

마치 자신이 다치기라도 한 것처럼 제하는 눈살을 찌푸렸다. 잠행이라기에 각 잡고 어슬렁거리는 정도겠거니 했는데 아니었다. 이건 너무 위험하잖아.

"항상 이러지는 않아요. 이번에는 운이 나빴던 것뿐이고요."

그의 눈치를 보던 아라는 재빨리 말했다. 이대로 있다가는 앞으로의 잠행 계획에 커다란 차질이 생길지도 몰랐다. 더군다나 이 상처는 잠행으로 인한 것이 아니었다.

"그리고 이건 무휼에게 검술 수련을 받다가 생긴 거예요."

"……검술?"

"뭔가를 가르칠 때는 봐주는 게 없는 녀석이거든요."

설령 상대가 여자라도, 이 나라의 왕이라도 무휼은 가르침에 있어서는 확실했다.

"그런 것도 배워?"

놀란 제하의 물음에 아라는 고개를 크게 끄덕였다.

"내 몸 하나는 스스로 지킬 수 있어야 하지 않겠습니까."

아무리 호위가 붙는다고는 하지만, 기본적으로 자신의 몸 하나 정도는 스스로 지킬 수 있어야 한다는 것이 그녀의 주장이었다. 마침 소꿉친구가 중앙군의 대장으로 있겠다, 어려서부터 조금씩 받아온 훈련을 즉위한 이후로도 게을리하지 않았던 것이다.

멍 자국을 노려보던 제하가 작게 중얼거렸다.

"……온실 속의 화초처럼 자란 줄 알았는데."

"온실 속의 화초처럼 자랐어요."

"그럼 이건 뭔데?"

"그런데 그 온실에는 화초만 있는 게 아니더라고요."

웃으며 말하고 있는 그녀와 달리, 제하의 표정은 좋지 않았다. 이를 본 아라가 정말 별거 아니라며 그를 안심시켰다.

"걱정 마세요. 심기를 건드리지 않는 사람들에게는 꽤 상냥한 편이니까."

"……상냥이라."

"굳이 적으로 삼아 봤자 나만 손해니까요. 기왕이면 원만한 관계가 낫잖아요? 한 번 참으면 되는 건데 그게 뭐가 어렵다고."

어른스러운 그녀의 말에 잠시 멍하니 있던 제하는 고개를 숙였다. 그리고 점점 짙어지고 있는 멍 자국을 엄지로 꾹 눌러 압력을 가했다.

"앞으로는 꼬맹이라 부르면 안 되겠네."

"윽."

"자칫하다가는 한 대 맞겠어."

갑작스러운 통증에 아라는 미간을 찌푸렸다. 이제 아무렇지 않기는 하지만, 이런 식으로 누르면 당연히 아플 수밖에. 당장 놓으라며 바둥대자 제하가 순순히 손을 놓았다.

장난스러운 말과는 달리 그는 씁쓸한 미소를 짓고 있었다. 사실 혼례 때부터 시작된 그 말은 그에게 있어 주문과도 같은 것이었다.

'우리가 가장 조심해야 하는 게 뭔지 알아?'

'나머지는 내가 알아서 조심할 테니까.'

혹시라도 그녀에게 마음을 주는 일이 생길까, 스스로 다짐하기 위한 주문.

'네가 꼬맹이라 다행이야.'

눈앞의 꼬맹이에게 마음을 주지 않을 각오는 어느 정도 되어 있었다. 꽤 자신도 있었던 거 같은데 어쩌다 일이 이렇게 되어 버렸을까. 다시는 사랑 따위 하지 않겠다는 굳은 다짐이 너무나도 쉽게 허물어졌다.

"도대체 이 꼬맹이가 뭐라고."

제 팔을 문지르고 있는 아라를 바라보던 제하가 피식 웃었다.

"다시 생각해 보니 내 취향도 참 별나네."

스스로 제 무덤을 파고 말았다며 제하가 작게 실소를 터트렸다. 아무리 생각해도 웃겼다. 이 꼬맹이가 뭐라고 저는 이렇게 목을 매고 있는 걸까. 한편, 혼자 웃고 있는 제하를 바라보던 아라는 잠시 고민에 빠졌다. 그와 마찬가지로 '꼬맹이'라는 말에 무언가가 떠올랐다.

"이제 와서 하는 이야기지만……."

그리고 한참만의 망설임 끝에 입을 열었다.

"사실은 그때 철렁했어요."

"그때라니?"

"혼례 올리던 날이요. 당신이 나에게 꼬맹이라고 했을 때."

"아, 그때."

당시 상황을 떠올린 제하의 입가에 작은 호선이 그려졌다. 아직도 귓가에 생생하게 들릴 정도로 그 날의 기억은 선명했다.

'꼬맹이…….'

'아, 진짜. 그거 내가 제일 싫어하는 말인데.'

그때의 그녀는 너울을 쓰고 있어 표정을 알 수 없었지만, 목소리가 잔뜩 굳어 있던 것으로 보아 화를 내고 있던 게 틀림없었다. 하긴, 어느 누가 초면에 꼬맹이라는 말을 듣고도 웃을 수 있겠느냐마는.

"한 대 쥐어박고 싶었어?"

저 혼자 낄낄대며 웃던 제하가 물었다.

"아니면 입을 꿰매 버리고 싶었나?"

"뭐, 아니라고 하면 거짓말이겠지만……."

"하하. 하마터면 신방에 들어가기도 전에 신부에게 볼기짝 얻어맞을 뻔했네."

제하가 크게 웃으며 말했다. 그러나 아라는 그를 따라 웃을 수 없었다. 그에게 있어서는 당시 상황이 추억거리 정도였겠지만, 그녀에게는 그리 간단한 문제가 아니었기 때문이다.

"그냥 당황했던 거뿐이에요."

그래, 솔직히 말하면 당시의 아라는 화가 난 게 아니라 당황했다.

"하긴, 초면에 그런 소리를 들으면 누구라도……."

"어떤 사람이 떠올랐거든요."

아라의 말 한마디에 그의 모든 사고가 정지했다. 부드럽게 휘어져 있던 눈매는 날카롭게 번뜩였고, 한껏 떠들어 대던 입은 굳게 다물어졌다.

그의 머리가 빠르게 돌아갔다.

"어떤 사람?"

한참 후에서야 제하가 꽉 잠긴 목소리로 물었다.

마치 아슬아슬하게 줄타기를 하는 듯한 조심스러운 그의 말에 아라는 잠시 뜸을 들였다. 괜히 이 이야기를 꺼냈나 싶었지만, 그와 함께하는 길을 선택한 이상 한 번은 넘어야 하는 산이었다.

"첫 만남에서부터 날 꼬맹이 취급하던 사람이 당신 말고 또 있었거든요."

이는 어쩌면 구제하라는 남자 대신, 자신의 옆에 서 있었을지도 몰랐을 어느 남자의 이야기였다. 그 사람은 그보다도 훨씬 더 먼저 자신의 마음을 두드렸던 사람이다.

말없이 아라를 응시하던 제하는 깊은 한숨을 내쉬었다.

"첫사랑?"

제하는 답답했다. 언젠가 장난스럽게 주고받았던 말에 끼어 있었던 그 단어. 최대한 아무렇지 않은 척하려고 했지만, 사실은 속이 타고 입이 바짝바짝 말랐다. 가슴이 미치도록 답답하고 화끈거렸다. 문제는 그런 제 마음을 아는지 모르는지, 아라는 그저 해맑게 웃고 있다는 것이다.

"당신만 갖고 있는 거 아니라고 내가 말했잖아요?"

"……."

잡고 있는 손에 힘이 들어갔다. 굳어 버린 입매를 들키지 않기 위해 손으로 제 입가를 가리고 있던 제하가 시큰둥하게 물었다.

"누군데?"

"누군지 말하면 아나요."

"그러니까 알아 두려는 거 아니야. 어떤 놈인지."

말해? 아님 말아? 아라는 잠시 고민에 빠졌다.

그녀의 붉은 입술에 온 신경을 집중하고 있던 제하는 마른침을 삼켰다. 희한하게도 어렴풋이 떠오르는 이름이 하나 있었다.

"월영."

역시나. 자신도 알고 있는 그 이름에 제하는 한숨 섞인 웃음을 지었다. 그녀가 건넨 서신에 적혀 있던 이름이었다.

어쩐지. '믿을 만한 사람이에요.'라고 말했을 때도 기분이 이상하다 했는데, 이 때문이었구나. 이제 보니 그것은 믿음과는 조금 다른 감정, '애정'이었다.

"어느 정도로 심각한 사이였던 건데?"

"어느 정도면 심각한 건데요?"

"……."

순간 제하의 머릿속에 어떠한 기억이 빠르게 스치고 지나갔다.

"지금 이 대화의 흐름, 왠지 기분 나쁜데."

"왜요, 계속해 보시지."

그때와 똑같았다. 그리고 이 뒤의 이야기 역시 같을까 봐, 차마 물을 수가 없었다. 열릴 생각을 않는 그의 입을 본 아라가 재빨리 뒤를 이었다.

"결혼까지 약속했어요."

"……."

"그런데 지금 제 눈앞에는 구제하라는 남자가 있네요."

혼례를 올리던 날, 희수궁에서 나누었던 대화와 같았다. 제하의 인상이 험악하게 구겨졌다. 지금 장난치는 거지? 그렇지?

"지금 장난치는 거야?"

"아니요."

장난이라니, 어떻게 그럴 수가 있냐며 아라가 단호히 말했다. 아무리 그를 골려 주고 싶다 해도 이렇게 질 나쁜 장난을 칠 정도로 사람이 못돼 먹지 않았다.

아니라는 말에 제하는 절망했다. 차라리 장난이었다면 다시는 그러지 말라고 따끔하게 혼을 내 주고는 화를 내서 미안했다며 꼭 안아 줄 수라도 있지.

"그럼 다음에 너를 꼬맹이라 부르는 사람과 만난다면 없애 버려야겠구나."

"왜요?"

"그래야 내가 널 갖지."

어차피 이미 다 지나간 이야기다. 그녀의 곁에는 자신이 있고, 누가 뭐래도 남편은 자신이었다. 그런데도 가슴속에서 끓어오르는 이 감정이 너무나도 불쾌했다.

내가 이렇게 속이 좁은 사람이었나.

"당신이 좋아할 만한 이야기라고 생각했는데, 표정을 보니 아닌 거 같네요."

침울해 보이는 그의 모습에 아라가 말했다. 그러자 제하의 눈빛이 짙어지더니 그가 단호하게 고개를 저었다.

"전혀, 속에서 열불이 나고 있어."

"아마 더 들어 보면 달라질걸요?"

아직 뒤의 이야기가 좀 남았는데 더 들어 볼 생각 있느냔 아라의 물음에 그는 작게 한숨을 내쉬었다. 도대체 무슨 꿍꿍이냐는 눈으로 그녀를 바라보던 그가 결국 고개를 끄덕인다.

"계속해 봐."

"당신은 그 사람을 닮았어요."

자신의 첫사랑과 닮았다는 말이 좋게 들릴 리가 없었다. 제하 역시 그 점이 마음에 안 들었다. 그의 불만은 잔뜩 찌푸려진 미간으로 고스란히 드러났다. 그러나 아라는 진심이었다. 단순히 꼬맹이라는 말 때문이 아니라 정말 둘은 닮은 구석이 많았다.

"처음에는 둘이 참 많이 닮았다고 생각했는데……."

서약서를 핑계로 그를 따라 들어간 희수궁. 그곳에서 첫사랑 이야기에 발끈하던 그의 모습에서 다른 사람이라는 것을 깨달았다.

"역시 다르더라고요."

"당연하지. 지금 누구랑 비교하는 거야."

"그 사람은 무례하게는 굴어도 화는 안 내거든요?"

"잠깐, 나도 딱히 화를 낸 적은 없……."

"아, 잠깐만요. 윽, 이마가 왜 이렇게 아프지."

당당하게 자신 역시 그런 적 없노라 말하던 제하가 화들짝 놀랐다. 어쩔 줄 몰라 하며 이마를 감싸고 있는 아라를 바라보길 얼마,

"……괜찮아?"

뒤늦게 몰려오는 미안함에 그녀의 이마를 매만지며 물었다.

"뭐, 종합적으로 봤을 때 사람 됨됨이는 당신보다 나은 거 같은데…… 아, 외모도 조금?"

"젠장, 외모까지 밀리는 건가. 이건 좀 자신 있었는데."

물론 외모라는 것은 상당히 주관적이라 비교하기 애매했다. 즉, 누가 더 그녀의 마음에 드느냐가 관건이었다.

"그런데 저 말고도 지켜야 하는 게 많은 사람이라, 항상 제 곁에 있어 주지는 못했어요."

그래서 아라는 그에게 물었다.

'그럼 날 위해서 모든 걸 버릴 수 있나요?'

'집안을 등지고, 귀족 신분을 버리고, 구가의 구제하가 아닌 아무것도 아닌 구제하로 살 수 있겠어요?'

그리고 구제하는 답했다.

'정말 그거면 돼? 그러면 날 사랑해 줄 거야?'

어쩌면 그때부터, 아니 훨씬도 전부터였을지도.

"뭐, 워낙 어렸을 때부터 알고 지낸 사이라, 위험하거나 힘든 일

이 있으면 무의식적으로 그 사람을 찾고는 했는데……."

"했는데?"

서서히 이야기의 윤곽이 잡히기 시작했다. 이를 눈치챈 제하는 조급하게 물었다. 그의 목소리가 좀 전에 비해 밝아졌다. 이유는 모르겠으나 출처를 알 수 없는 희망에 가슴이 부풀어 올랐다.

"아까는 달랐어요."

아라가 이번에는 망설임 없이 말했다.

그의 표현을 빌리자면 '벌레만도 못한 것들'이 꼬여 난감한 상황에 빠졌을 때, 자신의 머릿속을 가득 채웠던 사내는 늘 떠올리던 그 사람이 아니었다.

"가장 먼저 당신이 떠올랐어요."

"……."

"당신을 찾았고, 그러니까 당신이 나에게로 왔어요."

바로 지금 눈앞에 있는 사람이 너무나도 간절하게 보고 싶었다.

"호오."

아라의 솔직한 고백에 좀처럼 표정을 풀 생각을 않던 제하가 미소 지었다. 언제 오만상을 찌푸리고 있었냐는 듯 여유로운 미소를 짓던 그는 자꾸만 새어 나오는 미소를 주체 못 하는 지경에 이르렀다.

"그러니까 지금."

그의 입꼬리가 올라갔다. 이를 본 아라는 뒤늦게 후회했다. 자신은 왜 이 이야기를 꺼내서 그의 기를 살려 준 걸까.

"나한테 휘둘렸다는 거군."

"……."

꼭 그렇게까지 말할 거 있느냐며 아라가 그를 흘겨봤다. 그러나 이미 한번 상승한 그의 입꼬리를 내릴 방법은 없었다. 말 몇 마디에 천국과 지옥을 오갔다. 제하가 그녀를 제 품 안으로 끌어당겼다. 버둥대는 아라에게 팔을 둘러 옴짝달싹도 못 하게 꼭 끌어안고는 유혹적인 음성으로 나지막하게 속삭인다.

"날 사랑하는 거 같아?"

언젠가 한번 물었던 적 있는 질문에 아라는 꿀 먹은 벙어리가 되었다. 말을 돌리던 그때와는 달리 화르륵 달아오른 그녀의 얼굴에 제하는 더더욱 확신했다. 굳이 대답을 들을 필요도 없었지만, 반드시 그녀의 입, 요 작고 사랑스런 입으로 듣고 싶었다.

"……그런 직설적인 질문은 조금 거북합니다만."

"좋아, 그럼."

커다란 손을 뻗은 그가 그녀의 얼굴을 감싸며 피식 웃었다. 자꾸만 자신과 거리를 두려 했던 그녀가 이렇게 제 품 안에 있다는 것이 기특하고 예뻤다. 여기에 딱 한 마디만 더 보태어 준다면 정말 눈부실 정도로 예쁠 거 같은데, 그 한 마디 듣기가 하늘의 별 따기로구나.

제하가 웃으며 다시 한 번 물었다.

"나한테 넘어왔어?"

그런데 그 별, 곧 제 품 안에 떨어질 거 같았다.

三花.
망나니 국서

별. 항상 올려다보기만 했던 그 별이 이제야 겨우 제 품 안에 떨어지려 했다.

"나한테 넘어왔어?"

전보다 한층 가벼워진 물음에 아라는 깊은 고민에 빠졌다. 지금 제 앞에서 히죽대며 웃고 있는 그를 보고 있으니 왠지 넘어가 주고 싶지 않았다. 하지만 여기까지 온 마당에 이제 와 물러나기도 뭐했다. 할 수 없지.

'후우.' 하고 깊은 한숨을 내쉰 아라는 두 눈을 부릅뜨고 그를 바라봤다.

"꼴사납게도."

설렘 따위 조금도 느껴지지 않는 답변이었지만, 제하는 그것만으로도 충분했다. 그 마음은 확실하게 와 닿았으니까.

"착하다, 잘했어."

마치 아이 취급하듯 그녀의 머리를 쓰다듬던 제하의 눈빛이 서서히 짙어졌다. 그의 집요한 시선이 아라의 붉은 입술에 닿는다. 이내 그의 고개가 숙여지더니 그 뜨거운 숨결이 닿았다. 아니, 닿기 직전이었다.

"아무리 이곳이 천유가 아니라지만, 길거리에서 이러시면 곤란합니다."

갑작스레 들려오는 목소리에 아라는 화들짝 놀랐다. 재빨리 제하를 밀쳐내고 고개를 돌리니, 언제 온 건지 모를 무휼과 월비가 서 있는 게 보였다. 못마땅한 얼굴로 그들을 바라보고 있던 무휼이 퉁명스레 말했다.

"무슨 일이 생겼으면 어쩌나 했는데, 괜한 걱정이었네."

"그러게 말이야. 들었어. 이재학을 붙잡았다며?"

무휼의 등 뒤에 있던 월비가 고개를 빼꼼 내밀었다. 어디 다친 곳 없느냐는 그녀의 물음에 아라는 재빨리 고개를 끄덕였다.

"잡았지. 아주 단번에 잡았지."

갑작스러운 방해꾼들의 등장에 불만 가득한 얼굴로 툴툴대던 제하가 싸늘하게 대꾸했다. 덧붙여 근접한 거리에서 당시 상황을 지켜본 목격자로서 철렁했던 심정도 굵고 짧게 정리했다.

"간 떨어지는 줄 알았어."

"그리고 나는 지금 그걸 달래는 중이었고."

"덕분에 이제 완쾌됐어. 아니, 완쾌될 뻔했지."

"……."

"누가 눈치 없게 방해만 안 했더라면."

오늘따라 죽이 잘 맞는 그들을 바라보고 있던 무휼은 꽤나 흥미롭다는 표정을 지었다. 왠지 모르게 기뻐 보이는 남자와 얼굴을 붉히고 있는 여자. 아무리 눈치 없는 그라고 해도 이렇게나 대놓고 티를 내는데 모를 리 없었다.

둘 사이에는 무슨 일이 있었던 게 틀림없었다.

"안 본 사이에 생사를 오가셨군요."

누가 들으면 제하가 죄인을 쫓다가 한바탕 난리를 겪은 줄 알겠다. 그러나 남쪽 마을에까지 들려온 소문에 의하면 문제의 이재학을 잡아넣은 것은 작은 체구의 여인이라 했다. 은근히 비꼬는 식의 말에도 제하는 상관없다는 듯 웃었다. 오늘이라면 그 어떤 도발도 활짝 웃는 얼굴로 받아줄 수 있을 것만 같았다.

"그나저나……."

이번에는 제하가 무휼과 월비를 응시하며 입을 열었다. 사실은 아까부터 신경 쓰이던 것이 하나 있었다.

"딱 보니 아주 실컷 놀다 오셨구만."

"하하……."

제하의 시선에 무휼은 어색한 웃음을 지었다. 그도 그럴 것이 현재 그들의 꼴은 말이 아니었다. 손에는 새총이니 연이니 팽이 따위가 가득 들려 있는데, 도저히 수색 작업을 벌이다 온 사람처럼 보이지 않았다.

"저도 모르게 그만 넘어가서……."

이재학이 북쪽 마을에 있다는 말을 듣기 무섭게 정말 제대로 놀기 시작한 것이다. 적당히 놀고 돌아가야지, 했으나 그게 어디 마음처럼 되나. 놀다 보니 시간 가는 줄 몰랐고 그러다 보니 늦었다.

"아주 즐거웠겠어."

"죄송합니다."

"괜찮아."

괜찮다는 그의 말에 무휼과 월비는 깜짝 놀랐다. 당연히 트집 잡히겠거니 각오했는데 반응이 영 싱거웠다. 혼란스러움에 그들의 눈동자가 정신없이 떨렸다. 특히나 월비는 그를 잔뜩 경계했다. 자신이 아는 국서는 그냥 이렇게 넘어갈 리가 없는데, 도대체 무슨 꿍꿍이인 거지?

"이쪽도 꽤 좋은 시간 보냈으니까."

"……."

"그렇지?"

제하가 아라에게 동의를 구했지만 아라는 고개를 돌려 버렸다. 그렇지는 뭐가 그렇지야. 그녀의 얼굴은 살짝 구겨져 있다.

물론 초반에는 좋았던 거 같은데 벌레가 꼬이는 바람에 불쾌했다. 이재학 체포 과정에서는 기분이 나빴다. 그리고 저 때문에 놀란 구제하를 달래느라 진땀을 빼야 했고, 마지막에는 분위기에 넘어가 대뜸 고백을 하는 바람에 민망하기까지 했다. 즉, 적어도 그녀에게 있어서는 참으로 파란만장하고 힘겨운 하루였다는 뜻이었다.

"빨리 돌아가서 쉬고 싶어……."

한숨을 내쉰 아라는 작게 중얼거렸다. 지금 당장 두 다리 쭉 뻗고 드러눕고 싶을 정도로 몸도 마음도 지쳐 버렸다.

"그럼 이제 천유로 돌아가는 건가?"

"음, 글쎄요……."

볼일도 끝났겠다. 앞으로의 일정이 어떻게 되느냐는 제하의 물음에 무휼은 슬쩍 하늘을 올려다봤다. 어느새 하늘이 서서히 어둠으로 물들어 가고 있다.

"아무래도 지금 출발하는 건 조금 위험할 거 같네요. 날이 어두워지면 이동하기 불편하니까요."

"그럼 오늘 못 가는 건가?"

"오늘 안에 떠나려 했으면 좀 더 일찍 출발했어야죠."

"그러네. 누구네가 놀러 다니는 데에 정신만 팔리지 않았어도 충분했을 텐데."

"……."

"아, 죄인 체포는 생각보다 얼마 안 걸렸어. 그냥 알아 두라고."

그럼 그렇지. 무휼은 생각했다. 어쩐지 아까는 그냥 넘어가기에 웬일이래 했는데, 역시나 트집을 잡는 그였다. 그러나 저들이 잘못했으니 입이 열 개라도 할 말이 없었다.

"뭐, 어두운 상태에서 말을 타고 달리는 건 위험하니 할 수 없지."

"다행히 이곳에는 객주가 많습니다. 오늘은 여기에서 묵고 내일 새벽에 출발하는 거로 하죠."

"그래, 그럼."

그만 가자며 자리에서 일어난 제하가 아라를 향해 손을 뻗었다. 그가 내민 손을 바라보고 있던 아라는 기분이 묘했다. 분명 조금 전까지만 해도 아무렇지 않게 잡고 있던 손인데 새삼 다시 잡자니 떨렸다.

"못 걷겠어? 안아 줄까?"

"누굴 애 취급 하는 건지."

아라가 신경질적으로 그의 손을 잡았다. 그리고 보란 듯이 힘차게 자리를 박차고 일어났다. 제 다리로 걸을 수 있음을 당당히 증명하고 있는데 정작 제하의 시선은 그녀가 아닌 어깨 너머의 무언가에 고정되어 있었다.

"뭘 그렇게 보고 있는……."

"저기 봐 봐."

자리에 앉아 정면만을 바라보고 있을 때는 미처 몰랐는데, 어느새 땅거미가 내려앉은 마을에는 하나둘 불빛이 보이기 시작했다. 꼭 지상에서 반짝이는 별처럼.

"예쁘네."

낮에는 볼 수 없었던 또 다른 화려함. 아마 계속 앞만 보고 있었다면 절대 몰랐을 풍경이었다.

* * *

우안 방문객들의 절반 이상은 물건을 떼러 온 상인들이었다. 그렇다 보니 자연히 숙박 시설이 발전하게 되었고, 이 때문에 남쪽과 북쪽의 경계는 대부분이 객주였다.

현재 아라가 있는 곳은 우안에서도 단연 으뜸이라는 객주 소향.

총 7층짜리의 커다란 건물은 외부는 물론 내부까지 신경 쓴 티가 팍팍 났다. 하룻밤 머무는 데 드는 돈이 장난 아니라, 웬만한 사람이 아니고서는 감히 발을 들일 수 없는 곳이기도 했다. 그런 어마어마한 곳에 나타난 사인방에게 사람들의 시선이 집중됐다. 중앙 고위 귀족의 자제라도 되는 걸까. 눈요기가 되는 외모에는 귀티가 흘렀고, 행동 하나하나에서 품위가 절로 느껴졌다. 가까이 다가가기 힘든 분위기를 내뿜는 그들은 지금.

"아니지요. 그건 아니지요."

"아니긴 뭐가 아니야."

저들끼리 열심히 다투고 있었다.

두 개의 패를 손에 쥔 무휼이 단호히 고개를 저으며 말했다. 그리고 그의 앞에는 못마땅하다는 얼굴로 손을 내밀고 있는 제하가 서 있다.

"방이 모자라서 두 개밖에 얻지 못했습니다."

"그래, 나도 알아. 다른 곳은 다 찼다며."

"이럴 경우 당연히 남자는 남자끼리, 여자는 여자끼리 나누는 게 상식 아닙니까?"

아니, 이게 그렇게 고민할 문제냐며 무휼이 답답하다는 듯 물었다. 그러나 제하는 자신의 의지를 굽힐 생각이 전혀 없었다.

"너, 설마 나랑 한 방을 쓰고 싶었던 거냐?"

"예?"

"나한테 흑심이라도 품었어?"

"그럴 리가 없지 않습니까!"

제하의 물음에 무휼이 곧장 발끈해서 외쳤다.

사건의 내용은 이러했다. 하필이면 지금이 환절기라 철 지난 봄 상품들을 아주 저렴한 가격에 구입할 수 있는 적기였다. 이 때문에 각지에서 우안으로 사람들이 몰리며, 모든 객주들이 만원이란다. 어찌어찌 방 두 개를 구하기는 했는데 문제는 이 방을 어떻게 나누느냐였다.

"오늘 하루 종일 이렇게 나눠서 다녔으니, 하루의 마무리도 그렇게 하자고."

"안 됩니다."

"도대체 왜 안 되는 건데?"

한사코 아라와 같은 방을 쓰겠다는 제하 때문에 무휼은 머리가 깨질 거 같았다. 그에게는 상식이라는 것이 통하지 않았다. 더 웃긴 건 아라가 나서서 한마디라도 해 주면 좀 더 쉬울 텐데, 그녀 역시 포기한 건지 그저 지켜만 보고 있다는 것.

"절대로 안 됩니다."

절대 안 된다는 그 말에 제하는 슬슬 짜증이 났다.

"너와는 꽤 의견이 잘 맞는다고 생각했는데 아니었네."

"이건 의견이 맞고 안 맞고의 문제가 아니지 않습니까. 기본적인 문제라고요."

결국 무휼 역시도 화를 냈다. 어떻게 남녀가 한 방을 쓰느냔 말이다. 아무리 어렸을 때부터 함께 지내 왔다고는 하지만 그래도 이건 아니지 않은가.

"우리는 부부니까 괜찮잖아."

"그럼 저희는요."

"……."

무휼이 저 멀리 객주 안을 구경하기 바쁜 월비를 바라보며 대꾸했다.

그래, 그대들은 부부니 상관없다 치고, 그럼 남은 우리들은 어떻게 하느냐는 말이었다.

"아."

그제야 무휼이 주장한 문제점을 깨달은 제하는 한숨을 내쉬었다. 저희 둘만 신경 쓰느라 미처 그들의 관계까지는 생각하지 못한 것이다. 그 정도로 지금 그의 머릿속에는 아라밖에 없었다.

"빨리 장가 안 들고 뭐했대."

"……."

제하가 원망 가득한 시선으로 무휼을 바라봤다.

"십수 년을 함께했다며, 지금까지 뭘 한 거야?"

"하하. 죄송합니다."

그의 말에 무휼은 최선을 다해 웃었다. 그러나 웃고 있는 입과 달리 눈은 아니었다. 그저 짜증이 한가득이다. 아니, 누구는 안 하고 싶어서 안 했나. 정말 아무렇지 않게 사람의 심리를 박박 긁어대는구나.

"뭐야, 왜들 이렇게 심각해?"

"아, 월비……."

"방 구했어?"

"어, 구했는데……."

월비가 곁으로 다가오자 나머지 셋은 입을 다물었다. 그저 각자 다른 의미가 담긴 눈빛으로 그녀를 바라봤다. 따지고 보면 이게 다 이 여자 때문이었다.

"그럼 빨리 방 나눠서 올라가지 않고 뭐 하는 거야?"

월비가 투덜대기 시작했다. 그러자 무휼은 고민에 빠졌다. 지금 이 상황을 그녀에게 어떻게 설명하면 좋을까. '눈앞에 있는 이 국서가 아라와 한 방을 쓰고 싶다는데, 너는 어떻게 생각하니?'라고 물을까. 차라리 월비가 한번 소리를 질러 주길 바라며 무휼이 막 입을 떼려던 그때였다.

"무휼이 월비, 그대와 한 방을 쓰고 싶다네."

"예에?!"

제하가 재빨리 선수를 쳤다. 그러자 무휼이 놀란 토끼마냥 두 눈을 휘둥그레 뜨더니 펄쩍 뛰었다. 지금 그게 무슨 소리냐 짜증을 내면서도 월비에게는 그런 게 아니라 변명하기 바쁜데, 오락가락하는 꼴이 그야말로 가관이었다.

"아니, 제가 언제……."

"나는 별로 상관없는데?"

"뭐?"

이번에는 월비의 말에 무휼이 화들짝 놀랐다. 그러자 월비는 오히려 그에게 왜 그러느냐 묻더니, 이내 두 눈을 가늘게 뜨며 그를 노려봤다.

"뭐야, 혹시 내가 불편하다느니, 나랑 한 방을 쓰기 싫다느니 그런 거야?"

"아니, 그런 건 아니지만……."

"아니면 지금 켰다고 내외하는 거야?"

"아니……."

"사내자식이 그렇게 예민하게 굴 거야?"

월비에게 절대적으로 밀리는 무휼이었기에 이번에도 속수무책으로 당할 수밖에 없었다. 그리고 이는 아라와 제하에게는 좋은 구경거리가 되었다.

아, 정말. 이 연인은 지켜보는 재미가 있다니까. 오래 놓고 보면 답답해서 그렇지.

"잘됐다! 우리 아까 하던 장기 대결 끝을 봐야지. 아마 여기서도 빌릴 수 있을 거야. 내가 빌려올 테니까, 오늘 잘 생각 하지 마, 무휼!"

선전포고를 한 월비가 굳어 버린 무휼을 그대로 방치해 놓고는 쌩하니 어딘가로 달려가 버렸다. 멍하니 서서 눈으로 그녀의 뒤꽁무니를 좇고 있기를 얼마, 제하가 굳어 버린 무휼의 옆구리를 쿡 하고 찔렀다. 그러고는 한껏 으스대며 말했다.

"나한테 고맙지?"

"하하. 이것 참 눈물 나게 고맙습니다."

"고마워할 필요 없어."

제하의 말에 무휼이 한껏 그를 흘겨보며 으르렁댔다. 아무래도 오늘 밤, 적어도 한 사람은 제대로 잠들지 못할 거 같았다.

잠시 뒤, 월비가 커다란 장기판을 품에 안고 달려왔다. 빨리 방을 알려 달라며 앞에서 보채고 있지만 무휼은 여전히 내키지 않는지 선뜻 패를 내어 주지 않았다. 결국 참다못한 그녀가 그의 손에서 패 하나를 낚아채더니 먼저 가 있겠다는 말을 남기고는 쌩하니 위층으로 올라가 버렸다.

이를 지켜보고 있던 제하가 시샘 가득한 목소리로 작게 중얼댔다.

"부럽다."

잠깐, 뭐가 부럽다는 건데?

"보고 좀 배워."

그러니까 뭘.

아라는 인상을 찌푸렸다. 곧 고개를 돌린 그가 그녀의 손을 덥석 붙잡더니 여전히 굳어 있는 무휼의 손에서 하나 남은 패를 챙겨 들고는 그대로 앞장서 위로 올라갔다.

오늘의 희생양이 되어 준 친절한 무휼에게 인사하는 것도 잊지 않고.

"그럼 힘들겠지만 잘 자라."

* * *

"아, 또 무휼이 이겼나 보네."

옆방에서 들려오는 통곡 소리에 아라가 작게 중얼거렸다. 어찌나 피곤한지 제하와 단둘이 있음에도 불구하고 졸음이 몰려왔다. 오늘 막 서로의 마음을 확인한 연인들치고는 설렘이나 긴장 따위 하나 없는 밤이었다.

아라의 맞은편에 앉은 제하 역시 옆방을 흘겨봤다.

"벌써 몇 번째야?"

옆방 손님들의 횡간소음이 장난 아니었다. '설마 밤새 계속 저러는 건 아니겠지?' 하는 얼굴로 아라를 바라보자, 그녀가 대책이 없다며 한숨을 내쉰다.

"월비는 자기가 이길 때까지 해요. 승부욕 하나는 끝내주거든요."

"저 녀석도 바보군."

제하가 탁자 위에 놓여 있는 물을 마시며 은근히 무휼의 흉을 보기 시작했다.

"져 주면 되잖아. 그깟 자존심이 뭐라고."

"그렇게 간단한 문제가 아니에요."

"음?"

"대충 해도 화를 내거든요."

워낙에 지는 걸 싫어하는 월비인지라 지면 파르르 떨면서도, 일부러 져 주면 또 화를 내는 게 그녀였다. 결론적으로 월비에게서 벗어날 수 있는 방법은 딱 한 가지. 그녀의 실력이 늘 때까지 계속해서 부딪치는 것뿐이었다.

"참 귀찮은 여자야."

제하는 진심으로 무휼을 응원했다. 어찌 보면 제가 밀어 넣은 거지만, 지금쯤 한창 고생하고 있을 그를 생각하니 뒤늦게나마 아주 조금 미안해진 것이다.

"도대체 저 여자는 어떻게 네 측근에 들 수 있었던 거야?"

"네?"

"측근이라는 건 그만한 가치가 있다는 거겠지? 그냥 병풍은 아닐 거 아니야."

무휼만 놓고 봤을 때도 그렇지 않은가. 그 나이에 중앙군의 대장이 되는 게 쉬울 리 없었다. 그것도 정치를 하는 집안에서 툭 튀어나와 무인의 길을 걸어 그 정점에 올랐으니, 이 얼마나 대단한 일인가. 그렇다는 건 그와 나란히 걷고 있는 월비 역시 그에 필적하는 능력을 갖추고 있다는 뜻이나 다름없었다.

"아니면 소꿉친구라는 이름이 웬만한 벼슬보다 좋은 건가?"

제하의 물음에 아라는 잠시 생각에 잠겼다. 워낙 어렸을 때부터 함께한 사이이다 보니 그 점에 대해서는 별로 생각한 적이 없었다. 물론 무휼과 비교하면 월비는 아무것도 아닌, 그저 응석받이처럼 보일 수도 있겠지만.

"월비는 남의 말을 잘 안 들어요. 그리고 고집도 세지요."

"잠깐, 그거 칭찬이야?"

가만히 이야기를 듣고 있던 제하가 고개를 갸웃거리며 물었다. 사실 보이는 것만큼 둘 사이가 좋지는 않았던 걸까, 하고 생각하던 차에 아라가 뒤의 말을 이었다.

"모사가 끊이질 않는 궐 안에서."

"응?"

"타인의 이간질에 조금도 흔들리지 않고."

유월비라는 여인을 만만하게 봐서는 안 된다.

"자신의 의지를 밀어붙일 수 있다는 건 아주 대단한 일이에요."

그것은 간단하면서 아무나 할 수 없는 일이기도 했다. 나쁘게 말하면 자기중심적이라 남의 이야기를 안 듣는 거라고 할 수 있겠지만, 좋게 말하면 아무리 흔들어도 흔들리지 않는다는 뜻이었다.

"일단 흔들리지만 않으면 객관적인 판단이 가능해지거든요. 다만……."

말끝을 흐린 아라가 다시금 소란스러워진 옆방을 힐끗 바라보더니 어색하게 웃었다.

"좋고 싫음이 확실해서 그렇지."

호불호가 확실하고 약간의 편애가 있다는 말에 제하는 한숨을 푹 내쉬었다.

"아, 내가 미운털이 단단히 박힌 이유가 바로 사적인 감정 때문이었구나."

어찌 만인의 마음에 들 수 있겠느냐마는, 월비라는 여인에게는 미운털 박혀 봤자 좋을 게 하나 없어 보였다.

"그게 다 나 때문이에요."

아라가 싱긋 웃으며 말했다. 일전에 무휼에게서 들은 이야기에 따르면, 월비는 지금 구제하에게 질투를 하는 중이라고 했다.

"나를 너무 좋아해서 그래요."

"누가, 내가?"

"월비가요."

"허, 참."

어이가 없다는 듯 혀를 찬 그가 벽을 강하게 쏘아봤다. 지금쯤 저 방에서는 한바탕 격렬한 장기판이 벌어지고 있겠지.

"벌레만도 못한 것들로도 모자라, 이제는 하다 하다 여인에게까지 질투를 해야 한다니."

투덜대는 말과는 다르게 제하는 웃고 있었다. 이를 본 아라는 금세 또 불안해졌다.

왜, 또. 또 무슨 말을 하려고 그러나.

"그래도 너는 내가 좋다니까 봐준다."

"내가요? 내가 좋아한다는 말을 했던가?"

"……."

아라가 자신은 그렇게 말한 적 없노라 삐딱하게 말하자 제하는 곧장 입을 다물었다. 그러나 이는 사실이었다. 내포된 의미는 둘째치고, 그녀가 실제로 말한 것은 '꼴사납게도.'였으니까.

"꼭 잘 나가다가 모난 구석이 발동한단 말이지."

모난 구석이라니. 아라가 그를 노려봤다. 그렇게 둘만의 신경전을 벌이길 얼마, 이번에는 옆방에서 우당탕탕하는 소리가 들려 왔다.

보지 않아도 저 방의 광경이 눈앞에 선했다. 제 분을 이기지 못한 월비가 장기판을 엎어 버린 게 분명했다.

"귀띔 좀 해 줘."

"예?"

"잘 보여야 하는데, 나 저 여자 무서워."

겁을 먹은 얼굴로 벽을 응시하던 제하가 아라에게 도움을 요청했다.

"유월가의 공주님이니 집안도 좋아, 권력도 있어, 재물도 있을 테고 또 소월가의 장남과 여왕을 소꿉친구로 두었으니……."

그야말로 두려울 게 없는 사람이라는 뜻이었다. 제하는 새삼 그녀의 처지가 부러웠다.

"아마 천유국에서 가장 자유로운 영혼일 거야."

"아니요. 월비를 뛰어넘는 사람이 한 명 있어요."

"뭐?"

그녀보다 더한 사람이 존재한다는 말에 제하는 기겁했다. 설마 저기에서 그 위를 웃도는 사람이 또 있단 말인가. 그렇다면 그 사람은 어느 정도로 제멋대로인 거지.

"저거보다 더 심하다고?"

오죽 놀랐으면 벽 너머를 가리키고 있는 그의 손이 떨리고 있다. 그의 신선한 반응에 그저 웃고 있던 아라는 고개를 끄덕였다.

"한 두세 배?"

조금도 아니고, 두세 배란다.

"누군데?"

"월비의 오라버니요."

"맞다. 위로 오라버니가 하나 있다고 했었지."

직접 만나 본 적은 없지만 제하는 왠지 모르게 이해가 됐다. 저런 여동생을 둔 오라버니라면…… 암, 심하면 심했지 덜하지는 않을 테니까.

"일명 시건형의 적수."

아라가 무덤덤한 목소리로 설명을 이어 갔다.

"월비에게 유월가라는 든든한 배경이 있다면, 월비의 오라버니는 유월가 그 자체예요. 어린 나이에 가주권을 물려받았거든요. 무서울 게 없지요."

"잠깐."

잠자코 그녀의 이야기를 듣고 있던 제하가 미간을 찌푸렸다.

"나이가 몇 살인데?"

여동생인 월비의 나이가 열일곱이었다. 아무리 그녀와 나이 차가 있다고 해도 가문을 통째로 맡기기에는 아직 젊은 나이일 것이다.

"스물넷이요."

역시나. 제하는 깜짝 놀랐다. 저보다 고작 두 살밖에 많지 않은데 유월가의 가주가 되다니. 그 오라버니라는 남자도 그렇지만, 자리를 물려준 전 가주도 제정신이 아닌 게 틀림없었다.

"그럼 지금 유월가는 그 새파랗게 어린 놈이 이끄는 거야?"

"당신도 스물둘에 구가의 가주권을 갖고 있잖아요."

"그러는 너는 열일곱에 이 나라를 갖고 있잖아."

"나랑 비교하면 안 되지요."

어찌 가문을 나라에 비교할 수 있단 말인가.

"구가를 유월가에 비교하는 것도 말이 안 되지. 어디 가당키나 해?"

천유국에는 수많은 귀족 가문이 있었다. 이들을 일렬로 세운다면, 구가는 끝자락에 속했다. 반면 소월가와 유월가는 감히 쳐다볼 수도 없을 정도의 존재였다.

왕이 태양이라면 바로 그 아래에 존재하는 두 개의 달. 그것이 바로 그들이다.

"걱정 마세요. 가주의 소임은 월비의 아버지께서 맡고 계시니까요. 오라버니가 집을 나갔거든요."

"……뭐?"

"그래서 할 수 없이 공무 수행은 전 가주께서 맡고 계세요."

제하는 다시 한 번 놀랐다. 도대체 어떻게 되어 먹은 집안인지 모르겠다. 이쯤 되면 오히려 월비라는 여자가 정상으로 보일 지경이었다.

또한 이제는 아무렇지 않다는 듯 덤덤하게 말하는 아라의 태도도 놀라웠다. 도대체 어떤 만행을 일삼고 다녔기에 가주가 가출을 했다는데도 태연한지 모르겠다.

"말했잖아요? 보통의 사고방식으로는 이해가 안 될 거라고."

그 말을 끝으로 아라가 자리에서 일어났다. 너무 피곤해서 안 되겠다며 잠시 방 안을 둘러보던 그녀가 난감하다는 얼굴로 하나밖에 없는 침상을 가리켰다.

"그런데 정말 여기에서 잘 거예요?"

"당연하지."

도대체 왜 그게 당연한 건지 모르겠지만, 월비까지 넘어간 마당에 어쩔 수 없었다.

물론 지금 당장 옆방에 쳐들어가 월비와 함께 방을 쓰고 싶다 말하면 그녀는 당장에 무휼을 내쫓겠지만…….

"저 둘, 오랜만에 저렇게 오붓한 시간을 보내고 있는데 방해할 거야?"

"윽."

구제하라는 남자는 그녀에 대해 너무 잘 알고 있었다.

그는 아라가 무휼과 월비를 방해하지 않을 거라 확신하고 있다. 우리 꼬맹이는 너무 착하니까.

자리에서 일어난 제하가 천천히 침상을 향해 걸어갔다. 그 앞에서 머뭇거리고 있는 아라를 그대로 지나친 그가 벌러덩 한쪽에 누워 버렸다. 그러고는 슬쩍 그녀를 돌아보더니 제 옆의 여유 공간을 툭툭 두드린다.

"이리 와. 나쁜 짓 안 할 테니까."

"……."

"오늘은 너무 놀라서 그럴 기운도 없고 생각도 없어."

"그럼 언제는 그럴 생각이 든다는 거예요?"

"뭐, 매일. 시도 때도 없이?"

이 남자가 진짜.

"어차피 어떻게 하지도 못할걸요? 낮에 봤지요?"

낮이라는 말에 제하는 아라를 붙잡고 있던 이재학을 떠올리고는 미간을 찌푸렸다. 그러나 그것도 잠시, 건장한 사내 셋을 제압하던 그녀의 모습이 뒤이어 떠올랐다.

"미리 말하는데 나 싸움 같은 거 못해."

"……."

자신은 힘없는 약자라며 한껏 불쌍한 척을 하는 그에게 아라는 서서히 경계심을 지우며 다가갔다. 그녀가 조심스럽게 곁으로 다가오자 그가 손을 뻗었다. 곧 그에 의해 눕혀졌다. 서로 나란히 누워 있는 꼴이 되자 얼굴에 완연한 미소를 띠고 있던 그가 그녀를 꼭 감싸 안았다.

"계속 안 컸으면 좋겠다."

"평생 열일곱으로 있으라는 거예요?!"

무슨 그런 저주를 퍼붓는 거냐며 아라가 발끈했다.

"아니, 나이 말고. 신장."

"그건 그거대로 끔직한데."

안 그래도 툭하면 꼬맹이 소리를 들으며 오해와 무시를 받고 있는데, 평생 이 키로 살아야 한다니. 생각만 해도 끔찍했다.

"품에 쏙 들어오는 게 좋아."

"난 답답해요."

"그래도 이렇게 안고 있으면 나한테서 못 도망갈 거 아니야."

도망이라는 표현이 살짝 거슬려 아라는 인상을 찌푸렸다. 그러나 그의 시선이 느껴지기 무섭게 재빨리 표정을 풀고 싱긋 웃었다. 어쩐지 입안이 간질간질했다. 하고 싶은 말이 있었던 것 같지만, 구체적으로 떠오르지 않아 그냥 말기로 했다.

"네 이야기가 듣고 싶어."

"내 이야기라면 오늘 충분히 말한 거 같은데요?"

"부족해."

부족하다니. 첫사랑에 대한 추억을 시작으로 고백까지 했는데 부족하다니, 욕심이 과했다.

"뭐가 궁금한데요."

아라가 물었다.

운도 좋지. 오늘의 그녀는 그 못지않게 기분이 흘가분하고 좋아서 뭘 물어도 말해 줄 용의가 있었다.

잠시 고민하던 제하가 두 눈을 반짝였다.

"성인식까지 얼마나 남았어?"

첫 질문부터 아라는 별로 마음에 안 들었다.

"그게 왜 궁금한 건데요?"

슬그머니 그에게서 멀어지려 했지만, 허리에 단단하게 감겨진 두 팔 때문에 불가능했다. 호랑이 굴에 들어가도 정신만 바짝 차리면 산다고 누가 그랬나. 이미 호랑이 굴에 제 발로 들어간 시점에서 그 사람은 제정신이 아니었던 것이다. 그래, 이렇게 덥석 안기는 게 아니었다.

"그냥 궁금해서."

너무나도 맑은 그의 눈빛을 보니 아라는 괜히 자신이 곡해한 건가 싶었다. 할 수 없지. 잠시 그를 흘겨보던 그녀가 언제부터인가 새지 않았던 남은 날을 계산했다.

"한 여섯 달 정도 남았네요."

혼례를 올린 게 바로 엊그제 같은데 벌써 시간이 이렇게 되었구나. 아라가 눈 깜짝할 새에 흘러간 시간에 놀라고 있는 사이, 돌아누워 있던 제하가 투덜댔다.

"많이 남았네."

"다르게 말하자면 약속한 계약 기간은 열 달 정도 남았다는 겁니다."

"얼마 안 남았네."

'계약 기간'이라는 말이 나오기 무섭게 제하의 표정이 굳었다. 열 달 이후면 우리는 어떻게 되는 걸까. 처음과 상황이 달라졌다. 그렇다면 그 계약에도 영향이 있지 않을까. 그러나 차마 무서워서 물어보지는 못하겠다. 그렇게 그가 고민하고 있는 사이, 이야기는 벌써 다음으로 넘어가 버렸다.

"제 이야기는 충분히 한 거 같으니, 오늘 밤에는 그쪽 이야기를 듣도록 하지요."

"내 이야기는 별로 재미없어."

그럼 나는 재미있다는 말입니까.

자신의 이야기는 하지 않으려는 주제에 자꾸만 다른 이야기를 들려 달라 조르는 제하에 아라는 한껏 그를 노려봤다.

"내 이야기가 궁금해요?"

"응."

"월비가 별로 안 좋아할 텐데……. 궐 안에 있는 사람들도 대부분이 나에 대해 잘 모르거든요."

아라의 말에 어떠한 기억을 떠올린 제하는 쓰게 미소 지었다.

"그러고 보니 일전에 옥에 갇히기도 했지. 아무리 생각해도 그때 그 상황은 어이가 없어."

아, 국서를 홀린 꽃뱀으로 몰려 옥에 갇혔던 일을 말하는 거로구나. 덕분에 대외 활동도 할 수 있게 되었지만, 여전히 그것에 대해서는 귀족들의 지나친 간섭이 이어졌다.

"숙부께서 철저하게 통제하셨으니까요."

"원래부터 그렇게 사이가 안 좋았던 거야?"

"아니요."

가족끼리 싸운다는 게 얼마나 힘든 것인지 아라는 너무나도 잘 알고 있었다. 그것은 체력뿐만 아니라 정신도 마음도 지치는 일이었다. 게다가 그 상대가 철석같이 믿고 있던 존재라면 더더욱.

"숙부께서는 원래 왕위에 별로 관심이 없으셨거든요."

그럴 리가. 지금은 그렇게나 권력욕에 사로잡혀 있는 사람이 왕위에 별다른 관심이 없었다니. 제하는 아라의 말을 믿을 수가 없었다.

놀라는 제하에게 아라가 다짐하듯 한 번 더 물었다.

"정말 내 이야기가 듣고 싶어요?"

"응."

아라의 물음에 제하가 곧장 고개를 끄덕이며 답했다.

"좋아요, 그럼. 듣고 싶다는데 말해 줘야지."

"오늘은 말을 잘 듣네."

그가 다시 한 번 그녀를 감싸 안았다. 포근한 그의 품에 안겨 있으니 아라는 곧 마음이 편해졌다. 이상하게도 이 남자와 함께 있으면 안심이 됐다.

"어디서부터 이야기를 해야 할지 모르겠는데……."

"처음부터."

"처음부터라……. 그럼 태어났을 때 이야기부터 해 볼까요?"

"그래, 그게 좋겠다."

"음…… 헤루왕의 외동딸로 태어난 나는 아버지의 사랑을 듬뿍 받으며 자랐어요. 중앙궁 밖으로도 못 나가게 할 정도였던 걸 보면 지금 생각하니 조금은 과보호셨던 거 같아요."

타인에게 아버지 이야기를 꺼내 놓는 건 처음인지라 아라는 살짝 긴장했다.

"원래부터 지병을 앓고 계셨기 때문에 어렸을 때부터 후계자 수업을 받아 왔어요. 때문에 보통의 공주들처럼은 자라지 못했지요."

"……."

"그런데 내가 열 살이 되던 해, 아버지의 병환이 더욱더 심해졌어요."

그녀의 말에 제하가 숙연해졌다. 혜루왕에게 지병이 있다는 말은 익히 들어 알고 있었다. 혜루왕은 어렸을 때부터 몸이 약했기 때문에 백성들 모두가 이를 덤덤하게 받아들였다. 그러나 궐 밖에는 그저 정무를 보는 데 약간의 어려움이 있다는 말뿐, 그 외의 자세한 사정은 아무도 알 수 없었다.

"많이 안 좋으셨던 거야?"

"기력이 점차 쇠약해지시더니, 정신이 온전치 않게 되었어요."

"……."

"그리고 결국에는 자신에게 딸이 있다는 것조차 잊어버리셨지요."

"그 말은……."

"맞아요. 저를 잊으셨어요. 주위 사람들이 나서도 내가 당신의 딸이라는 걸 믿지 않으셨어요."

바로 그때부터 그녀의 전쟁이 시작되었다.

"당시 강경책을 펼치고 계셨던 아버지는 대신들과 귀족들에게 두려움의 존재였죠. 즉, 그들에게 있어서 이는 기회였던 거예요."

"기회?"

"왕에게는 공주 하나밖에 없어요. 지금까지 여왕이 즉위를 한 사례는 없었고요. 게다가 왕은 그 공주를 기억하지 못해요."

"……."

"즉, 공주만 사라지면 그들의 앞을 가로막는 모든 장애물들이 없어지는 거예요."

왕권 교체. 그것이 바로 그들이 꿈꾸는 것이었다. 혜루왕과 달리 당시에는 유순한 성격이었던 시건형을 왕위에 올리기 위해서 공주를 제거해야만 했던 것이다.

"그럼 시건형은 그때부터 변한 건가?"

제하의 물음에 아라는 고개를 저었다.

"아니요. 그 반대예요. 숙부께서는 오히려 나를 지켜 주는 쪽이었어요."

지금은 못 잡아먹어서 안달인 그 시건형이 아라를 지켜 주었다는 말에 제하는 놀란 눈치였다. 하지만 이는 사실이었다.

"궐 안에 내 목숨을 노리는 이들이 많아지자, 숙부는 나를 궐 밖으로 데리고 나왔어요. 그 뒤로 3년간, 난 숙부네에서 지냈고요."

이 일은 궐 안팎에 철저하게 비밀로 부쳐졌다. 그러니 그가 모르는 것도 당연했다. 왕이 제정신이 아니라는 것과 이 틈을 이용해 대신들이 공주를 위협하고 있다는 이야기가 밖으로 나가면 큰일이 날 테니까.

궐 안에서는 그렇게 모두가 사실을 알고 있으면서도 아무 일도 없다는 듯 입을 다물었다.

"내가 궐 밖에 있다는 걸 아는 사람은 극소수라, 사정을 모르는 궁인들은 공주가 중앙궁에서 나오지 않는다고 생각하게 되었죠. 뭐, 내 부재를 감추기 위해 김 상궁이 노력한 것도 있지만요."

"말도 안 돼. 시건형이 널 도와줬다니."

"예전에는 꽤 사이좋았어요. 일찍이 어머니를 여윈 나를 숙모님께서 살뜰히 챙겨 주셨거든요."

"그런데 어쩌다 이렇게 된 거야?"

이야기에 푹 빠진 제하가 지금처럼 앙숙이 된 이유가 뭐냐며 아라를 재촉했다. 도대체 무엇이 왕위에 관심이 없고, 대신들의 꼬임에도 넘어가지 않던 사람을 흔들어 놓았을까.

"그 무렵 숙모님께서 아들을 낳으셨어요."

그건 바로 자식이었다.

이 틈을 놓칠 리가 없는 왕권 교체 지지자들은 다시금 시건형을 흔들었다. 그리고 후계자가 있는 그는 흔들렸다. 그렇게 시건형까지 가세하자 그들의 기세는 하늘을 찔렀다.

"그 뒤로 변했어요. 당시 제왕학을 배우고 있던 나에게 일반 반가의 아가씨들이 배우는 교양 학문과 예의범절을 가르쳤죠."

하기 싫은 공부를 하는 건 정말 끔찍하다며 아라가 씁쓸한 미소를 지어 보였다.

"스스로 공주라는 것을 생각하지 못하도록 귀족들이 수시로 찾아와 그들의 가치관에 대한 강의를 몇 시간이고 늘어놓기도 했어요."

그래도 공주를 제거하자는 이들보다는 나았다. 목숨은 살려 줬으니까. 다만 그들은 아라에게서 공주로서의 삶을 빼앗고, 일반 귀족 가문의 아가씨로 만들 생각이었던 거 같았다. 그것을 위한 철저한 교육.

'넌 이제 공주가 아니다.'
'네가 공주의 길을 걸으면 네 주변이 불행해질 거야.'

"3년 동안."
3년을 그렇게 살았다.
"그런데 그 아들은 결국 얼마 못 가 병으로 세상을 떠났어요."
하지만 이미 한번 변한 사람은 원래대로 돌아오지 않았다. 이 모든 일의 시작이기도 한 계기가 세상에서 사라졌음에도 그는 바뀌지 않았던 것이다. 오히려 그 계기를 다시 손에 넣기 위해 혈안이 되었다. 결국 그는 법으로 금지된 첩을 들여서까지 아들을 낳았다.
"그 아이는 올해로 세 돌이 되었네요. 지금 내 자리를 위협하는 이들 중 가장 어리고 순수한 적이에요."
제 주변에는 적투성이라며 아라가 말했다. 조금은 슬퍼 보이던 그녀의 미소가 서서히 부드러워졌다.
"그리고 그런 지옥과도 같은 곳에서 날 데리고 나와 준 게 바로."
그였다.
"월영 오라버니고요."
월영. 갑작스레 등장한 아라 첫사랑의 이름에 제하가 곧장 반응을 보였다. 그는 생각했던 것 이상으로 그녀에게 매우 큰 존재였던 것이다.

"대단한 사람이었네."

"아까 말했잖아요, 시건형의 적수라고. 숙부와 맞먹어요."

"잠깐."

가만히 그녀의 이야기를 듣고 있던 제하가 멈칫했다. 뭔가 놓치고 있는 거 같은데? 고개를 갸웃거리던 그가 벌떡 일어났다. 그러고는 조금 놀란 눈으로 아라를 내려다보며 말 했다.

"설마 그 '월영'이라는 사람이……."

유월영.

"월비의 오라버니예요."

좀 전에 이야기했던 월비를 뛰어넘는 존재. 보통의 사고방식으로는 이해를 할 수 없는 그 말도 안 되는 사내였다니. 제하는 기분이 뚝 하고 떨어지는 거 같았다.

자신은 적수가 안 되지 않는가.

"어떻게 시건형에게서 널 빼내 온 거야?"

제하가 물었다. 시건형 성격에 순순히 그녀를 내보내 줄 리가 없었다.

그의 질문에 아라가 웃었다. 두 눈을 감고 잠시 그 날의 기억에 잠긴다. 그러자 잠시나마 잊고 있던 졸음이 몰아닥치며 정신이 몽롱해졌고 그의 얼굴이 떠올랐다.

기억 속에 떠오른 사내는 온통 흙투성이다. 한눈에 봐도 고가임을 짐작할 수 있는 비단옷 역시 먼지투성이.

그러나 정작 본인은 조금도 신경 안 쓴다는 듯 활짝 웃던 그가 손을 내밀며 말했다.

'나랑 같이 갈래?'

"시건형의 집에 쳐들어와서 날 납치해 갔어요."

* * *

어느 날부터인가 아버지는 나를 기억하지 못하셨다. 그 날 이후로 나는 숙부님 댁에 맡겨졌고, 그렇게 모두의 기억 속에서 서서히 잊혀지고 있었다.

철저히 외부와 단절된 세계. 그곳은 그들이 통제하는 커다란 새장. 그리고 나는 그들의 새.

'우리 집에 가자.'

그러던 중 그가 나타났다.

'월비가 매일 너 보고 싶다고 울어. 무휼도 말은 안 하지만 네 걱정 많이 하고 있고. 그리고 나도 네가 걱정돼.'

그의 이름은 유월영. 아마도 천유국에서 가장 잘난 남자. 그런 잘난 남자가 나를 위해 한바탕 먼지를 뒤집어쓰고 나타나, 아무도 들어오지 못했던 새장의 문을 열고 들어왔다.

'혼자 모든 걸 끌어안을 필요는 없어. 꼬맹이면 꼬맹이답게 굴어야지. 울고불고 떼를 쓰고, 있는 힘껏 징징대 봐.'

그리고 나에게 말했다.

'여기서 나가고 싶다고.'

그리고 그날, 나는 아버지가 쓰러지신 이후 처음으로 목을 놓아 울었다. 아주 펑펑. 마른 줄 알았던 눈물이 닭똥처럼 쏟아졌고, 굳게 닫혔던 마음의 문이 서서히 열리기 시작했다. 뻥 뚫려 있던 가슴에 그가 들어왔다.

* * *

"왜 울어?"

갑작스러운 목소리에 아라의 두 눈이 번쩍하고 떠졌다. 화들짝 놀라며 주변을 둘러보자 눈앞에 놀란 구제하의 얼굴이 보인다.

"괜찮아?"

걱정스러운 그의 물음에 아라는 다시금 몸을 뉘었다. 미친 듯이 뛰어대던 심장이 놀랍게도 그를 보기 무섭게 진정됐다.

"아무것도 아니에요."

꽉 잠긴 목소리로 애써 그를 안심시키고는 슬쩍 고개를 돌렸다. 창밖으로 보이는 하늘이 어스름한 것과 피부에 닿는 공기가 서늘한 걸 보니 아직 새벽인 모양이다.

"어디 아픈 건 아니지?"

괜찮다는 말에도 진정이 안 되는 건지, 제하가 그녀의 얼굴을 매만지며 연신 물었다. 이제 그만 물어보라며 아라가 조금 신경질적으로 고개를 끄덕이자, 그제야 제하는 웃으며 눈가의 물기를 쓱쓱 닦아내 주었다.

"그냥 옛날 꿈을 꿨나 봐요."

"꿈을 꾸면서 울다니, 애도 아니고."

"……."

"아, 애 맞구나."

또다시 시작된 아이 취급에 아라는 발끈했다.

성인식 그게 뭐라고 다들 이러는지 모르겠네. 나이는 어려도 마음만 먹으면 당신 따위 한 방에 제압할 수 있다며, 그의 팔을 움켜쥐고는 한껏 노려봤다. 그러자 제하가 인상을 찌푸리더니 그녀의 위로 풀썩하고 쓰러졌다.

붙잡혀 있던 팔을 풀어 그녀를 끌어안고는 목덜미에 얼굴을 묻었다. 그렇게 그녀를 안고 있기를 얼마, 갑자기 고개를 들어 올린 그가 신기한 걸 발견했다는 듯 말했다.

"아이들은 대개 체온이 높다던데, 그래서 그런가? 따듯하네."

아라는 한숨을 내쉬었다. 그럼 그렇지, 이 사람이 또 장난을 치려나 보구나.

"어린아이까지는 아니거든요."

"어린아이, 맞습니다."

"그럼 그런 어린아이에게 마음을 준 당신은?"

"미친놈인가 보죠."

"……."

아라는 입을 다물었다. 정말 그가 말한 것처럼 머리가 어떻게 되기라도 한 걸까? 스스로 미쳤다는 것을 인정하고도 실실 웃고 있는 그를 보니 걱정이 되기 시작했다.

나중에 어의에게 정신 건강 상담이라도 받아 봐야 하는 거 아니냐 진지하게 묻자, 그가 호탕하게 웃으며 몸을 일으켰다.

"그만 일어나자. 다들 벌써 일어나서 기다리고 있어."

"아, 맞다. 아직 우안이었지……."

일어나기 싫다는 의미에서 멍하니 천장을 올려다보고 있자, 고개를 숙인 그가 그녀의 눈두덩에 입술을 눌렀다. 이어 콧등에도. 입술에는 유난히 오래.

아라의 눈이 빛났다.

아, 간밤에 스치듯 반짝하고 떠올랐다가 연기처럼 사라진, 그래서 하지 못했던 말이 떠올랐다.

"어제 했던 성장에 대한 이야기인데……."

"뭐야, 신경 쓰고 있었던 거야?"

어젯밤, 평생 크지 않았으면 좋겠다던 그의 바람과 관련된 이야기였다.

"난 빨리 컸으면 좋겠어요."

물론 어린아이 취급을 당하고 싶지 않기 때문이기도 하지만.

"그래야 나도 당신을 안아 줄 수 있을 거 아니에요."

그 말에 제하의 두 눈이 커졌다. 이내 붉은 입꼬리를 양옆으로 늘리며 조용히 웃는다. 웃음을 참아 보려 했지만 불가능했다.

"아침부터 기특한 소리를 다 하네."

갑자기 밀려온 기쁨이란 감정에서 허우적대던 그는 결국 그녀의 입술에 다시 한 번 입을 맞추고 나서야 겨우 진정할 수 있었다.

"그냥 확 이 기세를 몰아 안고 싶지만."

"……."

"지금 밖에서 들여보내 달라고 난리도 아니야."

아쉬움이 가득한 그의 말에 아라의 시선이 문으로 향했다. 닫혀 있는 문 밖에서 일정한 간격으로 '콩콩' 하는 소리와 함께 '그만해.'라는 사내의 목소리가 들려오고 있었다. 안 봐도 뻔하지. 분명 월비가 빨리 나오라 재촉하고 있고, 무휼은 이를 말리느라 진땀을 빼고 있는 것이다.

"그만 돌아가죠."

그들이 쳐들어오기 전에 먼저 나가는 게 낫다. 자리에서 벌떡 일어난 그녀는 눈 깜짝할 새에 채비를 끝냈다.

문이 열리고 역시나 가장 먼저 보이는 건 월비. 간밤에 잘 잤느냐는 형식적인 인사를 주고받은 아라는 무휼을 바라보았다. 눈 밑이 시커멓게 내려와서는 늘어지게 하품을 하는 꼴이, 예상대로 제대로 숙면을 취하지 못한 게 틀림없었다. 괜히 미안해지네.

"빨리 돌아가자."

"그래. 우리가 늦으면 늦을수록 김 상궁이 난리가 날 테니."

지금쯤 발을 동동 구르고 있을 김 상궁을 생각하니 아라는 벌써부터 귀찮아졌다. 천유에 돌아가기 무섭게 가장 먼저 해야 하는 일이 바로 그녀를 달래는 것이었다.

1층으로 내려가자 꾸벅꾸벅 졸고 있던 객주의 안주인이 화들짝 놀라며 그들을 맞이했다.

"아직 동도 트지 않았는데 벌써 가시는 겁니까?"

"급히 돌아가 봐야 해서요."

피곤에 지친 무휼이 애써 미소를 지으며 답하자, 두 눈에 졸음이 가득하던 여인의 눈빛이 바뀌었다. 마치 길을 걷다 금덩이를 발견한 것마냥 반짝이고 있다.

이를 못마땅하게 응시하던 월비가 고개를 돌렸다. 괜히 아라의 곁으로 다가와 간밤에 있었던 무휼과의 장기 대전 이야기를 늘어놓던 그녀의 고개가 갸우뚱 기울어진다.

"아라, 눈이 왜 그래?"

대뜸 눈이 왜 그러냐는 물음에 아라는 재빨리 제 눈을 비비적거렸다. 아프거나 하지는 않았지만 조금 뻑뻑한 것이, 아무래도 아까 조금 눈물 좀 흘렸다고 그새 부은 듯했다.

"어제 잠을 잘 못 자서 그래."

아라가 어색하게 웃으며 답했다. 울어서 그렇다고 하면 한 소리 들을 게 뻔하니 그럴 바에는 차라리 잠을 못 자서 그렇다고 답하는 게 낫겠거니 했는데…….

"뭐야, 못 잤다고?"

"……."

"그것참, 왜 못 잤을까나? 응? 누구 때문일까나?"

"왜 나를 그런 눈으로 바라보는 걸까나?"

이글거리는 월비의 시선이 아라의 옆에 서 있는 제하를 향했다. 그러자 제하 역시 물러서지 않고 똑같이 응수했다.

둘이 똑같다, 똑같아. 그렇게 둘만의 치열한 눈싸움이 펼쳐지기를 얼마, 먼저 패배를 선언한 것은 제하였다.

월비를 무시하듯 돌아선 그는 내심 신경 쓰였던 건지 아라의 눈을 빤히 들여다보더니, 그녀가 걸치고 있던 장옷을 더 단단히 여며 주었다.

"얼굴 보이지 마."

다른 사람에게 얼굴 보이지 말라며 아주 꽁꽁, 정성을 다해 싸매고 있자 그들을 지켜보고 있던 안주인이 흐뭇하게 웃었다.

"색시들이 다들 고우시네. 남편분들 애간장이 다 타겠습니다."

남편이라는 말에 왠지 모르게 기뻐 보이는 제하와 무휼. 이를 본 아라는 고개를 저었다. 유유상종이라는 말이 괜히 있는 게 아니라니까.

"마음고생이야 이루 말할 수가 없지요. 어제도 잠깐 혼자 내버려 뒀는데 바로 남자들이 꼬여 가지고는……."

"아, 정말!"

도대체 언제까지 그 이야기를 할 거냐며 발끈한 아라가 팔꿈치로 그의 옆구리를 찔렀다. 그러자 제하가 인상을 찌푸리더니 얼얼한 허리를 붙잡고는 안주인을 바라봤다.

"제가 이렇게 맞고 살아요."

"색시가 예쁘니 참고 살아야지, 뭐. 아, 잠깐만요."

'호호호' 하고 영락없는 아줌마 웃음소리를 뿜내던 안주인이 잠시만 기다려 달라는 말을 남기고는 2층에 있는 누군가를 다급히 불렀다.

잠시 뒤, 2층에서 발걸음 웬 젊은 아가씨 한 명이 내려왔다. 품 안에 짤랑이는 상자 하나를 안고 있던 그녀가 무휼을 바라보더니 눈에 띄게 밝은 미소를 짓는다.

“어머, 안녕하세요. 며칠 머물다 가실 건가요?”

“아니, 이제 가시는 분들이시란다.”

넋을 놓고 있던 여인이 슬며시 아쉬운 기색을 내비쳤다. 아라는 그것이 마음에 들지 않았다. 저도 이런데 월비라고 다를까. 더하면 더했지, 덜하지는 않을 것이다.

“아직도 계산 안 끝난 거야? 왜 이리 늦어?”

“거의 다 됐어.”

“그러게 한꺼번에 치르면 좋았잖아.”

월비가 무휼의 한쪽 팔을 꼭 붙잡으며 작게 투덜댔다.

보통 객주라는 곳은 며칠 머물 것인지를 미리 정하여 대금을 치르고는 했지만 이곳 우안은 달랐다. 일정 금액을 미리 선금으로 지급한 뒤, 나갈 때 일수를 계산해 금액을 치르는 방식이었다. 이 때문에 계산이 오래 걸린다며 월비가 투덜대자, 막 패를 건네받던 여인이 설핏 웃더니 무휼을 향해 눈웃음을 치며 간드러지는 목소리로 물었다.

“여동생이신가요? 오라버니와는 성격이 정반대인 모양입니다. 나리께서는 이리도 점잖으신데…….”

그 말에 월비를 달래고 있던 무휼이 여인을 힐끔 바라봤다. 불쾌하다는 듯 미간을 잔뜩 찌푸린 그가 잔금을 받기 위해 내밀었던 손을 잽싸게 물렸다.

“어머니를 보고 많이 배우시는 게 좋을 듯합니다. 객주를 운영하기 위해서는 눈치도 필요할 테니 말입니다.”

"예, 예?"

"아, 잔돈은 됐습니다. 그만 가자."

갑자기 쌀쌀맞아진 무흁의 태도에 여인은 당황한 기색이 역력했다. 그러거나 말거나 매정하게 돌아선 무흁이 문을 나섰다. 밖으로 나오기 무섭게 월비를 향해 돌아선 그가 작게 중얼거렸다.

"네 말대로 한꺼번에 치를 걸 그랬다."

"……."

"저곳은 아마 다음 대에 망할 거야."

말 세 마리를 끌고 온 하인에게서 고삐를 받아 들 때까지도 그는 끊임없이 투덜댔다.

"어딜 봐서 누이라는 건지."

월비와 남매 취급을 받았다는 것에 화가 난 게 틀림없었다. 이를 알아차린 아라는 작게 웃었다. 평소엔 늘 어른스럽고 침착하면서도 월비와 관련된 일에 있어서는 마음을 넓게 쓰지 못하는 그였다.

"갈 때도 이렇게 가는 거야?"

"예."

그리고 여기 속 좁은 남자가 또 하나.

제하가 세 마리의 말을 올려다보며 한숨을 내쉬었다.

돌아온 무흁의 단호한 답변에 그가 한껏 울상을 짓는다. 그러고는 먼저 말에 올라 있던 아라에게로 시선을 옮기더니 한껏 불쌍한 얼굴로 물었다.

"누구 나 좀 태워 줄 사람?"

목소리에서부터 간절함이 고스란히 느껴지는 것이 아라도 그가 안쓰러웠지만, 애써 고개를 돌리는 것으로 시선을 회피했다.

"빨리 타세요. 해 뜨기 전에 출발해야 정오가 되기 전에 도착할 테니."

"매정한 부인일세."

그제야 제하가 순순히 말에 올라탔다. 그러나 아직 포기한 건 아닌지, 객주와 이어진 다리를 건너면서도 계속해서 그녀의 마음을 돌려놓기 위해 노력했다.

"피곤할 텐데? 그냥 내 말에 같이 타는 게 어때?"

어제 그런 일도 있었고 제대로 쉬지 못했으니 가는 길이라도 눈을 좀 붙여 두는 게 어떻겠냐는 말이었지만, 아라는 단호했다.

"괜찮습니다."

"나중에 후회해도 소용없어."

"여왕의 체력을 무시하지 말아 주세요."

아라가 당당하게 말했다. 그동안 수많은 잠행을 나갔다. 그때마다 앓아누웠으면 귀족들이 진즉에 여왕의 행보에 대해 눈치를 챘겠지. 하지만 그런 일은 발생하지 않았다.

걱정 말라며 제하의 어깨를 툭툭 두드린 아라가 속도를 내기 시작했다. 그렇게 그녀는 천유를 향하는 내내 제하의 설득을 상대해야만 했다.

* * *

"……어른 말 들어서 나쁠 거 하나 없다더니."

물론 그가 어른은 아니었지만, 그래도 연장자이니 뭐 비슷하지 않을까.

"피곤해."

아라의 말 한 마디에 김 상궁이 펄쩍 뛰었다. 꽤 멀리 떨어져 있었음에도 불구하고 축지법이라도 사용한 건지 순식간에 그녀의 곁으로 다가와 물었다.

"괜찮으십니까? 안색이 별로 안 좋으신 듯한데……."

"괜찮아. 별거 아니야. 그냥 잠행 때문에 피곤해서 그런 거니까."

꿀물을 단숨에 들이켠 아라가 안절부절못하고 있는 김 상궁을 진정시켰다. 잠행을 다녀온 지 어느새 하루가 지났지만 그럼에도 그녀의 걱정은 여전했다. 그럴 수밖에 없는 게, 아라는 잠행으로 인한 피로를 풀 새도 없이 곧장 정무에 매달리고 있었기 때문이다. 그동안은 괜찮았지만 이번에는 그 후유증이 엄청났다. 전혀 느끼지 못했던 피로가 갑자기 몰려오면서 몸이 무거워졌다. 그러나 아라는 자신의 좋지 않은 몸 상태보다도 내 이럴 줄 알았다며 한껏 으스댈 구제하가 더 걱정이었다.

"오늘 조회는 미루시는 게 어떠십니까?"

김 상궁이 걱정스러운 얼굴로 묻자 아라는 두 눈을 부릅뜨면서까지 고개를 저었다. 오히려 쉬겠다는 말 대신 잠시 내려놓았던 붓을 다시 집어 들었다.

"안 돼. 나한테 문제가 생기면 기뻐할 사람이 어디 한둘인가."

그들 좋아하는 꼴 보기 싫어서라도 버텨 내겠다는 그녀의 말에 김 상궁의 걱정은 더더욱 깊어졌다.

"그래도……."

"조금이라도 허점을 보이면 바로 파고드니까."

아라가 씁쓸하게 말했다. 웃으며 연신 괜찮다 말하고 있기는 했지만, 사실은 전혀 괜찮지 않았다. 오늘 아침부터 머리가 어질어질한 것이 아무래도 몸살에 단단히 걸린 모양이었다.

"어의를 부를까요?"

"괜찮대도 그러네."

"정말 안 괜찮으신 거 같아서 그럽니다."

결국 김 상궁이 울상이 되었다. 제발 어의라도 부를 수 있게 해 달라며 징징대기 시작하는데, 아라는 끝까지 한숨을 내쉬면서도 고개를 저었다.

"저번의 그 일을 벌써 잊었어?"

"저번의 그 일이라고 하신다면……."

"작년 겨울, 내가 감기에 걸려 앓아누웠을 때 말이야."

"아……."

다시 생각하는 것만으로도 충분히 끔찍하다며 아라가 작게 중얼거렸다. 그러자 김 상궁 역시 그 일을 떠올린 것인지 낯빛이 어두워진다.

"내가 없는 사이에 아주 신들이 났지. 복지 확대 어쩌고 하는 명목으로 조세를 1할 5푼을 올리질 않나……."

아라가 입술을 꾹 깨물었다.

"자리를 털고 일어났을 때는 이미 통과가 거의 확정되어 있었어."

슬프지만 어쩔 수 없는 일이었다.

시건형 이외에는 친족이 없는 아라였기에 그녀가 정무를 볼 수 없는 상태이거나 부재중일 때에는 자연스럽게 그 권한이 후견인으로 되어 있는 시건형에게 넘어갔기 때문이다. 훌훌 털고 일어난 후 그 일을 뒤엎으려 했지만, 한번 문 것은 쉽게 놓지 않는 그들이었다.

"아, 그런데……."

"응?"

다시금 뜨거운 물에 꿀을 풀고 있던 김 상궁이 조심스레 입을 열었다. 그러자 아라는 아직 할 말이 남아 있느냐며 미간을 찌푸린 채 그녀를 바라봤다.

"국혼을 올리셨으니, 이제 전하의 대리인 자격은 국서이신 신왕께 있는 거 아닙니까?"

"……."

김 상궁의 말에 아라의 두 눈이 커졌다. 그녀의 말대로, 국혼을 올렸으니 궐 안의 서열에도 변화가 생겼다. 시건형이 아닌 국서에게 다음 권력이 넘어가는 것이 옳았다.

"듣고 보니 그러네."

언제 남편이 있어 봤어야 알지. 게다가 여왕이 즉위한 사례는 천유국에서도 그녀가 처음이었다. 생각해 보니 이거 꽤 복잡한 상황이로구나.

어떤 나라에서는 국서와 부마는 정치에 참여할 수 없다지만, 천유국은 달랐다. 평등 실현을 목표로 하는 나라이다 보니 설령 공주의 남자라도 정치에 참여할 수 있는 기회는 빼앗지 않았던 것이다.

"현재 천유에서 서열이 높은 순으로 나열하자면 전하, 국서이신 신왕, 그리고 시건형 님, 이렇게 되는 거죠?"

"아니지."

"아닌가요?"

김 상궁의 물음에 아라는 고개를 저으며 종이 한 장을 꺼냈다. 그것을 책상 위에 말끔하게 펼친 그녀가 들고 있던 붓을 움직이더니, 이윽고 완성된 것을 김 상궁에게 보여줬다.

여왕 - 국서

시건형

"이렇게 되겠지."

국서란 여왕이 있다는 전제하에 존재하는 자리였다. 즉, 여왕이 없으면 국서 역시도 자동적으로 그 권위를 상실하는 것이나 마찬가지였다.

"예를 들어 나와 국서 사이에 후계자가 없는 상태에서 내가 죽는다면……."

"죽다니요! 아무리 가정이라도 그렇지, 그런 불길한 말씀을……."

"예를 들어서잖아."

예라고 해도 그런 말은 싫다며 김 상궁이 울먹이기 시작했다.

"어쨌든, 그 상태에서 내가 죽는다면 국서의 지위 역시 보장되지 않을 거야. 정치적으로 영향력을 행사할 수는 있어도 왕위에 오르는 자는 왕족의 피를 이어야 하니까. 그리고 시건형의 아이들이 그 뒤를 잇겠지."

아라가 눈을 끔빽이며 설명했다. 이상하게도 눈두덩이에 돌덩이라도 올려져 있는 것처럼 자꾸만 눈이 감기는 것이, 점점 뜨기가 힘들어졌다.

"어지러워."

그리고 어지럽다.

"전하?"

심지어는 앉은 채로 휘청거리기까지 했다. 안색까지 파리한 그녀의 상태는 누가 봐도 심각했다. 그럼에도 고집스럽게 조회에 참석할 시간이라며 자리에서 일어서려던 아라가 멈칫,

"전하!"

결국 힘없이 휘청거리더니 정신을 잃고 쓰러져 버렸다.

놀란 김 상궁이 재빨리 다가와 쓰러진 아라를 부축했다. 잠시 당황하던 그녀는 곧 궁녀에게 어의와 무휼, 그리고 월비를 데려오라고 침착하게 지시를 내리고는 아라를 침상에 눕혔다.

"하아……."

연락을 받고 가장 빨리 중앙궁에 달려온 건 무휼이었다. 어의의 '과로'라는 진단에 그가 무거운 한숨을 내쉬었다.

"하필이면 국시 끝나고 처음 있는 조회에……."

아라의 몸 상태가 좋지 않다는 건 무휼 역시도 마음이 아팠지만, 때가 좋지 않았다.

"어쩌면 좋을까요, 무휼 님."

"……일단 신료들이 알아서는 안 돼요. 최근에 잠잠하기는 하지

만…….”

아라가 앓아누웠다는 것을 알게 된다면 지금이라도 당장 신이 나서 입궐할 게 분명했다. 그리고 시건형은 후견인의 위치를 내세우며 아주 휩쓸고 다니겠지. 기껏 꺾어 놓았던 기가 펴질 것이다.

“어쩌지…… 그래도 하루 정도만 푹 쉬면 괜찮아질 거 같은데…….”

무휼이 곤란하다는 얼굴로 중얼거리던 그때였다. 문밖이 소란스러워지더니 문이 열리고 월비와 제하가 투닥거리며 안으로 들어섰다.

“괜찮아? 아라가 쓰러졌다고…….”

“아.”

아라가 걱정돼서 왔다는 제하의 말에 무휼은 그를 뚫어져라 바라보았다. 곧 제 옆에 서 있는 김 상궁과 의미심장한 시선을 주고받는가 싶더니 싱긋 웃는다.

좋은 생각이 떠오른 것이다.

* * *

“들으셨습니까?”

“무얼 말입니까.”

대전 안에 수많은 대신들이 모여 있다.

오늘따라 늦는 여왕을 기다리며 근황 이야기로 바쁜 그들 틈에 심각한 얼굴로 앉아 있는 이들이 있었으니, 바로 귀족과 대신의 중립에 있는 이들이었다.

"우안의 이재학이라는 사내에 대해서 말입니다."

"아, 우안 수령의 아들 아닙니까. 엄청난 망나니라던데요. 순찰관들도 손을 못 댈 정도라고."

"그 수령 재산이 어마어마해서, 돈을 받고 뒤를 봐주고 있는 중앙 귀족이 한두 명이 아니랍니다."

누군가의 말에 둘러앉아 있던 사람 중 일부의 낯빛이 어두워졌다.

"……그런데 그 사람이 왜요?"

"저도 방금 들은 건데, 오늘 중앙군에서 이재학을 검거하기 위해 우안에 갔답니다."

"중앙군이요?"

"전하께서 직접 명령을 내리셨다는 뜻이지요."

중앙군이라는 말에 몇 명의 눈이 휘둥그레졌다. 죄인을 체포하는 일은 각 지방에서 하는 일이지 중앙군이 직접 나설 정도는 아니었다. 게다가…….

"전하께서 우안의 일은 어떻게 아시고?"

"바로 그게 문제입니다. 이재학 관련 상소들은 분명 중간에서 모두 처리했을 텐데 말인데요."

문제는 그뿐만이 아니었다. 또 다른 문제를 떠올린 그들이 마른 침을 삼켰다.

"설마…… 전하께서 지방에 사람을 보내신 건……."

순간 모두가 약속이라도 한 듯 입을 다물었다.

분명 말이 안 되는 소리였지만, 정황상 아니라고 확실하게 말할 수도 없었다.

"에이, 그럴 리가 없지 않습니까."

"하하…… 그, 그렇지요?"

"그냥 우연의 일치예요, 우연."

그도 그럴 것이 중앙군이다. 여왕의 곁을 지키는 바로 그 중앙군.

"요 몇 달 동안 전하께서 중앙군을 움직이신 적은 한 번도 없었습니다."

항상 그들의 움직임을 예의 주시하고 있기에 잘 알고 있었다. 대략 2, 30명 정도의 소수로 이루어져 있는 중앙군은 대신들과 귀족들 양쪽 모두에게 있어서 경계의 대상이었다.

"그럼 도대체 뭡니까. 전하께서 지방의 일을 어찌 아시는 건데요? 상소는 중간에서 차단하고 있고 감찰관 역시 전부 우리 쪽 사람일 텐데?"

"……그러고 보니 말입니다."

모여 있는 사람 중 한 명이 심각한 표정으로 입을 열자, 모두의 시선이 그를 향했다.

"……일전에도 이런 적 있지 않았습니까?"

"일전이라 하면?"

"왜 그때, 전하께서 서하연 수업 때문에 잠시 궐을 비우셨을 때 말입니다. 그때도 돌아오신 후에 예서의 수령이 파면되지 않았습니까."

그 말에 사람들이 하나같이 놀란 얼굴로 고개를 끄덕였다. 생각해 보니 그랬다. 구가가 국서로 간택된 사건에 가려져 모두가 그냥 넘어가 버렸지만, 분명 그랬다. 그 전에도, 그리고 또 그 전에도. 여왕이 서하연에만 다녀오면 지방의 누군가가 옷을 벗거나 옥에 갇혔다.

"잠깐."

또 다른 한 명이 심각하게 입을 열었다. 그러자 다른 이들이 한숨을 푹 내쉬었다. 지금도 충분히 오싹한데 여기서 뭐가 더 있느냔 반응이었다.

"구제하 말입니다, 궐에 들어오기 전에 예서 수령의 보좌역으로 있었다지 않았습니까?"

"……."

말이 끝나기 무섭게 그들의 안색이 창백해졌다. 우연의 일치라 하기에는 너무 딱 들어맞았다.

"예서의 수령이 파면된 시기가 국서 간택과 맞물린다는 게 이상하지 않습니까?"

설마, 자신들은 그동안 그 어린 여왕에게 놀아나고 있었단 말인가?

"아무래도 다음 서하연 강습 때 몰래 뒤를 밟아 봐야겠습니다."

"그게 좋겠습니다."

"확인해서 나쁠 건 없으니까요."

떨리는 목소리로 이루어진 그들의 대화가 종료됐다. 심장은 여전히 떨리고 있었지만, 그들은 최대한 아무렇지 않은 척 돌아앉아 용상을 바라봤다.

“그러고 보니 전하께서는…….”

시간이 꽤 지났음에도 불구하고 그들의 여왕께서는 아직도 나타나지 않고 있다. 슬슬 대전 안이 술렁이기 시작했다. 늦어도 이렇게까지 늦는 분이 아니셨는데 웬일이냐며 웅성이길 얼마, 곧 문이 열리고 누군가가 들어왔다.

“신왕?”

갑작스러운 인물의 등장에 대신들은 깜짝 놀랐다. 물론 총회 때도 온 적이 있었지만, 그때는 여왕과 함께였다. 그런데 지금은 그 혼자 나타났으니 놀랄 수밖에.

한편 막 대전 안에 들어서는 제하의 기분도 썩 좋지만은 않았다. 이곳 특유의 분위기도 싫었지만, 저를 향한 시선들은 더더욱 마음에 들지 않았다.

양쪽에 무휼과 월비를 거느린 그가 유유히 대신들 사이를 가로질러 단에 올랐다. 그러고는 너무나도 익숙한 듯 용상에 앉는다. 그러자 대신들이 화들짝 놀라며 말을 꺼낸다.

“전하께서는 어찌시고 신왕께서…….”

“아…… 전하께서는 몸이 좀 안 좋으셔서 내가 대신 나왔습니다.”

“예에?”

“물론 오늘만이니 너무 걱정하지 않으셔도 됩니다.”

차분한 제하의 말에 대신들이 술렁였다. 최근 귀족들의 사기가 꺾이면서 저들이 활개를 치고 있는 상태였다. 이 틈에 그 어린 여왕을 잘 구슬려 자신들의 편으로 만들고자 했는데, 여왕의 몸 상태가 나쁘다니.

"그럼 시작하세요."

덤덤한 목소리와 달리 제하는 나름대로 긴장하고 있었다. 이렇게 위에서 내려다보고 있으니 새삼 풍경이 다르게 보였다. 모두가 자신을 쳐다보고 있는데 그 시선이 너무나도 부담스럽다.

"저…… 전하께서는 얼마나 안 좋으신 겁니까?"

대신들은 한숨을 내쉬었다. 여왕의 대리인으로 신왕이라. 물론 시건형이 아닌 게 천만다행이었지만 그래도, 지난 총회에서 그의 만행을 직접 두 눈으로 보지 않았던가. 그는 결코 만만한 상대가 아니었다.

"그럼 앞으로 정무는 신왕께서 보시는 건가요?"

"전하께서는! 언제쯤 쾌차하실 것 같나요?"

신왕을 상대할 위기에 놓인 그들이 다급히 물었다. 그것이 오히려 제하의 짜증을 불러일으키는 일이라고는 생각지도 못한 채.

"그렇게 위중하신 건 아니니 걱정 안 해도 됩니다. 어의의 말에 의하면 그냥 하루 정도 쉬면 된다고 하니, 이제 걱정들 그만하고 일을……."

몰려오는 짜증을 꾹 참는 데 성공한 제하는 심호흡 끝에 차분히 말했다. 국서의 자리에 앉아 있을 때와는 달리, 지금의 그는 여왕의 대리인이었다. 감정적으로 대해서는 안 되는 엄중한 자리이지 않은가. 그러나 필사적으로 노력하고 있는 제하와 달리 대신들은 좀처럼 협조할 생각이 없어 보였다. 앞에 버젓이 신왕이 앉아 있음에도 불구하고, 여왕의 소식에 충격을 받은 그들은 저들끼리 떠드느라 정신이 없었다.

"이거 위험한 거 아닙니까?"

"혹시 선왕 폐하처럼 지병이 있으신 건 아닌지……."

"그런 거 아닙니다."

단호한 제하의 말에도 대신들은 불안에 떨었다. 저들끼리 수군거리길 얼마, 그들 중 하나가 두 눈을 반짝이며 제하를 바라봤다.

"전하께서 아프신 게 확실하십니까?"

"그게 무슨 소립니까."

"그게…… 국시 때문에 이틀 동안 쉬지 않으셨습니까. 그런데 아프시다기에……."

대전 안이 다시금 크게 술렁이기 시작했다. 제하의 옆에 서 있던 무휼과 월비는 곤란하다는 시선을 주고받았고, 이를 본 대신들의 목소리는 한층 더 높아졌다.

"도대체 지난 이틀 간 전하께서는 무엇을 하셨기에……."

"혹시…… 뭔가 감추고 계신 건……."

이건 미처 생각하지 못한 전개였다. 다른 이들은 그녀가 이틀 동안 희수궁에서 지낸 것으로 알고 있지 않은가. 만약 이러다 여왕의 특별한 외출이 알려지기라도 하면…….

이걸 어쩌나, 무휼과 월비는 다급해졌다. 뭘 잘못 먹어서 배탈이 났다고 해야 하나? 하지만 그렇게 된다면 죄 없는 수라간이 날벼락을 맞게 될 것이다.

누구 하나 피해 보지 않고 이 상황을 넘어갈 방법이 없을까. 평소 빠르게 돌아가곤 했던 무휼의 머리까지 새하얗게 변하던 그때였다.

"내가 그대들에게 부부 생활까지 일일이 보고해야 합니까?"

"……."

"존중해 줄 때 선을 좀 지키는 게 어떻습니까. 자꾸 넘으려 들지 말고."

제하의 말 한마디에 대전 안이 얼어붙었다. 저들끼리 떠들어 대며 온갖 추측을 쏟아내던 이들이 전부 입을 다물고 그를 바라보고 있다. 정작 말을 꺼낸 이는 올라온 상소를 읽느라 정신이 없는데, 이 분위기를 어쩔 거냔 말이다. 갑자기 대전 안이 조용해지자 저도 이상했던 건지 제하가 슬쩍 고개를 들어 올렸다. 그러고는 굳어 있는 그들을 향해 살며시 눈웃음을 치며 말했다.

"신혼인데 이해 좀 해주세요. 척 보니 대부분 손주 보실 연배 같은데, 알 거 다 아는 사람들끼리 왜 이럽니까."

"아…… 흠흠. 죄, 죄송합니다."

여왕의 행보를 의심하던 이들이 단번에 입을 다물었다. 그러고 보니, 국시가 있던 전날 밤에도 전하께서는 희수궁을 찾으셨다고 했지. 국시 기간 동안에도 희수궁에서 지내셨고.

'총애를 받고 있기는 한가 보군. 하긴, 이렇게 용상에 앉힌 것만 봐도…….'

"그래도 신왕께서는 국정을 돌보신 적이 없으신데 어찌 정무를 보신다는 건지…… 일단 오늘은 저희끼리 알아서 처리를 하고 나중에 전하께 보고를 올리는 방향으로……."

"그러네. 그 말도 일리가 있네."

잠시 생각에 잠겨 있던 제하가 고개를 끄덕이며 답하자 대신들의 두 눈이 반짝였다. 생각보다 말이 잘 통하는 국서라며 싱긋 웃으려 했지만, 이어지는 제하의 말에 그들은 이내 굳어 버렸다.

"그럼 오늘 조회는 이만 끝내고, 내일 이어서 하는 거로 합시다."

"예?"

예상치 못한 흐름에 대신들은 당황했다.

"전하께서 누워 계시는데 우리들끼리 나랏일을 멋대로 처리할 수는 없지 않습니까."

"하, 하오나 몇 안건들은 오늘 안에 처리해야 하는데……."

당황한 기색이 역력한 대신들이 황급히 말했다. 그러나 이미 자리에서 일어난 제하의 마음은 벌써 이곳을 떠난 듯했다.

"그럼 그것들만 간추리세요. 내가 전하께 가져다 드리겠습니다."

끝까지 조회를 무르겠다는 의지가 가득한 제하의 말에 용기 있는 대신 한 명이 나섰다.

"하하, 신왕께서 아직 일을 잘 모르시는 거 같아 드리는 말씀입니다만……."

"뭡니까. 꼭 이 장소에서만 정무를 봐야 한다는 법이라도 있습니까?"

"꼭 그런 건 아니지만……."

"그럼, 모든 정무는 오전 안에 처리해야 한다는 법이 있습니까?"

"그 역시 없지만……."

대신들의 목소리가 서서히 줄어들었다. 누구 하나 먼저 나서 주길 바라는 눈치였지만 감히 나설 자가 없으니, 이에 제하는 미소 지었다. 무리 지어 다니는 사람들의 특징은 하나씩 따로 놓고 보면 별거 없다는 것이다.

"그럼 아무런 문제도 없는 거 같군요."

"……하지만……."

"오늘 조회는 내일 이어서 하겠습니다."

계속해서 물고 늘어지는 그들에 제하는 짜증이 났다. 할 말이 있으면 똑바로 말을 하든가. 계속해서 '하지만…….' 따위의 말만 내뱉으며 서로 눈치를 보고 있으니.

"지금 그대들 앞에 서 있는 사람이 누굽니까."

"……여, 여왕 전하의 부군 되시는 분으로, 이 나라의 국서이십니다."

"그런데 왜 내 말을 안 들어요. 내 말이 우습습니까?"

"그럴 리가 있겠습니까!"

제하의 직설적인 물음에 대신들이 화들짝 놀라며 손사래를 쳤다. 그렇게 물어보면 자신들이 할 말이 없지 않은가.

"무휼."

"아, 예. 신왕."

갑자기 제하가 자신을 찾자 무휼이 화들짝 놀라며 그를 돌아봤다.

"저자의 월봉을 석 달간 3할 감봉하세요."

"예에?!"

"하, 하오나 신왕, 그렇게 멋대로……."

홍분한 대신들이 너 나 할 거 없이 입을 열기 시작했다. 그들의 목소리가 높아짐에 따라 제하의 짜증 역시 끓어올랐다. 가뜩이나 지금 아라의 상태가 걱정되어 죽겠는데 발목이나 붙잡고 늘어지다니 말이야.

"방금 한 말 취소."

할 수 없지. 한숨을 푹 내쉰 제하가 다시 무휼에게 일렀다.

"저자뿐만 아니라 여기 있는 모든 자들을 다 똑같이 감봉하세요."

"신왕!!"

"아니, 그 무슨……."

"저, 저희는 왜……."

'남들이 알아서 해결하겠지.'라는 안일한 마음으로 눈치만 보고 있던 이들까지 화들짝 놀라 외쳤다. 제하가 차가운 눈빛으로 그들을 응시했다.

"신하 된 자가 국서에게 목소리 높여 가며 따지고 있는데, 말리기는커녕 구경만 하고 있지 않았습니까."

"구경이라니요……. 그런 게 아니라 저희는……."

끝이 보이지 않는 대화에 제하는 앞에 놓인 탁자를 탕 하고 내려쳤다. 그러자 저들끼리 술렁이던 대신들이 일제히 얼어붙었다.

"지금 여기에서 가장 높은 사람은 나인 거 같은데…… 어때요, 내 말이 맞습니까?"

"……물론입니다. 하지만 그렇다고 신왕께서 마음대로 하시는 건……."

"법도에 어긋나나요?"

"법도에 어긋나지는 않지만…… 그래도 조금 보기가 안 좋달까요……."

"미안한데, 나는 그대들 말대로 모든 게 처음인 허수아비 국서라 그런 거 모릅니다. 내가 아는 건 두 개밖에 없어요. 하나, 이곳에서 가장 높은 사람은 나라는 것. 둘, 나에게는 마음껏 휘두를 수 있는 권력이 있다는 것."

제하가 입꼬리를 씰룩이며 말했다. 대신들의 눈에는 그것이 너무나도 사악하게만 보여 소름이 돋을 지경이었다. 지금까지 국서의 자리에 있으면서도 별다른 행동을 취하지 않기에 신경도 안 쓰고 있었는데, 이리 막 나온다면 대책이 없었다.

"저, 전하께서도 신왕께서 이러시는 걸 별로 안 좋아하실 겁니다."

"아, 내가 그대들을 괴롭혔다고 일러바치기라도 할 건가요? 어디 말씀드려 보세요. 과연 누구의 말을 믿으실지."

"……."

당당한 제하의 말에 대신들이 뒤늦게 한 가지를 깨달았다. 그러고 보니 여왕의 총애를 한 몸에 받고 있는 그였다. 애초에 저들은 상대가 안 되는 것이다. 여왕의 마음이 국서 쪽으로 기울 것은 불 보듯 뻔했다.

어느새 하나둘씩 닫혀 가는 그들의 입에 제하는 만족스러운 미소를 지었다. 그럼 슬슬 이쯤에서 쐐기를 박아야겠다 생각한 그가 무휼에게 물었다.

"무휼, 그대가 보기에는 어땠습니까. 내 첫 번째 여왕 대리 업무는."

이 광경을 재미있게 구경하고 있던 무휼이 그의 물음에 크흠, 하고 목을 가다듬더니 고개를 끄덕이고는 답했다.

"오늘 신왕께서는 목소리 한 번 높이지 않고 차분하고 성실한 자세로 조회에 임하셨습니다."

"내가 권력으로 대신들을 협박했습니까?"

"네? 그 무슨 당치도 않은…… 전 그런 건 못 봤습니다."

둘은 정말이지 쿵짝이 잘 맞았다.

대신들은 이제 정말 끝이라는 생각밖에 들지 않았다. 다른 사람도 아니고 무휼까지 신왕의 편을 들고 있으니, 오늘 일을 일러 봤자 여왕은 자신들이 거짓말을 한다고 생각할 것이다.

"우리 한번 따져 봅시다. 내가 매일 있는 조회를 하루 미룬 게 잘못입니까, 아니면 신하가 윗선의 지시를 따르지 않고 따지는 태도가 더 잘못된 겁니까."

"……."

"아무도 대답을 하지 않는 걸 보니, 이곳에 계신 여러분들은 실어증이라도 걸린 모양이군요. 걱정 마세요, 제가 전하께 잘 말씀드리겠습니다. 퇴직 절차를 빨리 밟게 해 드릴 테니 이참에 공기 좋은 곳에 내려가셔서 심신의 안정을……."

"저, 저희가 잘못한 거 같습니다!"

대신들이 저들의 잘못을 큰 소리로 인정했다. 그러자 제하의 미소가 더욱더 깊어진다. 이것만으로도 충분히 만족스러운 상황이었지만, 여기에 만족할 그가 아니었다.

“같습니다? 다 큰 어른이 되어 가지고 그 정도도 정확하게 판단 못 합니까?”

“윽…….”

“지금까지 그런 판단력으로 나랏일을 논하신 겁니까?”

“……저희가 잘못했습니다.”

기나긴 대화 끝에 대신들이 고개를 떨구었다. 결국 그들이 백기를 든 것이다. 그제야 만족스러운 미소를 지은 제하는 그대로 용상을 벗어났다.

“그럼 감봉은 말한 대로 진행하고.”

“예.”

그가 얄밉게 미소 지으며 다시 한 번 강조하자 대신들의 무거운 한숨 소리가 대전 안을 가득 채웠다. 일부는 부들부들 떨기까지 했지만, 누구 하나 선뜻 입을 열지는 못했다.

“불만 있으면 전하께 매달려 보시든가.”

그 말을 끝으로 제하는 유유히 대전을 벗어났다.

등 뒤에서 들려오는 외침들에 제하는 꾹 참고 있던 웃음을 한 번에 터트렸다.

“자리라는 게 좋기는 하네.”

그러자 그를 따르던 무휼과 월비 역시 서로를 바라보더니 풋 웃어 버렸다. 별 기대 안 하고 있던 신왕이 오늘 꽤나 재미있는 일을 벌여 주셨다. 너무 속이 시원해서 웃음이 멈추질 않았다.

“그나저나 도대체 어쩌실 생각으로 그러신 겁니까?”

무휼이 걱정스레 물었다. 아무리 그래도 저렇게 노골적으로 대신들에게 적대감을 드러내다니. 통쾌하기는 했지만, 후일을 생각해 보면 그에게 좋을 게 하나 없었기 때문이다.

"미친놈들을 상대하려거든 더 미친놈이 되어야지."

"그게 무슨……."

앞서가던 제하가 돌아섰다. 그의 얼굴에는 꽤나 즐거워 보이는 미소가 가득하다.

"왜, 그런 이야기 있잖아? 왕의 총애를 한 몸에 받고 있는 후궁이 세상 무서운지 모르고 온갖 횡포를 부리고 다니는 거."

"……예?"

"그 역할을 내가 한번 해 보려고."

* * *

"아이고, 늦겠네."

유신이 종종걸음으로 사람들 틈을 헤집고 어딘가로 향하고 있었다. 그는 제하가 자신의 부재중에 그에게 내준 삼 일의 휴가를 즐기고 복귀하는 중이었다. 오랜만에 집에도 들러 어머니도 뵙고 하다 보니 시간이 순식간에 흘러갔다. 그리고 지금 그는 열심히 궐을 향해 뛰고 있었다.

드디어 궐문에 도착한 그가 막 문지기에게 출입증을 꺼내 보여 주려던 그때였다.

"유신? 유신이지?"

익숙한 여인의 목소리에 그가 멈칫. 이윽고 고개를 돌린 그의 미간이 잔뜩 찌푸려진다. 유신은 마치 못 볼 것을 봤다는 얼굴로 한 여인을 노려보기 시작했다.

"……작은 마님?"

그러나 이내 고개가 갸우뚱 기운다. 분명 제가 아는 그녀가 맞거늘, 지금 눈앞에 있는 여인은 기억 속 그녀와는 달리 화려한 치장은 온데간데없고 꼬질꼬질했다.

늘 장신구들을 주렁주렁 매달던 머리는 제대로 빗기는 한 건지 잔뜩 엉켜 있었고, 잠깐의 외출에도 뽀얗게 분칠을 하던 얼굴은 눈 밑이 시커멓게 내려앉아 있기까지 했다.

"그래, 나야, 나! 오랜만이다, 유신아. 정말 오랜만이야."

자신을 알아보는 유신에 주설화의 얼굴이 활짝 피었다.

'됐다, 이제 됐어!'

어쩔 줄 몰라 하는 그를 붙잡은 그녀가 필사적으로 매달리기 시작했다. 놀란 유신이 그녀를 떼어내기 위해 몸을 비틀었지만, 쉽사리 떨어지지 않았다. 오히려 그를 붙잡은 손에는 더더욱 힘이 가해진다. 이윽고 그녀가 외쳤다.

"제하를…… 제하를 만나야 해."

"예?"

"제하를 만날 수 있게 해 줘. 제발 부탁이야!"

* * *

"도대체 요즘 뭘 하고 다니는 거예요?"

방 안에 들어선 아라가 자리에 앉으며 물었다. 그러나 진지한 목소리와는 다르게 그녀의 얼굴에서는 미소가 떠나가질 않았다.

"당신 지금, 궐에서 뭐라고 불리고 있는지 알아요?"

"음?"

그러자 그녀의 요청으로 1년 치 예산안 내역을 들여다보고 있던 제하가 고개를 들더니, 작게 미소 지으며 묻는다.

"뭐라고 불리고 있는데?"

"망나니 국서."

아라는 입술을 꾹 깨물며 웃음을 참았다. 궐 안의 소식통, 김 상궁의 입에서 나온 말이니 틀림없을 것이다. 도대체 어쩌다 그에게 이런 별명이 붙었는지는 모르겠지만.

"다들 나보고 불쌍하대요, 웬 이상한 남자에게 걸려들었다고."

듣자 하니 소문의 출처는 다름 아닌 대전이라 했다. 대신들에게서 시작된 그 말이 빠르게 번져 결국에는 궁녀들의 입에까지 오르내리게 된 것이다. 순식간에 구제하는 천유의 공식적인 악인이 되어 버렸다.

"드디어 대신들도 알아차렸나 봐. 이 남자가 얼마나 성격 나쁜 사람인지."

아라가 장난스럽게 말하자, 잠자코 그녀의 이야기를 듣고 있던 제하가 살며시 미간을 찌푸렸다. 그러더니 손에 들고 있던 문서를 내려놓고는 그녀의 곁으로 다가갔다. 그리고 심장에 무리를 불러일으키는 눈빛으로 지그시 그녀를 바라보더니 물었다.

"그래서, 네 눈에는 내가 그렇게 보여?"

"뭐가요?"

"내가 나쁜 사람으로 보이냐고."

"그야 당연……."

'당연히 성격이 좋은 건 아니지.'라고 말하려던 아라는 입을 다물었다.

제하가 그녀를 붙잡고 바짝 다가왔기 때문이다. 그러고는 코앞에서 노려보고 있다. 금방이라도 입술을 삼켜 버릴 것처럼.

"어디, 나쁜 남자가 뭔지 보여 줄까? 울어도 안 봐줄 거야."

"아니요, 아니요. 당신처럼 착한 남자는 세상에 또 없을 거예요."

"흥, 당연하지."

엎드려 절 받기식 칭찬도 좋다고 헤벌쭉 웃는 그를 보니 아라는 어이가 없었다. 그러거나 말거나, 그는 남들에게 망나니라 불리든 말든 자신은 상관없다는 뜻이었다.

그 말에 아라는 잠시 생각에 잠겼다.

바로 오늘 아침의 일이었다.

어제 그녀 대신 조회에 참석하고 온 구제하의 말에 따르면 별다른 일 없이 그냥 끝났다고 했지만 믿을 수가 있어야지. 조금 걱정하고 있었는데, 다행히 그녀가 걱정하는 일은 일어나지 않았다. 다만 특이한 건 대신들의 목소리가 전에 비해 확실히 줄어들었다는 것과 대신들이 그녀의 눈치를 보기 시작했다는 것 정도.

덕분에 아주 편하게 조회를 끝낼 수 있었지만, 문제는 도대체 이들이 왜 이러는지 모르겠다는 것이었다. 그리고 그녀의 궁금증은 조회가 끝날 무렵이 돼서야 해소되었다.

"전하! 반성하고 있사오니 제발, 제발 신왕을 설득해 주시옵소서!"

오늘은 이쯤하자며 아라가 자리를 뜨려는데, 대신 한 명이 불쑥 튀어나오더니 대뜸 무릎을 꿇으며 외쳤다. 무흘에게 왜들 저러는 거냐 물으니 그는 그저 웃기만 할 뿐.

"그…… 전하께서 자리를 비우셨을 때, 제가…… 좀 신왕의 심기를 거슬러서……."

"심기를 거슬러요? 무엇을 했기에?"

정확하게 무슨 일이 있었느냐는 물음에 대신은 잠시 난감하다는 얼굴로 주위 눈치를 보기 시작했다. 그러길 얼마, 그가 큰 결심이라도 한 듯 두 눈을 질끈 감으며 말했다.

"제가 신왕의 말에 토를 달아서……."

"늘 나에게 하고 있는 거 아닙니까."

"……."

"뭡니까, 나한테는 그래도 되고 신왕에게는 안 되는 겁니까?"

"……."

"나는 만만하고, 신왕은 두렵다 이거네요?"

아라가 인상을 찌푸리며 말하자 대신들은 금방이라도 쓰러질 것처럼 사색이 되었다. 이거, 혹을 떼려다 두 배로 붙이는 꼴이 되어버렸다. 꽤나 애매한 상황이었다. 지금 국서에게 대들어서 벌을 받게 되었는데, 이를 사죄드리니 잘 좀 말해 달라는 게 아닌가. 그런데 정작 왕에게는 아무렇지 않게 대드는 사람들이니 그저 웃을 수밖에.

대신들은 난감했다. 국서에게 용서를 빌기 위해서는 넘어야 하는 산이 있었다. 그런데 그 산은 상상도 못 할 만큼 아주 컸다. 그래서 결론은.

"그럴 리가 있겠습니까. 죽을죄를 지었사옵니다, 전하!"

"두고 보겠습니다."

"명심, 또 명심하겠습니다."

그렇게 대신들이 고개를 바짝 조아리는 것으로 조회가 끝났다. 즉위한 지 2년 만에 느껴보는 이 기분. 아라는 기쁨에 몸이 붕 뜨는 거 같았다. 한시라도 빨리 이 기쁨을 선사해 준 구제하를 만나고 싶었지만, 아무래도 일이 삼 일 치나 쌓여 있다 보니 좀처럼 여유가 없었다. 결국 아라는 저녁이 되어서야 겨우 그를 만날 수 있었다.

"그래서 오늘 조회에는 참석하지 않겠다고 한 거구나."

어쩐지, 어딜 가든 기를 쓰고 따라다니던 그가 조회를 빠지겠다니 이상하다 싶었지.

"도대체 무슨 꿍꿍이에요?"

아라가 즐거움 가득한 목소리를 애써 억누르며 물었다.

"내가 눈엣가시가 되면 그들은 너에게 쪼르르 달려가 징징대겠지. 날 억누를 수 있는 사람은 너밖에 없으니까 말이야."

"스스로 악역을 자처하기라도 하겠다는 거예요?"

"맞아."

제하가 흔쾌히 고개를 끄덕였지만, 아라는 뭔가가 못마땅했다. 친해지기 위해 노력해도 오히려 기고만장해져서 기어오르는 그들이었다. 그런데 그런 그들에게 스스로 미움을 받기 위해 노력한다니.

"도대체 왜? 뭐 때문에?"

"그대를 위해서."

마치 미리 준비해 온 대사처럼 들리는 말에 잠시 사고가 정지된 아라는 뒤늦게 반응했다. 그녀의 미간이 잔뜩 찌푸려진다.

"그렇게 말하면 설렐 줄 알았어요?"

"설렜으면서."

"……."

"진짜 설렜나 보네."

역시, 또 장난이었어. 아라가 그를 흘겨봤다. 그러나 이렇게 노려봐 봤자 자신의 눈만 피로하다는 걸 알고 있기에 재빨리 말을 돌렸다.

"생각보다 쓸모가 있네."

"무슨 말이 그래?"

"참 잘 선택했다고요."

선택이라는 말에 제하가 자세를 고쳐 앉았다. 문득 예전에 그녀와 함께 방문했던 점집에서 들었던 이야기가 떠오른 것이다.

"그러고 보니, 일전에 점집에서 그랬지. 우리가 천생연분이라고. 이제 보니 그 점쟁이 말이 사실이었네."

점쟁이라는 말에 아라 역시 같은 것을 떠올렸다. 그러나 신기해하고 있는 제하와 달리, 그녀의 낯빛은 점차 어두워졌다.

'내년 봄, 꽃이 피는 날 아가씨는 이곳에 없을 테니까.'

떠올리고 싶지 않은 것까지 떠올리고 말았다. 용하다는 것은 이 역시 그냥 넘어갈 수 없는 문제라는 게 아닌가.

그녀가 한창 심각해져 있는 사이, 아라의 눈치를 보고 있던 제하가 조심스럽게 말했다.

"이런 남자 만나는 거 하늘의 별따기야."

아무렴, 하늘의 별 따기지. 그의 의견에 동의한다며 아라는 고개를 끄덕였다. 그러자 제하가 안심한 듯 슬쩍 미소 지었다.

"그러니까 말이야……."

무슨 말을 하려는지 모르겠지만, 중요한 말인 게 틀림없었다. 직감적으로 이를 알아차린 아라가 그의 말에 집중했다. 바로 그때였다.

"전하, 유신입니다."

문밖에서 들려오는 목소리에 제하는 미간을 찌푸렸다. 정말이지 방해꾼 기질을 타고난 녀석이라니까. 고개를 돌리자 문이 열리고 그가 헐레벌떡 들어온다.

"제하 님께서 희수궁에 안 계시기에……."

"주인 찾으러 왔나 보네요."

아라는 설핏 웃으며 말했다. 꼭 주인 찾아다니는 애완동물 같지 않은가. 더군다나 예전과 달리 제 앞에서 꼼짝을 못 하는 것이 바들바들 떠는 강아지 같기도 하고. 이제 보니 은근히 귀엽구만.

"집에는 잘 다녀왔어?"

"예, 뭐……."

곁으로 다가온 유신이 웅얼거리며 답했다. 좀처럼 진정하지 못하고 괜시리 손가락만 꼼지락거리고 있는 그를 지켜보던 제하는 한숨을 내쉬었다.

"나 잠깐만 나갔다가 올게."

"그대로 희수궁으로 돌아가셔도 상관없습니다만."

"서운해할 거면서."

"허, 참."

구제하라는 남자를 도발하는 것은 아주 어려운 일이었다. 그가 여유로운 미소를 지으며 방을 나서자 유신이 기다렸다는 듯 그 뒤를 따라 방을 나갔다.

"뭐야, 무슨 일인데 그래?"

"저, 그게……."

방을 나서기 무섭게 제하가 유신에게 물었다. 척하면 척이지. 함께한 날이 몇인데. 이제는 그의 작은 행동 하나만 봐도 금방 알 수 있었다. 무언가 곤란한 일이 생긴 것이다. 그리고 이는 여왕이 들어서는 안 되는 일일 터였다.

잠시 망설이던 유신이 결국 결심한 건지, 숨을 깊게 들이쉬었다. 그리고 말했다.

"오는 길에 밖에서 작은 마님을 만났습니다."

순간적으로 공기가 차갑게 식었다. '작은 마님'이라는 말에 반사적으로 인상을 찌푸린 제하가 머리를 쓸어 넘기며 물었다. 이름만 들었을 뿐인데 머리가 지끈거렸다.

"……단향에 간 게 아니었나?"

"그게…… 아직 천유에 계시는 모양인데……."

"그런데 그 사람이 왜."

"제하 님과 꼭 좀 만나고 싶다고……."

더 들어 볼 필요도 없다며 제하가 홱 돌아섰다. 분명 조금 전까지만 해도 꽤 기분이 좋았던 거 같은데, 뚝 하고 떨어졌다.

그 이름 하나 때문에.

"만날 리가 없잖아."

단호한 그의 답변에 유신이 그럴 줄 알았다며 고개를 끄덕였다.

"아무래도 그렇지요? 그럼 그렇게 전하고 오겠습니다."

"아니."

제하가 유신을 불러 세웠다.

"내버려 둬. 너도 더 이상 관여하지 말고."

"어…… 하지만 기다릴 텐데요."

유신 역시 제하 못지않게 주설화를 꺼렸다. 오히려 싫어했으면 더 싫어했지, 그보다 낫지는 않았다. 그래도 사람이 한창 목 빠지게 기다리고 있을 텐데 기다리지 말라는 말 정도는 전해야 하지 않겠는가.

"나랑 상관없어."

돌아오는 답변은 여전히 단호했다. 그의 단호함에 유신은 내심 안심이 되면서도 불안해졌다.

'가만히 있을 여자가 아닌데…….'

상대가 국서라는 걸 알면서 버젓이 눈앞에 나타났다는 것만 봐도, 그녀는 보통이 아니었다. 차라리 만나지 않는 편이 서로를 위해 더 나을지도 모르겠다. 특히나 제가 모시는 주인께서는 지금 막 사랑에 폭 빠져 있지 않으신가.

"무슨 비밀 이야기 중이십니까?"

복도 안에 낮은 목소리가 울려 퍼졌다. 오후 근무를 끝낸 무휼이 다른 병사와 교대를 하고 오는 중이었다.

"아, 퇴궐하는 건가?"

"아뇨, 이제부터 야간 근무입니다."

한껏 예민하게 답하는 것이 무휼 역시도 피곤이 덜 풀린 게 틀림없었다. 괜히 건드려 봤자 좋을 거 하나 없다는 걸 너무나도 잘 알고 있기에 제하는 별다른 말을 하지 않았다.

"힘들겠어."

"괜찮습니다. 앞으로 한 2, 3일이면 끝날 거 같으니까요."

궐 주위에 수상한 사람들이 있다는 말을 들은 이후 무휼은 매일 밤 다른 병사들과 함께 돌아가며 궐 주변을 순찰하고 있었다. 그런데 막상 나가 보니 궐 주변에는 수상한 움직임이 보이지 않아, 결국 그냥 사소한 오해나 제보 실수이겠거니 하고 한 3일 정도만 더 지켜볼 생각이었다.

"그럼 수고해."

"예."

제하에게 꾸벅 인사한 무휼은 그 길로 중앙궁을 나섰다. 오늘은 월비가 비번인 날인지라 그녀를 집까지 데려다주지 않아도 되었으니, 곧장 궐 밖으로 나갔다.

늘어지게 하품을 하며 기지개를 켜던 바로 그때였다.

"잡아라!"

"놓치면 안 돼!"

유난히 시끄러운 궐 밖의 분위기에 놀란 그가 재빨리 뛰쳐나갔다. 곧 그의 눈에 들어온 건 여러 명의 사내가 한 여인을 에워싸고 있는 상황. 도대체 궐 앞에서 이 무슨 소란인 건지. 슬쩍 문지기들을 바라보니, 말려야 하나 말아야 하나 망설이고 있다. 그도 그럴 것이 개인적인 문제에 개입했다가는 나쁜 쪽으로 엮일지도 몰랐으니까.

"멈춰라!"

무휼의 호통에 사내들이 화들짝 놀랐다. 저들끼리 어쩌면 좋겠냐는 시선을 주고받길 얼마, 그들은 곧 붙잡고 있던 여인을 던지듯 밀쳐 내고는 황급히 도망쳤다.

"너희는 저들을 쫓아라."

"예!"

무휼이 자신에게 달려온 병사들에게 지시하자, 그들이 곧장 어둠 속으로 사라지고 있는 이들을 뒤쫓기 시작했다. 이를 지켜보던 무휼은 바닥에 힘없이 주저앉아 있는 여인에게로 다가갔다.

"괜찮으십니까?"

여인은 제대로 놀란 건지 파르르 떨고 있었다. 자초지종을 알아야 하기에 무휼이 도대체 무슨 있었던 거냐 물으려는데, 그녀가 그의 팔을 덥석 잡았다.

"제가 반드시 만나야 하는데…… 유신에게 말했는데…… 아, 유신이 누구냐면 제하의 심복인데…… 아, 제하가 누구냐면…… 저, 구제하라고 아세요?"

정신없는 말이었지만, 몇몇 단어가 확실하게 그의 귀에 박혔다. 순간 안 좋은 예감을 감지한 무휼이 마른침을 삼키며 고개를 끄덕였다.

"알다마다요."

천유에서 그 이름을 모르는 사람이 있을까.

"국서이신 신왕이시잖아요."

알고 있다는 그의 말에 여인이 고개를 번쩍 들어 올렸다. 눈물자국이 선명하게 남아 있는 그녀는 누가 봐도 제정신이 아닌 듯했다. 일단 눈빛부터가 오싹했다.

"저기…… 제가 반드시 제하를 만나야 하는데…… 그러니까……."

무휼은 잠시 생각에 잠겼다. 국서를 '구제하'라 부르며 만나야 한다는 여인. 중앙군 대장으로서의 촉이 무섭게 발동했다.

"이름이 어떻게 되십니까?"

그가 물었다. 그러자 파르르 떨리는 눈으로 매달려 있던 여자가 입을 열었다.

"주설화요."

"……."

역시나. 무휼은 한숨을 내쉬었다. 설마는 사람을 잡는다더니 딱 그 경우였다. 혹시 몰라 조사해 본 결과 그녀의 행방을 찾을 수 없었는데, 설마 이렇게 만나게 될 줄이야.

그의 머릿속이 복잡해졌다. 지금 당장 아라에게 이 일을 보고해야 하나, 아니면 일단 그냥 보내야 하나. 그리고 과연 구제하는 이 사실을 알고 있는 것인가.

연신 주변을 두리번거리며 불안에 떨던 주설화가 아무런 대꾸 없는 무휼을 붙잡고 늘어졌다. 곧 그녀가 품 안에서 노리개 하나를 꺼내더니 그에게 내밀었다.

"이것 좀 제하…… 아니, 신왕께 전해 주실 수 없으세요? 제발요. 이렇게 부탁드릴게요."

"저기……."

"서신을 몇 번인가 보냈는데 도중에 전달이 잘 안 된 건지, 답이 오지 않아서……."

무휼은 그녀가 새삼 대단하다는 생각이 들었다.

그간 지켜본 구제하의 성격이라면 일부러 답을 안 보냈을 것이다. 그런데 무시당하고 있다는 가능성에 대해서는 생각도 안 해 보다니.

"혹시 제가 어디에 있냐고 물으면 요 근처에 나래 객주라고 있거든요? 거기서 지내고 있다고 전해 주세요. 오래는 못 있어요. 제발 부탁드릴게요."

四花.
남편을 지키는 건 부인의 의무

하늘이 울고 있다.

멍하니 방 안에 앉아 창밖을 바라보고 있던 아라는 미간을 찌푸렸다. 손끝에서 느껴지는 짜릿한 자극에 고개를 돌리니 역시나, 싱긋 웃고 있는 구제하가 보인다.

"날 봐야지."

설령 상대가 비일지라도 부인의 시선을 빼앗는 것들은 모두 꼴 보기 싫다며 자신을 봐 달라 투정을 부리고 있는데, 이 사람을 어쩌면 좋을까. 아라가 그의 손바닥을 찰싹 때렸다. 그러자 아픈 건지 살짝 미간을 찌푸리던 그가 웃는 얼굴로 손을 꽉 쥐었다.

"어때?"

묻는 목소리가 상당히 다정하다. 그리고 달콤하다. 이에 아라는 정신이 아찔해지는 것을 느끼며 잡고 있던 손등을 살짝 꼬집었다.

"물집이 장난 아니네요."

그녀가 웃으며 말했다.

"말했잖아요. 무휼은 봐주는 거 없다고."

"아주 귀신이야, 귀신."

우안에서 돌아오던 날, 무슨 바람이 분 건지 모르겠지만 제하는 무휼에게 검술을 가르쳐 달라 부탁했다. 배우고자 하는 사람은 막지 않고 다 받아주는 무휼이었기에 그들은 즉시 검술 수련에 돌입했고, 이에 며칠 새 제하의 손도 엉망이 된 것이다.

"오늘 비가 와서 훈련이 중지되지 않았더라면, 나는 아마 죽었을 거야."

제하가 갑자기 쏟아지기 시작한 비를 바라보며 말했다. 아침부터 갑자기 내리기 시작한 비는 오후까지 이어지고 있었다. 덕분에 오늘은 좀 쉴 수 있겠다며 늘어지는 그였지만, 아라는 내심 아쉬웠다. 그가 훈련하는 모습을 보고 싶어서 이렇게 걸음 한 건데, 비가 내려 보지 못하게 되었으니 그저 아쉬울 따름이었다.

"그나저나, 검 드는 거 싫어하는 사람이 웬일이래."

아라가 피식 웃으며 말했다. 그도 그럴 것이 들고 다니라고 말을 해도 괜찮다며 한사코 거절하던 그가 아니던가. 그 기억 때문인지는 몰라도 구제하와 날카로운 검은 어울리지 않는 조합이었다.

그녀의 물음에 제하는 잠시 망설였다. 입을 꾹 다물고는 아라의 눈치를 보길 얼마, 그가 조심스레 입을 열었다.

"일전에 우안에 갔을 때……."

우안에 갔을 때?

"정말 철렁했거든."

"……."

그러고 보니 그때부터 그의 상태가 조금 이상했다. 아무래도 그때의 충격이 아직 가시지 않은 모양.

"만약 내가 누군가에게 위협을 받게 된다면."

"……된다면?"

"그냥 딱 한 번 아프면 모든 게 끝이 나는데 굳이 살려고 기를 써야 하나, 그렇게 생각했는데……."

먼 산을 바라보는 듯한 초점 흐린 눈빛이 다시금 반짝이기 시작했다. 그리고 그의 시선은 곧장 아라를 향했다.

"이제는 혼자가 아니니까."

제하가 활짝 웃었다. 그러나 아라는 웃지 못했다.

"나는 죽어도 너는 죽으면 안 되잖아."

"……."

어째서 그렇게 슬픈 이야기를 웃으면서 할 수 있는 거냐 물을까 하다가 말았다.

"그럼 내가 저승길에 편히 못 갈 거 같아."

"기왕이면 사이좋게 둘 다 사는 쪽으로 하죠?"

"하지만 여차할 때는……."

그를 흘겨보던 아라가 안 좋은 이야기는 이제 그만하자며 그를 꼬집었다. 아픈 건지 미간을 찌푸리면서도 손을 놓지 않고 있던 그가 해맑게 웃는다. 그러다 문득 무언가가 떠올랐다는 듯 말문을 열었다.

"그러고 보니까."

"네?"

제하의 두 눈빛이 매섭게 변한 것을 본 아라는 긴장했다. 또 무슨 말을 하려고 저러나, 걱정과 함께 불안이 몰려왔다.

"계약 기간이 끝나고 나랑 헤어지고 나면, 또 다른 놈에게 시집가려고 했나?"

은근히 신경 쓰인다며 제하가 물었다. 그러자 그의 물음에 잠시 고민하던 아라가 천천히 고개를 저었다.

"아니요."

분명하게 말할 수 있었다. '아니.'라고.

"그럼?"

"난 처음부터 누군가와 결혼할 생각이 없었어요."

아라는 진심이었다. 왕으로서 당연히 후계자 문제에도 신경을 써야 했지만, 그것에 얽매이고 싶지는 않았다. 안 그래도 걱정거리로 가득한데 그것까지 고민할 여유는 없었기 때문이다.

"그럼 후계자는?"

역시나. 제하 역시 누구라도 궁금해할 문제를 꼬집었다.

물론 중요한 문제라는 건 잘 알고 있었지만, 어째서 모두가 당연하다는 듯 그렇게 후계자에 집착을 보이는 건지 알 수 없었다.

애초에 국혼을 올릴 생각이 없었기 때문에 다음 왕위는 당연히 자신의 핏줄로 잇지 못할 거라고 단념하고 있었다. 때문에 오래전부터 생각해 둔 게 하나 있다.

"시건형의 아들에게 물려줄 생각이었지요."

시건형이라는 이름에 제하는 예민하게 반응했다. 그도 그럴 것이 그이다. 시건형. 그녀를 끌어내리기 위해 혈안이 되어 있는 적이건만, 그의 아들에게 왕위를 물려줄 생각을 하다니.

"아직 애잖아요."

"올해로 세 살이 된다고 했나……."

제하가 작게 중얼거리자 아라는 고개를 끄덕였다. 그래, 바로 그 아이다. 일전의 대화에서 아주 잠깐 등장했던, 그녀의 적들 중 가장 나이가 어린 적 말이다.

"어느 정도 자라면 궐로 불러들일 생각이었어요."

"불러들인 다음에 뭘 어쩌려고?"

"대선께 그 아이의 스승이 되어 달라고 부탁을 해 뒀지요."

아라는 아직 늦지 않았다고 철석같이 믿고 있었다. 주위 환경이 좋지 않더라도 적당한 시기에 올바른 교육을 받는다면, 그 아이는 부모와 다른 가치관을 가질 수 있다고 생각했기 때문이다. 제 아들에게 왕위를 물려준다고 하는 거니 시건형도 그 아이가 궐에 들어와 교육을 받는 것에 대해 별다른 불만을 갖지 않을 것이다. 그녀의 의견에 순순히 따랐겠지. 아주 조금 그녀에게 감사함을 느끼며.

"아직도 그 생각에는 변함이 없어?"

"글쎄요……."

복잡한 이야기에 아라는 애매하게 답했다. 넉 달 전이었다면 아무렇지 않게 곧장 그렇다고 답했겠지만, 지금은 상황이 꽤 많이 바뀌지 않았는가.

"사람 일은 어떻게 될지 모르는 거고……."

말끝을 흐리던 아라가 슬쩍 그의 눈치를 보았다. 지금 이렇게 그와 마주 앉아 미래에 대해 이야기하고 있다는 것만으로도 충분히 신기할 따름이었다.

"날 좋아한다더니."

"……."

"내 아이를 낳아 줄 생각은 없는 건가?"

아이라는 말에 아라의 얼굴이 단번에 붉게 달아올랐다. 이를 여유롭게 관찰하던 제하는 싱긋 웃었다. 우리의 여왕께서는 놀리는 재미가 꽤 쏠쏠했다.

"흠흠. 뭐, 아이는 아직 모르겠지만……."

아라가 조심스럽게 말을 이었다. 그래, 아이까지는 모르겠지만 사실은 생각해 둔 게 있었다. 그를 선택하기로 한 이상, 그리고 그와의 미래를 진지하게 생각해 보기로 한 이상 해결해야 하는 일이었다.

"그때 그 서약서는 잘 보관하고 있어요?"

"그건 또 왜?"

그녀의 물음에 제하의 미소가 금세 사그라들었다. 지금 딱 분위기 좋은데 갑자기 왜 그 종이 쪼가리의 행방을 묻는 거냐며. 그도 그럴 것이 그것은 그녀와의 원만한 관계를 방해하는 물건이었다.

"나중에 중앙궁 올 때 갖고 와요."

그가 심각해하거나 말거나, 아라는 다시금 창밖으로 시선을 옮기며 말했다. 그녀의 뺨은 여전히 약간 달아올라 있다.

"태워 버리게."

소각시키겠다는 말에 제하는 굳었다. 지금 자신이 잘못 들은 건 아니겠지, 그렇지? 분명 조금 전까지만 해도 불평불만이 넘쳐흐르던 그의 얼굴이 금세 환해졌다. 동그랗게 뜬 그의 눈이 무언가를 강렬하게 원하고 있다.

"……정말?"

"정말."

고개를 끄덕인 아라는 진심이었다. 막상 결혼이라는 것도 해 보니까 별거 아니었다. 아니, 솔직하게 말하면 단점보다도 장점이 더 많은 거 같았다. 물론 이것은 상대가 구제하, 그이기 때문이겠지만.

"이렇게 지내는 것도 괜찮을 거 같아서요."

"……."

서로 마주 보고, 이야기하고, 웃으며 떠드는 아무것도 아닌 지금 이 시간이 좋았다.

"또 은근히 쓸모도 있는 거 같고?"

구제하 효과는 제법 대단했다. 그는 단번에 궐 안 모든 이들의 적이 되어 버렸다. 어떻게 손을 쓸 수 없을 정도의 망나니인 그가 유독 여왕의 앞에서만큼은 온순한 개가 된다고 하니, 대신들도 결국 그녀를 따를 수밖에 없게 된 것이다.

"사람 하나는 참 잘 골랐지, 내가."

물론 잠행을 떠난 지방에서 그를 만난 것은 완벽한 우연이었지만, 이게 다 제 안목이라 주장하는 아라의 말에 제하는 그저 웃었다. 그게 사실이든 아니든 중요하지 않았다.

"사랑해."

"윽."

아라의 손에 들려 있던 붓이 유난히 한 자리에 오래 머물며 커다란 자국을 남겼다. 하얀 종이 위에 검게 번진 먹물 한 방울을 들여다보던 제하가 살포시 미소 지었다.

차마 그의 눈을 똑바로 바라볼 수 없어 아라가 시선을 돌렸다. 잠깐 내리고 마는 소나기인 줄 알았는데 점점 심해지더니, 이윽고 열린 문틈으로 빗물이 들이칠 정도로 격렬해졌다.

"비 많이 오네요."

"그러게. 천둥도 쳤으면 좋겠다."

마찬가지로 창밖을 바라보던 제하가 고개를 끄덕이며 대꾸했다. 그러자 아라의 미간이 슬쩍 찌푸려진다.

천둥이라니. 그녀는 하늘을 찢어 놓을 듯한 그 소리를 별로 좋아하지 않았다. 별난 사람이라는 건 진즉부터 알고 있었지만, 그 소음을 좋아하는 사람이 있었을 줄이야. 그 이유를 안 묻고 넘어갈 수가 없었다.

"왜요?"

"너 못 돌아가게."

"그게 천둥이랑 무슨 상관인데요?"

"막 천둥 치면 화들짝 놀라면서, 끌어안고……."

아, 그제야 그가 무슨 말을 하는지 알아차린 아라는 헛웃음을 지었다. 그러고는 꿈도 꾸지 말라는 눈빛으로 그를 흘겨보며 말했다.

"나 천둥 안 무서워하는데요."

"아니."

고작 천둥이 치는 거 가지고 겁을 먹는 가녀린 여인이 아니라 미안하다며 그녀가 말하자, 제하가 가만히 고개를 저었다. 그리고 스스로를 가리킨다.

"내가 무서워한다고."

"……."

"그러면 나 혼자 내버려 두고 못 갈 거 아니야."

이런. 의표를 찌르는 그의 말에 아라는 입을 다물었다. 그렇게 말하면 뭐라고 대답을 해야 하나. 그녀의 머릿속이 바빠졌다. 그런데 그때, 그들이 있던 방 밖에서 인기척이 들려오더니 곧이어 유신의 목소리가 들려왔다.

"전하, 무휼 님께서 오셨습니다."

여느 때라면 무휼이 왔다는 말에 자리에서 벌떡 일어났을 아라였지만, 오늘은 달랐다. 납덩이라도 매단 것처럼 몸이 무거웠다. 또한 반가움 대신 어렴풋이 방해라는 생각마저 들었다.

미안, 무휼.

밍기적거리며 자리에서 일어난 아라가 아쉬움을 뒤로한 채 희수궁을 나섰다. 무거운 걸음으로 희수궁 밖으로 나오니 지우산을 들고 있는 무휼이 보였다.

"돌아가자."

"그래."

그의 낯빛이 별로 좋지 않다는 것을 깨달은 아라는 알아서 입을 다물었다. 또 말도 안 하고 이곳에 왔다며 한 소리 하려나? 아니, 그렇기에는 저에게 화가 난 거 같지는 않은데.

"뭐하러 데리러 왔어?"

"비 오잖아."

"바로 옆인데 그냥 가도 되는걸."

"얼마 전에 쓰러졌잖아. 그러다 또 몸살 나면 어쩌려고."

그녀에게로 지우산을 기울여 주던 무휼이 말했다. 하여간에 조금만 아프고 나면 이렇게 과보호가 된다니까?

오늘따라 무휼은 심각해 보였다. 도대체 무슨 일이 있었던 걸까. 또 월비와 다투기라도 한 걸까? 아라는 고민에 빠졌다. 그러고 보니 최근 그의 상태가 이상했다. 뭐라고 콕 집어 말할 수 없었지만, 마치 저 혼자 무언가를 짊어지고 있는 것처럼 표정이 어두웠기 때문이다. 그래, 우안에 잠행을 다녀온 이후로.

"무휼."

결국 아라가 그를 붙잡았다.

"무슨 걱정 같은 거 있어?"

"없는데……."

"거짓말하지 마."

아라는 단호했다. 도대체 무슨 일이 있는 건지, 모르는 척하려 했지만 저 혼자 끙끙대는 그의 모습이 너무나 안쓰러웠다.

"감추려고 해도 소용없어. 월비에게 말하면 금방 알아낼 수 있으니까."

"……."

"얼른 말 안 해?"

서서히 높아지는 그녀의 목소리에 무휼은 결국 단념했다. 그녀도 한고집 한다는 것을 잠시 망각했다. 게다가 저에게 결정적인 약점이 있는 이상, 언제까지고 입을 다물고 있을 수는 없을 것이다.

"하아…… 말해야 하나 말아야 하나 망설였는데……."

"그래, 도대체 뭔데 그래."

슬쩍 아라의 눈치를 보던 그가 입을 열었다.

"만났어."

"뭐?"

상당 부분이 생략되어 있는 그의 말에 아라는 고개를 갸웃거리며 물었다.

"누굴?"

"그 여자."

"그러니까 누구."

말을 할 거면 제대로 말하라며 아라가 성을 냈다. 그러자 무휼이 영 내키지 않는 얼굴로 그답지 않게 우물쭈물하더니 곧 고개를 들었다.

"주설화."

예상치 못한 이름이 그의 입에서 나오자 아라는 순간 숨을 멈췄다.

뭐라고? 만났다고? 무휼이? 도대체 어디에서, 왜?

"어디에서?"

"궐 밖에서."

"궐 밖 어디."

"……정문 앞?"

만남이 이루어진 장소가 궐의 정문이라는 것 역시 아라는 신경 쓰였다. 단향에 내려가 있어야 할 그녀의 행방이 묘연해졌다는 것은 전에 들어서 알고 있었다. 그런데 그런 그녀가 왜 궐의 정문에 있단 말인가.

"누군가에게 쫓기는 거 같았어. 일전에 말했지? 궐 주변에 왈패들이 맴돌고 있다고 말이야. 알고 봤더니 주설화를 잡기 위해 고용된 사람인 거 같아."

주설화를 잡기 위해 고용된 사람.

아라는 잠시 생각에 잠겼다. 그녀를 붙잡으려 하는 사람이 있다고 한다면 누구겠는가.

"뻔하지, 뭐. 구가야."

구제용을 따라 단향에 가야 했을 주설화가 어째서인지 아직 천유에 있다. 그리고 그녀는 현재 궐을 기웃거리고 있고, 그런 그녀를 쫓고 있는 사람들. 더 생각해 볼 필요도 없었다.

"구제율도 그녀를 잡기 위해 혈안이 되어 있는 거야."

최근 들어 구제율이 잠잠해진 데에는 다 이유가 있던 것이다. 일주일에 한 번은 귀족들을 끌고 와서 징징대던 그들이 최근엔 안 보인다 했는데…… 아라는 슬며시 미소 지었다.

"궐을 찾은 목적은?"

목적을 묻는 질문에 그가 얼어붙었다. 상당히 조심스러운 그의 반응에 아라는 어렴풋이 다음에 올 말을 예상할 수 있었다.

"구제하를 만나고 싶대."

"역시 그건가."

아라는 한숨을 내쉬었다. 일전에 그녀를 나쁜 여자라고 말했다가 한 소리 들었던 것이 떠올랐다. 그럼에도 그 생각에는 여전히 변함이 없었지만.

"어쩌면 좋을까……."

일이 생각보다 복잡하게 되었구나.

"시간이 얼마 없다고 했어. 아마 도망 다니는 것에도 슬슬 한계가 온 거겠지. 그냥 내버려 두면 알아서 떨어지지 않을까 하고 무시하던 참이야."

무휼이 말했다. 원래 그는 계속해서 저 혼자 이 일을 알고 있을 생각이었다. 다만 내심 양심에 찔려서 마음 쓰고 있던 것을 아라에게 들켜 버린 것이다. 이제 그녀는 어떻게 되려나.

깊은 생각에 잠긴 듯 잠시 말이 없던 아라의 눈이 빛났다. 이윽고 그녀는 무휼을 향해 돌아섰다.

"어디서 지내고 있는지 알아?"

"어? 어…… 알고 있는데 그건 왜……."

스멀스멀 몰려오는 불안한 기운에 무휼이 조심스레 물었다. 그러자 아라는 조금의 동요도 없이 차분한 목소리로 답했다.

"그 여자, 내 앞에 데리고 와."

"뭐?"

자신이 직접 만나 보겠다는 그녀의 말에 무휼이 펄쩍 뛰었다. 상대는 국서의 전 연인이다. 물론 지금은 얽히고설켜 형수님이 되었지만, 남녀 사이의 감정 문제라는 게 그렇게 간단하게 해결되는 게 아니지 않은가.

"어떤 여자인지 궁금해."

무휼의 만류에도 아라는 단호했다. 이쯤 되면 그녀의 고집을 꺾을 수 없다는 걸 너무나도 잘 알고 있는 그는 결국 백기를 들었다.

"정말 괜찮을까……."

"구제하는 지금 내 남편이야."

제아무리 그의 마음속 깊이 묻혀 있는 첫사랑이라 할지라도, 현재 그의 옆에 있는 사람은 자신이었다. 이제 와서 무슨 수를 쓰려 해도 어떻게 못 할 거란 말이다. 분명 무언가 목적이 있기 때문에 여기까지 온 것이다. 그게 뭔지 알아야 했다.

"남편을 지키는 건 부인의 의무지."

* * *

"갑자기 이게 다 무슨 난리입니까."

유신이 난장판이 된 방을 바라보며 물었다. 한 발 내딛는 것조차 힘겨울 정도로 방 안은 잡동사니로 가득했다.

이를 지켜보고 있던 그는 울상이 되었다. 벌써부터 오후 내내 청소에 시달리는 자신의 모습이 머릿속에 그려졌다.

"너도 좀 도와라."

심지어 아직도 어지르고 있는 중이란다.

제하는 방 안에 있는 장식장은 물론, 책장 안의 책이란 책은 모조리 끄집어내느라 정신이 없었다.

"도대체 뭘 찾으시는 건데요?"

"서약서."

곁으로 다가와 털썩 주저앉으려던 유신이 서약서라는 말에 화들짝 놀랐다. 그것이 무엇인지 그가 모를 리 없었다. 바로 여왕과 국서가 초야 때 작성했다는 서약서가 아닌가. 그들의 관계가 1년 후면 끝난다는 것을 증명하는 서류였다.

"그건 왜 찾으시는 건데요?"

"없애 버리려고."

"……그랬다가는 전하께서 경을 치실 텐데요?"

최근 여왕과의 사이에 변화가 생겼다는 것은 그도 잘 알고 있었다. 심지어 자신은 그것을 부추기기까지 하지 않았던가. 이는 분명 기뻐해야 하는 일이었다.

'그래도 그렇지!'

다른 것도 아니고 이 나라 왕이 쓴 문서였다. 옥쇄까지 찍혀 있는, 갖출 거 다 갖춘 제대로 된 문서란 말이다. 이미 그것만으로도 그 서약이 지닌 효력은 어마어마한데 이를 멋대로 없애려고 하다니, 간이 배 밖으로 나왔구나. 유신은 마음이 급해졌다. 제 주인께서 감정에 휩쓸려 어리석은 짓을 하기 전에 어떻게든 말려야 했다.

"내가 다 알아서 할 테니까 걱정하지 마."

유신은 속으로 한숨을 내쉬었다.

걱정이 안 될 리가 없지 않습니까! 왕의 총애를 받고 있다는 소문이 퍼지자 이제는 대놓고 궐 안에서 연애를 하더니만, 정말 머리가 어떻게 되기라도 한 건지!

"하아……."

"복 날아간다."

"이제는 날아갈 복도 남아 있지 않습니다."

일단 찾으라고 저렇게 성화니 협조할 수밖에. 주인의 의지를 꺾을 힘이 없는 유신은 결국 그를 설득하는 것을 포기했다. 팔을 걷어붙이고, 서랍장 안에까지 깊숙이 손을 넣어 보며 샅샅이 뒤지기 시작했다.

"그러고 보니, 아라는?"

"전하께서는 오늘 귀빈과의 만남이 있으시다고……."

"귀빈?"

"예. 그 때문에 중앙궁에 그 누구의 출입도 허가치 않으셨다고 합니다."

귀빈이라는 말에 책을 거꾸로 들고 탈탈 털어 내던 제하가 고개를 돌렸다. 귀빈이라면 도대체 누구지? 아무리 생각해 봐도 달리 떠오르는 이가 없었다.

"설마 또 귀족들이 몰려와 괴롭히고 있는 건 아니겠지?"

그의 목소리가 심각해졌다. 최근 귀족들과 대신들이 좀 잠잠해진 거 같아 마음을 놓고 있었는데, 방심하고 있는 사이 다시금 아라를 괴롭히고 있는 건 아닌가 걱정이 된 것이다.

"전하께서 아이도 아니시고."

유신이 작게 투덜거렸다. 이는 명백한 과보호였다. 그의 눈에 지금의 구제하는 그저 물가에 내놓은 아이를 걱정하는 부모로밖에 보이지 않았다.

"아무래도 안 되겠어."

"……."

"잠깐 다녀올게."

그러거나 말거나 당장 중앙궁에 가 봐야겠다며 제하가 자리에서 벌떡 일어났다. 이를 본 유신은 재빨리 그를 붙잡았다. 사람 말을 제대로 들은 건지 모르겠네. 아, 글쎄. 출입 금지래도!

"김 상궁의 말에 따르면 웬 여자분이시랍니다. 걱정 안 하셔도 된다고요!"

"여성 가주일 수도 있잖아."

"그, 그야 그렇지만……."

아주 드물기는 하지만, 가문을 장녀에게 물려주는 경우도 더러 있었다. 예를 들면 물려줄 아들이 없거나 있다고 해도 가문을 이을 능력이 부족하다고 판단이 될 경우.

"여성 가주들은 주위 시선 때문에 궐을 방문하는 경우가 드물지 않습니까."

"하긴."

아무리 우두머리가 되었다고는 하나, 아직 이를 탐탁지 않게 보는 시선들은 분명히 존재했다. 때문에 그들은 가문에 누를 끼칠까 두려워하며 주위 시선을 지나치게 의식하게 되었다.

"게다가 귀족들이 궐을 방문하지 않은 지도 어느새 한 달이 되어 갑니다."

"그러고 보니…… 귀족들이 너무 조용하네."

제하가 작게 중얼거렸다. 물론 그들이 조용하다는 건 아라에게 있어서 좋은 일이었다. 그러나 그 침묵의 시간이 길어지면 길어질

수록 알 수 없는 불안 역시 커져만 갔다.

마치 숨을 죽이고 무언가를 기다리고 있는 것처럼. 도대체 무슨 꿍꿍이지?

"예전에 전하께서 남첩 제안을 단호히 거절하신 이후, 시건형에게 붙어 있던 귀족들의 반 이상이 구제율 님에게로 옮겨 간 모양입니다."

"흐음."

"시건형의 시대는 이제 끝났다고 해도 과언이 아니……."

"아니, 겨우 이 정도에 물러날 사람이라고는 생각 안 해."

굳은 표정의 제하가 단호히 말했다. 아라의 과거 이야기를 알고 있는 그는 유신의 의견에 동의하지 않았다. 상대는 시건형이었다. 아들을 잃자 다시금 아들을 갖기 위해 첩까지 들인 사람이었다. 그런 그가 포기라니, 말이 안 됐다.

"뭔가를 기다리고 있는 게 분명해."

"그러고 보니 구제율 님께서도 요즘 조용하시던데……."

유신의 말에 제하는 미간을 찌푸리며 고개를 끄덕였다.

"그러게. 사흘에 한 번은 찾아오던 사람이 말이야."

그 역시도 이상했다.

"아버지는 동시에 여러 일을 한꺼번에 처리 못 하시니, 지금쯤 다른 것에 빠져 있다는 뜻이겠지. 그게 어떤 일인지는 모르겠지만."

그래, 여왕과 국서를 달달 볶는 것보다 더 중요한 일이라는 게 무엇인지도 신경 쓰였지만 제하는 일단 지금 이 상황이 꽤 마음에 들었다. 언제 터질지 모르는 시한폭탄 같은 상황이기는 해도 온전히 제 부인에게만 신경 쓸 수 있다는 것이 좋았다.

"아, 어디에 있는 거야? 분명 어딘가에 잘 보관해 뒀는데……."

방을 한바탕 뒤집었음에도 서약서는 나타나지 않았다. 이에 지친 제하는 풀썩 주저앉아 버렸다. 도대체 그것을 어디에 두었지. 아무리 기억을 되짚어도 떠오르지 않으니 문제다.

"제가 한번 찾아보겠습니다. 제하 님, 이런 거 잘 못하시잖아요."

유신이 울먹이며 그에게 매달렸다. 그러니까 제발 더는 건드리지 마세요! 그만 어지럽히시란 말입니다!

찾는 것이 있으면 뒤처리는 생각 안 하고 무작정 엎어 버리는 그였으니, 이 때문에 물건을 정리하거나 찾는 일은 늘 유신의 몫이었다.

"차라리 나가서 산책을 하고 오시는 게 어떠십니까? 머리를 식히고 차분히 생각해 보시면 어디에 뒀는지 생각이 날 겁니다."

"그래도……."

"제가 반드시 찾아 놓을게요. 그러니까 어서요, 어서."

더 어지럽히지 마시고 빨리 나가시란 말입니다!

그가 방을 더 난장판으로 만들기 전에 어떻게든 내보내야 한다는 것을 깨달은 유신이 그의 등을 떠밀었다. 졸지에 방 밖으로 쫓겨난 제하는 이러지도 저러지도 못하고 닫힌 문을 노려봤다.

"여기저기서 내쫓기는 신세네."

*　　*　　*

한편, 중앙궁은 평소와 달리 분위기가 어두웠다. 이게 다 왕을 알

현하기 위해 온 어느 '귀빈'이라는 여인 때문이었다. 그러나 궁인 중 그 누구도 그녀의 정체를 아는 이가 없었으니, 모두가 귀빈 대접을 받고 있는 여인에 대한 호기심으로 가득했다.

"이렇게 뵙게 되어 영광입니다, 전하."

"……."

"주설화라고 합니다."

잠시 말이 없던 아라가 자세를 고쳐 앉았다. 그녀의 앞에는 한 여인이 서 있다. 그리고 그 옆에는 무휼이 못마땅하다는 얼굴로 인상을 찌푸리고 있다. 하긴, 그야 그렇겠지. 그도 그럴 것이 저 여인은 궐 안에 분란을 갖고 올 문제의 씨앗일지도 몰랐으니까.

아라는 말없이 그녀를 응시했다.

'예쁘긴 예쁘네.'

확실히 같은 여자가 봐도 예뻤다. 얼굴도 예쁜데 몸매까지 끝내줬다. 한없이 사랑스럽고 지켜 주고 싶은 보호 본능을 자극하는 것이, 누구처럼 날카롭고 모난 구석이 없으며 어린아이가 아닌 성숙한 여인이었다.

괜히 꼬맹이라 부르는 게 아니었구나. 그녀와 비교하니 자신은 한참 어린아이나 다름없었다. 갑자기 몰려오는 열등감에 아라는 마음이 무거워졌다.

"저…… 오늘 저를 부르신 연유는……."

"아아."

아라가 흠칫 놀라며 정신을 차렸다. 그래, 지금은 쓸데없는 생각에 사로잡혀 있을 때가 아니었다.

"국서에게 볼일이 있다기에 불렀습니다."

국서라는 말에 설화의 두 눈이 빛났다. 아라는 이 역시 마음에 들지 않았다.

"예. 제하…… 아니, 국서께 드릴 말씀이 있어서……."

설화가 조금도 움츠러들지 않고 곧장 그렇다 답하자 아라는 한숨을 내쉬었다. 어쩜 저렇게 당당할 수 있는지 모르겠다. 아무리 그래도 지금 눈앞에 있는 사람은 이 나라의 여왕이고 지금 그녀가 만나고자 하는 사람은 그 여왕의 남편이건만.

"무리한 부탁이라는 건 알고 있겠지요?"

"……."

"오늘 내가 당신을 부른 건 다른 게 아닙니다."

아라의 말에 설화의 낯빛이 점차 어두워졌다. 궐에 불렸을 당시에는 이제 됐다고 생각했지만, 이는 오산이었다. 여왕이 국서와 만나게 해 줄 리가 없지 않은가.

"가뜩이나 보는 눈이 많은 곳이 궐입니다. 그런데 그런 궐 앞에서 당당히 국서를 찾다니, 지금 제정신입니까."

그렇다. 오늘 아라가 설화를 부른 것은 그녀의 부탁을 들어주기 위함이 아니라 타이르기 위함이었다.

"다른 이들이 뭐라고 생각하겠어요."

"하지만……."

제 뜻대로 일이 풀리지 않자, 설화는 미간을 찌푸렸다.

마음에 안 들어. 하지만 눈앞에 있는 저 꼬맹이는 이 나라의 여왕이니, 자신이 함부로 대했다가는 목이 날아갈지도 몰랐다.

"게다가 둘은 과거에 연인 사이였다고요."

그 말에 설화가 화들짝 놀라며 아라를 바라봤다. 여왕이 그 사실을 알고 있다는 것이 놀라웠다.

도대체 어떻게 안 거지? 조사를 해 본 건가?

"……아, 알고 계셨습니까?"

"내가 모를 거라고 생각했습니까?"

서서히 완성되는 큰 그림에 설화의 얼굴이 점차 창백해졌다. 여왕은 자신과 국서의 옛 관계를 알고 있다. 그리고 국서를 만나러 온 자신을 이렇게 중앙궁으로 불러들였다.

아무리 과거의 연인이라 할지라도, 여자의 입장에서 볼 때 남편의 옛 여인이 예쁘게 보일 리가 없었다. 자신이 그러한 상황에 처했다고 해도 그럴 것이다.

머리카락을 몽땅 뽑아내고 죽기 직전까지 매질을 하여 내쫓아도 시원치 않겠지. 여왕도 여인인데 무엇이 다를까. 아니, 더하면 더했지 절대 덜하지는 않을 것이다. 어쩌면 쥐도 새도 모르게 처리될지도.

설화가 마른침을 삼켰다. 그럼 이제 나는 어떻게 되는 거지?

"국서는 왜 찾은 겁니까."

"그게…… 꼭 부탁드리고 싶은 게 있어서……."

"부탁?"

아라의 시선이 재빨리 무휼을 향했다. 그러자 그가 자신도 모르는 이야기라며 어깨를 으쓱인다. 국서를 만나야 한다고만 했지, 그 이유에 대해서는 그도 듣지 못한 것이다.

"국서와의 만남은 자제하는 게 좋겠습니다. 안 그래도 궐에는 상시 눈에 불을 켜고 있는 이들이 많은데 그들에게 괜히 좋은 일을 해 줄 수는 없으니 말입니다."

"하, 하오나……."

"부탁이 있으면 나에게 말해 보세요."

"예, 예?"

"국서도 들어줄 수 있는 바람을 왕인 내가 못 들어줄 리가 없잖습니까."

아라의 말에 설화는 잠시 망설였다. 변을 당할 줄 알았는데 갑자기 부탁을 말해 보라니, 혹시 무슨 함정인 건가? 친절을 베풀 것처럼 다가와서는 뒤를 치려는 수법이라든가…….

좀처럼 경계를 풀지 않는 그녀를 본 아라는 작게 웃었다. 굳이 입으로 듣지 않아도 지금 그녀가 무슨 생각을 하고 있는지 훤히 들여다보였다. 눈앞의 여인은 자신에게 겁을 먹고 있다.

"괜찮으니 말해 보세요."

아라가 다시 한 번 말했다. 그러자 망설이던 설화가 조심스럽게 입을 열었다. 그래, 이미 이곳에 발을 들인 이상 벗어날 수도 없었다. 그렇다면 죽기 아니면 살기지.

"허가를 내려 주셨으면 좋겠습니다."

"무슨 허가."

아라의 목소리가 꽤나 상기되었다. 부탁이라고 하기에 그다지 좋지 않은 것들을 예상하며 그녀 나름대로 마음의 각오를 하고 있었는데 뜬금없이 허가라니?

좀 더 자세히 이야기해 보라는 아라의 말에 설화는 상당 시간 말을 얼버무렸다. 그러나 시간을 끌면 끌수록 힘들어지는 건 편하게 자리에 앉아 있는 아라가 아닌, 꼿꼿이 서 있는 자신이었다.

결국 그녀가 입을 열었다.

"이혼 허가를 내려 주셨으면 합니다."

"……."

말이 끝나기 무섭게 무휼이 노골적으로 미간을 찌푸렸다. 반사적으로 자신을 바라보고 있는 아라를 향해 절대 안 된다며 고개를 절레절레 젓기까지 했다. 그의 눈이 말하고 있다.

안 돼, 아라. 절대 안 돼.

"안 됩니다."

아라가 대답이 없자 결국 참다못한 무휼이 끼어들었다. 그러자 설화의 눈이 매섭게 번뜩인다.

"중앙군의 군인이 끼어들 자리는 아닌 거 같은데요."

아라를 대할 때와는 달리 상당히 건방진 말투였다. 순식간에 바뀐 설화의 태도에 아라는 직감했다. 이 여인은 권력을 중시하고 있다. 그것에 매달리고 있다고 해도 과언이 아닐 것이다. 자신보다 높은 사람에게는 한없이 작아지고, 낮은 사람은 무시하며 얕본다.

하지만 그녀가 한 가지 간과한 게 있었으니, 소무휼이라는 사내는 단순한 중앙군의 군인이 아니었다.

"그렇군요. 그럼 이렇게 하지요."

애써 불쾌함을 감춘 무휼이 고개를 끄덕였다. 그러자 설화의 입꼬리가 움찔거리더니 슬쩍 올라간다. 이를 본 무휼 역시 슬며시 미소를 짓더니, 걸음을 옮겼다.

아라의 옆에 선 그가 여느 때라면 절대 보이지 않을 상대를 무시하는 눈빛으로 그녀를 내려다봤다.

"소월가의 차기 가주이자, 여왕의 최측근으로서 다시 한 번 말씀드립니다."

"……."

"안 됩니다."

단호한 그의 말에 설화는 꿀 먹은 벙어리가 되고 말았다. 여왕의 최측근 중 한 명인 소월가의 차기 가주. 이야기는 들어 알고 있기는 했지만, 그녀에게는 하늘의 별과 같은 존재였기에 얼굴을 모르고 있던 게 실수였다.

"불허합니다."

무휼이 다시 한 번 단호하게 말했다.

"물론 규정에 어긋나지는 않지만, 이는 도덕적인 문제로……."

"좋습니다."

갑작스레 끼어드는 목소리에 무휼과 설화가 멈칫했다. 둘 모두 놀란 얼굴로 뒤를 돌아본다. 왕좌에는 아라가 무덤덤한 얼굴로 앉아 그들을 내려다보고 있었다.

"지금 뭐라고……."

그녀가 입을 열었다.

"그 부탁 들어주겠다고요."

덤덤한 아라의 답변에 무휼은 인상을 찌푸렸다. 지금 제정신이야? 도대체 무슨 생각을 하고 있는 건지 모르겠지만, 이는 옳지 못한 선택이 분명했다. 제 바람이 이루어졌다며 활짝 웃고 있는 주설화의 얼굴만 봐도 그러하다. 무휼은 한숨을 내쉬었다. 아무래도 안 되겠구나. 내가 나서는 수밖에.

"애초에 이혼을 하려거든 그것을 담당하고 있는 관청에 접수하면 될 것을, 왜 굳이 국서에게 부탁하려 했던 겁니까?"

천유국이 이혼이 불가능한 국가도 아니고, 하고자 하는 의지만 있다면 약간의 심사를 거친 뒤 이혼을 할 수 있었다. 이혼이 합법화된 지도 벌써 수백 년이 지났단 말이다.

"관청에 접수하면 기간이 너무 오래 걸리지 않습니까. 그런데 국서께서 직접 나서 주시면 한시라도 빨리 이 일을 해결할 수 있을 거 같아서……."

그럴싸한 답변이었지만 무휼은 그녀의 말을 믿지 않았다. 왜 굳이 국서에게 부탁하려 했던 걸까. 뻔하지, 뭐. 그는 활짝 웃고 있는 설화의 속내를 금세 눈치챌 수 있었다.

어쩌면 이 여인은 국서와 예전의 관계로 돌아가려 했던 걸지도 몰랐다. 가주권을 잃은 지방 관리보다도 국서의 정부가 훨씬 이익이 클 테니 말이다. 비록 불명예스러운 자리일지라도.

"사유가 뭡니까."

"……예?"

"이혼 사유가 뭐냔 말입니다."

무휼이 정확한 이혼 사유에 대해 묻자 설화의 얼굴이 금세 어두워졌다. 안타깝게도 이러한 경우는 미처 대비하지 못했다. 그리고 그녀의 표정에서 곤란한 기색을 읽어 낸 무휼은 이를 놓치지 않았다.

"관청에 갔어도 아마 같은 질문을 받았을 겁니다."

갈라서는 것이 비교적 자유롭다고는 하나, 그에 걸맞은 사유가 있어야만 했다. 예를 들면 배우자의 폭행에 시달리고 있다거나, 바람이 난 경우.

"성격 차이입니다."

"성격 차이?"

"예, 제가 그 남자를 사랑하지 않습니다."

"변심에 의한 이혼이라……."

무휼이 일부러 말끝을 흐렸다. 그러자 설화가 움찔하고 몸을 떨었다. 많고 많은 사유들 중에서도 변심에 의한 이혼은 웬만해서는 인정되지 않았기 때문이었다.

"그 혼인은 저도 어쩔 수 없는 선택이었습니다."

자신에게 불리한 상황이라는 걸 알았는지, 그녀가 변명하듯 재빨리 말했다. 하지만 무휼이 이에 넘어갈 리가 없었다.

"어쩔 수 없는 선택…… 가주권 때문에?"

무휼이 매섭게 말했다.

"당신은 사람이 아닌 가주권을 보고 혼인한 게 아닙니까. 그런데 이제 구제용에게 가주권이 없으니 필요 없다 이거군요."

변심도 이렇게 질이 나쁜 변심은 또 없을 거라며 무휼은 마치 자신의 일인 양 기분 나빠 했다. 도대체 국서께서는 저런 여자의 어디에 반한 건지 이해가 되지 않았다.

한편, 무휼의 직설적인 말에 설화의 낯빛이 붉으락푸르락 달아올랐다. 입술을 꾹 깨문 그녀가 매섭게 찢어진 여우 눈으로 그를 노려보기 시작했다.

"그게 뭐 잘못되었습니까."

이윽고 비뚤어진 미소를 지으며 말했다.

"사람마다 배우자를 선택하는 기준은 다 다릅니다. 제 경우에는 가주권을 중요시할 뿐이지요. 그게 뭐 문제가 됩니까?"

"개인의 기준이니 제가 문제가 된다, 안 된다를 감히 판단할 수는 없지요. 하지만……."

물러서기는커녕 오히려 당당하게 나오는 그녀의 태도에 무휼은 피식 웃었다. 재미있거나 즐겁기 때문이 아니다. 그냥 웃음이 나올 정도로 어이가 없어서 그런다. 그만큼이나 그는 눈앞의 여인이 정말이지 마음에 안 들었다.

"그 때문에 이혼을 주장하는 거라면 문제가 됩니다만."

무휼이 말을 끝내자, 설화가 주춤거리며 물러났다. 순간적으로 발끈해서 얼결에 대꾸하기는 했는데, 스스로 제 무덤을 파고 만 꼴이 된 것이다. 이를 어쩌면 좋지? 이러다가는 제 뜻을 못 이루게 될지도 몰랐다.

가주가 아닌 이상, 더는 구제용의 성격을 견디며 살 필요가 없게 되었다. 심지어 지금 그는 단향이라는 곳의 관리로 내려가 지방에 콕 박혀 있으니 더더욱. 고작 지방 관리의 아내가 되겠다고 그 세월을 버텨 낸 것이 아니었다. 최근에는 구제율이 보낸 사내들에게 시달리기까지 하고 있으니 어떻게든 빠른 시일 안에 이혼을 해야만 했다. 구가와 연관 없는 사람이 되어야 그들에게서 벗어날 수 있을 테니까.

"무휼, 그만해."

"하지만……."

어느새 무휼과 주설화, 둘만의 싸움이 되어 버린 대전 안, 아라가 끼어들었다. 둘만 있을 때에는 그녀에게 할 말 다 하고 잔소리도 엄청나게 퍼붓는 무휼이었지만, 이렇게 사람들 앞에서는 여왕의 권위를 지켜 주기 위해 그녀의 의견에 토를 다는 것을 최대한 자제하고 있었다.

결국 무휼이 꼬리를 내리고 물러나자, 아라는 한숨을 푹 내쉬었다. 이 일은 자신이 처리해야만 하는 일이었다. 심호흡을 한 그녀가 주설화를 바라본다.

"알겠습니다. 도와주도록 하지요."

"그, 그게 정말이십니까?"

"이 일을 가장 먼저 처리하라고 해당 관청에 말해 두겠습니다."

옆에서 무휼이 매서운 눈빛을 쏘아대고 있었지만, 아라는 이를 무시했다. 그리고 그녀의 결정에 설화의 표정은 단번에 밝아졌다.

"단, 한 번 이혼하고 나면, 다음은 안 된다는 거 알고 있겠지요?"

"예, 물론입니다. 전하."

"혹시나 싶어 재차 강조하는 겁니다. 두 번은 없습니다."

"예. 알겠습니다!"

연신 고개를 조아리던 설화는 큰 목소리로 외쳤다. 구제용과 구가에게서 벗어날 수만 있다면 못 할 게 없을 거 같았다. 일단 구가를 나오면 다시 자유의 몸이 될 수 있었다. 새로운 삶을 시작할 수 있단 말이다. 국서의 자리에 오른 제하를 잘만 구슬린다면 분명 큰 도움을 받을 수 있을 것이다. 그가 도움이 필요한 자신을 그냥 두고 볼 리 없었으니까.

설화가 작게 미소 지었다.

'여왕도 별거 아니군.'

* * *

"저…… 국서께서는 어디에 기거하고 계십니까?"

궁녀의 눈치를 보던 설화가 물었다. 볼일을 끝낸 그녀는 현재 가벼운 발걸음으로 중앙궁을 나서는 중이었다.

그녀의 질문에 배웅해 주고 오라는 명을 받고 나선 궁녀가 수상하다는 눈빛으로 설화를 돌아봤다.

뭐지, 이 여자? 그런 건 왜 묻는 거야?

"그야 희수궁이지요."

"희수궁은 어디에 있는데요?"

계속되는 질문에 영 미심쩍다는 얼굴로 설화를 응시하던 궁녀가 중앙궁 바로 옆에 있는 궁 하나를 가리켰다.

"저곳입니다. 희수궁은 중앙궁의 바로 옆에 붙어 있습니다."

바로 옆이라는 말에 설화는 활짝 미소 지었다. 먼 곳에 있으면 어쩌나 걱정했는데 바로 옆이라니, 운이 좋았다. 담 너머로 보이는 궁을 응시하던 그녀가 궁녀의 팔을 붙잡았다.

"저기, 혹시 희수궁에 잠시 들를 수는……."

애초에 궐을 방문한 목적은 제하였다.

얼결에 그보다 더 높은 여왕을 만나 원하는 바를 이루기는 했지만, 여기까지 왔는데 그를 안 만나고 갈 수는 없지, 암. 잠깐이라도 좋으니 그를 만나야만 했다.

"그건 안 됩니다."

그러나 돌아오는 궁녀의 답변은 단호했다.

"국서이신 신왕을 만나시려거든 전하께 보고를 드려야 합니다."

궁녀는 본능적으로 주설화라는 여인을 적으로 간주했다. 여자의 날카로운 촉이 발동한 것이다. 사실 그녀는 여왕과 국서의 사랑을 응원하고 있는 사람들 중 하나로, 다짜고짜 국서를 찾는 설화라는 여인이 예쁘게 보일 리 없었다.

지금 한창 두 분이서 잘되고 있는데! 방해가 될 가능성이 아주 조금이라도 있다면 사전에 막아야 했다. 그러나 궁녀의 촉도 예리했지만, 주설화가 한 수 위였다. 그녀가 무슨 생각을 하고 있는지 곧장 알아차린 설화는 재빨리 선한 미소를 지어 보이더니 두 손을 저었다.

"아, 그런 게 아닙니다."

"예?"

"제가 만나고 싶은 건 국서가 아니라, 국서의 곁을 보좌하고 있는 유신이라는 호위 무사인데……."

"아, 유신 님이요?"

곧장 경계심을 푸는 궁녀에 설화는 속으로 미소 지었다. 그래, 걸려들었구나.

"예, 오랜 소꿉친구거든요. 그런데 요즘 일이 바쁜지 얼굴 보는 게 힘들어서…… 궐에 들어온 김에 얼굴 한번 보고 가고 싶었는데……."

상대가 국서가 아니라는 말에 궁녀는 날카롭게 치켜뜨고 있던 눈에 힘을 풀었다. 곧 그런 거였냐며 생글생글 웃기까지 했다.

"아, 그러셨군요. 그런 거라면 걱정 마세요. 금방 불러 드리겠습니다."

그러며 설화를 희수궁으로 안내했다. 물론 문 앞에까지만. 유신을 불러올 테니 잠시만 기다리라는 말을 남긴 궁녀가 궁 안으로 들어갔다. 홀로 남게 된 설화가 옅은 미소를 지었다. 두리번거리며 주변을 살피던 그녀는 사람들의 시선을 피해 재빨리 궁 안으로 들어섰다.

한편, 희수궁의 어느 방 안을 샅샅이 뒤지고 있던 유신은 한창 기쁨을 만끽하는 중이었다. 온갖 난리 끝에 드디어 찾던 것을 발견한 것이다.

"여기에 있었구만."

그들이 찾고 있던 것은 일전에 여왕이 국서를 괴롭히기 위해 내주었던 과제들 중 한 권에 꽂혀 있었다. 그리고 그 책은 구석에 처박혀 있었다. 이러니 못 찾지.

"이걸 왜 여기에 둔 거야……."

찾던 것도 찾았겠다, 이제 남은 건 방 정리. 한창 난장판이 된 방 안을 둘러보던 유신이 크게 심호흡했다. 좋아, 고지가 눈앞이군. 힘을 내자며 스스로에게 끊임없이 말을 걸던 그가 막 청소를 시작하려는데 밖이 소란스러워졌다.

또 무슨 일인가 싶어 유신이 고개를 들고 문을 바라보자 누군가의 다급한 걸음 소리가 들려왔다. 설마 벌써 제하가 돌아왔나, 하고 긴장하고 있는데 문밖에서 들려오는 것은 여인의 높은 음색이었다.

"유신 님! 여기에 계시나요?"

"예. 있습니다."

들고 있던 서신을 책상 위에 내려놓은 그가 자리에서 일어났다. 그리고 문을 열고 밖에 서 있는 궁녀를 마주했다.

"아, 제하 님은 지금 안 계시는데……."

차마 본인이 내쫓았다는 소리까지는 못 하겠는지 유신이 머쓱하게 웃으며 말하자, 궁녀가 고개를 저었다.

"아뇨, 신왕이 아니라 유신 님께 볼일이 있어서 왔습니다."

"저에게요?"

유신이 놀라 물었다. 제하를 따라 중앙궁에 출입한 날이 여럿이다. 때문에 지금 눈앞에 있는 그녀가 중앙궁 소속의 궁녀라는 것 역시 눈에 익어 잘 알고 있었다. 그런 그녀가 자신에게 무슨 볼일이 있단 말인가.

"지금 밖에 유신 님을 찾아온 손님이 있습니다."

누군가가 자신을 찾아왔다는 말에 유신은 고개를 갸웃거렸다. 아무리 생각해도 저를 찾아올 사람은 없었다. 일단 알겠다며 방을 나선 그는 궁녀의 뒤를 따라 긴 복도를 빠져나갔다.

그들의 모습이 보이지 않게 될 무렵, 텅 빈 복도 안에 그림자 하나가 드리워졌다. 곧 몰래 안으로 들어선 설화가 모습을 드러냈다.

분명 유신은 저 방에서 나왔지. 그렇다는 건 제하도 저 방 안에 있다는 뜻. 다들 못 만나게 하니 이렇게라도 만날 수밖에. 다행히 이곳은 국서의 방이 아닌 희수궁에 있는 서재 겸 집무실쯤 되는지, 사람이 없었다. 최대한 조심조심 복도를 가로지른 그녀가 방 안에 들어섰다.

막 문을 닫고 안도의 한숨을 내쉬려는데 움찔.

"뭐, 뭐야?"

방 안은 도둑이 든 것처럼 난장판이었다. 눈앞에 펼쳐진 광경에 놀란 그녀가 조심스럽게 주위를 둘러보며 안으로 들어섰다.

"아무도 없는 건가……."

방 안은 조용했다. 그렇게 찾고 있던 제하는 그림자조차 보이지 않았고, 그녀를 맞이한 것은 책과 잡동사니로 가득한 방. 아무래도 허탕을 친 듯했다.

"그나저나, 과연 왕후를 위한 궁이라 그런지 내부도 화려하구나……."

반짝이는 보석류를 좋아하는 그녀였기에, 세심한 부분까지 신경을 쓴 방 안은 아름답게만 보였다. 장식품들을 둘러보던 그녀가 방 안에 놓여 있는 책상으로 다가갔다. 난리가 난 바닥과는 달리 막 청소를 시작하려던 유신에 의해 책상 위는 깔끔하게 정돈되어 있었다.

"이것만 팔아도 족히……."

책상 위에 올려 있는 장식품들 역시 귀한 물건들이었다. 번쩍이는 금을 입힌 향로를 들고 이리저리 관찰하고 있던 그녀의 시선이 책상 위에 놓여 있는 하얀 봉투에 떨어졌다. 흐트러져 있는 다른 것들과 달리 그 종이만큼은 반듯하게 놓여 있는 것이 오히려 신경 쓰였다. 잠시 그것을 응시하던 설화는 무언가에 홀리듯 손을 뻗었다. 이윽고 조심스레 내용물을 꺼내었다.

"……서약서?"

맨 위의 머리글을 읽은 그녀의 표정이 묘하게 바뀌어 갔다. 본문을 읽어 내리면 읽어 내릴수록 그녀의 동공은 점차 확대되었다. 아래쪽에 있는 두 개의 서명을 본 그녀의 입가에는 환한 미소가 번졌다.

"이건……."

그녀의 눈이 반짝이기 시작했다. 뜻밖의 수확이었다.

* * *

"너 도대체 무슨 생각이야?"

무휼이 중앙궁을 나서는 아라의 뒤를 따르며 물었다. 그러자 앞서가던 그녀가 걸음을 멈추더니 그를 돌아본다.

"너에게 안 좋은 영향을 끼칠지 모른다는 생각은 안 해 봤어? 만약 구제용과 이혼하고 국서를 노리려는 수작이라면 어쩌려고 그래?"

주설화라는 여자를 구가에 넘겨주자는 것이 무휼의 의견이었다. 그렇게 되면 그녀는 남편이 있는 단향으로 보내지게 될 테고 다시는 눈에 띄는 일이 없을 텐데, 왜 그 부탁을 수락했는지 이해가 되지 않았다.

"이 일이 해결되지 않으면 그 여자는 계속해서 국서의 주변을 맴돌 거야."

한숨을 내쉰 아라가 차분히 대꾸했다. 구가에게 쫓기면서까지 궐을 찾았던 여인이다. 단향으로 보낸다고 해도 그녀가 얌전히 있을 거라는 보장은 없단 뜻이다.

"그리되면 귀족들이나 대신들에게 둘의 옛 관계가 금방 들키겠지. 그럼 또 시끄러워질 테고. 그럴 바에는 차라리 원하는 대로 구가와의 연을 끊을 수 있게 도와주고, 그녀에게 새로운 삶을 살 수 있는 기회를 주는 편이 양쪽에게 더 이익이지 않을까."

한 번만 기회를 주자는 것이 아라의 의견이었다.

"만약 그 새로운 삶으로 국서의 정부를 꿈꾸고 있다면?"

무휼이 물었다. 자신이 본 그 여자라면 충분히 그럴 가능성이 있었다. 남자를 아무런 죄책감 없이 헌신짝 버리듯 하는 여자이다. 그런 여자가 이미 제가 한 번 버린 사람을 얼마나 우습게 여길까.

"만약 그럴 경우에는……."

아라의 목소리가 살벌해졌다.

"내가 가만두지 않을 거야. 내 남자한테 상처를 준 여자니까."

그녀의 눈빛이 날카롭게 번뜩이고 있다. 이를 본 무휼은 조금 놀라더니 슬쩍 웃기 시작했다. 이상하게도 늘 지켜 줘야 하는 여동생 정도로 보이던 그녀가 오늘따라 든든하게 느껴졌다. 제 것은 제가 지키겠다는 야무진 말에 결국 무휼은 백기를 들었다.

"하아…… 좋아. 어차피 이미 엎질러진 물이니까."

그 말에 아라는 고개를 끄덕였다.

그때였다. 둘이 서로를 응시하고 서 있는데 막 중앙궁에 들어선 누군가의 목소리가 궁 안에 울려 퍼졌다.

"뭐야, 둘이서 싸우는 거야? 보기 드문 광경이네."

갑작스레 들려오는 다정한 목소리에 아라의 고개가 절로 돌아갔다. 그러자 언제부터 있었던 건지 모를 구제하가 중앙궁의 문턱 앞에 서 있는 게 보인다. 유치하게 싸우고 있다며 핀잔을 늘어놓는 제하였지만, 그를 바라보는 무휼의 시선이 곱지 못하다. 애초에 이 다

틈이 누구 때문인데!

"이곳에서 뭐하시는 겁니까?"

"뭐하긴."

제하의 등장에 놀란 아라의 목소리가 흔들렸다. 그도 그럴 것이 그가 계속 밖에 있었다면 좀 전에 나간 주설화라는 여인과 마주쳤을지도 모르는 것 아닌가.

아라는 그것이 걱정되었다. 아무리 지금은 끝난 사랑이라지만, 신경이 쓰이는 게 당연했다. 둘을 만나게 하고 싶지 않았다. 그 때문에 오늘도 은밀하게 만났던 건데…….

"부인께서 귀빈과의 만남이 있으시다고 들어 기다리고 있던 중이었습니다."

제하는 한숨을 내쉬었다. 사실 집무실에서 유신에게 내쫓긴 이후, 희수궁 안에 있는 다른 방에서 시간을 보내다가 이쯤이면 손님이 떠나지 않았을까 하고 슬그머니 와 본 것이다.

"이제는 조금만 떨어져 있는 것도 못 참으시는 겁니까?"

아라가 씨익 웃으며 말했다. 그러자 비스듬히 올라가는 그녀의 입꼬리를 본 제하가 계단을 올라가려다 멈칫했다.

"막 보고 싶고 그래요?"

"얄미운데 사실이라 뭐라 말은 못 하겠고."

솔직하게 인정하는 제하의 입가에도 미소가 지어졌다. 곧장 그녀의 앞으로 다가선 그가 손을 뻗더니 아라를 붙잡는다. 이제는 그가 다가와도 뒤로 물러서거나 도망치지 않게 된 그녀였다.

"이제는 보는 것만으로는 성에 안 차는데……."

그 말에 이번에는 아라가 움찔. 괜히 그에게 시비를 걸었다가 자신이 넘어가게 생겼다. 능글맞은 그의 미소를 보고 있자니 머릿속이 새하얗게 변하기 시작했다.

"대체 귀한 손님이 누구기에 이 난리야?"

귀빈의 정체를 묻는 그의 물음에 두근대던 그녀의 심장은 얼음을 들이붓기라도 한 듯 차갑게 식었다. 슬금슬금 불안이 몰려왔다. 과연 그는 알고 이러는 걸까, 아니면 모르고 이러는 걸까. 이내 아라의 얼굴이 어두워졌다.

혹시 지금도 자신을 만나러 온 게 아니라, 귀빈의 정체가 주설화라는 것을 알고 그녀를 만나기 위해 온 것은 아닐까.

"귀족? 대신?"

"……네, 네?"

"당당하게 독대를 신청하다니, 아직도 제정신 못 차리고 덤비고 있는 거야?"

그의 말에 아라는 내심 안도했다. 말하는 것으로 보아, 아무래도 귀빈의 정체에 대해서는 모르고 있는 듯했다.

"그런 거 아닙니다."

한편, 잠시 굳어 있던 그녀의 얼굴이 풀리는 것을 본 제하는 다행이라 생각했다. 이곳까지 오는 내내 귀족과 대신들에게 시달리고 있는 그녀의 모습을 상상했는데, 저리 미소를 짓고 있으니 다행히 별다른 문제는 없었던 모양이었다. 어쩌면 정말 단순히 귀한 손님이었을지도. 왜, 다양하고 많은 사람들과 두루 어울리는 것 역시 정치의 일환일 테니 말이다.

"그런데 혹시 오시는 길에 누군가와 마주치지 않으셨습니까?"

무휼이 물었다. 안 그래도 그 역시 아라 못지않게 신경을 쓰고 있던 부분이었다. 그래, 어쩌면 만나 놓고도 모르는 척을 하고 있는 걸지도 몰랐다.

"누구?"

"……아닙니다."

그러나 제하는 정말 모르겠다는 얼굴이었다. 이를 확인한 아라가 재빨리 무휼의 옆구리를 쿡 하고 찔렀다. 그리고 강렬한 눈빛으로 그를 쏘아보며 작게 중얼거렸다.

"말하지 마."

"그 정도는 나도 알아."

"괜히 감춘답시고 되도 않는 연기 하지 말고."

"……."

"너, 그런 거 못하잖아."

오늘 자신이 주설화를 만났다는 사실을 구제하가 알아서는 안 되었다. 그런데 거짓말하는 게 서툰 무휼이 괜히 신경 쓰면 오히려 더 쉽게 들킬지도 몰라 하는 말이었다.

"잘되었습니다. 오신 김에 곧장 검술 수업에 들어가지요."

"윽."

무휼이 살벌한 기운을 내뿜으며 말하자, 아라의 곁에 찰싹 달라붙어 있던 제하가 움찔 떨었다. 정말 검만 쥐면 사람 성격이 변하는 것이 이중인격이나 다름없었다. 제하는 저런 남자를 쥐락펴락하는 월비가 새삼 대단하다는 생각이 들었다.

"관청에서 알아서 하겠지만, 일단 그 여자에 대해 좀 더 자세히 알아봐 줘."

희수궁으로 향하는 제하의 뒤를 따르던 아라가 무휼에게 지시했다.

"정확하게 어떤 걸 알아보면 되는 거야?"

"과거 이력이라든가, 전과라든가…… 아, 구제용과의 사이가 어땠는지에 대해서도."

"알았어."

아라의 말에 무휼이 고개를 끄덕였다. 군사들 중에서도 가장 높은 위치에 있는 정예군, 중앙군의 정점에 있는 그라면 모든 정보에 접근할 수 있을 테니 식은 죽 먹기였다.

적을 알고 나를 알면 백전백승이라 하지 않던가. 물론 그녀와 싸울 생각은 없었지만, 혹시 모를 일에 대비를 해 둔다 하여 나쁠 게 없었다.

* * *

한편, 구제율의 집.

조용하던 집안이 난리가 났다. 신축 공사가 끝나 으리으리한 대궐로 탈바꿈하였으나 집주인께서는 마음이 편치 않으셨으니, 이게 다 한 여인 때문이었다. 한동안 행방을 알 수 없어 마음을 졸일 수밖에 없었는데 드디어 그녀의 소식이 들려온 것이다. 그러나 이 소식은 오히려 구제율의 심기를 더욱더 어지럽혔다.

"다시 한 번 말해 봐라!"

"그, 그러니까……."

잔뜩 흥분한 구제율이 집이 떠나가라 외쳤다. 그러자 그의 앞에 보고를 위해 찾아온 사내가 바짝 움츠러들더니, 감히 시선조차 못 맞추고 고개를 떨구었다.

"오늘 그 계집이 궐에 들어가는 걸 본 목격자가 있다고 합니다."

"그러니까 궐에는 왜! 이년이 기어코 제하와 만난 건가?"

"그게……."

사내가 다시 한 번 말끝을 흐렸다.

"제하 님이 아니라 전하를 알현했다고 합니다."

"……뭐? 그게 정말이냐!"

"예."

남자가 확신에 찬 눈빛으로 고개를 끄덕였다. 궐에서 궁녀로 일하고 있는 제 누이에게 물어 확인한 사실이었다.

오늘 여왕은 정체 모를 귀빈과 만났다고 했다. 주설화가 궐 안에 들어가는 걸 목격한 이도 있으니, 그 귀빈이 곧 주설화가 아니고서야 누구겠는가. 게다가…….

"아니, 도대체 무슨 수로!"

"문지기의 말에 의하면 중앙궁의 부름을 받았다고……."

중앙궁! 순간 벼락이라도 맞은 것처럼 구제율의 머리카락이 쭈뼛하고 섰다. 중앙궁에서 지시가 내려왔다니, 그렇다면 여왕이 직접 그 계집을 불러들였다는 말이 사실이 아닌가.

"저, 전하께서 주설하와 제하의 관계를 알고 계시는 건 아니겠지?!"

그러한 생각에 도달하자 구제율의 안색이 백지장마냥 창백해졌다. 물론 왕이니 조금 조사해 보면 그쯤은 금세 알 수 있을 터. 그러나 여왕께서 직접 불렀다는 건 도대체 무슨 의미냔 말이다. 마치 깊은 수렁에 빠진 듯한 기분이었다. 최근, 그가 굳이 궐에 입궐하지 않았던 건 다름이 아니었다. 그럴 필요가 없었기 때문이다.

눈엣가시였던 대신들도 여왕의 총애를 한 몸에 받고 있는 제하에게 꼼짝을 못 하는데, 굳이 개입했다가 괜히 여왕의 심기를 어지럽힐 일 있나. 그런데 그 계집 하나 때문에 엉망이 되어 버렸다. 슬슬 여왕에게 단향으로 내려간 제용을 수도로 불러 달라고 청하려 했는데! 만약 이번 일로 제하가 여왕의 총애를 잃고 버림을 받게 된다면, 구가의 영광도 무너져 내리는 것이나 다름없었다.

이를 어쩌면 좋단 말이야!

"아무래도 안 되겠군……."

잔뜩 흥분해 있던 그의 목소리가 차분해졌다. 그러나 눈빛은 서늘하다 못해 차갑게 번뜩이고 있었다. 마치 금방이라도 사형수의 목을 내리치려는 망나니처럼.

"그냥 내버려 둬서는 안 돼……."

그는 냉정하게 결단을 내렸다.

"어디에 숨어 있는지 알아냈느냐."

"대충 두세 곳 정도로 줄이기는 했습니다만……."

시간을 그렇게나 많이 줬는데 아직도 못 찾았냐는 제율의 타박에 남자는 입을 다물었다. 천유가 얼마나 큰 곳인데. 아무리 궐 주변으로 범위를 좁힌다 해도 아주 넓단 말이다.

"할 수 없지, 빨리 찾아내라."

"예."

"그리고 이제 생사 따위는 상관없다."

생사는 상관없다는 말에 남자가 놀란 듯 눈을 동그랗게 떴다. 지금까지 온갖 더러운 일을 맡겨 온 그였지만, 사람을 죽이라는 명령은 이번이 처음이었다.

놀란 사내와 달리 구제율은 여전히 냉정했다. 아무런 표정 변화가 없는 그는 제정신이 아닌 거 같았다.

"찾아내는 즉시 은밀하게 처리해라."

많이 봐줬다. 눈엣가시는 목숨을 빼앗아서라도 치워 버려야지.

죽은 자는 말이 없다지 않은가.

* * *

"그러고 보니, 귀빈은 누구였어?"

"……."

제하의 끈질긴 물음에 아라는 난감했다. 그냥 그러고 마는 줄 알았는데 포기를 몰랐다. 오늘따라 왜 이리 집착이 심한지 모르겠다. 잠깐의 휴식 시간에 들어가자 제하는 털썩 주저앉아 버렸다. 한 시진 동안 전력을 다해 무휼을 상대하다 보니 진이 다 빠져 버린 상태였다. 꼼짝도 못 할 정도로 힘들었지만, 궁금한 건 궁금한 거다. 너무 신경이 쓰여 물어볼 수밖에 없었다.

"그 이야기 말고, 우리 당신이 싫어하는 이야기를 하도록 하죠."

잠시 고민하던 아라가 그의 옆에 자리 잡고 앉으며 말했다. 그러자 숨을 고르던 그가 미간을 찌푸리더니.

"시작부터 싫어지려는데."

라며 투덜거렸다.

"들어 보면 더 싫어질 거예요."

그러니까 벌써부터 그런 표정 짓지 말라고.

"뭔데?"

"한 가지 궁금한 게 있는데요."

들을 준비가 되었다는 그 앞에서 아라는 잠시 망설였다. 아무래도 그에게나 저에게나 예민한 문제이다 보니 조심스러울 수밖에 없었다.

"그, 주설화라는 여자……."

"그만."

아라의 입에서 '주설화'라는 이름이 나오기 무섭게 제하는 단번에 굳어 버렸다. 곧장 그녀의 말을 자르기까지 했다. 아라는 그가 지금 화를 내고 있다는 걸 알 수 있었다. 무휼과의 수련 때문에 예민해진 탓도 있겠지만, 이는 육체적인 피로로 인한 화가 아니었다.

"우리 다른 이야기 하면 안 될까?"

험악해 보이기까지 하던 표정이 스르륵 풀리더니, 늘 보이던 대로의 미소를 짓기 시작한다. 그러나 지금 이 상황에서 웃어 봤자 더욱더 어색해 보일 뿐. 아라는 잠시 아무런 말도 하지 않았다. 지금 그의 반응이 노력하에 만들어진 미소라는 걸 단번에 알 수 있었다.

"아, 화났구나."

"……."

"이름만 들어도 이렇게 예민하게 반응하는 이유가 뭘까."

마치 그에게 일부러 들으라는 듯, 아라가 작게 중얼거렸다. 그러자 제하가 입을 굳게 다물었다. 그런 그를 응시하던 아라는 작게 미소 지었다.

"그 여인에게 화가 났기 때문일까, 그게 아니면 아직 미련이 남아 있기 때문일까."

"……미련? 재미있는 소리를 하네."

제하가 숨을 토해 내듯 웃기 시작했다. 그러나 싱긋 웃고 있는 눈과는 달리 입은 여전히 굳어 있다. 아무것도 아니라 하기에는 확실히 기억이라든가 추억 같은 것이 많이 남아 있기는 했지만, 지금은 아니었다.

"이제 나랑은 아무 상관 없는 사람이야."

한때는 온 마음을 다 내주었고, 또 한때는 미친 듯이 미워하고 저주도 했던 거 같지만 그것들이 다 부질없다는 것을 깨달았다.

"그 사람은 그 사람의 삶을, 나는 내 삶을. 모두 잘살았으면 좋겠어. 그게 다야."

제하가 옅은 미소를 지어 보였다. 이번에는 무리해서 노력으로 만들어 낸 미소가 아닌 진심이 담긴 것이었다. 그도 그럴 것이 제 곁에는 아라가 있다. 남을 미워할 시간에 지금 제 옆에 있는 사람을 사랑하리라.

"부인께서는 아직 꼬맹이라서 잘 모르겠지만."

"꼬맹이 소리……."

"남을 미워하는 것도 꽤 귀찮고 힘든 일이랍니다."

멍하니 그의 이야기를 듣고 있기를 얼마, 새로운 사실을 깨달은 아라가 두 눈을 반짝이며 그의 팔을 붙잡았다.

"꼬맹이라는 말 오랜만에 들어본 거 같은데?"

그러고 보니, 무조건 말끝마다 '꼬맹이, 꼬맹이라서, 꼬맹아.'라는 말 따위를 붙이고는 하던 그가 최근에는 그녀를 꼬맹이라 부르는 횟수가 눈에 띄게 줄어들었다. 설마 이제 와서 정신을 차린 건 아닐 테고. 분명 다른 꿍꿍이가 있을 거라는 그녀의 추측대로 제하는 잠시 망설였다. 그리고 곧 머쓱하게 웃으며 작게 중얼거린다.

"내가 꼬맹이라고 할 때마다 어떤 놈이 떠오른다며."

"아."

우안에서 나누었던 이야기다. 꼬맹이라는 말을 들을 때마다 첫사랑이었던 월영이 떠오른다는 그녀의 말이 은근히 신경 쓰였던 모양이었다. 하긴, 제가 좋아하는 여자가 다른 사내를 떠올린다는데 어찌 신경이 안 쓰일 수 있겠느냐마는.

"그런 거라면 걱정 마요."

일종의 질투였다. 이를 알아차린 아라는 입술을 꾹 깨물기까지 하며 필사적으로 웃음을 참아 냈다. 그러나 새어 나오는 웃음을 어찌할 수는 없었고, 결국 큭큭거리며 그의 눈치를 보다가 말했다.

"이제 나한테는 당신이 첫 번째니까."

그제야 어둡던 제하의 얼굴에 먹구름이 가시고 해가 떴다.

"어쩜 고백도 이렇게 예쁘게 할까."

꼬맹이 못지않게 자주 했던 말인 '예쁘다.'라는 말을 한 그가 팔을 뻗어 그녀를 제 품 안에 넣었다. 작은 체구였으나 제 품 안에 쏙 들어오는 것이 좋았다. 그냥 그녀와 이렇게 함께 있는 것이 좋다.

그러나 지금 이곳에는 이 부부만이 있는 게 아니었으니.

"자, 그럼 기운도 차리신 거 같으니……."

살벌한 목소리에 제하가 화들짝 놀라며 재빨리 아라에게서 떨어졌다. 조심스레 고개를 돌리니 역시나, 잠시 잊고 있던 무휼이 귀신처럼 서 있다.

"다시 수업을 시작해 볼까요?"

검은 쥔 그의 손에 힘이 들어가는 것을 본 제하는 마른침을 삼켰다. 아무래도 후반 수업에서는 전반보다 정신을 바짝 차려야만 할 거 같았다. 꽉 잡고 있던 아라의 손을 놓은 그가 차가운 검을 들고 자리에서 일어났다. 그리고 무휼과 마주한다.

좀 전까지만 해도 분명 천국에 있었는데, 이제는 지옥이었다.

* * *

어느 낡고 허름한 주막. 이 주막은 사람의 왕래가 적은 길목에 자리하고 있는 탓에 손님이 별로 없었다. 마을에서도 한참 떨어져 있다 보니, 주로 먼 길을 떠나는 여행객들이 들르는 곳이었다.

평상 위에 앉아 아직 꽤 남은 길을 멍하니 바라보고 있던 한 남자가 주모가 들고 나온 상에 시선을 옮긴다. 단출한 찬이었지만 그의 목소리는 밝았다.

"아, 감사합니다."

생각보다 젊은 사내의 목소리에 주모의 시선이 다시금 그에게로 향했다. 남루한 차림에 삿갓을 푹 눌러쓰고 있어 얼굴이 보이지 않았지만, 이 또한 사내의 신비로운 매력에 한몫했다.

“어디에 가시는 겁니까?”

결국 맞은편에 자리 잡고 앉은 주모가 얼굴을 붉히며 물었다.

“천유에 가는 길입니다.”

“천유라면…… 앞으로 이틀 밤은 꼬박 걸어 가셔야겠군요.”

눈앞의 사내가 말을 타고 오지 않았다는 것을 알기에 주모는 대충 걸음으로 남은 거리를 판단했다.

“천유에는 왜 가시는 겁니까? 원래 그쪽 사람인가요?”

계속되는 질문에 슬슬 짜증이 날 만도 했지만, 사내의 목소리는 여전히 밝았다. 이제 막 국밥의 첫 술을 뜨던 그가 고개를 끄덕였다.

“뭐, 고향이기도 하지만…… 사실은 누굴 좀 만나러 가는 겁니다.”

“혹 여인인가요? 정인이라든가…….”

“예. 여인입니다.”

그 말에 주모가 아쉬운 듯한 표정을 짓더니, ‘그럼 그렇지.’라는 말을 중얼거리며 자리에서 일어났다. 방해꾼이 사라지자 사내는 허겁지겁 국밥을 먹기 시작했고, 순식간에 식사를 끝낸 그는 다시금 걸음을 재촉했다. 주막을 나온 그가 길 위에 서서 먼 곳을 응시하며 작게 중얼거렸다.

“우리 꼬맹이, 얼마나 예뻐졌을까.”

五花.
마음에 듭니다

쇠붙이 따위가 맞부딪치는 마찰음이 궁 안에 널리 울려 퍼졌다.

검을 쥔 양쪽의 실력은 우열을 가리기 힘들 정도로 막상막하. 그러나 긴 머리를 질끈 묶어 올린 여인의 눈빛이 사납게 변하며 칼자루를 쥐고 있던 손에 힘이 들어갔다.

그제야 팽팽하던 균형이 깨지고, 남자가 뒤로 밀려나기 시작했다. 끝까지 발버둥을 쳐 보지만 그의 목에 시퍼런 칼이 겨누어지는 것으로 그들의 싸움은 끝이 났다.

"별거 아니네."

아라는 싱긋 웃으며 겨누었던 검을 거두었다. 간만의 대련이라 그런지 이마에는 땀이 송골송골 맺혔고 어깨 근육이 저릿하다. 그녀가 검을 내려놓기 무섭게 김 상궁이 달려왔다. 대련 내내 잠시도 가만있지 못하고 발을 동동 구르더니, 걱정 가득한 얼굴로 다가와 수건을 건넸다.

그것을 받아 든 아라가 눈앞의 구제하를 바라봤다. 싱긋 웃고 있는 그녀와 달리 불만 가득한 얼굴로 서 있는 그는 할 말이 많아 보였다.

"내가 널 상대로 진심으로 싸울 수 있을 리가 없잖아."

"아, 그런 거였어요?"

아라가 놀리듯 말하자 그의 입이 삐죽 튀어나왔다. 그러자 아라에게서 검을 받아 든 무휼이 그럴 줄 알았다며 그의 신경을 박박 긁기 시작했다.

"모르시나 본데, 아라는 검술 실력 뛰어납니다."

"그러게. 싸움 걸어 올 때부터 알아봤어야 했는데."

한숨을 푹 내쉰 제하는 솔직하게 인정했다. 바로 조금 전, 늘 그렇듯 무휼에게 검술 수업을 받고 있었는데 오전 업무를 끝낸 아라가 참관을 하겠다며 찾아왔다.

그런데 얌전히 앉아 지켜보던 그녀가 간만에 몸을 풀고 싶다며 자신도 끼워 달라 한 것이다. 일전에 우안에서도 남자 셋을 제압한 아라였지만, 그래도 그녀는 여자고 17살이라는 어린 나이 때문에 만만하게 본 것이 문제였다.

"아마 중대장 정도의 실력은 될걸요?"

"그게 정확히 어느 정도의 실력인데?"

"제하 님보다는 훨씬 뛰어나다는 겁니다."

정확히 어느 정도인지 모르겠다는 제하의 물음에 무휼은 친절하게 정리해 주었다. 그러자 제하가 기분 나쁘다는 듯 그를 바라봤다. 물론 강할 거라고는 생각했지만 설마 이 정도로 밀릴 줄이야.

"그나저나 소원 뭐 들어 달라고 할까나~?"

"……."

이마에 흐르는 땀을 닦아 내던 아라가 즐거운 목소리로 중얼거렸다. 기왕 하는 대련, 좀 더 재미있게 즐겨 보자는 의미에서 진 사람이 이긴 사람의 소원을 하나 들어주자고 제안한 것은 제하였다.

"아, 내가 이겼어야 했는데."

놓쳐 버린 기회가 너무나도 아까웠는지 제하는 제 머리를 쥐어뜯으면서까지 아쉬워했다. 도대체 무슨 부탁을 하려 했기에 저 정도로 안타까워하는 걸까.

"나한테 뭐 부탁할 거 있어요?"

부탁이 있냐는 그녀의 물음에 제하는 당연한 거 아니냐며 고개를 끄덕였다.

"아주 많지."

심지어는 아주 많단다.

"뭔데요? 들어줄 수 있는 거라면 들어줄게요."

큰맘 먹고 하나쯤은 그냥 들어줄 수 있다는 그녀의 말에 기뻐할 줄 알았던 제하는 오히려 여러모로 심정이 복잡해 보였다.

"그냥은 안 돼. 정정당당하게 얻은 소원이어야만 해."

"왜요?"

"그래야 네가 거절을 못 할 테니까."

그녀가 거절을 할지도 모르는, 그러나 거절을 해서는 안 되는 부탁이란 무엇일까. 아라는 생각에 잠겼다. 보통의 것이 아니라는 건 충분히 예상이 갔지만, 그게 무엇인지는 도통 감이 잡히지 않았다.

"좀 사적인 흑심이 들어가 있는 거라."

"괜찮아요. 나 의외로 자비로운 사람이거든요."

제 선에서 할 수 있는 일이라면 뭐든 말만 해 보라며 반짝이는 그녀의 눈을 바라보던 제하의 미간이 찌푸려졌다.

"……너, 내 말 무슨 뜻인지 제대로 이해 못 했지?"

"지금 나 무시하는 거예요?"

"그러니까 귀족들에게 남자에 대해 잘 모른다는 소리를 듣는 거야."

"잠깐. 알 만한 거 다 알고 있거든요?"

"아닌 거 같은데."

자신을 어린아이 취급하는 그의 말에 아라는 발끈했다. 그러자 제하의 시선이 가만히 서 있는 무휼에게로 향했다. 도대체 애 교육을 어떻게 시켰느냐는 추궁에 무휼은 자신의 잘못이 아니라며 은근슬쩍 그의 시선을 피했다.

"저속하다 여겨지는 책들은 일절 금지하고 있어서……."

무휼이 기어들어 가는 목소리로 작게 말했다. 그런 그를 흘겨보던 제하는 한숨을 내쉬었다. 자신의 연애 사업이 더딘 데에는 다 이유가 있었던 것이다.

할 수 없지.

주위를 두리번거리던 제하는 저 멀리에 떨어져 있는 유신을 바라봤다. 중앙궁의 대장인 무휼과는 여전히 어울리기 힘든 건지 그는 이곳에만 오면 꼭 저렇게 멀찍이 떨어져 있고는 했다. 잠깐 이리 와 보라는 제하의 손짓에 유신의 안색이 바로 어두워졌다.

가고 싶지 않지만 어쩌겠나. 부르니 갈 수밖에.

"너 몰래 보는 책 있지."

"예?"

책? 사람을 불러다 놓고 그게 무슨 소리냐는 물음에 제하가 답답하다는 듯 그를 바라본다. 동시에 '몰래 보는'이라는 은밀하고도 수상쩍은 수식어에 모두의 시선이 유신을 향했다.

"왜 그 남자랑 여자가 찰싹 달라붙어서는……."

"설마, 작가 무향이 쓴 연애 소설을 말씀하시는 건 아니시겠죠?"

"아, 맞아. 그런 이름이었지."

"무향의 소설은 그런 저속한 소설과는 다릅니다! 순수한 사랑의 지침서라고요!"

평소 무향의 열혈 독자인 유신이 소리를 빽 질렀다. 그러자 중앙궁에는 정적이 맴돌았다. 좀 전에 큰 소리로 소리를 친 유신은 꿀 먹은 벙어리마냥 입을 꾹 다문 채로 얼굴이 빨갛게 달아올라 있다. 연애 소설, 사랑 이야기라면 사족을 못 쓰는 그의 여성스러운 취향이 만천하에 공개되었다.

"어쨌든, 그거 전부 다 빌려줘 봐. 첫 권부터 완결까지 전부 다."

"죄송합니다만 불가능합니다."

"뭐? 왜."

빼앗는 게 아니라 여기 계시는 어린 여왕에게 교육 목적으로 빌려 드리려는 거니 걱정 말라며 제하가 그를 안심시켰지만, 유신은 여전히 단호했다. 주고 싶은 마음은 추호도 없었지만, 정말 줄 수 없는 타당한 이유가 있었다.

"아직 완결 안 났습니다."

"거짓말을 하려거든 좀 정성스럽게 하지 그래?"

완결이 안 났다니 말도 안 되는 소리였다. 책의 상태로 보아하니 꽤 오래전에 쓰인 고서인 게 틀림없었다. 적어도 수백 년은 되는, 거의 역사서에 가까운 그런 책이 아직까지 완결이 안 났다니.

"정말입니다. 엄청난 고서인데 아직 완결이 안 났습니다. 미완결이라는 점이 더더욱 매력을 증가시켜, 어마어마한 전설로 남은 소설이지요."

두 눈을 반짝이며 유신이 본격적으로 입을 열었다. 이를 본 제하는 뒤늦게 후회했다. 거의 찬양론에 가까운 저 이야기는 그가 어렸을 때부터 지겹게 들어 온 것이었다.

"무향은 우리 천유국의 보물. 특히나 그가 쓴 소설 '화양연화'는 세상에 둘도 없을 명작이라고요."

무향이란 수백 년도 전에 천유국에서 활약했던 작가로, 그의 성별, 나이, 신분 그 어떠한 것도 밝혀진 게 없는 신비주의 작가였다. 그가 쓴 책들 중 '화양연화'라는 책은 여스승과 왕세자의 궁중 사랑 이야기로, 출판과 동시에 선풍적인 인기를 끌었지만 어째서인지 도중에 이야기가 끊겨 미완결 상태로 남았다고 한다. 제하는 어렸을 때부터 이 비운의 소설에 대한 이야기를 지겹게 들어 왔다.

유신의 이야기가 끝나기만을 기다리고 있는 제하와 달리, 아라는 생각에 잠겼다. 어쩐지 익숙한 작가 이름, 그리고 익숙한 작품

제목이었다. 곰곰이 생각한 그녀의 머릿속에 곧 어떠한 책이 떠올랐다.

"아, 그 책."

"어, 전하께서도 아시는 겁니까?"

평소 아라를 어려워하던 유신이었지만, 같은 취향을 지닌 동지를 찾았다는 기쁨에 어색한 거리가 단번에 줄어들었다.

"그거 중앙 서재에서 본 거 같은데?"

아라가 외쳤다. 왠지 익숙한 감이 없잖아 있었는데 생각해 보니, 왕실 서고인 중앙 서재에서 본 기억이 있었다. 그것도 왕족만이 접근 가능한 구역에서 말이다.

"그게 정말이십니까?"

"그런데 그 책 400백 년도 전에 이미 완결 났던 걸로 기억하는데……."

"전하!"

어느새 제하를 밀쳐 낸 유신이 그녀의 손을 덥석 잡았다. 그러자 이번에는 제하는 물론 무휼까지 날카로운 시선으로 그를 주시하기 시작했다.

"빌려주실 수 있으시죠? 네? 전하께서는 중앙 서재에 출입 가능하시잖아요. 아니, 거기 있는 책 전부 전하 거잖아요, 네?"

"안 돼요."

그러자 유신은 곧장 울상이 되었다. 지금 일전에 자신이 무례하게 군 것을 가지고 복수하는 거냐는 그의 물음에 아라는 고개를 저었다.

"그거 금지 서적으로 보관되어 있거든요."

그 말에 유신이 창백해졌다. 소설에 불과한 그 책이 뭐라고 금지 서적으로까지 되어 있는지 모르겠다며 궁시렁궁시렁.

"뭐라더라…… 결말에 나라가 뒤집어질 정도로 놀라운 사실이 적혀 있다고 들었어요. 그래서 일반 사람들이 알아서는 안 된다고 했던 거 같아요."

'놀라운 사실'이라는 말에 유신의 호기심은 더욱더 커졌다.

"제발, 제발! 이렇게 부탁드릴게요. 네?"

그가 매달리다시피 하며 부탁하자, 결국 제하가 나섰다. 떨어지라며 유신의 어깨를 붙잡은 그가 찰거머리를 떼어내듯 있는 힘껏 끌어냈다.

처절하기까지 한 그의 부탁에 마음이 불편해진 아라는 잠시 생각에 잠겼다. 이윽고 그녀의 입가에 호선이 그려진다.

아주 좋은 생각이 떠오른 것이다.

"못 빌려줄 것도 없지요. 그쪽 말대로 이제 내 책인데."

"전하!"

"그런데 지금 맨입으로 부탁하는 겁니까?"

"……."

공짜로 그 책을 빌려줄 수 없다는 그녀의 말에 유신은 절망했다. 도대체 여왕께서는 자신에게 무엇을 원하시기에 이러는 걸까. 이는 책을 빌려주겠다는 구실로 그를 괴롭히고 있는 것이 틀림없었다.

"난 아직 일전에 그대가 나한테 저지른 만행들 전부 기억하고 있답니다."

무슨 뒤끝이 이리도 길어! 그리고 용서한다고 했잖아!

"역시 우리 부인, 냉정해."

당신은 가만히 있어! 눈에 콩깍지가 단단히 쓰여 가지고는!

"마침, 내가 유신에게 부탁하고 싶은 게 하나 있는데요~"

그녀가 싱긋 웃으며 말하자 유신은 고민에 빠졌다.

여왕이 자신에게 부탁이 있다니, 분명 보통 일이 아니겠지만 어쩌겠는가. 그 대가가 400년간 비밀에 묻혀 있는 고서인데! 마음 같아서는 범죄를 빼고는 정말 무슨 짓이라도 다 할 수 있을 것만 같았다.

"잠깐."

기껏 거래가 성사되려 하고 있는데 제하가 끼어들었다. 그러자 유신이 설마 제하 님도 그 책을 노리고 끼어들려는 건 아니냐며 그를 경계했다.

"왜 내가 아니라 이 녀석에게 부탁을 하는 건데?"

다른 남자에게 부탁하는 것조차 질투가 난다는 그의 말에 아라는 한숨을 내쉬었다.

"당신은 그 책에 관심 없잖아요."

아라가 말했다. 게다가 이 부탁은 구제하는 들어줄 수 없는 부탁이기도 했다.

"그럼 이렇게 하자. 유신에게 부탁하려는 그거 내가 대신 들어줄 테니까, 아까 대련에서는 내가 이긴 거로 하고 내 소원 하나 들어줘."

생글생글 웃으며 거래를 제안하는 그에게 아라가 말했다.

"그냥 아까 대련으로 얻은 그 소원 지금 쓸게요."

사실은 좀 더 고민하고 정말 필요한 상황에 쓰려고 했지만, 아무래도 안 되겠다.

"그 입 좀 다무세요."

그러자 잠시 인상을 쓰던 제하가 할 수 없다는 듯, 손을 들어 제 입을 막았다. 이를 본 아라는 만족스러운 미소를 지었다. 그래도 말은 잘 들으니 예쁘다.

*　　*　　*

"찾아라! 여기에 있을 거다!"

남자의 목소리가 객주 안에 가득 울려 퍼졌다. 안에 머물고 있던 손님들이 하나같이 불만 가득한 얼굴로 그들을 바라보고 있었지만 그들은 주위의 시선 따위 안중에도 없었다. 그들은 구제율의 명령을 받고 움직이는 사람들로, 주설화를 찾고 있는 중이었다. 지금 남들 시선이 중요하랴. 하루라도 빨리 그 주설화라는 여자를 찾지 않으면 제 목숨 줄이 위태로운데!

"아니, 도대체 왜들 이러시는 겁니까!"

놀라 뛰쳐나온 객주 주인이 그들의 앞을 가로막으며 말했다. 도대체 무슨 일이기에 다른 손님들도 있는데 대낮부터 민폐냐며 그들에게 바락바락 외쳤지만 듣지 않았다.

"죄인을 찾고 있으니 협조해 주시오."

"죄, 죄인이요?!"

"그렇소. 그것도 아주 흉악한 범죄를 저지른 죄인이지."

죄인이라는 말에 그들을 가로막았던 주인이 뒷걸음치며 물러났다. 그들의 말을 믿을 수는 없었지만, 그래도 만약 사실일 경우 괜히 엮여 봤자 좋을 거 하나 없었기 때문이다. 게다가 흉악범이란다.

"혹시 이 여자를 못 봤습니까?"

그들이 미리 준비해 뒀던 용모파기를 내밀며 물었다. 종이 속의 화려한 여인을 본 주인장의 머리가 빠르게 돌아갔다. 이렇게 화려한 여인이 들어왔다면 당연히 기억날 텐데.

"자, 잘 모르겠는데……."

고개를 갸우뚱거리며 모르겠다 답하는 주인장의 말에 사내들이 서로 시선을 주고받았다.

"아무래도 여긴 아닌가 봐. 다음 장소로 가자."

"예."

우두머리로 보이는 사내가 턱짓으로 문밖을 가리키자 남자들이 약속이라도 한 듯 일제히 밖으로 나갔다.

한바탕 소동이 잠잠해지자 구경차 모여들었던 손님들도 '도대체 무슨 일이래.' 따위의 말을 내뱉으며 떠들기 바빴다. 원래 남의 일이 가장 재미있다고 하지 않던가.

그러나 딱 한 사람, 이 난리 통에 끼어 마음 편히 수다를 떨 수 없는 사람이 한 명 있었으니.

'어, 어쩌지? 어쩌면 좋지?!'

2층 기둥에 숨어 아래를 내려다보고 있던 설화가 창백해진 얼굴로 파르르 떨었다. 다행히 외출 시에는 항상 장옷을 두르고 있었기에 망정이지 하마터면 정말 큰일 날 뻔했다. 그나저나 여기까지 올 줄이야. 이제는 이곳도 안전하지 않았다. 점점 숨통을 조이는 느낌에 눈앞에 깜깜해지며 하늘이 무너지는 거 같은데.

"……."

저도 모르게 힘이 들어간 손 안에서 바스락, 하고 종이 구겨지는 소리가 들려왔다. 자신의 손에 들려 있는 하얀 봉투를 바라보던 그녀의 눈빛이 사납게 번뜩였다.

하늘이 무너져도 솟아날 구멍은 있다고 하지 않던가.

"아무래도 안 되겠군."

저도 모르게 힘주어 구겨 버린 종이를 황급히 펼친 그녀가 그것을 보물이라도 되는 것처럼 소중히 제 품 안에 넣었다.

"다시 한 번 궐을 찾아가야겠어."

그것은 그녀에게 남은, 마지막 희망이었다.

* * *

"도대체 어디에 둔 거야?"

어느 정도 정리가 끝난 집무실 안을 둘러보던 제하가 물었다. 며칠 전까지만 해도 걸음 옮기는 것조차 힘겨울 정도로 집무실 안이 난장판이었는데, 그것들을 전부 어떻게 치운 건지 완벽하게 정리가 되어 있었다.

"정말 귀신이 곡할 노릇이네요."

"내 말이."

새하얗게 질린 유신이 아무것도 없는 책상 위를 보고 또 봤다. 분명 저 위에 서약서를 올려놓았는데, 그것이 감쪽같이 사라진 것이다.

"제대로 찾은 거 맞아?"

"당연하죠!"

혹시 안 찾고 찾았다고 한 거 아니냐는 제하의 말에 유신은 발끈했다. 난장판이 된 방에서 겨우겨우 찾아낸 건데 그 공로를 인정해주지는 못할망정.

"꿈을 꾼 건 아니고?"

헛것을 본 건 아니냔다.

물론 꿈속에 나올 정도로 간절하기는 했지만.

"만약 그렇다고 한다면 제하 님께서 저를 가만히 두셨을까요?"

"절대 아니지. 내가 얼마나 못돼 먹은 놈인데."

제하가 재빨리 고개를 저었다.

스스로 생각해도 본인이 그렇게 좋은 사람은 아닌 거 같다는 그의 말에 유신이 웃음을 터트렸다. 그렇게 가볍게 웃기를 얼마, 이내 다시금 그들의 표정이 굳어졌다.

지금 이렇게 웃고 떠들 때가 아니었다. 책상 앞으로 다가간 제하가 아무것도 없는 상판을 툭툭 두드리더니 유신에게 물었다.

"그러니까 네 말은, 서약서를 찾아서 바로 이곳에 두었다는 거지?"

그도 그럴 것이 지금 그들이 찾고 있는 건, 다름 아닌 여왕과 국서 사이에 은밀하게 오고 간 계약의 내용이 담긴 서약서였다.

"예. 분명히 두었습니다."

유신이 몇 번이고 강하게 고개를 끄덕였다. 분명 책상 위, 저 자리에 올려놓았다. 그런데 그것이 눈 깜짝할 새에 사라져 버렸다. 그리 긴 시간도 아니었고, 정말 아주 잠깐 희수궁에서 나갔다 온 것뿐인데 그 사이에 사라지다니…… 그야말로 귀신이 곡할 노릇이었다.

혹시나 자신이 다른 것과 혼동해 위치를 바꿔 놓았다든가, 갑자기 말도 안 되는 바람이 불어와 방 안 어딘가에 떨어져 있다든가 하는 가능성도 배제하지 않고 다시금 방을 정리하며 찾아봤지만, 결국 그것은 나오지 않았다.

"어느 정도로 확신할 수 있어?"

"어느 정도로 확신하고 있다고 말씀드리면 믿어 주실 건데요?"

"음……."

마치 취조와도 같은 분위기에 거북함을 느낀 유신이 공격적으로 물었다. 그러자 제하가 잠시 턱을 괴고 생각에 잠기더니,

"네가 갖고 있는 책, 약 150권에 달하는 소설책 중 몇 권 정도 걸 수 있겠어?"

라고 툭 던지듯 물었다.

"그것 참 편리한 방법이군요."

기껏 생각해 낸 게 그거냐며 유신이 비웃듯 묻자 제하가 고개를 끄덕였다. 그에게 책보다도 더 소중한 것은 없었으니까. 오죽하면 제하 뒤치다꺼리를 하고 남는 시간에는 책을 읽느라 연애할 틈이 없다고 할 정도이겠는가.

잠시 망설이던 유신이 한숨을 내쉬었다. 아무래도 제 자식과도

같은 책을 걸자니 진지해질 수밖에 없었다. 어떻게 모은 피 같은 자식들인데.

곧 그가 결심한 듯 입을 열었다.

"제가 갖고 있는 책 300권, 전부 걸 수 있습니다."

"……많이도 모았네."

"모시는 주인께서 많은 곳을 전전하셨으니까요. 덕분에 지역별로 다양하게 모을 수가 있더라고요."

"나한테 고마워할 필요는 없는데."

지금 고마워하는 걸로 보입니까?! 마음 같아선 한 소리 내뱉고 싶었지만 유신은 꾹 참았다. 이렇게 당하고만 사는 삶이라니. 다음 생에는 꼭 왕으로 태어나리라.

"정 상궁을 불러."

"예?"

한편, 심각한 표정으로 서 있던 제하가 유신에게 말했다. 그의 말이 맞다면, 이 일은 단순한 물건 찾기가 아니게 되어 버린 것이다.

"희수궁에 누군가가 침입했어."

아직 찾지 못했다거나 잃어버린 것이 아니라면 남은 가능성은 단 하나였다. 누군가가 희수궁에 들어와 그것을 몰래 훔쳐간 것이다. 즉, 이는 도난 사건이었다.

"아라에게 말하지는 말고."

제하가 유신에게 당부했다. 다른 곳도 아니고 국서가 기거하고 있는 이곳이 외부 침입을 받았다고 한다면 난리가 날 테니까.

"게다가 하필 그게 없어졌다는 걸 알면 걱정할 거야."

"예."

유신이 고개를 끄덕였다. 그 역시도 제하와 생각이 같았다. 뿐만 아니라 괜히 시끄럽게 일을 벌였다가는 찾고 있는 물건의 정체가 널리 퍼질 것이다. 여왕과 신왕이 쓴 서약서의 존재가 세상에 드러나게 되면 그는 더 이상 그녀의 곁에 있을 수 없게 될지도 모른다. 그리고 아라는 귀족과 대신들이 정해 주는 다른 사내와 혼인을 올려야겠지.

"어떻게든 찾아야 해……."

방 안을 맴돌며 생각에 잠겨 있던 제하가 작게 중얼거렸다.

이제는 욕심이 커지고 커져서는, 그녀의 옆에 다른 사내가 서 있는 것을 상상하는 것만으로도 머리로 피가 쏠리는 듯했다. 절대 못 줘.

"정리를 해 보자. 너는 찾은 서약서를 이곳에 두었다고 했지. 그리고 아주 잠깐 눈을 뗀 사이에 그게 사라졌다고 했는데……."

잠시 밖에 나갔던 유신이 돌아오자, 제하가 재차 물었다.

"예."

"뭐 때문에 아주 잠깐 눈을 뗐던 거지?"

"예? 아, 그때……."

무슨 일 때문에 자리를 비웠느냐는 제하의 물음에 유신은 잠시 생각에 잠겼다. 그날의 기억을 천천히 떠올리던 그의 미간이 한껏 찌푸려진다. 생각해 보니, 그날 이상한 일이 하나 있었다.

"누가 저를 찾아왔다고 해서 잠깐 나갔습니다."

"누가? 너를?"

"예."

"누구였는데?"

"그건 저도 모릅니다. 밖에 나가 봤더니 아무도 없었거든요. 그래서 다시 집무실로 돌아왔습니다."

중앙궁 궁녀의 말을 듣고 밖으로 나갔는데 아무도 없었다. 혹시 몰라 중앙궁과 희수궁을 잇는 문까지 걸어 나가 봤지만 손님은커녕 사람 그림자조차 보이지 않았다.

그냥 궁녀들의 장난인 건가, 하고 넘겼는데 생각해 보니 그 직후부터 서약서가 보이지 않았다.

"저에게 말을 전한 궁녀의 말에 의하면 어떤 여자였다고 합니다."

자신이 왜 그것을 놓쳤던 걸까. 유신은 뒤늦게 스스로를 책망했다. 척 봐도 수상하지 않은가.

궁녀도 아닌 여인이, 그것도 궐 안에서, 국서가 아닌 자신을 찾기 위해 희수궁에까지 왔다는 것부터가 말이다.

그렇다면 도대체 그 여자는 뭐지?

"……내가 한번 알아볼게. 그나저나 너 괜찮아? 슬슬 가 봐야 하는 거 아니야?"

집무실에 도착한 정 상궁을 맞이하던 제하가 멍하니 서 있는 유신에게 대뜸 물었다. 그러자 그게 무슨 소리냐며 고개를 갸웃거리던 그가 펄쩍 뛰었다.

"아! 이제 가 봐야 합니다!"

오늘 그는 여왕 전하와의 면담이 있었다. 제하는 이를 영 못마땅하게 여겼지만, 유신에게 있어 오늘은 아주 중요한 날이었다. 일전에 작가 무향의 소설책을 보여 주는 대가로 유신은 그녀의 부탁을 하나 들어주기로 약속했다. 오늘은 이 때문에 아라가 유신을 중앙궁으로 부른 것이다.

"도대체 무슨 부탁을 하려고 너 혼자 오라는 거지."

무향의 소설을 읽을 수 있다는 사실에 들떠 있는 유신과는 달리, 제하는 여전히 불평불만이 가득한 표정이었다. 저도 함께 동석하겠다고 버텼지만, 아라는 이를 단칼에 거절했다. 그와 은밀하게 나눌 이야기가 있다는데, 도대체 뭐냐고, 그 '은밀'이.

"뻔하죠, 뭐."

그럼 이만 가 보겠다는 말을 남기고는 막 집무실을 벗어나려던 유신이 뻔한 거 아니냐며 그를 향해 돌아섰다.

"제하 님의 약점이나 취향을 물어보시겠죠."

유신은 확신했다. 누가 봐도 얄미운 그의 약점 한두 개쯤 알아둬서 나쁠 거 없지 않은가. 오늘 저 혼자 오라고 한 것 역시 이 때문일 것이다.

"나한테 약점 같은 게 있었나?"

아라가 원하는 것이 자신의 약점일지도 모른다는 말에 제하는 잠시 생각에 잠겼다.

약점. 약점이라? 나한테 그런 게 있었나? 없을 텐데?

"당연하죠. 제가 제하 님을 몇 년째 모시고 있는데요."

"그래? 그럼 말해 봐. 내 약점이 뭔지."

어느새 문가에 선 제하가 집무실을 벗어나려는 유신의 앞을 가로막으며 물었다. 그러자 유신이 걸음을 멈추더니 고갯짓으로 중앙궁이 있는 동쪽을 가리키며 말했다.

"지금 제가 만나 뵈러 가는 분이요."

* * *

"부탁이 있어서 불렀습니다."

"예, 그 때문에 제가 지금 이곳에 와 있는 거 아닙니까, 전하."

유신이 한껏 날카로운 목소리로 대꾸했다. 그는 지금 상당히 예민한 상태였다. 그도 그럴 것이 손만 뻗으면 닿을 위치에 무향의 책이 있건만, 제 품 안에 안을 수가 없으니 미칠 거 같았다.

"그 부탁이라는 게 무엇입니까?"

시간 끌 거 없이 빨리빨리 서로 볼일을 끝내자며 유신이 재촉하자, 아라가 고개를 끄덕였다.

"신왕에 대해 물어보고 싶은 게 있습니다만."

그 말에 유신이 두 눈을 반짝였다. 거봐, 내 말대로잖아. 여왕께서는 역시나 국서의 약점에 대해 물을 것이다. 이런 일을 예상하고 미리 생각해 온 답변도 있으니 그야말로 완벽했다.

"제하 님의 약점이라면……."

드디어 무향의 소설 완결편을 읽을 수 있다는 생각에 그의 심장은 터질 듯이 뛰기 시작했다.

그러나 그의 바람과는 다르게, 아라의 입에서 나온 질문은 구제하의 약점 따위가 아니었으니.

"주설화라는 여자에 대해 자세히 알려 주세요."

"……."

순간 유신은 말을 멈추었다. 어디 말뿐이랴, 호흡까지 덜컥 멈추고 말았다. 머릿속은 물론 순간 이 세상 전체가 덜컹하고 멈춘 듯한 느낌이 들었다.

주설화. 설마 여왕의 입에서 그 이름을 듣게 될 줄이야.

"어…… 그러니까……."

유신의 머릿속이 단번에 뒤집어졌다.

여왕이 그녀에게 왜 관심을 보이는 거지? 아니, 물론 그녀 역시 제하 님을 사랑하고 있으니 관심을 가지는 것은 당연한 일일지도. 아무래도 신경이 쓰이겠지. 하지만…….

"어디서부터 말씀을 드려야 할지……."

"기본적인 정보는 알고 있어요."

아라가 재빨리 답했다. 구제하와 혼인을 올리기 전, 무휼에게서 주설화라는 여인의 정보를 손에 넣었지만 이 정도로는 성에 차지 않았다. 때문에 그 둘을 잘 알고 있는 유신을 부른 것이다. 무향의 책이라는 미끼를 써 가며.

"정확하게 어떤 게 알고 싶으신 건지 말씀을 해 주셔야……."

"제3자의 의견이랄까요."

제3자의 의견이라……. 고개를 들어 올린 유신이 작게 중얼거렸다. 곧 그가 미간을 찌푸리더니 정말 단호하게 답했다.

"저는 그 여자, 별로 안 좋아합니다."

"신기하네요. 나도 그 여자 별로던데."

솔직한 유신의 말에 아라가 대꾸했다. 그러자 고개를 끄덕이며 웃던 유신이 멈칫, 곧 그의 눈동자가 점점 커진다. 그리고 무언가에 놀란 듯 그녀를 똑바로 응시했다.

"……만나 보신 겁니까?"

절대 그런 일은 없겠지만, 어째서인지 여왕은 주설화를 직접 만나 본 것처럼 말하고 있었다. 단순히 서류상으로 보고받은 상상 속의 여인을 말하는 게 아니라 직접 만나 대화를 나눠 보기라도 한 것처럼.

"……그 질문에 대해서는 답하지 않도록 하지요."

잠시 망설이던 아라는 대답을 피했다. 물론 답을 피했다는 것 자체가 답이 되기도 했지만, 유신은 이에 대해 좀 더 자세히 파고들 수가 없었다. 눈앞의 상대는 여왕이었고, 그에게는 그럴 권한이 없었다. 지금 이 자리는 단순히 자신이 답하는 자리이므로 질문은 여왕만이 할 수 있었다.

"제하 님께서 아시면 기겁을 하시겠군요."

여왕이 주설화와 만난 적이 있다니. 이 사실에 꽤 큰 충격을 받은 유신이 한숨을 내쉬며 작게 중얼거렸다.

"그 사람이 왜요?"

허락도 없이 옛 여인을 만난 자신에게 그가 화를 낼 거 같으냐는 물음에 유신이 고개를 저었다.

"그분은 전하를 아끼시니까요."

그 말에 아라는 작게 미소 지었다. 물론 단순히 저 듣기 좋으라고 하는 소리일 수도 있었지만, 마음이 따듯해진 것은 사실이었다.

"그럼 우리 다시 대화를 이어 나가 볼까요?"

유신은 한숨을 내쉬었다. 지금 이 상황이 너무나도 이상했다. 제 주인의 약점이라면 한두 개 정도는 아무렇지 않게 팔아넘길 수 있겠지만, 그의 옛 여인에 대한 이야기라니, 별로 편한 상황은 아니었다. 그는 잠시 고민에 빠졌다.

만약 오늘 이 자리에서 여왕과 주고받은 대화 내용을 제하 님이 알게 된다면 어찌 되려나? 아마 길길이 날뛰겠지.

"사실 설화 님께서 제하 님을 만나고자 몇 번이고 궐을 찾아오셨습니다. 서신도 보내시고요."

그럼에도 유신은 여왕을 선택했다. 이것이 현명하다고 판단했기 때문이었다.

"서신이요?"

어렴풋이 미소 짓고 있던 아라가 정색했다. 자신 몰래 서신을 주고받고 있었다는 건가. 그렇게 생각하니 마음이 불안해지면서 오래 달리기를 한 것마냥 심장이 미친 듯이 뛰기 시작했다. 지금 이 감정을 뭐라고 콕 집어 표현할 수 있는 단어는 없었지만, 못된 감정인 것만큼은 확실했다.

"걱정 마세요."

김이 모락모락 나는 찻잔을 들어 올린 그녀의 손이 파르르 떨린다. 안색마저 창백해졌는데, 그러한 아라의 반응을 즐기고 있던 유신이 작게 웃었다.

대놓고 질투하는 제하 님을 볼 때마다 그러면 안 된다며, 언제까지고 질질 끌려 다니는 사랑을 하고 말 거냐고 충고했는데 그만 그런 것이 아니었구나. 눈앞의 여왕도 사랑을 하기는 하는가 보다.

"제하 님께서 읽지도 않으시고 전부 다 불태워 버리셨어요."

"태워요?"

"정확하게는 저에게 지시를 내리셨고, 제가 태워 버렸습니다. 서신들은 전부 봉해진 채로 한 장도 남기지 않고 소각되었습니다."

"……."

"제하 님은 그런 분이세요. 뭐든 확실하시죠."

놀리는 건 이제 그만해야겠다며 유신이 말을 끝내자, 아라의 목소리가 서서히 밝아졌다. 이를 시작으로 본격적인 그들의 수다가 시작되었다. 다과상도 한 상 거하게 펼쳐져 있겠다, 대화를 하면 할수록 빠져들었다. 마치 오래전부터 알고 지낸 단짝 친구와의 수다마냥.

아라는 그녀가 몰랐던 제하의 어린 시절 이야기도 들을 수 있었고, 유신 역시 간만의 수다에 신이 났다.

"솔직히 말해 봐요. 그쪽이 보기에는 어땠어요?"

"뭐가 말입니까?"

"그…… 둘의 사이?"

항상 제하의 곁을 지켜온 유신이라면, 그 둘이 함께 있는 것 역시 봤겠지. 제3자의 입장에서 바라본 그들은 어떤 느낌이냐는 그녀의 물음에 그의 표정이 애매하게 구겨진다.

"잘 모르겠습니다."

입술을 삐죽 내민 그가 잠시 고민을 하더니 답했다. 그리고 이 답변은 아라를 혼란스럽게 만들었다.

"그게 무슨 소리예요?"

"글쎄요, 저도 왜 그렇게 생각하는 건지는 모르겠지만……."

분명 구제하와 주설화, 둘은 연인이었다. 이는 구가의 사람이라면 모두가 알고 있는 이야기. 그런데 어째서일까.

"제하 님께서 전하를 대하시는 걸 보면, 그때의 그건 사랑이 아니었던 거 같달까……."

유신은 나름대로 열심히 설명했다. 뭐랄까, 그때는 그것이 사랑인 줄 알았는데, 지금의 제하와 비교해 보니 아니랄까?

지금 와서 생각해 보면 둘 사이에 있던 건 연인으로서의 애틋함 같은 게 아닌, 다른 무언가였던 거 같았다.

"둘이 어렸을 때부터 알고 지낸 사이라던데."

"예. 전부터 구가와 자주 거래하던 집안의 따님이지요."

"거래라고 하면?"

"구제율 님께서 도자기에 관심이 많으시거든요. 그쪽 집안이 외국에서 그런 것들을 수입해다 파는 수입상이었어요."

"아하."

"거래 때마다 설화 님도 데리고 오시다 보니, 자연스럽게 구가의 도련님들과 친해지게 되셨죠."

수입상을 하는 집안이라면 금전적인 면에서 뭐 하나 부족함 없이 자랐겠다는 아라의 말에 유신이 고개를 저었다. 그 집 아버지가 노름꾼이라 돈을 벌어 오는 족족 다 날렸단다.

"전부터 약간의 호감 정도는 갖고 계셨던 거 같은데, 마님께서 돌아가시고부터는 그게 더욱 심해지셨습니다. 거의 집착 수준으로."

유신이 괜히 주위를 두리번거리며 작은 목소리로 말했다. 아무래도 무거운 이야기이다 보니 말하기가 꺼려지겠지.

"어머니가 돌아가셨으니 그 충격이 컸겠죠."

그 고통은 아라 역시 잘 알고 있었다. 게다가 그녀는 그런 고통을 두 번이나 겪질 않았던가.

"본능적으로 마음이 의지할 곳을 찾은 거예요."

때문에 그녀 역시 무휼과 월비에게 많이 의지를 하게 되었다. 그리고 월영 오라버니에게도. 그렇게 그게 사랑이라는 감정으로 발전했다.

"그 점에 대해서는 저도 잘 모르겠습니다. 워낙 예민한 문제이다 보니 여쭤 볼 수가 없어서…… 그것보다……."

어느새 다과를 전부 거덜 낸 그의 시선이 아라의 옆에 놓인 책 한 권으로 향했다.

"저, 모든 질문에 성실하게 대답한 거 같은데요."

이제 그만 책을 넘겨 달라는 그의 말에 아라는 어렴풋이 웃었다. 수다를 떠느라 잊고 있었는데, 그는 아니었던 것이다. 정말 이게 뭐라고. 그녀에게는 서재 속에 파묻혀 있는 오랜 고서에 불과하거늘. 알았다며 그녀가 책을 건네주자, 신이 난 유신이 그것을 받아 들었다. 마치 세상에 둘도 없는 소중한 보물을 대하듯 아주 조심스럽게.

"그러고 보니까."

떨리는 손으로 표지를 들여다보길 얼마, 이제 막 첫 장을 펼치려던 그가 아라의 말에 움찔 떨더니 불안에 흔들리는 눈동자로 그녀를 바라본다.

왜, 또 뭐가 남았는데? 책을 쥔 그의 손에 힘이 들어갔다. 설마 줬다가 뺏는 치사한 짓을 하려는 건 아니겠지?

"아까 그 사람 약점이 어쩌고 하지 않았나요?"

"……궁금하십니까?"

"매우요."

아라가 고개를 끄덕이며 순순히 인정했다. 그러자 책을 꼭 쥐고 있던 유신이 다시금 여유롭게 책장을 넘겼다.

"별로 쓸모없는 정보일 텐데요?"

"일단은 들어 둬서 나쁠 건 없잖아요?"

유신은 웃음을 꾹 참았다. 저렇게 궁금해하니 나쁜 마음이 들면서 괜히 알려 주고 싶지가 않았다. 하지만 오늘은 손에 들어온 책도 있고, 또 앞으로도 중앙 서재를 이용하기 위해서라도 그녀에게 잘 보여야만 했다.

"전하십니다."

"네?"

"제하 님 약점은 전하시라고요."

그 말에 눈을 굴리며 생각에 잠겨 있던 아라가 헤벌쭉 웃기 시작했다. 그러나 그것도 잠시, 곧 그녀가 의아하다는 표정으로 물었다.

"그런데 그게 왜 별로 쓸모없는 정보라는 거죠?"

계속되는 질문에 유신은 한숨을 내쉬었다. 아무래도 대여 기간은 넉넉하니 희수궁에 돌아가 집중해서 읽는 게 나을 듯싶었다. 그가 책장을 덮으며 말했다.

"전하의 약점도 제하 님이시잖습니까."

"……."

순간 꿀 먹은 벙어리마냥 아라의 입이 딱 다물어졌다. 그러자 유신의 입꼬리가 양옆으로 쭉 늘어졌다.

"그냥 한번 해 본 말이었는데, 반응을 보아하니 제 말이 맞나 보네요."

아라의 얼굴이 단번에 구겨졌다. 참으로 사악하게도 말하는구나. 그에게 낚였다는 사실에 불쾌감과 함께 불안이 그 뒤를 따랐다.

잔뜩 인상을 찌푸린 채 그를 노려보고 있던 그녀가 한숨을 푹 내쉬더니, 작은 목소리로 중얼거리듯 말했다.

"말하기만 해 봐."

얼핏 협박처럼 들렸지만, 유신은 그저 웃었다. 정말 지켜보는 재미가 있는 연인이었다.

* * *

"나 몰래 무슨 일 벌이고 있는 거 알고 있어."

"어머, 눈치가 빠르시네요."

뜬금없는 제하의 말에 순간 아라는 심장이 철렁하고 내려앉았다. 재빨리 그녀의 시선이 저 뒤에 서 있는 유신을 향했다. 그러나 그는 결백하다는 표정으로 고개를 저었다.

"말해. 유신이랑 무슨 대화를 나눈 거야?"

아라는 안도했다. 다행히 유신은 어제 둘이 나눈 대화에 대해 죽어도 제하에게 입도 뻥끗하지 않겠다는 약속을 잘 지키고 있는 모양이었다.

한껏 목소리를 깐 제하가 계속해서 물었지만, 그의 노력에도 불구하고 아라는 꿈쩍도 하지 않았다. 그저 웃는 얼굴로 한창 들여다보고 있던 조서에 집중할 뿐이다.

"정말 말 안 해 줄 거야?"

제하의 목소리가 점차 줄어들었다. 다그치기만 해서는 안 된다는 것을 뒤늦게 깨달은 것이다. 돌아온 유신을 붙잡고 물었더니, 그는 자신이 예상했던 대로 여왕께서 국서의 약점을 물었다고 했다. 그러나 제하는 이것이 거짓말이라는 걸 어렵지 않게 알아차릴 수 있었다.

그렇다면 도대체 왜, 굳이 거짓말까지 해 가며 비밀을 지키려고 하는 걸까. 무슨 이야기를 나누었기에?

"진짜 말 안 해 줄 거지?"

"내가 당신에게 꼭 말해야 하는 의무가 없다는 건 알고 있지요?"

"어째서?"

어째서긴 뭐가 어째서야.

"나는 여왕이니까요."

그녀가 당당하게 말했다. 그 말대로, 이상하게도 구제하라는 사내와 함께 있으면 여왕이라는 것을 잊고 평범한 소녀가 되는 거 같았지만, 자신은 이 궐 안에서 그 누구보다도 높은 위치에 있는 사람이었다.

즉, 그의 말에 굳이 대답하지 않아도 된다는 말이다.

"그것참 편리한 이유네."

반박이 불가한 그녀의 말에 제하는 꼬리를 내리고 말았다. 맞는 말이라 뭐라 할 수가 없는 것이다. 그렇다면 할 수 없지.

"부부 사이에 비밀 따위 없는 거 아니었나?"

권력으로는 밀리니, 감정으로 호소하는 수밖에.

"어…… 계약직이잖아요?"

"젠장."

잠깐 흔들렸던 아라였지만 이번 역시 잘 피했다. 물론 구제하의 가슴에 가는 상처 하나쯤은 만들고 말았지만.

"서약서 없애 준다며. 그럼 이제 계약직 아니지 않나?"

"그래서 갖고 오라고 했잖아요?"

"……."

그러니까 갖고 오라고, 계약직이 아닌 정규직으로 바꿔준다는데 안 갖고 온 것은 내가 아닌 당신이라며 아라가 응수했다. 똑 부러지는 아라의 말에 제하는 할 말을 잃었다. 그저 샐쭉한 표정으로 그녀를 바라보는 게 전부였다.

어쩜 저 조그마한 입으로 저리도 말을 잘하는 건지. 게다가 따박따박 말하는 사이사이 싱긋 미소 짓는 것도 너무 예쁘잖아.

"어쩐지 내가 요즘 들어 밀리는 거 같은데?"

"그동안 보고 배운 게 있다 보니."

"날 보고 배웠다는 거야?"

"원래 습득력 하나는 기가 막혀서."

윗사람 무시하는 데에는 도가 텄다는 그의 행동을 곁에서 지켜봐서 그런가? 이제 아라는 어느 정도 제하를 상대할 수 있게 되었다.

"조만간 갖고 올게."

결국 깊은 한숨을 내쉰 제하가 한발 물러섰다.

"……아, 혹시."

고개를 끄덕이던 아라가 갑자기 조서에서 눈을 떼더니 고개를 들어 올렸다. 그러고는 한껏 놀란 표정을 연기하기 시작했다.

"사실은 파기하고 싶은 마음, 없는 거 아니에요?"

"……뭐?"

"아니, 솔직히 말이 안 되잖아요. 방 안에서 잃어버렸다니. 사실은 거짓말……."

진심이 담겨 있지 않은 말이었지만, 제하는 민감하게 반응했다. 그의 눈매가 날카롭게 변했다.

"할 수만 있다면, 지금 내 머릿속을 끄집어내서라도 보여 주고 싶네. 내가 그거 없애고 너랑 하고 싶은 게 아주 많아."

"……."

"백방으로 찾고 있으니 걱정 마시지요."

제하가 힐끔 유신을 바라봤다. 아무것도 모르는 아라로서는 누군가가 그것을 훔쳐 갔을 거라고는 상상도 못 하고 있었다.

"빨리 찾는 게 좋을 거예요. 내 마음이 바뀔지도 모르니까."

그녀의 은근한 협박에 제하가 움찔했다. 언제까지고 시간을 끌 수는 없었다.

그녀가 돌아가면 희수궁 사람들을 전부 불러다 놓고 대대적인 수색을 벌여서라도 찾아야겠다는 생각이 들었다.

"그나저나 이거 어쩔 거예요?"

다행히 서약서를 향한 아라의 관심은 오래가지 않았다.

그러나 제하의 안도도 오래가지는 못했다. 새로운 문제가 떠오른 것이다. 그것은 아라가 희수궁에 올 때부터 손에 들고 있던 상소문 더미였다.

"슬슬 나오겠다 싶었는데 드디어 나왔네요."

"이게 뭐……."

심각한 그녀의 표정과 달리 목소리는 무덤덤하다. 마치 일이 이렇게 될 줄 알고 있었다는 듯. 그녀가 내민 상소문들을 받아 든 제하는 인상을 찌푸렸다. 아직 첫 문단밖에 읽지 않았지만 벌써 마음에 들지 않았다.

"국서를 폐위시키라는 상소."

아라가 재빨리 답했다. 최근 국서의 횡포를 그냥 두고 보지 못하겠다며, 대신들이 상소를 올리기 시작한 것이다. 사실 아라는 예상하고 있었다. 국서에게 대들었다가 전에 없던 감봉을 당했는데 어련할까.

대충 읽어 본 바로는 국서가 분수를 모르고 권력을 마음껏 휘두르며 궐 안의 분위기를 흐리고, 지엄한 규율을 벗어나는 행동을 일삼고 있으니 걱정이 된다는 내용이었다.

"무시해."

엄청난 속도로 벌써 다섯 번째 상소를 읽고 있던 제하가 단호하게 말했다.

"이것들 내가 가져가도 될까?"

그가 아직 한참이나 쌓여 있는 상소문들을 가리키며 묻자, 아라는 고개를 끄덕였다. 어차피 다 한 번씩 읽은 거였기 때문에 상관없었다.

"그건 상관없는데…… 왜요?"

이런 거 일일이 신경 쓰면 피곤하니 그냥 무시하라면서도 전부 자신이 가져가도 되냐고 묻는 걸로 보아, 아무래도 나중에 천천히 다 읽어 볼 생각인가 보다.

"나는 속이 좁은 사람이거든."

제하가 싱긋 웃으며 답했다. 그 모습이 꼭 악마를 보는 거 같았으니, 아라는 짐작했다. 조만간 상소를 올린 사람들은 어떠한 방법으로든 쓴맛을 보겠구나.

"그것보다도, 내일 있을 총회 이야기나 해 보죠."

잊을 만하면 찾아오는 총회 때문에 미칠 거 같았다. 그놈의 한 달이라는 시간은 왜 이렇게 빨리 돌아오는 건지 모르겠다. 겨우겨우 잘 넘기고, 어느 정도 평온한 일상에 적응할 즈음만 되면 이렇게 찾아와서는 평온한 일상을 두드리니 말이다.

"아마 이번 총회에서는 사유재산의 범위를……."

아라가 총회에 대비하기 위한 자료들을 늘어놓으며 말하자, 맞은편에 앉아 있던 제하가 대뜸 한숨을 푹 내쉬었다.

마치 일부러 들으라는 듯한 과장된 표현에 아라가 반응을 보였다. 왜, 뭐가 또 문제인데?

"우리 가끔은 일 이야기 말고, 다른 이야기를 하는 게 어떨까."

"……."

제하는 아주 불만이 많았다. 그녀의 정체를 모르고 있었을 때에 비하면 함께 있는 시간이 늘어나기는 했지만, 그 대부분의 시간을 일이나 관리들 상대하는 데에 쏟아붓고 있으니 이게 부부인지 아니면 사업적인 관계인지 구분이 가질 않았다.

"나는 그대의 남편이지, 자문역이 아닙니다."

투덜대면서도 자료들을 머릿속에 집어넣기 위해 꾸역꾸역 읽고 있는 그를 바라보던 아라는 작게 웃었다.

매번 안 해 줄 것처럼 말해도 결국에는 말을 들을 거면서. 의미없는 반항이었다. 즉, 지금 제하는 협상을 원하는 것이다. 채찍과 당근으로 비유하자면 당근.

"좋아요, 바라는 게 뭔데요?"

그녀의 말에 금방이라도 죽을 것처럼 빛을 잃었던 그의 눈이 다시금 반짝이기 시작했다. 마치 그 말을 기다리고 있었다는 듯. 너무나도 얄미웠지만 아라의 눈에는 이제 그런 모습조차 사랑스럽게만 보였으니, 아무래도 콩깍지가 단단히 씐 게 틀림없었다.

"열심히 일할 테니까, 네 하루를 나에게 줘."

"하루?"

바라는 게 그거냐는 물음에 제하는 고개를 끄덕였다. 하루 종일 놀아 달라는 뜻이잖아, 지금.

"내일은 어때?"

"내일은 안 된다니까요. 총회라고요."

저뿐만 아니라 당신도 총회에 참석해야 하는데 지금 무슨 소리를 하는 거냐는 아라의 말에, 들떠 있던 제하가 작게 '아, 맞아. 그랬지.'라 말하고는 다시금 생각에 잠겼다.

"그럼 모레는?"

총회 이튿날에는 조금 숨을 돌릴 시간이 주어진다는 걸 알고 있는 제하가 물었다. 그러나 어째서인지 아라의 표정이 밝지 않다. 그녀가 곤란하다는 듯 우물쭈물했다.

"모레도 안 될 거 같은데……."

그러자 제하의 얼굴이 구겨졌다.

"……혹시 나 피해?"

"그랬으면 오늘도 이렇게 마주 앉아 있지 않았겠지요?"

그의 작은 투정에 아라가 달래듯 말했다. 피하기는, 말도 안 되는 소리. 다만 내일은 총회였고, 그리고 그 이튿날은…….

"……모레에는 귀빈과의 만남이 잡혀 있어서."

선약이 있었다.

귀빈이라는 말에 제하가 고개를 갸웃거렸다.

불과 며칠 만에 다시금 궐을 방문하는 사람. 그저 다른 사람들에게는 '귀빈'으로만 알려져 있는 바로 그 존재. 그리고 그들에게서 조금 떨어진 곳에 서 있던 유신은 입술을 꾹 깨물었다.

어제 여왕과 나누었던 대화를 떠올려 보면, 아마 그 귀빈이라는 존재는 자신이 생각하고 있는 그 여인일 것이다.

"귀빈?"

"네. 귀빈."

유신의 예상대로, 모레는 주설화가 궐에 오는 날이었다. 첫 만남 이후 다시는 그녀와 만나지 않으려 했지만 바로 어제, 그녀에게서 전갈이 왔다. 급한 일이 생겼으니 지금 당장 만나고 싶다기에 그럼 모레에 궐에 오라는 답신을 보냈던 것이다.

"귀빈이라……."

슬슬 그 귀빈이라는 자에 대한 의심이 들기 시작한 건지, 제하가 귀빈이라는 말을 입 안에서 몇 번을 굴렸다. 그의 맞은편에 앉아 있던 아라는 가시방석에라도 앉아 있는 기분이었다.

그가 알아차리면 어쩌지?

"그 귀빈은 일전에 네가 만났던 그 귀빈과 같은 사람이야?"

"네, 네?"

"아니면 다른 사람이야?"

그의 물음에 아라는 움찔 몸을 떨었다. 그러나 한창 내일 있을 총회를 위한 자료를 들여다보고 있던 제하는 다행히 이를 보지 못했다. 역시나 구제하는 눈치가 빨랐다. 이 상태라면 그 귀빈의 정체를 파악하는 것도 금방일 터. 때문에 아라는 그의 관심을 축소시키기 위해 거짓말을 하기로 결심했다.

"다른 사람이에요."

만약 그때와 같은 사람이라고 한다면 그는 더더욱 관심을 가지겠지. 그녀의 말에 고개를 끄덕이던 제하가 다행히 흥미를 잃은 건지, 다시금 당근의 이야기로 돌아갔다.

"그래서, 나랑은 언제 놀아 줄 건데?"

"그 전에 내일 총회가 우선입니다만."

"좋아……. 일단 이 문제를 먼저 해결해야지만 날 상대해 주겠다, 이거지."

눈앞에 쌓여 있는 총회 대비 자료를 바라보던 그가 물었다. 이에 아라가 고개를 끄덕이자, 잠시 생각에 잠겨 있던 그가 심호흡한다.

"잘 마무리되면 나한테 상 주는 거 잊지 마."

"상이라 하면 구체적으로 어떤……?"

하루를 달라고 했으면서 거기서 뭘 또 바라는 거냐는 그녀의 물음에 제하가 재빨리 말했다.

"저번 내기에서는 내가 졌잖아?"

일전에 둘이 희수궁에서 했던 검술 대련의 이야기였다. 덧붙여 그가 아라에게 너무나도 손쉽게 패배했던 그 대련.

그때 그가 말했다. 절대 그녀가 무를 수 없는 소원 하나를 얻고 싶다고.

"불안한데요."

"이참에 다시 내기하자."

또 시작된 내기 제안에 거절할까 고민하던 아라는 결국 고개를 끄덕였다. 척 보니 검술 대련은 아닌 거 같고.

"어디 한번 내용을 말해 봐요."

"사실은 내가 널 위해 준비한 선물이 하나 있는데."

"예?"

뜬금없이 무슨 선물? 그게 무엇이냐는 물음에 제하가 가만히 고개를 저었다.

"아직 내 손에 없어. 내일 받을 예정이거든."

내일이 되어야만 받을 수 있는 선물이라는 말에 아라는 생각에 잠겼지만, 아무리 생각해도 그것이 무엇인지는 떠오르지 않았다.

"그 선물이 네 마음에 들면 내가 이기는 거고, 네 마음에 안 들면 네가 이기는 거야."

응? 이상한 내기 내용에 아라는 그를 바라보았다. 요약하자면 그가 저에게 선물을 줄 건데, 이를 마음에 들어 하면 그가 이기는 거고 마음에 안 들어 하면 그녀가 이긴다는 건가?

"사실은 마음에 드는데 내가 마음에 안 든다고 거짓말하면요?"

"그건 네 마음이지."

심지어 거짓말을 해도 된다니.

"이거 무조건 내 승리일 거 같은데요? 뭐, 나는 좋지만."

그에게 소원 한 가지를 얻어 낼 수 있다니. 그의 선물이 무엇이든 간에 무조건 마음에 안 든다고 하면 되는 거 아닌가. 간단한 문제였다.

"좋아요."

"약속했어. 나중에 딴소리하면 안 돼."

"그쪽이야말로."

아라는 자신 있었다. 자신에게 너무나도 유리한 내기였으니까.

"좋아, 열심히 해 볼까."

그의 시선이 좀 전에 끌어모았던 상소문들에 고정되었다. 하나같이 자신의 역량을 의심하며 욕하는 내용이 적힌 그것들을 바라보던 그의 입가에 서서히 미소가 번졌다. 이를 본 아라는 불안했다. 뭔가 좋은 생각이 떠오른 것이 분명했다.

"동기는 이걸로 충분하네."

"네?"

도통 알아들을 수 없는 말을 하며 홀로 즐거워하고 있는 제하. 이에 아라는 답답했다. 뭘 하려거든 자신에게도 그 계획을 알려 달라는 그녀의 말에 그는 그저 상소문을 툭툭 두드리며 웃는다.

"내일 내가 어떤 사고를 칠 예정인데."

"잠깐, 사고라고요?"

사고라니, 무슨 사고를 말하는 것인가. 아라는 벌써부터 불안이 스멀스멀 등골을 타고 몰려오는 거 같았다. 그런 그녀를 바라보던 제하가 싱긋 웃으며 말했다.

"그냥 마음의 준비 정도는 해 두라고."

그런 말을 하면 마음의 준비를 해도 불안하잖아.

* * *

"오늘도 참석하셨군요, 신왕."

가시 돋친 대신들의 말에 이제 막 대전 안으로 들어서던 제하가 그들을 바라봤다. 잠시 미간을 찌푸린 그가 미소 지었다.

"예, 나도 여러분들이 보고 싶었습니다."

대신들이 작게 혀를 찼다. 궐 안에 국서의 폐위 문제가 거론되었다는 소문이 쫙 퍼졌는데, 얌전히 있지는 못할망정 당당히 총회에 참석하다니. 그래도 사람들 눈치가 보일 테니 지난번처럼 제멋대로 날뛰지는 못하겠지.

그러나 그들의 시비에 꿈쩍할 제하가 아니었다.

"얼마나 보고 싶었으면 그새를 못 참고 서신을 잔뜩 보내셨던데.”

“…….”

“내 앞으로 보내야 할 것이 전하께 잘못 전해졌나 봅니다. 하지만 걱정 마세요. 잘 보관하고 있으니까요.”

“……네, 네?”

“나중에 천천히 읽어 보도록 하겠습니다.”

그의 말이 끝나기 무섭게 대신들의 얼굴이 새하얗게 질렸다. 지금 말하고 있는 서신이라는 것은 저들이 보낸 상소문을 말하는 것이 틀림없었다.

그것들이 전부 신왕의 손에 넘어갔다는 건가! 저 성격에 조용히 넘어갈 거 같지는 않는데…… 설마 마음에 품고 있다가 나중에 복수라도 하는 건 아니겠지? 이런, 제대로 찍혀 버렸구나. 이를 어쩌면 좋을꼬.

그들이 심각한 표정을 지으면 지을수록 제하의 입꼬리가 하늘을 향해 올라갔다.

“전하.”

대신들을 지나 단에 올라서려던 제하가 아라를 불러 세웠다. 그러자 막 용상에 앉으려던 그녀가 그를 돌아본다.

무슨 일이냐는 듯 두 눈을 동그랗게 뜨고는 저를 바라보고 있는 그녀를 향해 제하가 싱긋 웃더니 말했다.

“자리를 옮겨도 될까요?”

자리? 뜬금없이 웬 자리? 갑작스러운 그의 요청에 아라는 당황했다. 지금 무슨 이야기를 하는 거냐 묻자, 제하가 자신의 자리를 가리켰다.

"이 자리를 말하는 겁니다, 전하."

왕의 기준으로 오른쪽이 대신, 왼쪽이 귀족들의 자리이다. 그런데 조회에는 귀족들이 참석할 수 없으니, 기본적으로 국서의 자리는 오른쪽에 위치해 있었다.

"왼쪽으로 자리를 옮기고 싶습니다."

그런데 지금 그걸 굳이 귀족들이 있는 왼쪽으로 옮기겠다는 것이다. 고작 자리를 옮기는 거 가지고 뭐 그리 호들갑이냐 생각할 수도 있겠지만, 이는 노골적으로 자신이 귀족의 편이라는 것을 드러내는 발언이나 다름없었다.

"……왜."

침묵에 휩싸인 대전 안. 심각한 얼굴로 그를 응시하고 있던 아라가 물었다. 그녀의 목소리가 살짝 떨린다.

"이유가 뭡니까."

지금까지 그녀가 구제하를 믿었던 것은 그가 귀족임에도 불구하고 중립을 지킬 줄 아는 사람이었기 때문이다. 그런데 뭐지, 지금 이 행동은?

자신이 납득할 만한 이유를 대라는 아라의 물음에 그가 어깨를 으쓱이더니 싱긋 웃으며 말했다.

"오른쪽 얼굴이 더 자신 있기 때문입니다, 전하."

헛소리 같은 말에 아라는 어이가 없다는 듯 고개를 저었다. 지금이 농담을 할 때냐며 한마디 할까 하다가 꾹 참았다. 옮기든지 말든지 알아서 하라는 말을 남긴 그녀가 자리에 앉았다. 그리고 굳이 왼

쪽으로 좌석을 옮긴 그 역시 자리에 앉았다.

대전 안에는 보이지 않는 긴장감이 흘렀다. 아직 총회는 시작되지 않았지만, 대신들과 귀족들의 표정만 놓고 봤을 때는 오늘의 승자는 벌써 결정이 난 듯했다.

"그럼 총회를 시작하겠습니다. 우선 첫 번째 안건은……."

늘 하던 대로 아라가 미리 받아 놓은 안건 중 하나를 막 펼치려던 그때였다. 제하가 손을 번쩍 들었다. 계속되는 그의 돌발 행동에 아라는 작게 한숨을 내쉬었다.

왜, 이번에는 또 뭔데?

"제가 한 가지 건의를 올려도 될까요, 전하?"

"……."

본디 총회란 미리 제출하지 않은 새로운 안건을 다룰 수 없었지만, 그의 위치는 조금 남달랐다. 구제하, 그에게는 그럴 만한 권한이 충분했으니까.

대신들은 안 좋은 기운을 감지했지만 국서를 말리지 못하고 부르르 떨 수밖에 없었다.

"좋습니다, 말해 보세요."

여왕의 허락이 떨어지자, 모두의 시선이 일제히 제하의 입으로 향했다. 자, 과연 저 입에서 또 무슨 말이 나올까.

"단도직입적으로 말씀드리겠습니다."

아무래도 지은 죄가 있기에 잔뜩 긴장할 수밖에 없는 대신들과 오늘따라 신왕이 왜 저러나 어리둥절한 귀족들. 그런 그들의 반응을 여유롭게 살피고 있던 제하가 갑자기 정색을 했다.

"귀족들의 발언권을 확대해 주셨으면 좋겠습니다."

그의 말이 끝나기 무섭게 대전 안이 한바탕 난리가 났다.

"지금 그게 무슨 말씀이십니까!"

"절대 안 됩니다!"

"안 되기는요!"

"신왕께서 참으로 옳으신 말씀을 해 주셨습니다!"

대신들은 자리에서 일어나 큰 목소리로 항의를 하기 시작했고, 귀족들은 갑작스러운 횡재에 미친 듯이 박수를 치며 국서를 찬양했다.

아라는 한숨을 내쉬었다. 중재를 해도 모자랄 판에 대신들과 귀족들의 싸움을 붙이다니, 도대체 무슨 꿍꿍이인 거지? 설마 대신들이 상소문을 올렸다고 이런 식으로 복수를 하려는 건 아닐 테고…….

잠시 고민하던 아라는 바짝 앞당겼던 몸을 다시금 용상에 기대었다. 그를 믿기로 했으니, 일단 두고 볼 생각이었다.

"뭐야, 어떻게 된 거야?!"

"아라. 아니, 전하. 이게 대체 무슨……."

그러나 아라와 달리 당황한 월비와 무휼은 심각했다. 그렇게 믿었던 국서에게 발등 찍히게 생겼다며 난리가 난 월비와 사전에 이야기를 주고받은 게 있냐며 당황한 무휼.

문득 아라는 어제 그가 했던 말을 떠올렸다. 어제 그가 이렇게 말했다.

'내일 내가 어떤 사고를 칠 예정인데.'

'잠깐, 사고라고요?'

'그냥 마음의 준비 정도는 해 두라고.'

사고. 그래, 이는 사고였다. 그것도 대형 사고.

아라 역시 그의 예고가 없었더라면 지금쯤 제하에게 배신감을 느끼며 분노하고 있었겠지만, 지금은 아니었다.

자, 그렇다면 지금 이 상황에서 자신이 할 일은 무엇인가. 한바탕 난리가 난 대전 안을 이리저리 둘러보던 아라가 책상을 '탕!' 하고 내려쳤다.

"다들 조용!!"

일단 그녀는 목에 핏대를 세우면서까지 다투고 있는 대신과 귀족들을 진정시키기로 했다. 다행히 그녀의 외침에 그들은 입을 다물었다. 여전히 분이 풀리지 않는다는 얼굴로 서로를 노려보고 있기는 했지만.

"신왕, 방금 말한 귀족들의 발언권 확대란 정확하게 무엇을 의미하는 겁니까?"

"전하!"

"조용."

차분하게 이야기를 들어 보자는 여왕의 태도에 대신들은 못마땅했다. 그도 그럴 것이, 지금까지 여왕이 보였던 반응과는 너무나도 달랐기 때문이다.

귀족들이 조금이라도 자신의 입지를 넓히고자 하는 움직임을 보이면 곧바로 단호한 태도를 보이고는 했는데!

"예, 전하. 총회뿐만 아니라 조회에도 참석할 수 있는 권한을 달라는 의미입니다."

귀족들이 예상치 못한 국서의 선전에 입이 귀까지 찢어지려 했다. 반면 대신들의 얼굴은 붉으락푸르락 달아올랐다.

전하께서 국서를 아낀다는 건 천유국 사람이라면 다 알고 있는 사실이었다. 아무리 여왕이 지금까지 귀족들을 멀리해 왔다고는 해도, 국서의 말이라면 흔들릴지도 모른다는 생각이 대신들을 불안하게 만들었다.

'이러다 정말 귀족들에게 조회 자리를 빼앗기는 거 아니야?'

그것만큼은 어떻게든 막아야만 했다.

"전하! 귀족들의 정치를 제한하는 이유는 세습 때문이라는 걸 아시지 않습니까."

"그렇게 되면 태어나면서부터 권력을 쥐고 태어나는 것과 뭐가 다릅니까? 만약 귀족들의 발언권을 확대한다면, 백성들이 이를 곱게 보지 않을 겁니다!"

"노력하는 사람은 뭐가 됩니까? 귀족들에게 자리를 준다는 건, 그만큼 공정하게 노력하는 사람들의 자리를 빼앗는 것이나 마찬가지로……."

"사람들이 회의감에 빠질 겁니다."

대신들이 한마음 한뜻이 되어 목소리를 높였다. 절대 안 된다며 열변을 토해 내는데, 그들과 달리 귀족들은 입을 꾹 다물고 있었다. 굳이 나설 필요가 없었기 때문이다. 저들에게는 천군만마가 있으니까.

"하지만."

제하가 대신들의 말을 단칼에 잘라 버렸다.

"귀족들의 공을 무시해서는 안 됩니다."

"……."

"그대들은 이 나라, 천유국의 역사를 서책으로 배우고 이를 국시에서 마음껏 뽐냈겠지만, 그 역사를 만든 건 우리 귀족들이니까요."

차분한 음성임에도 불구하고 단호함이 깃든 제하의 말에 큰 소리로 외쳐 대던 대신들이 입을 다물었다.

"참으로 지당하신 말씀이십니다, 신왕."

쩔쩔매는 대신들을 응시하던 제하는 오늘따라 조용한 귀족들을 바라봤다. 마치 이제 막 걸음마를 시작한 아이를 바라보듯 하나같이 기특하다는 눈빛으로 저를 보고 있는데, 웃음이 나왔다.

어렸을 때부터 지겹게 들어온 이야기였다. 귀족들이 얼마나 대단한지, 그리고 왕은 왜 그것을 인정해 줘야 하는지. 그때마다 듣기 싫다고 반항하며 무시했는데, 지금 자신이 그 이야기를 그대로 하고 있으니 웃긴 상황이었다.

"하, 하지만 개국에 헌신했다는 이유만으로 먼 후대까지 혜택을 보는 건……."

대신들이 다급히 외쳤다. 그들은 제하의 말발을 감당할 자신이 없었다. 다른 귀족들처럼 잔뜩 흥분해서 덤비기라도 하면 여유 부리며 꼬투리를 잡거나 했을 텐데, 너무나도 차분하게 나오니 오히려 마음이 조급해지는 건 저들이었다.

그들의 시선이 용상에 앉아 있는 아라를 향했다. 지금 이 상황을 그저 구경꾼마냥 지켜보고 있는 여왕이 너무나 미웠다. 이쯤이면 여왕이 뭐라고 한마디 할 때가 되었는데.

"내가 귀족들의 발언권 확대를 주장하는 건, 비단 우리가 개국공신이라는 이유 때문만은 아닙니다."

오늘따라 우리 국서께서만 유난히 말씀이 많으시니.

"다, 다른 이유라니요?"

이미 개국공신, 그거 하나만으로도 받은 충격이 엄청난데 다른 무언가가 또 있다니. 대신들이 긴장했다.

"대신들께서는 어마어마한 경쟁률을 뚫고 선발되신 만큼, 많은 지식과 이론을 갖고 계시지요."

"그렇습니다."

대신들은 어리둥절했다. 이는 자신들을 깎아내리는 말이 아니라 오히려 그 반대, 칭찬이었다.

"저희는 정당한 경쟁을 거쳐 올라온 사람들입니다. 그만큼이나 실력 하나는 확실하단 말입니다."

반대로, 귀족들의 세습은 모르는 일이었다. 이번 가주가 올바른 가치관을 지닌 유능한 사람이라고 다음 가주 역시 그럴 거라는 보장이 없기 때문이다.

"하지만 귀족들은 실전에 강합니다. 우리는 대대로 가문을 운영하니까요. 그에 맞는 교육을 받으며 자라지요. 또한 귀족들 중에는 지방 수령의 경험이 있는 자들도 많습니다. 나 역시 수령의 보좌로 일한 경력이 있고."

"그래서 하시고 싶은 말씀이……."

"나라 운영이라는 게, 책으로 배운 이론만 가지고서는 한계가 있다는 걸 말씀드리고 싶었습니다."

"……."

"실전 경험은 책 몇 권 읽는다고 메워지는 게 아니니까요."

대전 안이 다시금 조용해졌다. 오죽하면 내 저럴 줄 알았다며 제하를 욕하던 월비마저 입을 다물었다.

그만큼이나 국서의 말은 너무나도 설득력이 있어서 아군, 적군 할 거 없이 모두가 고개를 끄덕이게 만들었다.

뒤늦게 정신을 차린 대신들은 바빠졌다. 어쩌면 좋지. 눈앞이 깜깜했다. 귀족들의 발언권 확대를 막을 방법은 이제 없어 보였다. 그들에게는 국서가 붙어 있다. 망할 국서는 여왕의 총애를 받고 있고, 당장은 아니더라도 나중에 가서는 귀족들 쪽으로 힘이 실릴 것은 불 보듯 뻔했다.

이제 그들이 고민해야 하는 건 어떻게 하면 귀족들을 누를 수 있을까가 아니라, 어떻게 하면 최대한 많이 지킬 수 있느냐였다. 이대로 가다가는 상황이 뒤집힐지도 몰랐다. 이를 어쩌면 좋지, 달리 방법은 없을까?

그런데 바로 그때.

"지금 대신 여러분들이 걱정하고 있는 건, 국서인 내가 귀족이라는 점이겠죠?"

놀랍게도 그들이 찾고 있던 그 방법을 제시한 것 역시 국서, 구제하였다.

"뭐…… 굳이 말하자면……."

"내가 이 문제에 끼어들어, 귀족들에게 힘을 실어 줄까 봐 불안한 거죠."

단도직입적인 제하의 물음에 그들은 꽤 놀란 눈치였다. 곧 그들이 조심스럽게 고개를 끄덕인다.

"그럼 이렇게 하는 건 어떻습니까?"

잠시 망설이던 제하가 말했다. 또다시 그의 입꼬리가 슬그머니 올라갔다.

"어차피 조회 때 이 많은 인원을 참석시키는 건 힘들 겁니다."

"……아무래도 그렇겠죠?"

내키지 않는 표정이었지만, 대신들은 고개를 끄덕이며 인정했다. 맞는 말이었다. 귀족들과 대신들 수를 합치면 백이 넘는데, 그 많은 사람들이 아침마다 모이는 건 힘들 테니까.

"그러니 조회 참가 인원은 서른 명으로 한정하겠습니다."

응? 갑작스러운 이야기 전환에 모두가 술렁이기 시작했다. 귀족들 역시 혼란스럽다는 표정으로 제하를 바라보고 있다.

"잠시만요, 그 서른 명은 어떻게 선정되는 겁니까?"

"음…… 내가 직접 개입하는 건 대신들이 싫어할 테고……."

그야 물론.

"그렇다면 완벽하게 실적 위주로 선발하는 게 어떨까요?"

"……."

"그대들이 항상 원한대로, 공정하고 투명하게."

더는 대신들에게서 안 된다는 말이 나오지 않았다. 그리고 그와는 반대로 이번에는 귀족들의 표정이 복잡하다.

'이거 우리들에게 좋은 쪽으로 흘러가고 있는 게 맞는 건가?'

"귀족, 대신 구분 없이 실적이 좋은 순으로 서른 명까지만 조회에 참석할 권한을 갖는 거로 합시다. 물론 순위는 매월 갱신되고요."

"저기, 실적이라고 하시면……?"

"한 달 동안 올린 상소 내용, 통과한 건의 및 기본 행실 등을 종합적으로 보는 거죠."

그 말에 귀족들이 불편한 눈치를 주기 시작했다. 이를 알아차린 제하가 그들에게로 다가가자, 옹기종기 모인 귀족들이 그에게 작은 목소리로 속삭였다.

"크흠. 신왕, 기왕 밀어붙이는 거 좀 더 밀어 보심이 어떠신지요. 저들이 꼼짝을 못 하는 지금이 기회인 듯한데……."

제하는 생글생글 웃으며 저를 부추기고 있는 대신들을 한심하다는 눈으로 바라봤다. 어쩜 이리들 욕심이 많은지.

"뭐든 차근차근 나아가야지, 너무 욕심 부리면 안 된다는 거 모르십니까? 기껏 조회에 참석할 수 있는 기회의 문을 열어 줬는데, 여기서 초를 치실 거냔 말입니다."

과욕은 금물이라는 말 모르냐는 제하의 핀잔에 귀족들은 아쉬운 눈치를 주고받았다. 조금만 더 하면 저 대신들의 꼬리를 완벽하게 잘라 낼 수 있을 거 같은데……. 하지만 국서의 말대로, 조회에 참석할 수 있는 '기회'만으로도 엄청난 성과인 것은 사실이었다. 다급해진 귀족들이 저들끼리 모이더니 수군대기 시작했다. 이윽고 그들만의 회의가 끝난 건지 돌아선 그들은 고개를 끄덕였다.

"신왕의 의견에 따르겠습니다."

진작 그럴 것이지.

"아니, 아니. 잠시만요."

"그럼 그 판단은 누가 하는 겁니까. 신왕께서 관여하시는 겁니까?"

대신들의 물음에 제하가 고개를 저었다.

"그랬으면 정말 좋겠지만, 안타깝게도 객관적인 판단을 할 자신이 없어서."

"그럼……."

그럼 어쩔 생각이냐는 그들의 질문에 제하가 싱긋 웃었다. 바로 이것을 기다린 것이다. 곧 눈을 감고 진지하게 고민에 빠진 연기를 펼치던 그가 좋은 생각이 났다며 두 눈을 번쩍 떴다. 그리고 용상을 바라본다.

"아무래도 그 선정에 관해서는 전하께 맡기는 게 가장 현명한 판단일 거 같군요."

그러자 인상을 찌푸리고 있던 대신들의 표정이 서서히 풀리기 시작했다.

여왕이라. 그녀는 귀족들보다 자신들을 더 좋아했다, 물론 최근 귀족들의 편인 국서와 잘 지내고 있는 것이 신경 쓰이기는 했지만, 그래도 국서보다는 나을 것이다.

대신들이 고개를 끄덕였다. 그리고 귀족들 역시 상대가 여왕이라는 점이 조금 마음에 걸렸지만, 이 기회를 놓칠 수는 없었다. 의견이 통합되자 모두가 그녀를 바라봤다. 그들의 선두에 서 있던 제하가 묘한 미소를 지으며 한쪽 눈썹을 씰룩이더니 물었다.

"전하께서는 이러한 결정이 어떠십니까, 마음에 드십니까?"

그 말에 아라가 멈칫. 얄미운 미소를 짓고 있는 제하를 한껏 노려보기 시작했다. 이런 치사한 사람을 보았나.

잊고 있던 아주 사소한 무언가가 떠올랐다. 바로 어제, 그와 주고받은 내기 내용이었다. 지금 여기에서 그녀가 마음에 든다고 답하면, 내기에서 지는 것이다. 하지만 그렇다고 마음에 안 든다고 말했다가는 모처럼 손에 넣은 이 기회를 잃게 된다.

할 수 없지. 아라는 이를 바드득 갈며 답했다.

"마음에 듭니다."

생글생글 웃고 있는 제하와, 그런 그를 노려보고 있는 아라. 그 둘을 번갈아 보던 무휼은 작게 웃었다.

둘 사이에 무슨 일이 있었던 건지는 모르겠지만, 이제야 국서가 하려고자 했던 것이 뭔지 알아차린 것이다.

"다들 국서에게 당했네."

무휼이 작게 중얼거렸다. 자신들이 무엇을 빼앗겼는지 모르고, 그저 저들이 얻은 이익에 기뻐하고 지킨 것에 안도하고 있는 그들이 참으로 불쌍했다.

"결과적으로 우리에게는 아주 좋은 일인 거 같은데, 그렇지?"

조금 전까지만 해도 국서를 욕하던 월비가 어느새 싱글벙글 웃으며 그에게 바짝 다가와 물었다. 무휼이 고개를 끄덕였다.

"아무래도 서른 개의 한정된 자리를 놓고 경쟁하는 상황이다 보니, 이제 제 배만 불릴 생각은 절대 못 하겠지."

실적으로 순위를 매기는 만큼, 조금이라도 부정을 저지르면 바로 순위권에서 밀려 조회에 참석하지 못할 테니 말이다. 그만큼 열심히, 그리고 정말 백성들을 생각하는 청렴한 신료들만이 조회에서의 발언권을 얻게 될 것이다.

"또한, 이제 저들은 아라에게 꼼짝을 못 하게 된 거야."

월비가 웃으며 말했다. 대신들은 국서만 피하면 된다는 생각에 얼결에 아라를 선택했지만, 바로 이것이 구제하가 노렸던 것이다.

"이제 선택권은 여왕이 쥐고 있으니까."

六花.
구제하를 만만하게 봤군요

“오늘은 여기까지 하지요. 나머지는 내일 이어서 하는 것으로 하겠습니다.”

아라의 말에 여기저기에서 한숨 소리가 들려왔다. 오죽하면 그녀의 옆에 서 있던 월비 역시 어깨를 축 늘어뜨릴 정도였는데, 왜들 안 그렇겠는가.

사실은 그녀도 이제 한계였다. 원래 총회는 하루 안에 끝내는 게 원칙이었지만 오늘은 좀 사정이 달랐다. 여왕의 총애를 한 몸에 받고 있는 국서께서 친히 일을 벌여 주셨으니 말이다. 그 일로 주어진 시간의 절반가량을 소모한 탓에 정작 총회에서 다뤄야 할 내용은 반도 끝내지 못했고, 결국 연장전이 되어 버렸다.

“왜요, 불만 있습니까?”

"아닙니다, 전하."

다행히 토를 다는 사람은 없었다. 하긴, 여왕께서 나오라는데 입 다물고 나와야지. 새벽에 나오라고 해도 활짝 웃는 얼굴로 참석해야 할 판이었다.

한숨을 내쉰 아라는 자리에서 일어났다. 어째 온몸의 기운이 다 빠져 버린 느낌이었다. 터덜터덜, 그녀는 대신들과 귀족들의 열성적인 인사를 받으며 대전을 빠져나갔다.

"이렇게 보니까……."

아라의 뒤를 따라 제하와 무휼, 월비가 차례로 대전을 나서자 그런 그들의 뒷모습을 멍하니 지켜보던 대신 하나가 입을 열었다.

"어울리네요."

"그러게 말입니다."

주위에 있던 다른 대신들 역시 고개를 끄덕이며 동의했다.

고작 넷이다. 그것도 저들보다 한참이나 어린 애들이었다. 머릿수는 저들이 압도적으로 많은 데다 연륜까지 갖고 있거늘, 어째서인지 저 새파랗게 젊은 사인방에게는 못 이길 거 같았다. 그렇게 여왕이 퇴장한 뒤, 승리의 기쁨에 취해있던 귀족들이 가벼운 걸음으로 대전을 나섰다. 그런 그들을 바라보는 대신들은 기분이 별로였다.

가만 생각해 보니 뭔가가 석연치 않았다. 물론 아둔한 귀족들은 아무것도 눈치 못챈 거 같지만.

"왠지…… 우리 낚인 거 같지 않습니까?"

"……."

누군가가 무겁게 닫혀 있던 입을 열었다. 그러자 다른 이들 역시 같은 생각을 하고 있던 건지 굳은 얼굴로 고개를 끄덕이며 맞장구를 쳤다.

"제 생각에도요."

뭔가가 찝찝했다.

"결국 국서께서는 누구의 편이었던 겁니까?"

"……."

"어쩌면 국서께서는 귀족의 편을 들어 주려 했던 게 아니라, 처음부터 여왕의 편이었던 걸지도."

"우리가 도발에 넘어간 거네요."

사실을 인정하기 무겁게 그들은 오싹한 느낌이 들었다. 건방지게 웃으며 저들의 심기를 건드린다 생각했는데, 이 모든 것들이 다 계산된 행동이었다니. 아니, 물론 건방진 건 사실이지만.

"구제하를 만만하게 봤군요."

대신들이 고개를 끄덕였다.

"얼핏 보면 귀족들에게 이익인 거 같지만, 가장 큰 수혜자는 여왕 전하이시죠."

총회 때마다 표정이 어두운 여왕이었지만, 오늘은 아니었다. 이제는 그녀가 원하는 사람들로 자리를 채워 넣을 수 있게 된 것이다. 어찌 속이 편하지 않을까.

"이제 여왕에게 힘이 생겼어요."

그리고 그녀에게 힘을 실어 준 것이 바로 국서였다.

"뭐, 우리한테는 좋은 일 아닙니까."

"그래요. 요즘 대신들 중에는 사리사욕에 눈이 먼 이들도 꽤 있으니까."

자고로 관리란 청렴결백한 정치에 힘쓰는 게 옳았지만, 그게 어찌 사람의 마음대로 되는 일인가. 막상 권력이라는 것을 손에 넣고 보니 그 욕심에 서서히 잠식되어 가는 것이다. 이는 귀족들은 물론이요, 대신들 사이에서도 적지 않게 발생하고 있는 문제였다.

"그들을 걸러낼 수 있는 좋은 기회라고 생각하죠."

"애초에 우리가 동등한 조건에서 귀족들에게 질 리가 없잖습니까."

안 그래도 가문만 믿고 설치고 다니는 그 꼴이 너무나도 보기 싫었는데, 이 참에 그 귀족들도 없앨 수 있으니 좋지 아니한가. 이는 정당하게 그들을 몰아낼 수 있는 기회였다.

"우리만 정신 바짝 차리면 됩니다."

결의에 가득 찬 대신들이 고개를 끄덕였다. 지금까지 해 온 대로만 하면 되는 것이다.

내일 있을 2차 총회나 준비하자며 대전을 벗어난 그들이 걸음을 재촉해 궐을 빠져나가려던 그때였다.

"자, 잠시만요!"

누군가가 그들을 다급히 불렀다. 이에 걸음을 멈춘 그들은 뒤를 돌아봤다. 그러자 엄청난 양의 두루마리를 품에 안아 든 내관 하나가 위태로운 걸음으로 자신들을 향해 달려오고 있는 게 보였다.

"무슨 일이냐."

그들이 걸음을 멈춘 사이, 재빨리 사이를 좁힌 내관이 헉헉거리며 숨을 몰아쉬었다.

"신왕께서 이것들을 전해 드리라 하셨습니다."

"구, 국서께서?"

신왕이라는 말에 대신들이 바짝 긴장했다. 이제는 그 호칭만 들어도 반사적으로 몸이 굳는 거 같았다.

"예. 어, 그러니까……."

고개를 끄덕인 내관이 두루마리마다 적혀 있는 이름을 일일이 확인하더니, 그들에게 하나씩 건네주었다. 그리고 아직 남은 것들의 주인을 찾아줘야 한다며 바쁜 걸음을 옮겼다.

한편, 정체불명의 문서를 받은 대신들의 표정은 썩 좋지 않았다. 손에 들린 것은 별거 아닌 종이 쪼가리였지만, 어쩐지 익숙했다. 많이 본 것이다. 가만 보니 자신들이 잘 알고 있는 것이었다.

"이건, 내가 일전에 올렸던 상소문인데?"

"저도……."

그들의 안색이 이제는 창백해졌다. 그 말대로, 그것들은 각자가 국서의 폐위를 주장하며 여왕에게 올렸던 상소문이었다. 국서의 손에 넘어갔다는 건 아까 총회 전에 나누었던 안부 인사에서 알 수 있었지만, 어째서 이걸 다시 돌려주는 거지? 분명 무슨 의미가 있을 거라며 대신 중 하나가 조심스럽게 그것을 펼쳤다. 그러자 하얀 종이 위에 쓰인 까만 글자들이 눈에 들어온다. 그리고 또 하나.

"……이게 도대체……."

종이의 옆 여백마다 필체가 다른 글들이 구름처럼 적혀 있었다. 이를 본 대신들이 눈을 찌푸리더니, 그것들을 읽어 나갔다.

"국서께서 쓰신 겁니다."

그 짧은 글의 정체는 다름 아닌 제하가 직접 쓴 답변이었다.

"저는 국서의 말투를 지적했는데, '말투는 앞으로 주의해 보도록 하겠습니다.'라는 답변이 적혀 있습니다."

"저는 웃어른을 공경하는 마음을 가졌으면 좋겠다고 지적했는데, '그대들도 날 존중해 준다면, 나 역시 그대들을 공경할 마음이 없는 건 아닙니다.'라고……."

"전 일전에 월봉을 깎은 것에 대해 말했더니, '그 일은 전하께서 없던 일로 하기로 하셨습니다.'라고 적혀 있습니다!"

그 말에 대신들의 입가에 미소가 돌아왔다. 한동안 월봉이 깎인다는 소리에 침울했는데, 이는 희소식이었다. 역시 여왕 전하라며 그녀를 찬양하길 얼마, 누군가가 덧붙였다.

"아, 그런데 밑에 더 남아 있네요. '하지만 그대들이 잘못한 것은 맞으니 반성하도록 하세요.'라고."

"끙……."

이렇듯 모두가 국서께서 적어 주신 답변에 대해 한마디씩 하고 있는데, 딱 한 명이 아까부터 조용하다. 모두의 시선이 일제히 그를 향했다. 왠지 불편해 보이는 그는 잔뜩 얼어붙어 있었다. 왜, 도대체 뭐라 적혀 있는데 그래?

"상소에 뭐라 적었습니까?"

"그게…… 저는 전하라면 더 좋은 신랑감을 찾을 수 있을 거라고 적었습니다만……."

"저런."

말이 나오기 무섭게 대신들이 고개를 절레절레 저었다. 어쩌자고 그런 말을 한 거냐며 타박하는 이까지 있었다. 이제 당신은 큰일

났다는 말들이 오고 가길 얼마, 차마 답글을 못 읽고 있는 그가 답답한지 대신들이 아예 그의 상소문을 빼앗아 들었다.

내 그대의 이름은 반드시 기억하고 있겠습니다.

상소에 대한 답변 중에서도 가장 짧은 문장이었지만, 그것이 주는 위압감은 으뜸이었다.

그들은 잠시 말없이 그 상태로 굳었다.

그 주위를 바삐 돌아다니던 궁녀들과 내관들이 한 번쯤 그들을 힐끔거릴 정도로, 궐 한복판에 굳어 있는 대신들의 모습은 너무나도 이상하게 보였으니. 한참만의 침묵 끝에 문제의 상소문 주인께서 마른침을 삼키며 울먹였다.

"전 이제 어쩌면 좋단 말입니까?"

그의 물음에 다른 대신들이 잠시 눈치를 보기 시작하더니, 서로 약속이라도 한 듯 그를 외면했다. 그러고는 그의 절박한 도움의 손짓을 무시하며 돌아섰다.

"쯧쯧. 그러게 누가 그런 말을 쓰라고 했습니까."

"그러게 말입니다."

"국서를 건드린 당신이 잘못한 겁니다."

그들은 태세 전환이 빨랐다. 국서를 건드려서 좋을 거 하나 없다는 교훈을 얻었으니, 같은 실수를 반복해서는 안 되지 않겠는가.

"국서가 여왕을 유혹해 이용하고 있다고 생각했는데, 그것도 아닌 거 같습니다."

"그 반대로군요."

왜 자신들은 진즉에 눈치채지 못했던 걸까.

"국서가 이용당하고 있는 겁니다."

"그것도 스스로의 의지로 말이죠."

귀족 가문에서 태어난 그이기에 당연히 귀족의 편을 들 줄 알았는데, 그 편견이 그에 대한 오해를 낳고 말았다. 여왕과의 사이에 무슨 일이 있었던 건지는 모르겠지만 구제하는 자신의 가문과 귀족 세력이 아닌 여왕을 선택한 것이다.

"여왕께서 사랑스럽기는 하지요."

"만약 제 딸이었다면, 전 혼인식 때 펑펑 울었을 겁니다."

"암요. 아까워서 절대 몹쓸 놈에게 못 주지요."

대신들이 저마다 한 마디씩 하며 고개를 끄덕였다. 그러길 얼마, 그들 중 한 명이 문득 무언가를 떠올리고는 걸음을 멈추더니 짐짓 심각한 얼굴로 말했다.

"쉿."

마치 그것이 무슨 신호라도 되듯, 대신들의 입이 다물어졌다.

"다들 입조심하세요."

아직 궐을 벗어난 게 아니니 마음을 놓아서는 안 된다며 대신들이 서로에게 주의를 줬다. 걸음을 멈춘 그들이 경계심 가득한 눈으로 재빨리 주변을 두리번거렸다. 다행히 주변에는 아무도 없다.

"국서께서 또 어디서 듣고 계실지도 모릅니다."

"……."

"……."

여왕에게 푹 빠진 그 국서가 언제 어디서 또 저들의 이야기를 듣고 있을지 모른다며, 그들은 바짝 긴장했다. 이미 손에 들려 있는 상소문이 많은 것을 일깨워 주지 않았던가. 벌써 국서에게 제대로 찍힌 희생양도 한 명 발생했고 말이다. 여기에서 더 깨질 수는 없었다.

"이보시게들!!"

조용한 궐 안에 다시 한 번 울려 퍼지는 소리에 그들이 화들짝 놀랐다. 튀어나올 정도로 커다랗게 뜬 눈으로 뒤를 돌아보는데, 다행히 저 멀리서 달려오고 있는 건 국서나 내관이 아닌 그들의 동료 대신이었다.

"다들 그거 보셨습니까?"

뜬금없이 주어를 빼고 묻는 그에게 대신들이 답답한 듯 인상을 찌푸렸다. 그러나 이내, '그거'라는 것이 저들 손에 들린 상소를 말하는 것이라 추측한 그들은 한숨을 내쉬며 고개를 끄덕였다.

"봤죠. 봤습니다."

다들 어두운 표정으로 봤다고 대답하자, 곧 잔뜩 흥분한 채 달려온 대신이 머쓱한지 어색한 미소를 짓더니 호흡을 가다듬었다.

"크흠. 시건형이 가만히 있었던 이유가 다 있었어요. 설마 이런 수를 쓸 줄은 상상도 못 했는데……."

"네?"

"그동안 잠자코 앉아 기회를 엿봤던 겁니다."

잠깐.

"지금 무슨 이야기를 하는 겁니까?"

갑자기 시건형이 여기에서 왜 나오느냐며, 두 눈이 휘둥그레진 대신들이 물었다. 그러자 어마어마한 소식이라며 바람을 가르고 달려온 대신 역시 아리송한 표정을 짓더니 도리어 그들에게 물었다.

"뭐긴 뭡니까, 국시 합격자 명단 이야기를 하는 거죠. 달리 뭐가 있습니까?"

그 말에 그들의 시선이 재빨리 대신의 손으로 떨어졌다. 그러고 보니 그의 손에는 상소문으로 추정되는 문서가 들려 있지 않았다. 그렇다는 건 다른 이야기라는 건데…… 잠깐, 분명 국시 합격자 명단이라고 했지? 그러고 보니 합격자 발표가 나올 때가 되었다.

"왜요, 이번에 괴짜라도 합격했답니까?"

매 국시 때마다 눈에 띄는 사람들이 한둘은 있었기 때문에 그들은 대수롭지 않게 물었다.

"괴짜라면 괴짜죠."

무슨 말을 그렇게 건성으로 하느냐며 대신들이 그를 흘겨보았다. 할 말이 있으면 빨리 제대로 하라는 재촉에 문제의 대신이 고개를 끄덕인다.

"이번 국시에 시건형의 아들이 합격했으니 말입니다."

그의 외침에 별일 아니겠지 하며 앞서가던 이들이 걸음을 멈췄다. 그러고는 어이가 없다는 표정으로 돌아선다.

"무슨 소리를 하는 겁니까."

"시건형의 아들이라면 이제 막 세 돌이 지났을 텐데, 어찌 국시에 합격할 수 있단 말입니까."

도대체 어디서 그런 말도 안 되는 소문을 듣고 와서는 유언비어를 퍼트리는 거냐며 그들이 타박하자, 남자가 곧 억울하다는 얼굴로 품 안에서 종이 하나를 꺼내 들었다.

"시건형에게는 또 다른 아들이 있잖습니까."

"누구……."

그가 꺼내든 것은 국시 합격자 명단의 복사본으로, 종이 위에는 많은 이름이 적혀 있었다. 그런데 그들 중 유난히 눈에 띄는 이름이 하나 있었으니.

"양자요, 양자!"

그러고 보니 있었다. 시건형에게는 잊혀진 아들이 하나 더 있지 않았던가. 여왕이 국서 간택을 하겠다는 말에 급하게 입양한 아들. 이제는 쓸모가 없어져 당연히 버림을 받았겠거니 했는데.

"아직 놀라기는 이릅니다. 그자가 어디로 배정을 받았는지 알면, 아주 깜짝 놀라실 겁니다."

"어딘데요?"

마른침을 삼킨 그들이 걱정스러운 마음을 숨기며 물었다. 알 수 없는 불안이 그들을 감쌌다. 왠지 이 궐 안이 다시 한 번 한바탕 소란스러워질 거 같았으니까.

* * *

"놀랐잖아요!"

방 안에 들어서기 무섭게 아라가 말했다. 총회 때는 가만히 있을 수밖에 없었지만, 보는 눈이 없는 지금이라면 마음껏 화를 낼 수 있었다.

"사고를 칠 거라더니, 귀족 편을 들어?!"

다른 이들의 이목을 신경 쓰면서도 중앙궁이 떠나가라 외쳐 대는 아라. 제하는 그런 그녀에게 겁을 먹기는커녕 오히려 얼굴에 미소가 가득했다. 언제나 말을 높이던 그녀가 말 길이가 짧아졌는데, 정작 본인은 너무 흥분한 탓에 눈치채지 못한 모양이었다. 그것이 꼭 폴짝폴짝 날뛰는 토끼 같은 게, 제하에게는 이보다 더 위협적인 상대가 또 없었다. 너무 사랑스러워서 심장이 멈출 거 같다.

"결과적으로는 잘되었잖아."

"과정은 어쩌고!!"

아라가 씩씩대며 목소리를 높였다. 그녀에게는 과정 역시 중요했다. 아무리 연기였다지만, 결국 그는 귀족들의 편을 든 게 아닌가.

아, 이제 귀족들이 얼마나 기고만장해질까. 생글거리는 얼굴로 당당하게 무언가를 요구할 것을 생각하니, 아라는 벌써부터 짜증이 치밀어 올랐다. 게다가…….

"알았다."

"……."

단순히 귀족들의 태도 변화 때문이라기에는 아라의 반응이 남달랐다. 무언가에 화를 내고 있기는 하지만, 평소 그녀의 성격이라면 이 정도까지는 아니었을 터. 좀처럼 놀란 가슴을 진정하지 못하고 있는 그녀를 빤히 바라보던 제하는 잠시 진지하게 생각에 잠겼다. 이내 그가 입을 연다.

"내가 널 배신할까 봐 걱정했구나."

씩씩대던 아라는 한숨을 푹 내쉬었다. 지레짐작임에도 불구하고 확신에 찬 목소리로 말하는 것이 영 마음에 들지 않았다. 특히나 저 미소. 벌써부터 승리를 확신한 저 미소 역시 마음에 안 들었다.

어쩌다 이런 남자에게 마음을 주고 말았을까.

"당신 때문에 걱정거리가 더 늘어난 기분이에요."

아라가 작게 말했다. 걱정거리를 덜고자 국서를 들이려 했던 것이고, 그를 선택한 건데. 어째 고민과 걱정할 것들이 눈덩이마냥 불어난 기분이 들었다.

그 덕분에 제 배 불릴 줄만 아는 귀족들과 대신들을 상대하기는 수월해졌지만 글쎄, 그가 없던 이전의 삶과 비교해 볼 때 그다지 마음이 편해진 거 같지만은 않았다.

어째서일까. 답은 간단하다. 그때보다 지켜야 할 게 늘어났기 때문이다.

"내가 잘못했어. 다음부터는 사전에 제대로 말할게."

그녀가 생각보다 꽤 많이 놀랐다는 걸 뒤늦게 깨달은 제하가 재빨리 곁으로 다가와 사과했다.

"난 절대 널 배신하지 않아."

앞으로 무슨 일을 벌여도 단독 행동은 절대 하지 않겠다는 다짐을 받고나서야 아라는 그를 바라봤다. 물론 여전히 그 눈빛에는 짜증이 가득했지만.

"그래요, 다음부터는 좀 미리 말씀해 주세요!"

이번에는 월비가 버럭 외쳤다. 겨우 아라를 진정시켜 놓았더니 이번에는 너냐며 제하가 그녀를 흘겨보았다. 기껏 좋은 일을 했더니, 자신의 행동에 왜들 이리 불만이 많은지.

"얼마나 철렁했는데요! 정말 총회 중에 달려들어 입을 막아야 하나 심각하게 고민할 정도로 놀랐다고요!"

"무휼, 너는? 불만사항이 있으면 지금 다 말해. 이제 안 들어줄 거니까."

"저는 그런 월비를 말리고 있었지요."

무휼도 역시 자신도 놀랐다며 고개를 끄덕였다. 사실은 그도 한 대 패야 하나 말아야 하나 심각하게 고민할 정도였다. 월비가 더 난리를 치지 않았더라면 정말 총회가 뒤집어졌을지도 모르겠다.

"다시 한 번 말하지만."

"……."

"나는 절대 너희를 배신하지 않을 거야."

똑 부러지는 제하의 말에 끊임없이 투덜대던 그들이 입을 다물었다.

"그러니까 이제 그만하고 칭찬 좀 늘어놔 봐."

기껏 너희들 좋은 일 해 줬는데 어째 기운 빠지는 소리만 하는 거냐며 제하가 작게 중얼거렸다. 그러자 무휼과 월비가 잠시 망설이더니.

"참 잘하셨습니다."

입을 모아 말한다.

"이거 완전, 엎드려 절 받기로군."

그의 말에 모두가 웃음이 터졌다. 과정에 대해서는 이쯤하기로 하고, 다음으로는 결과와 그 결과가 미칠 영향에 대한 이야기로 대화의 흐름이 바뀌었다.

"이제 다들 여왕에게 함부로 할 수 없게 되었지."

"그랬다가는 조회에 참석할 수 없고, 자연스럽게 발언권도 잃게 될 테니까요."

"잘했어요, 잘했어."

"됐어, 이제 그만 칭찬해도 돼."

틈틈이 칭찬해 주는 걸 잊지 않고 아라가 제하의 어깨를 툭툭 쳐 주었더니 그가 불만인지 이를 거부했다. 정말, 어쩌라는 건데?

"정 해 주고 싶으면 다른 걸로 표현해 주시면 안 될까요."

"뭐, 손이라도 잡아 줄까요?"

"아니, 이게 뭐……."

그 정도야 얼마든지 해 줄 수 있다며 아라가 그의 손을 잡았다. 그러자 제하가 인상을 찌푸린다. 어린애도 아니고 이게 뭐냐며 꼭 붙잡고 있는 손을 노려보길 얼마. 그래, 그녀는 원래 이런 사람이었지, 하고 스스로 납득하며 한발 물러섰다.

"날도 더운데."

"그럼 놓든가요."

"아닙니다, 전하."

투덜댈 거면 놓으라며 아라가 버둥거리자, 언제 불만스러워했냐는 듯 그가 재빨리 깍지를 끼었다. 그러고는 씩 웃는다.

"미안, 계속해."

둘의 애정 다툼이 끝날 때까지 친절히 기다려 주고 있던 무휼이 애써 미소를 유지하며 끊겼던 말을 이었다.

"이제야 좀 더 제대로 된 회의를 할 수 있겠어요."

"그러네. 상위 서른 명이라는 제한선을 두었으니, 이제 저들끼리 알아서 경쟁하겠지."

"게다가 경쟁을 하다 보면 제대로 된 안도 나올 테고 말이야."

과정이 마음에 안 들어서 그렇지, 정말이지 하나부터 열까지 만족스러운 결과였다. 이보다 더 좋을 수 없다고 할 정도로.

"어떻게 그런 생각을 했어요?"

아라가 놀라 물었다. 어쩜 그런 놀라운 생각을 할 수 있는지. 하여간에 남을 괴롭히는 데에 특화된 머리라며 은근히 비꼬자, 잠시 고개를 갸웃거리던 제하가 물었다.

"지금 그거 칭찬이야?"

"당연히 욕이죠."

별생각 없이 대꾸하던 아라는 뒤늦게 후회했다. 내뱉은 말을 다시 주워 담을 수 있다면 얼마나 좋을까. 그러나 화를 낼 줄 알았던 그는 여전히 해맑았다.

"그래. 덕분에 오래 살겠네."

앞으로 많이 해 줘야겠네. 오래 살라고.

"아까도 말했지만."

아까라는 말에 아라는 곧장 대전에서의 일을 떠올렸다.

"인간관계는 실전과 경험이 중요하니까."

분명 대전 안에서 그가 귀족들을 대변할 때 했던 말이었다. 그 말을 어째서 저에게 하는 거냐며 아라가 묻자, 그가 그녀의 방 한쪽에 꽂혀 있는 책장을 가리켰다.

"어렸을 때부터 제왕학이니 뭐니 잔뜩 배워 봤자 소용없다는 말입니다."

"아하."

결국 제가 지금까지 해 온 것들은 전부 부질없는 일이었구나. 아라가 작게 한탄하자 제하가 잠시 자신의 이야기를 들어 보라며 잡고 있던 손을 흔들었다.

"그래서 내가 있는 거잖아."

아라는 잠시 말없이 그를 바라봤다. 겨우 말 한마디일 뿐이었다. 그런데 그게 뭐라고 이렇게나 든든한 걸까.

"너에게는 어렸을 때부터 쌓아 온 지식이 있고 나에게는 오랜 경험으로 다져진 내공이 있으니, 천생연분이 따로 없네."

천생연분이라는 말을 이런 데다 갖다 붙여도 되는 건가 싶었지만, 뭐 결과적으로 좋으니 괜찮지 않을까. 어쨌거나 듣기 좋으니 말이다.

"그나저나, 뭐 잊은 거 없으신가요?"

기껏 훈훈한 분위기였는데 제하가 대뜸 말했다. 그러자 아라는 잠시 생각에 잠겼다. 잊은 거라. 그가 무엇을 말하려는 건지는 모르겠지만, 저렇게 물어본다는 건 저에게 불리한 게 틀림없었다. 그의 입꼬리가 비스듬히 올라갔다. 이를 본 아라의 머릿속에서 두둥실하고 무언가가 떠오르기 시작했다. 만약 그가 조금만 더 기다려 준다면 그게 뭔지 정확하게 떠올릴 수 있을 텐데, 성격 급한 제하는 이를 기다려 주지 않았다.

"소원 들어줘야지?"

"……."

"내기에서 내가 이겼잖아?"

아, 이런 못된 사람을 보았나. 그제야 자신이 그에게 빚이 있다는 걸 깨달은 아라는 한숨을 내쉬었다. 아주 조금 멋있게 보이기 시작했던 그의 미소가 한 대 때리고 싶을 정도로 얄밉게 보이기 시작했다.

"아직 총회 안 끝났거든요?"

그런 이야기는 모든 게 다 정리된 다음에나 하라며, 아라가 그의 손등을 찰싹하고 때렸다. 그러자 그가 붙잡고 있던 그녀의 손을 놓아 주더니, 붉게 달아오른 제 손등을 문지른다.

"이제는 막 손찌검도 하네."

"슬슬 이겨 먹을 수 있을 거 같아서."

"……내기에서 이기면 끝이랬잖아."

갑자기 말을 바꾸는 게 어디 있냐며 제하가 한껏 억울한 목소리로 말했다. 그 말대로, 이제 와서 없던 일로 하기에는 너무나도 확실하게 지고 말았으니. 어떻게 아라가 빠져나갈 구멍은 없었다.

"……긴장을 풀기는 좀 이르잖아요? 그러니까 이 이야기는 총회가 끝난 다음에 하는 게 어떨까요?"

그래도 시간은 벌어 볼 생각에 총회 핑계를 대자 제하는 잠시 고민에 빠졌다. 잠시 뒤, 그가 내키지 않는 얼굴로 고개를 끄덕인다.

"좋아……. 단, 내일만 지나 봐. 절대 못 빠져나가니까."

그에게 있어서는 매우 큰 양보였다.

도대체 무슨 소원을 빌 생각이기에 저러나, 아라는 불안했다. 필시 간단한 것은 아닐 것이다. 그것이 무엇이든 미리 대비를 해야 할 텐데, 조금도 감이 잡히질 않으니 문제였다. 그래도 마음의 준비 정도는 할 수 있게 미리 귀띔이라도 해 줄 생각이 없냐는 물음에 제하는 고개를 저었다. 미리 알려주었다 또 미꾸라지처럼 빠져나갈 궁리를 하면 어쩌냐면서.

"전하."

그때였다. 문밖에서 김 상궁이 희수궁의 대장이 왔다며, 유신의 방문 소식을 알렸다. 들어오라는 아라의 말이 떨어지기 무섭게 문이 열리고 그가 들어섰다.

"어…… 제하 님께서 총회에서 돌아오셨다는 말을 듣고…… 또, 이거……."

잔뜩 상기된 얼굴을 한 유신의 품 안엔 익숙한 책 한 권이 들려 있었다. 일전에 아라에게서 빌린 책. 무향의 소설이었다. 제하를 찾아온 김에 겸사겸사 빌렸던 책을 반납하기 위해 갖고 왔다는데, 그의 상태가 이상했다.

"왜 저래?"

"나는 왜 저러는지 이유를 알지."

그는 충격에서 미처 빠져나오지 못한 사람 같았다. 그리고 그 원인을 대략 짐작할 수 있는 아라는 씩 웃었다.

"말도 안 돼요. 어떻게 그런……."

그렇게나 노래를 불러 대던 책이었건만, 유신이 떨리는 목소리로 말했다. 그러자 방 안 사람들의 고개가 절로 기울어진다. 도대체 저 책 안에 어떤 비밀이 숨어 있기에 사람이 하루아침에 저 지경이 되느냐며 모두가 호기심 가득한 눈으로 책을 바라보았다.

아라가 그런 그들의 궁금증을 단번에 해결해 주었다.

"사실 천유국을 대표하는 작가, 무향의 정체는 천유국 제17대왕, 신율왕이라는 소문이 있었거든요."

"왕?"

왕이 소소한 취미 생활로 제 이름을 감춘 채 유명 작가 활동을 했다는 이야기에 모두가 놀랐다. 특히나 유신은 아주 많이.

"그리고 그의 대표 연애소설인 화양연화는 실화를 바탕으로 쓴 글로, 완결에서야 자신의 정체를 밝혔다고 해요."

얼핏 들은 바로는, 당시 이 책이 금지 서적이 된 이유 역시 이러한 사실을 백성들이 알게 되면 지금의 유신처럼 큰 혼란에 빠질까 봐 걱정이 돼서였단다. 물론, 사실을 알고 있는 일부 사람들에 의해 잠시 궐 밖에 소문이 돌기는 했지만, 당시에는 어디 그게 말이나 되느냐며 사람들이 믿지 않아 그대로 묻혔다고 했다.

"말도 안 돼. 그 무향의 정체가 이 나라 왕이었다니."

만약 이러한 사실이 밝혀졌더라면, 그는 백성들에게 매우 인기 많은 왕이 되었을 거라며 유신이 작게 중얼거렸다.

"내가 더 말도 안 되는 거 알려 줄까요?"

그런 그의 반응을 즐기고 있던 아라가 작게 웃으며 그에게 말했다. 여기서 더 놀랄 일이 뭐가 있냐는 유신이 그녀를 바라봤다. 그러자 그녀가 제 스스로를 가리키더니 말했다.

"당신이 존경하는 그 무향이라는 작가가 17대 왕, 신율왕이라면……."

"……이라면?"

"나는 그 후손인 거잖아요."

"……."

아라의 말대로. 그들의 아들의 아들의 까마득한 아들의 딸로 태어난 그녀는 신율왕의 후손이었다. 그 말에 잠시 혼란에 빠진 듯 유신의 눈동자가 흔들리기 시작했다. 그에게 있어서는 인생의 위인과도 같던 존재의 후손이 바로 눈앞에 있었다니. 그것도 한때 꼬맹이라 무시했던 여인이.

유신은 당분간 충격에서 쉽사리 벗어날 수 없을 거 같았다. 그런 그의 어깨를 툭툭 쳐 주며 아라가 말했다.

"앞으로 마음껏 나를 존경해도 좋아요."

혹시 아는가, 자신도 작정하고 붓을 들면 희대의 명작을 뽑아낼지.

*　　*　　*

"이 할아범을 어떻게 하면 설득시킬 수 있으려나……."

충격에 빠진 유신을 뒤로한 채 아라는 다급히 궁을 나섰다. 총회 날만 되면 어딘가로 꽁꽁 숨어 버리는 예문관의 대선을 만나러 가기 위함이었다.

무휼의 제보에 의하면 현재 그는 학자들의 방에 있다고 했다. 몇 없는 그녀의 사람이었다. 거기에 예문관 대선이라면 총회에도 충분히 참여할 수 있는 지위였다. 총회에 참석해서 자신에게 힘을 실어 주면 참 좋을 텐데. 서로 얼굴 붉히고 목소리 높이는 그 싸움판이 싫다며 늘 불참하는 그였지만, 이번에는 어떻게든 설득시킬 참이었다.

그녀가 궁을 나서자 몇 사람이 그 뒤를 쪼르르 따라붙었다. 평소 아라는 제 뒤에 꼬리마냥 따라붙는 사람들을 별로 좋아하지 않았다. 그렇기에 늘 극소수만을 데리고 다니거나 무휼 하나 달랑 데리고 다녔는데, 현재 무휼은 희수궁에서 제하의 검술 수련에 어울려주고 있는 중. 때문에 그들이 그녀를 따랐다.

그런데 그 수가 오늘따라 유난히 많다는 느낌이 들었다.

"……."

결국 걸음을 멈춘 아라가 그들을 돌아봤다. 앞서가던 왕이 걸음을 멈추고 자신들을 바라보자, 뒤를 따르던 궁인들이 바짝 긴장한다. 한 명, 한 명 얼굴을 확인하던 아라의 눈에 평소 본 적 없는 이가 포착되었다.

"처음 보는 얼굴인데?"

복장으로 봐서는 중앙군 소속의 병사. 낯선 얼굴이지만 어딘가 신경이 쓰였다. 아라가 그에게 다가가자, 고개를 푹 숙이고 있던 사내가 꾸벅 인사했다.

"처음으로 인사드립니다, 전하. 이번에 새로 중앙군에 편입되었습니다."

"아하."

최근에 있었던 국시 합격생이 틀림없었다.

소수 정예인 중앙궁의 심사는 특히나 까다롭기로 유명했다. 아무래도 왕의 곁을 지키는 위치이다 보니 웬만한 각오가 아니고서는 들어올 수가 없는데, 그렇기 때문에 중앙군에 신입이 들어온다는 것은 매우 드문 일이기도 했다.

"앞으로 잘 부탁해요."

"예. 전하의 곁을 지키게 되어 영광입니다."

아라의 시선이 한참이나 그에게 닿았다. 앞으로 자주 보게 될 텐데, 미리 얼굴이라도 익혀 둘 생각에서였다.

고개를 숙이고 있어 제대로 보이지는 않았지만 선이 고운 사내였다. 주위의 궁녀들도 얼굴을 붉힐 정도로 예쁘장한 남자였다.

그런데 어째서일까.

"……우리 어딘가에서 본 적이 있나?"

왠지 모르게 낯이 익은 그에게 아라가 물었다. 그녀의 물음에 남자는 정중하게 아니라 대답했다. 그야 그렇겠지. 궐 밖의 어딘가에서 스쳐 지나갔다면 모를까, 따로 사내와 만난 적이 없으니 말이야. 그럼 도대체 어디서 보았을까? 분명 낯이 익은 얼굴인데…….

한참 동안 멍하니 서서 고민에 빠져 있던 아라가 혹시나 싶어 물었다. 무언가가 막 떠오르기 시작한 것이다.

"이름이 뭐죠?"

그녀의 물음에 잠시 망설이던 남자가 고개를 들어 올리더니, 곧 눈부신 미소를 지으며 답했다.

"시도하라고 합니다, 전하."

익숙한 이름에 아라의 인상이 절로 찌푸려졌다.

* * *

"말도 안 돼!"

"그래, 나도 그렇게 생각했지."

무휼의 외침에 아라가 건성으로 대꾸했다. 사실은 그녀 역시 좀 전에 너무 놀라, 이제는 그럴 힘이 없었다.

"중앙군에는 어떻게 들어온 거지?"

중앙군이란 항상 왕의 곁을 지키는 정예군으로, 어딜 가나 그 곁을 지키는 자들이었다. 그리고 왕의 밀지를 수행하는 것 역시 이들의 또 다른 임무였다. 때문에 그들은 여느 신하들보다도 여왕과 가깝게 지냈는데, 이는 곧 그들이 조금이라도 마음을 나쁘게 먹으면 왕의 일거수일투족을 감시할 수 있다는 뜻이기도 했다.

"설마 시건형의 양자가 들어올 줄이야."

그런 중앙군에 시건형의 양자가 들어오다니. 애초에 소수 정예로 한 이유가 무엇인가. 바로 이러한 간자가 숨어들지 못하게 하기 위함이 아니던가. 그런데 이런 식으로 정당한 방법으로 대놓고 들어올 줄이야. 한번 들어온 이상 마음대로 내쫓거나 부서를 이동시킬 수도 없었다.

"심사는 어떻게 된 거야, 무휼?"

"맞아, 심사."

아라의 말에 월비가 맞장구를 쳤다.

"최종 심사 때 대장 면접이 있지 않아?"

중앙군에 들어오는 것은 매우 까다로운 일이었다. 우선 당연히 국시에서 무과를 통과해야만 했다. 그것도 삼석 안에는 들어야만 2차 시험의 자격이 주어졌으며, 2차 때는 무술과 위기 대처 능력 등을 평가하게 된다.

이를 통과하면 마지막으로 중앙군 대장과의 1대1 심층 면접이 이루어지게 되는데, 그 대장이 무휼이다 보니 설령 간자가 마지막까지 살아남았다고 해도 그 선에서 처리할 수가 있었다.

"그런데 이번 국시 때 우리, 우안에 가 있었잖아."

"아……."

"나 그때 휴가 내고 모든 권한을 부대장에게 일임하고 갔어."

하필이면 그의 부재중에 이런 일이 생기다니. 무휼 역시 자신도 미처 예상하지 못한 일이라며 적지 않게 당황했다. 그동안 수차례 국시 기간에 잠행을 떠났지만, 이런 경우는 처음이었다. 마치 그들의 부재를 기다리고 있었다는 듯.

"앞으로 주의해야겠어."

어딜 가나 보고 듣는 눈과 귀가 생겼으니, 이제는 중앙궁에서도 마음을 놓지 못하게 되었다. 무슨 수를 써서라도 시도하를 내쫓거나, 아니면 더더욱 아라를 지키는 방법이 그들에게는 필요했다.

"잘됐네."

무슨 좋은 수가 없겠냐며 모두가 고민에 빠져 있는데, 뒤늦게 이야기를 전해 듣고 온 제하가 대뜸 말했다. 지금 상황이 어떤데 '잘됐네.'라는 말 따위가 나오는 거냐며 아라가 곧장 미간을 찌푸리고는 그를 바라봤다. 다들 심각한 상황인데, 오로지 제하만이 홀로 활짝 웃고 있다.

"내가 여기로 들어올게."

"네?"

"그러면 되는 거잖아?"

아라가 지금 그게 무슨 소리냐며 되물었다. 어떻게 하면 이야기가 갑자기 그렇게 튀는 거냐는 반응에도 불구하고, 제하는 스스로가 생각해도 좋은 생각이라며 만족하고 있었으니.

"그거로 하자, 소원."

그놈의 소원. 분명 그 이야기는 2차 총회가 끝나고 나서 하기로 하지 않았느냐며 아라가 따져 물었지만, 당연히 제멋대로인 국서가 이를 들어먹을 리가 없었다.

"역대 왕들 중에도 중앙궁에서 왕후와 함께 생활한 전례가 많잖아?"

나름대로 설득력 있는 그의 말에 아라는 잠시 두 눈을 질끈 감았다. 아무래도 안 되겠다. 이대로 있다간 그의 말에 또다시 홀라당 넘어가 버릴 거 같았다. 조정 신료들까지 한 번에 함락시킨 그가 아니던가.

"……지금 이거 그거죠, 그거."

끙끙대던 아라가 나지막하게 말했다.

"'이렇게 좋은 기회를 놓칠 수는 없지.' 그거."

일전에 그녀가 아파 몸져누웠던 때를 떠올리며 말하자, 제하가 씩 웃는다.

"부정하지는 않을게."

빈말로라도 아니라고 할 마음은 조금도 없는 모양이었다. 오히려 좀 더 적극적으로 설득할 참인지, 제하가 아라가 아닌 무휼과 월비에게로 돌아섰다.

"물론, 너희가 뭘 걱정하는지는 나도 잘 알고 있어."

"아신다니 다행입니다."

"그래도 혼자 내버려 두는 것보다는 내가 있는 게 더 마음이 편하지 않겠어?"

"……."

놀랍게도 아무도 그 말을 부정하지 않았다. 특히나 무휼은 이미 반쯤은 설득당한 건지 해결이 되었다며 두 눈을 초롱초롱 뜨고 있으니. 꼭 설득력이 좋아서 넘어갔다기보다도, 그냥 그의 말이 맞았다. 자신과 월비가 퇴궐하고 나면 아라는 중앙궁에 홀로 남게 된다. 그리고 그 곁에는 시건형의 양자가 있다. 어디 불안해서 두 발 뻗고 잘 수가 있겠는가! 그럴 바에는 차라리!

"나는 찬성."

정신적으로 아라를 괴롭히는 재미로 살고 있다 해도 과언이 아닌 그가 곁에 있는 편이 차라리 나을 거 같았다. 저 성격이라면 주위에 오는 벌레들을 단번에 박멸시킬 수 있을 테니까.

"아니, 잠깐……."

무휼이 손을 들며 말하자 아라가 그를 강하게 노려봤다. 그러나 그것도 잠시, 그들은 서로 조용히 누군가의 눈치를 보기 시작했다.

"……."

잠깐, 뭔가 이상하지 않나? 모두의 시선이 일제히 월비에게로 향했다. 그러자 두 눈을 멀뚱멀뚱 뜬 채 그들을 바라보고 있던 그녀가 서서히 인상을 찌푸리더니, 갑자기 저에게로 몰린 시선이 부담스럽다며 움찔하고 몸을 떤다.

"뭐, 뭐야. 다들 왜 그런 눈으로 보는 건데?"

"아니, 가장 먼저 반대를 외치며 난리를 쳤을 애가……."

이리도 조용하다니. 그녀답지 않은 반응이었다.

놀란 그들을 흘겨보던 월비가 한숨을 푹 내쉬었다. 영 못마땅하다는 눈으로 국서를 노려보길 얼마, 그녀는 곧 끙끙거리며 아주 힘겹게, 손을 바들바들 떨며 들어 올렸다.

"……나도 찬성표."

간만에 보는 무휼과 월비, 둘의 만장일치였다.

특히나 이번에는 월비가 구제하의 편을 들었다는 것에 특히 의의가 있었다. 그를 믿기로 한 것이다. 제하 역시 생각지도 못한 표에 놀란 건지 두 눈이 휘둥그레졌다.

언제는 보는 것조차 무서워 겁이 난다더니, 이번 한 방으로 그것들을 다 극복한 건지 그녀를 대하는 눈빛이 조금은 부드러워졌다. 그러나 그것도 잠시, 곧장 아라를 향해 고개를 돌린 그가 두 눈을 반짝였다. 이제 네 의견만이 남았다며 동의를 구하는데, 아라는 난감했다.

다른 이도 아니고 월비까지 찬성한 마당에 어쩌란 말인가.

"한번 생각해 보도록 하죠."

"긍정적으로."

그냥 생각도 아니고, 긍정적으로 생각하길 바란다는 세세한 요구 사항에 아라는 한숨을 푹 내쉬며 고개를 끄덕였다.

"그래요. 긍정적으로."

확실히 지금은 감정에 휩쓸리기보다는, 무엇이 자신에게 더 나은 선택인지를 따져야만 했다.

* * *

"하하하!"

집이 떠나가라 웃음소리가 끊이질 않고 있다. 바로 구제율의 집이었다. 얼마 전에 증축 공사가 끝났건만 그것으로도 만족할 수 없었던 건지 새로운 증축 작업이 진행되고 있었다. 빚을 지면서까지 집 규모를 넓히는 데에 집착하고 있는 것이다. 귀족이라 하기 민망할 정도로 조그마한 방 서너 칸 정도 있던 것이 엊그제 같은데, 지금은 그 규모가 여덟 배는 뛰었다.

쓸데없는 증축에 대부분의 방이 빈방으로 아무렇게나 방치되고 있었다. 또한 이를 유지하기 위해 하인의 수를 늘리다 보니 돈이 술술 빠져나가고 있었지만, 그는 눈치채지 못했다. 그에게 이제 이 집은 보물이자 자랑거리나 다름없었다. 그중에서도 단연 으뜸으로 공을 들인 장소는 당연히 구제율, 자신의 방이었다.

그가 좋아하는 자기들로 가득 채운 그곳은 작은 마당이라고 해도 과언이 아니었다. 지금처럼 수많은 사람들이 모여 있음에도 불구하고 충분한 여유 공간이 남을 정도로 아주 컸다.

"국서께서 드디어 우리 편을 들어 주다니!"

"드디어 정신을 차리신 게지요."

"이게 다 구제율 님 덕분입니다, 하하."

"자네도 참. 내가 뭘 했다고 그러나."

총회가 끝나기 무섭게 내일 있을 2차 총회를 준비하는 대신들과 달리, 총회에 참석했던 귀족들은 이 기쁜 소식을 전하기 위해 부랴 부랴 구제율의 집으로 몰려들었다. 뒤이어 벌어진 축제. 그들은 축하주를 드는 것으로 오후 시간을 보내고 있었다. 조회에 나갈 수 있는 기회를 얻었으니 이제 조정은 저들의 세상이라며 시원하게 김칫국을 마시고 있었지만, 누구 하나 내일을 걱정하는 이는 없었다.

"조회에 참석할 수 있다는 게 뭡니까, 이제 대신들과 대등해진다는 거 아니겠습니까."

"흥, 그 근본도 없는 것들이…… 바닥에서 기어 올라온 주제에 우리를 내려다보고 있다니, 이제 그간의 수모를 갚아 줄 때가 되었습니다."

"게다가 우리에게는 국서가 있지 않습니까. 앞으로 하나씩, 하나씩 우리 것으로 만들어 가자고요."

"그래요, 그래."

허허허 웃으며 그들이 연신 술잔을 기울였다. 동네잔치 버금가는 술판이 이어지길 얼마, 술이 거의 떨어지고 안주가 거덜 날 쯤이 되자 슬슬 걱정의 목소리가 나오기 시작했다.

"그런데 정말 괜찮을까요? 시건형의 양자 말입니다."

"아아, 저도 그 이야기 들었습니다. 중앙군에 들어갔다고요."

"도대체 무슨 꿍꿍이인지……."

죽은 듯 있기에 정말 기가 꺾인 줄 알았는데, 그게 아니었다. 이 능구렁이 같은 양반은 뒤에서 무슨 일을 꾸미고 있었던 것이다.

"뻔하죠, 뭐. 여왕을 감시하겠다 이겁니다."

소 잃고 외양간 고치는 일이 없도록 지금부터 대비해야 한다는 누군가의 의견에 다른 귀족들이 고개를 끄덕였다. 기껏 여기까지 왔는데 이제 와서 뒷걸음질을 칠 수는 없었다.

"우린 여왕만 빼앗기지 않으면 됩니다."

그래, 여왕이 중요했다. 여왕의 마음을 얻는 자가 곧 조정, 그리고 이 나라를 거머쥐는 것이나 다름없었다.

제아무리 시건형이 발버둥 쳐도 이제는 어쩔 수 없을 거라며 그들은 마음 편히 기쁨에 취해 있었다. 해가 기울어 땅거미가 내려앉을 때가 돼서야 술에 취한 그들은 하나둘씩 자리에서 일어났다. 술기운이 올라 벌겋게 달아오른 얼굴로 제 몸 하나 가누지 못하고 휘청거리는데, 각자의 집에서 나온 하인들에게 실려 가는 모습들은 그야말로 가관이었다. 집 근처에만 가도 이게 사람 사는 집인지 아니면 주막인지 구분이 안 갈 정도로 술 냄새가 진동했다.

한편, 방 안에 속편하게 늘어져 있는 구제율.

늘 골칫거리에 사고만 치던 아들 제용과 그런 아들을 혼자 보낼 수 없다며 연희까지 단향에 내려가 버리는 바람에 그는 이 커다란 집에 홀로 남게 되었다. 자신에게 잔소리와 불평불만을 늘어놓는 이가 없으니 전보다 더 살맛이 나는 거 같았다. 제하를 버리면서까지 선택했던 이들인데, 그들의 부재가 이리도 마음 편할 줄이야.

그러나 그의 편안한 휴식도 잠시, 갑자기 밖이 소란스럽다.

"아, 뭐야……."

술에 취한 귀족들이 돌아가는 길에 다툼이라도 벌인 건가 싶어 짜증을 내며 자리에서 일어난 그가 곧장 밖으로 향했다. 휘청거리며 기둥에 기댄 구제율이 잔뜩 풀린 눈을 희번덕 뜨더니 꼬인 혀로 외쳤다.

"무슨 일이야!!!"

그의 호통에 문가에서 어쩔 줄 모르던 하인 하나가 쪼르르 달려오더니 머리를 조아렸다. 그러고는 문가를 힐끔거리며 말했다.

"마, 마님께서 돌아오셨습니다."

"뭐야?"

'마님'이라는 말에 제율은 술이 확 깨는 거 같았다. 아니, 지아비를 내팽개치고 아들을 따라 단향에 내려간 여편네가 갑자기 말도 없이 돌아오다니.

곧 온갖 장신구로 덕지덕지 치장한 여인이 엄청난 바람을 일으키며 안으로 들어섰다. 그러자 마당과 방 정리에 여념이 없던 하인들의 시선이 모두 그녀에게로 고정된다.

"갑자기 말도 없이……."

"이게 어떻게 된 일입니까!"

구제율이 막 무슨 일로 돌아온 거냐 물으려는데, 그의 말을 싹둑 자른 연희가 손에 쥐고 있던 문서를 그의 눈앞에서 집어 던졌다. 그러자 힘 있게 날아가지 못한 종이가 흐느적거리며 허공에 머물다 하늘하늘 바닥에 떨어졌다.

"그년 어디 있습니까! 잡았습니까?!"

"그, 그년?"

"설화 말입니다! 제용이 부인!"

목에 핏대가 설 정도로 잔뜩 흥분한 연희가 바락바락 외쳐 댔다. 그 목소리가 오죽 앙칼졌으면 일하는 이들이 슬금슬금 자리를 피할 정도였다. 그녀의 외침에 머리가 아프다며 인상을 찌푸리던 제율이 방금 전 연희가 집어 던진 종이를 들어 올렸다. 얼마나 분노했으면 이미 몇 번이고 구겨졌던 흔적이 그대로 남아 있었다.

"이게 뭔가?"

"관청에서 온 이혼 허가서랍니다!"

"이, 이혼?"

이혼이라는 말에 그의 눈이 휘둥그레졌다. 뜬금없이 무슨 이혼이냐며 구제율이 묻자 그녀가 다시 한 번 목소리를 높였다.

"주설화, 그년이 우리 제용이와 이혼하겠다며 관청에 신고를 했어요!"

"잠깐, 잠깐……."

심각한 얼굴로 문서를 읽어 나가던 제율의 안색이 점점 더 어두워졌다. 정말이지 술이 확 깨는 거 같았다.

"재산 분할……?"

"그래요! 내 아들 재산을 왜 그년에게 나눠 줘야 한답니까?! 절대 못 줘요, 절대!"

불같이 화를 내는 연희의 성화에 구제율은 한숨을 푹 내쉬었다. 물론 지금 제 손에 들려 있는 이혼장은 기가 막히고 그 역시 며느리인 주설화에게 화가 났지만, 그래도.

"일단 진정해. 진정하라고."

눈의 실핏줄이 다 터질 정도로 극도로 흥분해서는 미친 듯이 소리만 질러대는 연희 때문에 한숨이 나왔다. 분명 조금 전까지만 해도 천국에 있는 것처럼 행복했는데 지금은 아니었다.

"지금 진정하게 생겼습니까?!"

다른 때는 별다른 관심 없이 무관심하다가도 제 아들이 관련된 일에는 이렇게 금방 흥분하는 그녀였으니, 제율은 그런 그녀에게 슬슬 지쳐 갔다.

"그년을 당장 내 눈앞에 데려다 놓으란 말입니다! 지금 당장! 안 그러면……."

"아, 시끄럽다고! 당장 그 입부터 다물지 못해?!"

결국 구제율이 버럭 소리치고 말았다. 그의 외침에 씩씩거리던 연희가 놀란 듯 말을 꿀꺽 삼켰다. 그리고 그 자리에 선 채로 얼어붙어 어마어마하게 커진 눈으로 그를 바라보았다. 짜증 섞인 목소리로 뭐라뭐라 중얼거리던 구제율이 욕지거리를 내뱉더니, 눈에 보이는 집안 살림들을 전부 다 발로 차고 난리를 피우기 시작했다.

"그 어미에 그 아들이지. 제하는 지금 제 할 일 제대로 하며 집안을 위해 힘쓰고 있는데, 어쩜 그 녀석은 이렇게 문제만 일으키는 건지, 참!"

제율의 말에 연희가 얼굴을 붉히며 부들부들 몸을 떨었다.

"지금…… 지금 우리 제용이를 그 녀석이랑 비교하는 겁니까? 그래요?!"

"적어도 제하는 문제는 안 일으키지. 애초에 당신이 제대로 교육을 안 시키니까 이런 일이 발생하는 거 아니야! 툭하면 서방에게 소리치고 성질만 부리니, 애가 뭘 보고 자랐겠어?!"

진심으로 화가 난 구제율 앞에서, 연희는 몰려오는 설움에 끅끅대며 북받치는 분노를 참는 게 전부였다. 저렇게 화를 내는 구제율은 지금까지 본 적이 없었던 것이다.

한편, 고래 싸움에 새우 등 터지는 일 없도록 구석으로 피해 숨을 죽이고 있던 하인들은 한숨을 푹 내쉬었다.

"에휴…… 아수라장이구만."

다시 한 번 말하지만, 이 집안은 꼴이 말이 아니었다.

* * *

"……."

막 중앙궁을 나서던 아라의 걸음이 멈췄다.

생각해야 할 것이 너무나 많다 보니 머리가 깨질 거 같았다. 때문에 바람이나 쐬고자 중앙 서재에 갈 생각으로 궁을 나섰는데, 이상한 광경을 목격했다.

중앙궁을 둘러싼 담벼락에 궁녀들이 벌 떼처럼 바글바글 모여 있었다. 이를 본 아라는 재빨리 제 주변을 두리번거렸다. 언제나 뒤를 따르는 이들을 떼어 내고 오길 잘했지, 만약 김 상궁이 있었다면 저 궁녀들은 한바탕 혼쭐이 났을 것이다.

"……그나저나 다들 뭐하는 거래?"

하나같이 얼굴을 붉히며 꺄꺄거리고 난리도 아닌데 도저히 그냥 무시하고 지나칠 수가 없었다. 결국 그녀는 몰려오는 호기심을 주체하지 못하고 그들을 향해 다가갔다. 도대체 무엇이 저들을 저런 꼴로 만들었는지 확인을 해야 직성이 풀릴 거 같았다.

"뭘 그렇게 보고 있나?"

그들의 바로 뒤에까지 바짝 다가간 아라가 물었다.

"아아, 이번에 새로 들어온 중앙…… 저, 전하?!"

싱글벙글 웃으며 설명하던 궁녀가 제 뒤에 서 있는 아라를 알아보고는 굳어 버렸다. 너무 놀라 잠시 아무 말도 않던 그녀는 낯빛이 차츰 창백해지더니, 결국 빽 소리를 지르며 아라에게 꾸벅 인사했다.

"전하!!"

그 궁녀를 시작으로 옹기종기 모여 있던 이들이 차례로 고개를 숙여 가며 꾸벅꾸벅 인사를 하기 시작했다.

하나같이 창백해진 얼굴로 저들은 이제 죽었다며 마른침을 꼴깍 삼키고 있는데, 그들이 그러거나 말거나 여전히 담벼락에 바짝 붙어 있던 아라는 아무렇지 않다는 듯 그들에게 말했다.

"아니야, 괜찮아. 괜찮으니까 하던 거 계속해."

그 말에 궁녀들이 눈치를 보기 시작했다. 하던 걸 계속하라니, 진심일까? 아니면 일할 시간에 농땡이 피우던 것을 우회적으로 꾸짖는 것일까? 하지만 여왕의 표정만 봐서는 그렇게 화가 난 거 같지도 않아 보였다.

정말 괜찮은 건가? 잠시 어쩔 줄 몰라 하던 그들이 서로 눈치를 보더니, 조심스럽게 담벼락에 바짝 달라붙었다. 그리고 다시금 어딘가를 바라본다.

"그래서, 뭘 보고 있었지?"

어느새 그들 틈에 자연스럽게 합류한 아라가 물었다. 그러자 다시금 신이 난 궁녀들의 표정이 활짝 밝아지더니, 저마다 한마디씩 외친다.

"이번에 새로 오신 도하 님이요!"

"엄청난 미남이시라는 소문이 궐 안에 파다합니다."

도하라는 말에 아라는 곧장 미간을 찌푸렸다. 도하? 혹시 시도하? 흔한 이름이기는 했지만, 새로 왔다는 수식어가 붙은 것으로 보아 아마 지금 제가 생각하고 있는 그가 맞을 것이다.

아라가 무릎을 더 굽히고 몸을 숙였다.

시도하라. 선이 고운 사내라고 생각하기는 했지만 그땐 정신이 없어서 그 얼굴을 제대로 보지 못했는데, 궁녀들이 이리 난리법석인 걸 보면 정말 한외모 하는 모양이었다.

"지금까지 무휼 님이 가장 잘생기신 줄 알았는데, 이번에 순위가 바뀌었어요."

"나도. 첫 번째가 도하 님, 두 번째가 무휼 님."

"난 두 번째는 신왕. 신왕께서도 엄청난 꽃미남이시지."

"무휼 님께서 남자다운 느낌이라면, 신왕께서는 온실 속의 가련한 화초 같은 느낌이랄까?"

"맞아, 맞아."

어느새 아라의 존재를 잊은 궁녀들은 저들끼리 웃고 떠들기 바빴다. 그들 틈에 끼어 있던 아라는 갑자기 이 자리가 불편해졌다. 다른 사람도 아니고 저의 소꿉친구와 남편의 외모를 견주고 있는데, 누구의 편을 들어야 한단 말인가.

"아, 그런데 전하께서 저희랑 이러고 계시는 거 김 상궁마마께서 아시면 엄청 혼내실 텐데……."

뒤늦게 아라가 신경 쓰이는지 그들이 걱정하기 시작했다. 이는 아라 역시 마찬가지였다. 아무리 여왕이라지만 김 상궁의 잔소리는 상상하는 것만으로도 숨이 턱 막혔기 때문이다.

"괜찮아. 그건 내가 알아서 할 테니."

아라가 걱정하지 말라며 그들을 안심시켰다. 사실 그녀는 지금 이 상황을 나름대로 즐기는 중이었다. 이렇게 또래의 여자들과 어울릴 기회가 적었으니까.

"아앗, 나오십니다!"

한 궁녀의 외침에 모두가 바스락거리며 간격을 좁혔다. 다닥다닥 붙은 그들이 일제히 어느 한곳을 응시한다. 중앙궁 한쪽에 마련된 중앙군의 처소.

이제 막 병사들의 임무 교대가 이루어지는지 문이 열리고 한 남자가 밖으로 나오자 궁녀들의 술렁임이 더욱 커졌다.

"진짜 잘생기지 않았어요?"

"어우, 잘만 꾸며 놓으면 웬만한 여자보다 더 예쁠 거 같지 않아?"

"저런 고운 얼굴로 어떻게 검을……."

"음. 그렇게 잘생겼나……."

거의 울먹일 정도로 한 마디씩 이어가던 궁녀들이 마지막, 아라의 말에 우뚝 멈췄다. 그들의 시선이 한곳으로 모아졌다.

"왜?"

"아무것도 아닙니다."

궁녀들이 재빨리 고개를 저었다. 아니, 다른 사람들은 먼발치에서 바라보는 것만으로도 호흡 곤란을 일으킬 정도이건만, 어떻게 저렇게 무미건조한 반응을 보일 수 있는 거지?

하지만 아라는 진심이었다. 다들 잘생겼다고 노래를 부르기에 어느 정도 기대를 했는데, 너무 큰 기대를 한 탓일까? 그녀에게는 별 감흥이 없었다. 물론 저 멀리에 있는 사내가 잘생기기는 했다. 그렇지만 궁녀들이 보이고 있는 반응 정도까지는 아니었다.

"전하께는 신왕이 있으시잖아요."

"맞아, 맞아."

그래, 여왕에게는 이미 남편이 있지 않은가. 또한 둘은 천유국을 대표하는 잉꼬부부였다. 다른 남자가 눈에 들어올 리가 없었다.

"아니죠, 전하는 전하이시잖아요?"

"응?"

"하긴, 이 참에 둘 다……."

지금까지 저들은 누가 낫다, 누가 낫다로 겨루고 있었지만 사실은 그럴 필요가 없는 사람이 바로 여왕이었다. 둘 다 가질 수 있는데 뭐하러 고민을 하느냔 말이야.

"전하, 무휼 님, 도하 님 그리고 신왕. 이렇게 세 분 중에서 솔직히 누가 더 취향이십니까?"

"취향?"

"남자 취향 말입니다."

뜬금없는 그 말에 슬쩍 미간을 찌푸리고 있던 아라의 고개가 갸우뚱 기울었다.

"여자들끼리 모이면 보통 이런 대화를 나누나?"

"어…… 보통은 그렇지요?"

"여인들의 수다에 잘생긴 꽃미남이 빠지면 섭하죠."

저를 향해 두 눈을 반짝이고 있는 궁녀들의 모습에 아라는 잠시 고민에 빠졌다. 곧 그녀가 얼굴을 붉히더니, 작은 목소리로 웅얼거리듯 답했다.

"……아무래도 신왕이 더 나으려나?"

확신 없는 의문형이었지만.

"크흠, 부부로서의 의리는 지켜야 하니까."

아라가 재빨리 변명 비슷한 말을 덧붙였다. 그러나 이에 넘어갈 궁녀들이 아니었다. 연애를 할 틈이 없으니 위안 삼아 읽어 재낀 연애소설만 해도 몇 권인데.

시도하라는 사내의 미모에 빠져 있던 이들이 어느새 어린 여왕의 사랑 이야기에 흥미를 보이기 시작했다. 순간 아라는 잘못 끼어들었다고 생각했다. 그냥 지나가다가 다들 뭐하나 궁금해서 온 것뿐인데, 졸지에 궁녀들이 그녀를 둘러싸고 저의 신혼 이야기에 더 큰 관심을 가졌기 때문이다. 지금이라도 벗어날까 고민하고 있던 그때였다.

"다들 여기서 뭐 하십니까?"

갑작스레 등 뒤에서 들려오는 목소리에 여자들의 비밀스러운 이야기가 막을 내렸다. 놀란 궁녀들은 물론 아라까지 자리에서 벌떡 일어났다. 분명 조금 전까지만 해도 그들의 관찰 대상이었던 시도하가 눈앞에 서 있다. 고개를 갸웃거리며 싱긋 웃고 있는데, 그 미소에 아라를 제외한 궁녀들이 꺄악 소리를 내며 얼굴을 붉힌다.

"……전하?"

천성인지 아니면 일부러 그러는 건지는 몰라도, 한껏 부드러운 눈빛으로 궁녀들을 대하던 그가 그들 사이에 끼어 있는 아라를 보더니 흠칫 놀랐다. 그러더니 설마 왕이 있을 줄은 몰랐다며 황급히 꾸벅 인사를 올렸다.

"여기서 뭐하시는……."

"그냥 지나가던 길이니 신경 쓰지 마세요."

이것 참, 민망한 상황이구만. 분명 그럴 의도는 전혀 없었지만 궁녀들과 함께 소문의 남자를 훔쳐보다가 걸리다니.

눈치를 보고 있던 궁녀들이 꾸벅 인사했다. 그러고는 저들은 이만 일을 하러 가 보겠다며 재빨리 뿔뿔이 흩어졌다. 졸지에 단둘이 남게 된 상황. 시도하의 사정을 알 리가 없는 궁녀들은 그저 그와 함께 있는 여왕을 부러워했지만, 사실상 이 둘은 친척이나 다름없는 관계였다.

한마디로 애매한 관계. 지금 이 상황이 불편하기만 한 아라 역시, 그럼 자신도 이만 가던 길 갈 테니 볼일 보라며 그를 지나쳤다.

"어디에 가시는 겁니까?"

"중앙 서재에 갑니다."

뒤따르는 이 없이 혼자 돌아다니는 그녀의 모습에 도하가 묻자, 그녀가 퉁명스럽게 답했다. 바로 근처니 따라붙을 필요 없다는 뜻을 돌려서 전할 생각이었다.

"……."

잘 걸어가던 아라가 걸음을 멈췄다. 분명 혼자 다녀오겠다는 의사를 잘 전달한 거 같았는데, 어째서인지 시도하가 조심스럽게 그녀의 뒤를 따르고 있었다. 그것이 신경 쓰인 아라는 슬그머니 그를 돌아봤다.

"새로 들어와서 아직 잘 모르나 본데."

"……."

"나는 혼자 다니는 걸 좋아합니다."

"예. 명심해 두겠습니다."

고개를 끄덕이는 그에게 아라는 만족스럽게 웃어 보이곤 다시 걸음을 재촉했다. 그러나 그것도 잠시, 그녀가 한 발을 내디디니 그가 또 따라붙는다. 결국 다시 한 번 걸음을 멈춘 아라가 따라오지 말라며 그를 바라보자 도하가 싱긋 웃더니 말한다.

"하지만 이번에는 동행하겠습니다."

"……."

아라의 시선이 그를 향했다. 남자치고는 예쁜 미소였다. 확실히 잘생겼네. 가까이서 보니까 궁녀들이 그 난리이던 것이 이해가 될 정도였다. 전에도 생각했지만, 남자치고는 참 선이 고왔다. 물론 그건 구제하 역시 그렇지만. 또 머리는 장발에 가까웠는데, 그것이 전혀 이상하지 않고 어울렸다. 그러나 아라는 개인적으로 짧은 머리를 더 선호했다. 또한 성격은 깍듯하면서도 제 주장을 굽히지 않는 편인 듯한데, 생글생글 웃고 있는 인상과 달리 겉과 속이 다른 사람일지도 모른다는 생각이 들었다. 그럴 바에는 그냥 건방진 구제하가 차라리…….

"괜찮으십니까? 안색이 안 좋으신데……."

"괜찮아요."

화끈 달아오르는 얼굴에 아라는 재빨리 손으로 부채질을 하며 돌아섰다. 망할, 생각하다 보니 계속해서 구제하로 이어졌다. 기승전구제하로구나. 이런 걸 두고 콩깍지가 쓰였다고 하나 보다.

"숙부께서는 어떠신가요, 잘 지내시나요?"

"예, 잘 지내십니다."

불편한 동행자를 힐끔거리던 아라가 물었다. 그러자 잠시 머뭇거리던 그가 다시금 의미 없는 미소를 흘리며 답했다.

"그러고 보니 건율이는, 건율이는 잘 있나요? 백일 때 이후 보지 못했는데."

"예?"

그녀의 물음에 적당한 거리를 유지하며 뒤를 따르던 도하가 멈칫했다. 그의 눈이 커졌다. 입가에 맴돌던 미소는 어디로 도망간 건지, 어색하고 딱딱한 미소만이 남아 있다.

"누구……."

마치 처음 들어 보는 이름이라는 듯한 그의 반응에 잠시 걸음을 멈춘 아라는 그를 바라보며 말했다.

"그쪽 남동생이요."

"아……."

시건율. 시건형의 세 살배기 아들이자 정식 후계자. 그리고 아라에게 있어서는 사촌동생이자 현재 그녀의 자리를 위협하고 있는 사람들 중 한 명이었다. 그런데 제 동생 이름도 모르다니, 아라는 뭔가가 이상하다고 생각했다.

빤히 바라보는 그녀의 시선에 잠시 머뭇거리던 도하가 조금 씁쓸한 미소를 짓는다.

"사실 한 번도 만나 본 적 없습니다."

"……."

"집이라고는 하지만 가시방석이거든요. 그래서 차라리 이곳이 편합니다."

솔직한 그의 말에 아라는 입을 다물었다. 본의 아니게 그의 상처를 건드린 것만 같아 갑자기 미안해진 것이다. 남의 상처를 들쑤시는 일은 그녀가 가장 꺼리는 일이었다. 하긴, 조금만 생각해 봐도 그렇다. 그 역시 정치싸움에 이용되기 위한 시건형의 도구에 불과했으니, 집에서 도련님 소리 들으며 편하게 지냈을 리가 없었다.

과연 저 말이 진짜인지 아니면 동정심 유발 작전인 건지는 모르겠지만, 후자라면 성공했다. 그를 향해 높게 쌓아 올렸던 벽이 어느 정도 허물어졌으니까.

"중앙군에는 잘 적응하고 있나요?"

일상적인 질문에 도하의 표정이 서서히 밝아진다.

"궁녀들이 당신 잘생겼다고 난리도 아니더군요."

좀 전에 보였던 자신의 수상한 행동은 궁녀들이 모여 있기에 뭐 하나 궁금해서 지켜보던 것이라며, 아라가 재빨리 해명했다.

"인기 많아서 좋겠어요."

어느새 눈앞에 중앙 서재의 입구가 보였다. 정말 얼마 안 되는 거리인데 이 길이 왜 이렇게 긴지 모르겠다며 그녀가 작게 투덜거리던 그때였다.

"외모가 어떻다느니, 그런 칭찬을 듣는 건 별로 안 좋아합니다."

"……."

"하지만 전하께서도 그리 생각해 주신다면 기쁠 거 같습니다."

그의 말에 점점 빨라지던 걸음 속도가 다시금 늦춰졌다. 그리고 그를 돌아본다. 조금은 허물어졌던 마음의 벽이 다시금 차근차근 쌓아 올려졌다.

"그쪽 잘생겼어요. 미남이에요."

"……."

"요즘은 중앙군도 얼굴을 보고 뽑나 보군요."

아, 마지막 말은 그냥 하지 말 걸 그랬나. 아라는 뒤늦게 후회했다. 왠지 모르게 그가 저를 향해 크게 한 걸음 내디디려 한다는 느낌이 들었다. 때문에 그를 밀어내려다 보니 저도 모르게 모난 말이 튀어나와 버린 것이다.

"전하께서 저를 별로 안 좋아하신다는 거 알고 있습니다."

주위 눈치를 보며 살아온 게 몇 년인데, 그것을 못 알아차릴 그가 아니었다. 씁쓸한 미소를 지으며 말하는 그에게 아라는 괜히 마음이 불편해졌다.

"하지만 공정한 심사를 거쳐 들어온 것이니, 그에 대한 편견을 갖지 않아 주셨으면 좋겠습니다."

"……."

"성심을 다해 전하의 곁을 지켜 보일 테니까요."

그의 말에 아라는 고개를 끄덕였다.

"좋아요. 믿어 보겠습니다. 그러니 내가 실망하는 일이 없도록 노력하세요."

"예, 전하."

도하가 그녀에게 충성을 다할 것을 맹세했다. 과연 저 충성이 믿을 만한 건지는 모르겠지만, 하는 말만 봐서는 꼭 제 목숨마저 내놓을 수 있을 거 같았다.

어쨌든 좋다. 아라가 이제 목적지에 도착했으니 이만 돌아가도 좋다는 말을 하려던 그때였다.

"아라?"

조용하던 곳에 익숙한 한 남자의 목소리가 울려 퍼졌다. 자고로 중앙 서재란 왕족들만이 이용할 수 있는 시설이었다. 왕족이라 하면 아라와 선왕의 동생인 시건형의 가족까지를 말하는 것이지만, 최근에 이곳을 이용할 수 있는 권한을 얻게 된 또 다른 사람이 있었다.

"거기서 뭐하십니까, 부인?"

이제 막 서재에서 나오는 길이었는지 한 손에는 책을 들고 있는 남자. 구제하, 바로 그였다. 감히 여왕을 이름으로 부르거나 '부인'이라 부르는 건방진 사람이 그 말고 또 있겠는가.

부부는 일심동체라 하더니만, 오늘따라 책이 당기는 건 아라뿐만이 아니었던 모양이다. 하필이면 희수궁에 있어야 하는 사람이 이곳에 있을 줄이야. 궐이 좁기는 좁았다.

아라를 향해 있던 제하의 다정한 시선이 그녀의 뒤를 따르는 도하를 발견하기 무섭게 구겨졌다. 그러나 그것도 잠시, 곧 그가 다시 싱긋 웃는다. 아라는 불안했다. 그가 저런 식으로 웃을 때마다 자신에게 별로 좋지 않은 일이 발생했기 때문에.

七花.
하필이면 그 미친놈이

"……추우세요?"

"더워."

"그런데 왜 그러고 계시는 겁니까?"

이제 막 중앙궁에 들어선 무휼이 물었다. 아라에게 보고할 게 있어 이리 찾아온 건데, 여왕과 국서의 분위기가 이상했다. 물론 평소에도 둘이 찰싹 달라붙어 있기는 했지만, 그 거리가 전에 비해 상당히 짧아졌다. 제하의 품 안에 폭 감싸여 있다시피 안겨 있는 아라. 그리고 그녀는 그것이 영 못마땅해 보였다.

불편하지도 않은지 그 상태로 아직 남아 있던 상소문들에 답을 달고 있던 제하가 아주 간단하게 지금 이 상황을 설명했다.

"부인의 바람 현장을 목격했어. 어찌나 철렁하던지."

"아하."

"그런 거 아니야."

그의 품 안에서 몸을 뒤척이던 아라가 재빨리 고개를 저었다. 아까부터 제하는 좀 전의 상황을 바람이라 확신하고 있었다.

바람은 무슨, 아무래도 그의 머릿속에서는 그녀가 다른 남자와 함께 있기만 하면 무조건 사랑이 싹트는 모양이었다.

단순히 이동 중에 따라붙은 호위라고 해도 그는 심각한 얼굴로 둘의 분위기가 예사롭지 않았다며 당시 상황을 멋대로 미화시키기까지 하는데, 아라는 속이 타들어 갔다.

"부인께서는 감시가 필요해요."

감시라는 말에 아라가 발끈. 그러나 그녀가 화를 내기도 전에 이를 알아차린 제하가 '아.'라며 상소에서 눈을 떼더니 저를 올려다보는 아라와 눈을 맞추며 씩 웃는다.

"아, 미안. 이런 단어 싫어했지, 참."

"……."

"취소. 부인께서는 관심이 필요하세요, 지금."

그렇게 말하며 그가 그녀를 더더욱 제 품으로 끌어당겼다. 마치 다른 누군가에게 조금도 보여 주지 않을 거라는 듯 꽁꽁 싸매고는 다시금 상소에 집중한다.

눈은 상소를 보고 손은 답글을 달면서도 입은 또 중얼중얼거리며 바람 어쩌고 하는데, 아무래도 안 되겠다. 아라가 무휼을 향해 고개를 돌렸다.

"무휼, 넌 누구의 말을 더 믿어?"

갑자기 주어진 난감한 문제에 무휼은 고민에 빠졌다. 누구의 말을 더 믿느냐니, 이런 상황에서는 당연히 소꿉친구이자 왕이기도 한 아라의 말을 믿는다고 하는 게 나중을 위해서라도 맞겠지만…….

"내가 정말 다른 남자랑 시시덕거릴 사람으로 보여?"

"……."

그의 머리가 빠르게 돌아갔다. 물론 남자를 어려워하는 아라가 다른 이와 다정한 시간을 보냈다는 말은 믿기 어려웠다. 하지만 켕기는 게 없고서야, 천하의 아라가 저렇게 품 안에 안겨 가만히 있을 리가 없지 않은가. 뭔가 잘못을 한 게 있으니까 지금 저 상태로도 찍소리 못 하고 있지.

서로 제 편을 들어달라며 간절한 눈빛을 보내오는 두 부부에 무휼은 한숨을 푹 내쉬었다. 어쩌자고 저에게 이런 시련을 안겨 주는 건지.

"보니까…… 아라가 워낙 마음이 약하다 보니, 본의 아니게 어느 남자에게 친절을 베풀거나 상냥하게 대했는데, 이를 본 제하 님께서 오해를 하신 거 같군요."

결론은 구제하의 오해였다는 그의 말에 아라의 표정이 밝아지고, 제하의 미간은 찌푸려졌다. 그러나 이것도 잠시.

"그런데 제하 님께서 이 정도로 역정을 내시는 걸 보면, 보통 사내가 아니었다는 건데……."

말끝을 흐리던 무휼이 재빨리 그 후보들을 간추렸다. 궐 안에서 마주칠 수 있는 사람 중, 아라와 단둘이 있을 수 있는 사람. 그리고 구제하도 알고 있는 사람이라고 한다면…….

"시도하겠군요."

최근에 들어온 골칫덩이밖에 더 있겠는가.

"정확하네."

순식간에 파악을 끝낸 무휼에게 놀란 제하가 고개를 끄덕이며 가볍게 박수를 쳤다. 여기서 이러고 있지 말고 밖에 나가 돗자리를 깔면 부자가 될 거라는 말도 함께.

"나는 그 남자가 마음에 안 들어."

"지금 질투하시는 겁니까?"

"그래."

제하가 조금의 망설임도 없이 곧바로 인정했다. 신경이 안 쓰인다고 한다면 그건 거짓말이었다. 언제나 중앙궁에 주둔하는 중앙군에서 지금 한창 그 눈에 띄는 외모로 유명한 사내이지 않은가.

"잘생기기는 했더라."

월비의 작은 중얼거림에 무휼이 움찔하고 떨었다. 지금까지 자신과는 상관이 없다는 듯 이야기를 듣고 있던 그가 드디어 예민하게 반응하기 시작했다. 이를 지켜보고 있던 제하가 슬쩍 웃더니 재빨리 아라의 귓가에 속삭였다.

"방금 동지가 생긴 거 같네."

그리고 그의 말이 끝나기 무섭게 역시나.

"저 역시 그 남자 별로 마음에 안 듭니다."

"거 봐."

자신 역시 그 남자가 갑자기 꼴도 보기 싫어졌다는 무휼의 말에 제하가 제 말이 맞지 않느냐며 눈을 찡긋거렸다.

“연모하는 여인이 다른 남자에게 관심을 보이면, 그때부터는 아무것도 보이지 않거든.”

그 말에 아라는 아무런 대꾸도 하지 않았다. 그건 아마도 여자도 마찬가지일 것이다. 그의 첫사랑, 주설화를 만났을 때 아라도 그랬으니까.

“남자들은 다 똑같아.”

구제하가 자신 있게 말했다.

“그런데 그중에서 내가 가장 착하니까.”

틈틈이 자신을 홍보하는 일도 잊지 않는 그에 아라는 피식 웃어버렸다. 착하다는 말에 동의할 수는 없었지만, 확실히 그는 좋은 사람이었다.

“그러니까 시도하인가 뭔가 하는 그놈이랑 놀지 말고, 나랑 놀아.”

“아, 글쎄 아까 그건…….”

제하가 또다시 그녀와 도하를 그렇고 그런 사이로 엮으며 우울해하자, 더는 못 들어 주겠는지 아라가 폭발했다.

“중앙 서재에 가는 길에 궁녀들이 모여 있기에 무슨 일인가 하고 봤더니, 거기에 그 사람이 있었어요. 그리고 중앙군의 호위로서 내 뒤를 따르겠다고 한 거고, 나는 시건형의 안부를 물은 게 다라니까?”

“…….”

“……혹시 모르니까 근무 일정을 조정해 볼까요? 그 정도는 제

선에서 어떻게 할 수 있는데…….”

무휼도 내심 걱정되는 건지 조심스레 말했다. 사실 그렇다. 시도하는 내부의 적이나 다름없으니, 가까이에 둬 봤자 좋을 게 하나 없었기 때문이다. 혹시 모를 일에 대비하여 멀리 떨어뜨려 놓는 것도 좋은 방법이었다. 예를 들면 중앙궁의 안이 아닌, 문을 지키는 수문장이라든가……. 물론 문을 지키는 일 역시 막중한 직책이기는 했지만, 그래도 궁에서 가장 멀찍이 떨어지게 될 테니까.

“그래, 그게 좋겠다. 아라도 상관없지?”

“마음대로 해.”

다시금 밝아지는 제하의 낯빛에 아라는 곧장 답했다. 그렇게 해서라도 그의 걱정을 덜 수만 있다면 뭐든 못 하랴.

“가장 좋은 방법은 내가 이곳으로 들어오는 거고.”

“그건 좀 더 생각해 보겠다고 아까 말했잖아요.”

자꾸만 중앙궁에서 살고 싶다는 의견을 내비치는 그에게 아라는 재빨리 말했다. 아직 그 이야기가 나온 지 하루도 안 지났건만, 그는 빨리 생각해 보라며 재촉을 하고 있었다.

“그럼 일단 오늘 하룻밤만 재워 주…….”

“오늘 중앙궁 경비 명단에는 그 사람 없으니까, 안심하고 돌아가시죠.”

들어온 지 얼마 안 된 신입에게 설마 바로 궁궐의 심장인 이곳의 경비를 맡기겠느냐며 아라는 그를 안심시켰다.

물론 그 시도하라는 사내의 속내를 아직 잘 모르는 상황이다 보니 주의해서 나쁠 건 없었지만, 구제하와 함께 있다고 해서 안심이 되는 것도 아니었다. 어느샌가부터 괜히 그를 의식하게 되면서 다른 의미로 불편했기 때문이다.

"서운관에서는 합궁 길일이나 그런 거 안 알아봐 주나?"

제하의 노골적인 말에 아라는 한숨을 내쉬었다.

"안타깝게도 제가 아직 성년이 아닌지라."

"빨리 커. 많이많이 먹고 무럭무럭 자라."

결국 제하는 제가 원하는 것을 이루지 못한 채 자리에서 일어났다. 혹시 지금이라도 자신을 잡아 주지 않을까 하며 최대한 느릿느릿 방을 나서는데, 아라는 그를 붙잡기는커녕 손을 흔들며 배웅하기까지 했다.

그렇게 어깨를 축 늘어뜨린 제하가 나가고 난 뒤, 방 안에는 오랜만에 삼총사만이 남게 되었다. 잠시 밖을 경계하던 무휼이 들고 있던 서류를 아라에게 넘겼다. 이게 뭐냐는 그녀의 물음에 그가 어깨를 으쓱이며 말했다.

"주설화의 전과 기록. 저번에 알아보라고 했잖아."

"아, 그랬지 참."

일전에 중앙궁을 찾은 주설화가 이혼을 시켜 달라 요구하기에 혹시 몰라 무휼에게 알아보라고 지시했던 것이다.

"전과는 없어. 눈에 띄는 특별한 이력도 없고."

아무것도 없었다는 그의 말에 아라는 고개를 끄덕였다. 딱히 뭔가가 있기를 바란 것은 아니었다. 그냥 혹시 모를 일을 대비해 확인하고자 했을 뿐이다. 주설화의 기본적인 정보가 적혀 있는 종이를 팔랑이던 아라가 잠시 멈칫했다.

아무것도 없었다는 그의 말과는 다르게 종이가 왠지 두툼했다. 게다가 그것은 주설화에 대한 정보가 아니었다. 아라가 고개를 갸웃거리자, 무휼이 재빨리 말을 덧붙였다.

"그런데 주설화에 대해 조사하면서 이상한 걸 찾았어."

"이상한 거라니?"

"주설화와 구제용의 관계에 대해서도 알아보라기에, 이참에 구가에 대해 좀 더 파고들어 봤지. 10년 이상의 기록들까지 아주 샅샅이 말이야."

과연 일처리 능력 하나는 아주 꼼꼼한 무휼이었다. 어쩐지 오래 걸렸다 했는데, 그것들을 전부 다 일일이 뒤지고 있었단다.

"그런데?"

"그런데 특별 재판 기록이 하나 있더라고. 아주 오래된 거지만."

"특별 재판?"

재판이라는 말에 아라의 두 눈이 휘둥그레졌다. 특별 재판이라니, 이는 보통 일이 아니었다.

천유국에서는 사건이 일어나면 일단 그 규모에 따라 관청과 법정으로 배분되었다. 왕이 모든 사건에 개입하기가 불가능했기 때문이다. 때문에 소소한 사건의 경우에는 각 지방과 고을에 있는 관청에서 수령이 심판을 했고, 천유에도 비슷한 관청이 있었다.

그리고 예외로 아주 큰 사건이나 까다로운 사건이 발생할 경우에는 왕이 직접 심판을 내리는 법정으로 넘어가는데, 그 정도의 사건이 구가에서 일어났다는 것이다.

"자세한 내용은 적혀 있지 않은데, 구제하와 그의 어머니가 재판에 섰어. 둘 중의 누가 피해자인지는 모르겠지만 말이야."

어머니와 아들이 나란히 재판을 받았다는 이야기인가, 지금?

"어떻게 기록이 제대로 안 남아 있을 수가 있어?"

아라가 물었다. 거의 집착에 가까울 정도로 기록을 남겨 놓는 그들이 어떻게 실수를 할 수가 있느냐며. 그러자 무휼이 자신도 답답하다는 듯 한숨을 푹 내쉰다.

"10세 미만의 아동이 관련된 사건은 아이의 보호를 위해 내용을 기록해 두지 않으니까."

그렇다는 건 그가 정말 어렸을 때 어떤 사건이 발생했다는 뜻이나 다름없었다. 다른 이야기라면 모를까, 구제하가 관여되어 있다고 하니 아라는 이를 무시할 수 없었다.

"그런데 어쩌면 방법이 있을지도 몰라."

"그건 또 무슨 말이야?"

"그 어머니 고향이 어딘 줄 알아?"

그 물음에 아라의 고개가 갸우뚱 기울었다. 뜬금없이 어머니의 고향 이야기가 왜 나오느냐는 눈빛으로 그를 바라보자 무휼이 답했다.

"우안(優安)이야."

"뭐?"

"우안에는 구제하의 외가 쪽 친족들이 살고 있어."

우안이라는 말에 아라는 미간을 찌푸렸다. 그러고 보니, 일전에 그와 함께 잠행을 떠났을 때 그의 반응이 조금 불편해 보였는데 이 때문이었구나.

"우안에 가 보면 이 일에 대해 더 알아볼 수 있을지도 몰라. 어떻게 할까?"

무휼이 아라의 의견을 물었다. 구제하에 대해 더 자세히 조사를 해 보길 바라느냐는 그 물음에 잠시 고민하던 아라가 곧 들고 있던 문서들을 덮었다.

"됐어, 여기까지 하자."

"안 궁금해?"

"그야 궁금하기는 하지만……."

말끝을 흐리던 아라가 한숨을 내쉬었다. 당연히 궁금했지만 왠지 너무 깊게 파고들어서는 안 될 거 같다는 생각이 들었기 때문이다. 본인이 먼저 말해 주기도 전에 이런 식으로 파헤치는 건 옳지 않은 거 같았다.

"정말 후회 안 할 거지?"

재차 묻는 무휼에게 아라는 고개를 끄덕였다.

"그래."

믿기로 했으니까.

* * *

이튿날 아침. 궐 안 사람들의 시선이 어느 한곳을 향했다. 이제 막 궐문을 들어서는 그는 정말이지 오랜만에 보는 얼굴이었다. 전과 같이 당당한 걸음으로 궐에 들어선 그가 총회가 열리는 대전 안에 들어서자, 벌써 모여 있던 이들이 떠들던 것을 멈추고 일제히 그를 바라본다.

"시, 시건형?!"

웅성웅성.

시건형. 그였다.

한동안 코빼기도 보이지 않던 그가 다시금 총회에 얼굴을 내비친 것이다.

"아니, 이게 누구십니까! 오랜만에 뵙습니다."

"예, 최근 몸 상태가 좋지 않아 총회에 불참했습니다."

자리에 앉은 시건형이 남자를 바라보더니 슬쩍 미소를 지으며 인사를 받아 주었다. 그것을 시작으로 멀찍이 떨어져 있던 사람들이 하나둘 그의 곁으로 모여들기 시작했다.

"당신이 없는 동안 국서께서 아주 큰일을 해 주었습니다."

"들었습니다."

시건형이 재빨리 답했다. 안 그래도 그 이야기를 듣고 온 참이었다. 새롭게 떠오르고 있는 귀족들의 희망께서 벌이신 일을 말이다. 그러나 신이 난 다른 귀족들과 달리 시건형은 표정이 어두웠다.

쯧쯧, 어리석긴. 여왕에게 좋은 일 해 준 거라는 걸 모르고 이리도 기뻐하다니. 그의 눈에 들떠 있는 귀족들은 그저 한심하게만 보였다.

한편, 시건형의 등장에 한층 더 활기를 찾은 귀족들을 못마땅한 시선으로 바라보고 있는 이들이 있었으니.

"도대체 왜 돌아온 걸까요."

"글쎄, 제 양자를 중앙군에 집어넣은 걸 보면 또 무슨 꿍꿍이가 있는 걸지도 모르지요."

바로 맞은편에 앉아 있던 대신들이었다.

국서가 귀족들의 편이 아닌 여왕의 편이라는 건 모두가 알고 있는 사실. 그러나 그에게 말로 이길 수 없다는 것 역시도 사실이었다. 가뜩이나 국서에게도 못 이기고 있는 판국에 시건형까지 등장하다니. 그뿐만이 아니었다. 구제율과 시건형으로 나뉘어 지들끼리 물고 뜯고 싸우던 귀족들이 국서에 의해 화합이 되었으니, 이러다 다시금 귀족들에게로 힘이 기우는 건 아닌가 싶던 그때였다.

"아이고, 큰일 났습니다!"

문이 벌컥 열리더니 누군가가 헐레벌떡 대전 안으로 들어왔다. 호흡을 가다듬을 새도 없이 곧장 귀족들이 모여 있는 곳으로 달려간 그의 안색이 창백했다.

이를 본 귀족들과 대신들은 뭔가 범상치 않은 일이 일어났다는 것을 짐작할 수 있었다. 시건형의 등장으로 한바탕 술렁이던 대전 안이 일제히 조용해졌다.

"무슨 일인데 그리 호들갑입니까?"

"그래요, 빨리 말해 보세요."

답답하다는 귀족들의 말에 잠시 숨을 고르던 남자가 입을 열었다.

"녀석이 돌아왔습니다!"

"……녀석? 녀석이 누굽니까."

"놈이요, 놈! 미친놈!"

그러니까 그게 누구냐며, 답답하니 빨리 말하라 재촉하는 귀족들. 이에 대신들마저 마른침을 삼키며 그들의 대화에 집중하고 있자 남자가 외쳤다.

"유월영이 돌아왔습니다!"

남자의 외침에 대전 안의 온도가 순식간에 떨어졌다. 차갑게 얼어붙은 공기. 그리고 귀족들과 대신들 할 거 없이 모두가 창백하게 질린다. 그들이 무거운 한숨을 내쉬었다.

"하필이면 그 미친놈이 돌아오다니……."

* * *

궐 안이 한바탕 발칵 뒤집혔다.

"아니, 도대체 어딜 쏘다니고 있는 거야?"

답답한 아라가 버럭 외쳤다. 방 안을 정신없이 왔다 갔다 하고 있는 아라와, 그런 그녀에게 이제 그만 총회에 참석해야 한다며 재촉하고 있는 무휼과 월비. 그러나 그들의 재촉에도 아라는 씩씩거리며 분을 터트릴 뿐이다.

"아니, 돌아왔으면 가장 먼저 나한테 찾아와야 하는 거 아니야?"

"그야 그렇지."

그녀는 화를 내고 있었다. 총회 직전, 막 대전으로 향하려는데 놀란 김 상궁과 궁녀들이 우르르 몰려들었다. 그리고 한다는 말이 유월영이 돌아왔단다.

그의 귀환 소식에 기뻐한 것도 잠시, 한 가지 문제가 있었다. 궐 안에서 그를 봤다는 목격자는 많은데, 정작 그가 지금 어디에 있는

지 아는 사람은 단 한 명도 없단다. 혹시라도 그가 중앙궁으로 오지 않을까 싶어 잠시 기다리고 있었는데 이젠 더 이상 이러고 있을 시간이 없었다.

"아라, 지금 당장 가야 해."

무휼이 다시 한 번 총회에 나가야 할 것을 상기시켜 주었다.

할 수 없지. 아라는 한숨을 내쉬었다. 듣자 하니 지금 총회에는 시건형이 참석해 있다는데, 그의 천적이라 불리는 유월영을 딱 옆에 끼고 가 물을 먹이려 했건만.

"어디서 또 헤매고 있는 게 분명해."

"그렇겠지. 오라버니는 천유국에서 둘째가라면 서러운 엄청난 길치니까."

아라의 작은 중얼거림에 무휼의 옆에 서 있던 월비가 심각한 얼굴로 고개를 끄덕였다.

"그런 주제에 여행을 떠나겠다고 고집을 피웠을 때는 어머니께서 펑펑 우셨지. 가면 못 돌아올 거라고."

그런데 어디 그 고집을 꺾을 수가 있겠냐며 한숨 섞인 목소리로 말하는데, 이렇게 보니 정말 문제가 많은 사람이라는 생각이 들었다.

여전히 고요한 문가를 응시하던 아라가 돌아섰다. 확실히, 더는 이러고 있을 시간이 없었다. 지금쯤 여왕께서는 언제 오냐며 난리를 치고 있을 귀족들과 대신들을 생각하니 벌써부터 머리가 지끈거렸다.

"좋아, 무휼. 나 먼저 대전에 가 있을 테니까 너는 병사들을 풀어서 찾아봐."

고개를 끄덕인 무훌이 곧장 밖으로 나갔다.

운이 좋으면 총회가 끝나기 전까지는 찾을 수 있을지도 몰랐다.

* * *

"유월영?"

"네, 지금 그 사람을 찾느라 정신이 없다고 합니다."

뒤늦게 희수궁을 나서던 제하가 유신에게 재차 물었다. 유월영, 정말 그 이름이 확실하냐니까 정 상궁이 김 상궁에게 듣고 온 이야기니 확실하다며 거듭 고개를 끄덕였다.

"유월영이라……. 그자가 돌아온 건가……."

지금 궐 안 어딘가에 있을 그 사내를 찾느라 중앙군까지 동원되었다는 이야기에 제하는 한숨을 푹 내쉬었다.

유월영, 그가 누구던가. 우리 꼬맹이의 첫사랑이었다. 물론 지금은 아니라지만 그것이 어떤 감정인지 너무나도 잘 알고 있기에 그는 그 사내의 귀환 소식이 별로 달갑지 않았다.

그래도 아라가 이제는 그가 첫 번째라고 했으니, 그 말을 믿고 걱정을 반으로 줄여 볼 생각이었다. 그렇게 다짐한 제하가 막 희수궁의 문턱을 넘어서려던 그때였다.

"저기……."

누군가가 그들을 불러 세웠다. 그러자 대전을 향해 걸음을 재촉하던 제하와 유신이 걸음을 멈춘다. 그들이 미간을 잔뜩 찌푸린 채 돌아섰다.

'저기.'라니. 물론 구제하가 국서가 아니던 시절에는 길 가다 그런 식으로 불리는 일이 많았지만, 국서가 되어 궐 안에 들어오고서부터는 처음이었다.

몇 개월 만에 어색해진 호칭에 제하가 뒤를 돌아봤다. 그러자 어디서 저런 걸 주워 입은 건지 모를 정도로 희한한 차림의 사내가 서 있는 게 보였다.

"죄송하지만 중앙궁이 어디에 있는지 아십니까? 아무리 찾아도 나오질 않아서……."

너무나도 밝게 웃으며 묻는데, 제하와 유신의 입에서는 아무런 말도 나오지 않았다. 멀뚱히 그 사내를 바라보고 있을 뿐. 그런 그들의 눈치를 살피던 사내가 원하는 답이 들려오지 않자, 한숨을 푹 내쉬더니 정말 곤란하다는 듯 작게 중얼거리며 머리를 긁적였다.

"큰일 났네…… 빨리 안 가면 꼬맹이한테 혼날 텐데."

그 작은 중얼거림에 제하는 흠칫 놀랐다. 너무나도 익숙한 단어 하나가 그의 정신을 번쩍 들게 만들었다. 꼬맹이? 지금 분명 꼬맹이라고 했지?

그의 머리가 빠르게 돌아갔다. 물론 그 꼬맹이라는 말이 아라가 아닌 다른 누군가를 지칭하는 걸 수도 있었지만, 종합적으로 생각해 봤을 때 그건 아닐 것이다.

사내는 저와 비슷한 또래였다. 거기에 저런 요상한 꼴을 하고도 궐 안에 들어올 수 있었다는 건, 보기와는 달리 지체가 높다는 뜻일 터. 결정적으로 조금 전 사내의 입에서 나온 중앙궁과 꼬맹이라는 말까지.

"알겠다."

이제야 알겠다며 씩 웃은 제하가 문제의 남자를 향해 다가갔다. 그러자 그의 옆에 있던 유신이 화들짝 놀라며 재빨리 그를 따른다. 곧 남자의 앞에 멈춰 선 제하가 삐딱한 미소를 짓더니 물었다.

"네가 유월영이지?"

별다른 유용한 정보를 얻을 수 없을 거라 판단한 건지, 다시금 길을 떠나려던 남자가 우뚝 걸음을 멈춰 서더니 돌아섰다. 이를 본 제하는 확신했다. 저 놀란 표정. 굳이 대답을 듣지 않아도 뻔했다.

"아라가 지금 그쪽을 찾느라 난리도 아니야."

"……."

"그러니까 따라와. 안 그래도 지금 총회에 가는 길이니까."

아라라면 그곳에 있을 테니 자신과 함께 가자는 제하의 말에, 잠시 멍하니 자리에 멈춰 서 있던 월영의 입꼬리가 서서히 올라갔다. 곧 그가 입을 열었다.

"나도 알겠다."

유월영의 눈빛이 짙게 물든다.

"그쪽이 그 유명한 국서 나으리시구나."

* * *

대전 안이 오늘따라 한층 더 웅성이고 있다.

"유월영은요? 지금 궐 안에 있다 하지 않았습니까?"

"나, 나도 잘 모르겠습니다."

유월영이 나타났다는 말에 잔뜩 긴장하고 있던 귀족들과 대신들이 고개를 갸웃거리며 저들끼리 쑥덕거리기 시작했다. 예상치 못한 복병에 걱정하고 있는데, 드디어 여왕께서 납시셨다. 그것도 홀로. 심지어는 복병 1호인 국서조차 등 뒤에 매달지 않은 채 말이다.

그들은 지금 이 상황이 얼떨떨하기만 했다. 대신들은 속으로 쾌재를 불렀고, 귀족들은 난감해했다. 저들의 구원자, 국서께서 불참하시다니! 이게 대체 무슨 일이냔 말이야!

"전하, 국서께서는 오늘 총회에 참석하지 않으시는 겁니까?"

"혹 건강에 무슨 문제라도 생긴 것이……."

한껏 걱정스럽게 묻는 그들에게 아라는 곧 올 거라며 확신 없는 목소리로 말했다. 사실은 그녀 역시도 지금 구제하의 빈자리를 걱정하고 있었다.

분명 연락을 했는데 아직도 오지 않다니. 안 그래도 유월영 하나로 충분히 속이 타들어 갈 지경인데, 오늘따라 제 남편께서도 이리 걱정을 시킬 줄이야.

대신들만이 신이 나 어쩔 줄 몰라 했다. 그래도 대놓고 기뻐할 수만은 없으니, 그들이 최대한 떠오르려는 즐거움을 자제하고 있던 그때였다.

"전하, 신왕께서 오셨습니다."

문 밖에서 내관의 쩌렁쩌렁한 목소리가 울려 퍼지며, 곧 그의 모습이 보였다. 그런데 그곳에는 국서만 있는 게 아니었다.

"유, 유월영?"

"아, 다들 오랜만에 뵙습니다."

국서의 뒤로, 아라가 그렇게 찾아 헤매던 이가 모습을 드러냈다. 아라의 표정이 한결 밝아졌다. 둘이 어쩌다 함께 오게 된 건지는 모르겠지만, 어쨌든 참으로 다행이었다.

한편 안심하고 있다가 도리어 당했다며 대신들과 귀족들이 월영을 흘겨보기 시작했다.

그러나 월영은 자신을 노려보든 말든 별로 상관없다는 듯, 그저 싱긋 웃는 얼굴로 그들을 쭉 둘러볼 뿐이었다. 오랜만에 보는 얼굴이라 그런지 반갑다며.

"다들 신수가 훤하신 걸 보니, 제가 없는 사이에도 백성들의 등골을 어마어마하게 빨아 드셨나 봅니다."

곧장 그의 독설이 시작됐다. 이에 대신들은 물론 귀족들의 입까지 꾹 다물어졌다. 그에게 꼬투리가 잡혔다가는 오늘 하루 종일 물어뜯길 것이 틀림없었다.

"오랜만에 뵙습니다, 전하."

월영이 예의를 갖추어 아라에게도 인사를 올렸다. 그러자 용상에 앉아 있던 아라는 한숨을 내쉬었다. 도대체 지금까지 어디에서 무엇을 하다 이제야 나타난 거냐며 한마디 할까 하다가, 뒤이어 구제하를 바라본다. 당신도 늦어서 사람을 걱정시켰으니 이따가 두고 보자는 눈초리로.

"자, 그럼 시작해 볼까요?"

월가의 가주를 위해 마련된 두 개의 자리 중 한 곳에 월영이 앉았다. 그리고 지각한 국서까지 제자리에 앉자 아라는 그제야 총회의 시작을 알렸다.

*　　*　　*

“역시 세금을 조금만 더 올리는 게…….”

“그럼 백성들이 굶주리게 되는데…….”

“그럼 군량미를 풀면…….”

“그럼 병사들이…….”

아직 시작한 지 얼마 안 되었지만, 벌써부터 대신들과 귀족들의 기 싸움이 팽팽했다. 특히나 이번 안건은 천유국의 국경 지대 강화 문제로, 예산을 늘려야 하는데 이를 어디에서 충당해야 할 것인가를 놓고 양측이 격론을 벌이고 있었다.

“아주 조금만 줄이자는 겁니다. 뭐, 식사를 하루 세 끼에서 두 끼로 줄이는 정도면…….”

굳이 풀어야 한다면 병사들에게 그 짐을 지게 하는 것이 그나마 낫다는 쪽으로 의견이 흘러가고 있는데, 잠자코 그 이야기를 듣고 있던 제하가 슬쩍 아라를 바라봤다. 그녀는 고개를 저었다. 안 된다는 뜻이었다. 저게 말이 되느냔 말이다. 군사들 역시 저들의 백성인데 말이다.

이에 제하는 잠시 고민에 빠졌다. 그러나 어떻게 하면 귀족들과 대신들을 설득시킬 수 있을까를 고민하고 있는 그와는 달리 곧장 행동으로 옮기는 성격인 월영이 말했다.

“이렇게 하죠. 굳이 열어야 한다면 귀족들과 일부 대신들의 곳간을 푸는 것으로.”

“예에?”

“물론, 유월가의 곳간 역시 열겠습니다.”

그러자 당연하게도 대신들과 귀족들이 득달같이 달려들었다.

“무슨 그런 말도 안 되는 말씀을 하시는 겁니까?”

“걱정 마세요.”

서서히 흥분하기 시작한 그들과 달리, 월가의 자리를 지키고 앉은 월영은 너무나도 여유로워 보였다. 저를 향해 이빨을 드러내고 있는 그들을 바라보며 웃기까지 했다.

“하루에 세 끼를 꼬박꼬박 챙겨 드실 필요가 있겠습니까? 두 끼면 충분하지.”

월영의 말에 귀족들이 이제는 살기를 띠었다.

“……지금 저희를 일개 군졸과 비교하시는 겁니까?”

그들이 부들부들 떨었다. 다른 건 몰라도 저들 가문에 대한 자긍심 하나는 엄청난 그들이었다. 지금도 남들보다 훨씬 뛰어난 혈통이라 믿고 있는 그들이건만, 그런 귀족들을 평민으로 이루어진 군사들과 비교하다니.

그러거나 말거나, 붉으락푸르락 달아오른 그들을 응시하던 월영이 갑자기 줄어든 목소리로 고개를 끄덕였다.

“하긴 그건 그렇군요. 귀족들을 군사들이랑 비교하다니, 제가 어리석었습니다.”

“…….”

월영이 솔직하게 자신의 실언을 인정하자, 귀족들이 얼떨떨한 표정으로 눈만 끔뻑였다.

이겼나? 천하의 유월영을 이긴 건가? 그러나 그것도 잠시.

"그대들은 군사들처럼 훈련을 받는 것도 아니고 그저 방 안에 옹기종기 모여 입으로 모략을 꾸미기 바쁘니, 하루 세 끼에서 한 끼로 줄여도 오래오래 살 겁니다."

귀족들이 별다른 대꾸도 못 하고 속수무책으로 당하고 있었다. 그들은 이제 누구 하나가 적극적으로 나서 주기만을 바라고 있는 눈치였다. 기왕이면 그것이 국서였으면 좋겠는데, 어째서인지 평소 말이 많던 구제하는 오늘따라 조용했다.

"……하지만 사유재산이 아닙니까."

결국 그들은 작은 목소리로 스스로를 변호할 수밖에 없었다. 그것들은 전부 저들이 고생을 하여 모은 것인데 어찌 내놓으라 할 수 있냐며.

"툭하면 입으로 나라를 위한다면서, 그 정도도 못 하는 겁니까?"

"이거랑 그거랑……."

"뱃가죽이 등에 달라붙을 때까지 굶어 봐야, 정신 차리고 다시는 그런 소리 못 할 텐데."

"……."

살벌한 월영의 말에 그들의 안색이 창백하게 질렸다.

"여기 모인 가주들은 대부분이 당신보다 나이가 지긋합니다. 이런 늙은이들을 상대로 그런 식으로 말씀을 하시다니, 유월가의 가주께서도 지나친 언행을 삼가 주셨으면 합니다만."

결국 그들이 또다시 나이를 들먹이기 시작했다. 내세울 거라고는 오래 살았다는 것밖에 없는지라 동정심을 유발하기 위한 나름의 작전이었지만, 그건 아라에게나 통하는 것이지 유월영에게는 아니었다.

"오래 사셨으니 자꾸 징징대지만 마시고 먼저 솔선수범을 보이세요. 우리가 지금 나랏일을 공론하러 모인 거지 노인 공경하러 온 건 아니잖습니까."

"……."

"그 정도로 연로하셨으면 젊은 세대에게 자리를 물려주시는 것도 좋은 생각인 거 같네요. 괜히 나이 든 몸으로 자리 지키겠다고 욕심 부리지 마시고."

"유월영!!"

대전 안의 분위기가 험악해졌다. 참다못한 귀족 중 하나가 분을 참지 못하고 벌떡 일어난 것이다. 그러나 그것도 잠시, 저를 매섭게 노려보는 월영의 눈빛에 남자는 금방 꼬리를 말고 자신의 어리석음을 후회해야만 했다.

"유월영? '님' 자가 빠진 거 같은데요?"

"윽."

귀족들은 입을 다물었다. 사실 그들의 위치 관계는 애매했다. 유월가의 가주가 건재하면서도 새파랗게 어린 제 아들에게 가주의 자리를 내준 것이 문제였다.

수많은 귀족 가문들의 위에 군림하고 있는 두 개의 가문, 월가. 물론 귀족들의 수장이 시건형이기는 했지만 그래도 그는 왕족이었다. 때문에 실질적인 수장은 월가나 다름없었고, 그렇다 보니 유월영의 권위는 시건형과 맞먹었다. 원래라면 시건형을 대하듯 유월영도 깍듯이 모셔야 하는 게 맞았지만, 제 아들뻘 되는 아이에게 고개를 숙여야 한다니 그들의 자존심이 이를 허락하지 않은 것이다.

"크흠. 송구하지만 엄숙한 자리입니다. 유월가의 가주께서도 어느 정도 예의는 지켜 주셨으면……."

"아, 머리에 피도 안 마른 어린 여왕은 대놓고 농락하고 있으면서, 반대의 경우는 싫은가 보죠?"

"……."

"나이 먹으면 다들 저러나…… 아아, 난 나중에 저러지 말아야지."

대놓고 하는 말이 아닌, 일부러 들으라는 식의 중얼거림에 귀족들이 입을 다물었다. 괜히 저희들에게 예의를 갖추라고 했다가 오히려 공격받고 있었다.

"참으로 감사합니다."

뜬금없는 감사에 그들이 당황했다. 정말 유월영이라는 사내와의 대화는 그 흐름을 종잡을 수가 없었다.

"오늘도 여러분들 덕분에 제가 참 많은 걸 깨닫고 갑니다. 앞으로도 그렇게 주위 시선 아랑곳하지 말고 제 고집들 다 부려 가며 막 나가세요."

"……."

"그래야 젊은 세대들이 그걸 보고 난 저러지 말고 곱게 늙어야지, 하고 올바른 길을 걷게 될 테니 말입니다."

그렇게 말한 월영이 그들을 향해 씩 웃었다. 진즉에 포기하고 입을 다문 대신들과 달리, 귀족들은 한번 덤벼 보겠다고 나섰다가 단번에 기가 꺾였다.

무슨 말만 하면 덤비려 드는데, 그들의 힘으로는 혈기왕성한 어린 가주를 이기는 것이 불가능했다.

* * *

총회가 끝이 난 후.

월영에게 된통 당한 귀족들과 대신들이 터덜터덜 대전 안을 빠져나왔다. 정신적으로 지친 그들이 술이나 한잔하러 가자며 뭉치고 있을 때, 그 틈에 끼어 나오고 있던 시건형이 잠시 걸음을 멈췄다. 잠시 주위를 힐끔거리던 그는 다른 사람들의 눈치를 보며 슬쩍 옆길로 빠졌다.

그가 향한 곳은 바로 왕이 있는 중앙궁이었다.

"시건형 님?"

이제 막 중앙궁에 들어서려던 무휼이 제 뒤를 따라오는 그를 보고는 재빨리 인사했다. 그러자 앞서가던 아라와 제하가 걸음을 멈추고 그를 돌아봤다.

"무슨 볼일이라도 있으신가요, 숙부님?"

아라의 눈에 경계심이 가득했다. 한동안 쥐 죽은 듯 있다가 갑자기 총회에 나타난 것부터가 마음에 들지 않았는데 중앙궁까지 따라오다니, 도대체 무슨 용건이 있기에?

"하하. 오랜만에 보는 숙부인데 반갑지 않으십니까?"

"……."

대놓고 적대심이 느껴지는 그녀의 눈빛에 시건형이 큰 소리로 껄껄 웃기 시작했다. 그러나 묘한 긴장감은 가시지 않았고, 이를 눈치챈 그가 웃던 것을 멈추며 제 앞을 가로막은 무휼의 어깨를 가볍게 두드렸다.

"너무 그렇게 경계하지 않으셔도 됩니다, 전하. 저는 우리 아들 녀석을 보러 온 것뿐이니까요."

"……아들이요?"

아들? 아들이라는 말에 복잡하게 꼬여 있던 아라의 머릿속에 한 남자의 얼굴이 떠올랐다. 시도하. 그는 지금 시도하를 만나기 위해 이곳에 왔다고 말하는 것이다.

"……."

아라는 미간을 찌푸렸다.

아무리 그래도 이곳은 왕이 생활하는 궁이다. 그런데 이곳에서 일하고 있는 아들을 보기 위해 찾아왔다니. 중앙궁은 고작 그런 이유로 들락날락할 수 있는 곳이 아니란 말이다. 도대체 왕을 얼마나 무시하고 있으면…….

"죄송합니다만, 숙부."

다행히 이를 알아차린 무휼이 아라가 폭발하기 전에 먼저 선수를 쳤다.

"시건형 님, 가족과 만나고 싶어 하시는 건 알겠지만, 그 이유만으로 중앙궁을 찾아오시는 건 아닌 거 같습니다."

"……."

"이곳은 전하께서 머물고 계시는 궁이니 말입니다."

무휼이 단호하게 말하자 오랜만에 온 중앙궁이 반갑다며 주위를 두리번거리고 있던 시건형이 아주 잠깐 그를 흘겨봤다.

"아아, 이거 죄송합니다. 제가 생각이 짧았군요. 다음부터는 주의하겠습니다."

시건형이 싱긋 웃으며 답했다. 그러나 그의 여유로운 목소리와 달리 눈썹은 파르르 떨리고 있었고, 입가는 경련이라도 일어난 듯 연신 움찔거리고 있다.

감히 새파랗게 어린 놈이 여왕의 측근이라는 이유만으로 제 앞을 막아서다니.

바로 그때였다.

"아버님?"

"아, 도하야."

때마침 저 멀리서 시도하가 달려오는 게 보였다. 동료에게 지금 중앙궁에 시건형이 왔다는 이야기를 듣고 급하게 온 것이다.

"그럼 저는 이만 가 보겠습니다."

볼일이 끝났으니 이만 가 보겠다며 시건형이 꾸벅 인사했다. 특히나 유난히 자신을 경계하는 무휼을 향해 눈웃음을 지어 보이던 그는 어리둥절한 도하의 팔을 붙잡아, 재빨리 그들에게서 멀어졌다. 중앙군은 특별한 왕명이 없고서는 근무 시간 중에 중앙궁을 벗어날 수 없었다. 때문에 시건형도 멀리 가지는 못했고, 남들이 저들의 이야기를 듣지 못할 정도쯤 떨어져서야 멈춰 섰다.

"그래, 잘 적응하고 있느냐."

"예, 걱정하지 않으셔도……."

"수단과 방법을 가리지 말고, 여왕의 곁에 있어라."

"……."

도하가 활짝 웃으며 걱정하지 말라는 말을 하려고 했지만, 시건형이 그의 말을 싹둑 잘랐다. 그러자 순간 도하의 표정이 굳어진다.

"너는 도구다. 내 감시에서 벗어났다고 착각하지 말란 말이다."

"……예."

"여왕에게서 일어나는 일들은 빠짐없이 나에게 보고해야 한다, 알겠느냐?"

"예."

"절대 집안 망신시키는 일은 하지 말고."

"예, 아버지."

마치 답변은 처음부터 정해져 있었다는 듯 반사적으로 '예.'라고만 대답하는 도하. 그런 그에 시건형이 만족스러운 듯 고개를 끄덕이더니, 그럼 자신은 이만 돌아가 보겠다며 매정하게 돌아섰다. 제 할 말만 잔뜩 하고 시건형이 돌아서는 순간, 도하의 눈빛이 살벌하게 번뜩였다. 조금 전까지만 해도 생글생글 웃고 있던 꽃미남은 어디로 간 건지, 이제 그에게서는 살기가 느껴질 정도였다.

"……."

멀리서 이 광경을 지켜보고 있던 아라는 눈살을 찌푸렸다. 시건형 성격에 분명 듣기 좋은 말을 한 건 아니겠지만 아무리 그래도 그렇지. 그렇게 멍하니 그를 바라보고 있는데, 제 아비를 배웅하고 돌아선 그와 눈이 마주쳤다.

아라가 저를 지켜보고 있다는 것을 알아차린 도하가 잠시 움찔하더니, 재빨리 그녀를 향해 싱긋 웃어 보였다.

이를 본 아라는 오싹했다. 이유는 모르겠지만 위험하다는 생각이 들었다. 저도 모르게 화들짝 놀란 그녀는 무심코 옆에 서 있던 제하의 손을 꼭 붙잡기까지 했다.

"왜 그래? 괜찮아?"

갑작스러운 접촉에 제하가 슬쩍 그녀를 바라보며 다정하게 물었다. 아라가 괜찮다며 손을 놓으려 했지만, 그는 그 말을 믿지 못하겠는지 오히려 그녀의 손을 꽉 붙잡았다. 손에 가해지는 힘에 어느 정도 진정이 되었음에도 한동안 그녀의 떨림은 멈추지 않았다.

아라는 깊게 숨을 들이쉬었다.

도대체 왜일까? 이유는 잘 모르겠지만, 왠지 시도하라는 사내는 위험하다는 생각이 들었다.

그녀의 감이 말하고 있었다.

절대 가까이해서는 안 된다고.

* * *

"그냥 허수아비 국서인 줄 알았는데."

"……."

"가만 보면 또 그런 거 같지도 않고."

"……."

"우리 편입니까? 아니면 저쪽 편입니까?"

뒤따르던 월영이 제하에게 바짝 붙었다. 아라에게는 들리지 않을 정도로 목소리를 최대한 낮춰 말을 걸어 오는데, 이에 잠시 눈치를 보던 제하가 걸음 속도를 늦추었다.

대놓고 자신을 허수아비 취급하고 있었지만, 놀랍게도 전혀 기분이 나쁘거나 하지 않았다. 유월영이라는 사내가 원래 그런 성격이라는 걸 좀 전의 총회에서 뼈저리게 느끼지 않았던가. 사람 자체가 모난 것은 아니었다. 다만 머릿속에 떠오르는 말을 남의 눈치 보지 않고 그 즉시 그대로 내뱉는 것뿐이다. 월비 이상으로 자기 주관이 강하다는 아라의 말이 이제야 이해가 됐다.

"저쪽 편이라고 하면 어쩔 테지?"

"어쩌긴요. 제거해야죠."

"……."

"죄송합니다. 제가 좀 직설적인 성격인지라."

"알고 있다니 다행이네."

사과를 하고 있기는 했지만, 말과는 다르게 전혀 미안해 보이지 않았다. 도대체 어디까지가 농담이고, 어디부터가 진심인 건지 구분이 가지 않는 사람. 그런 그를 빤히 바라보고 있던 제하는 한숨을 내쉬며 돌아섰다.

괜히 괴짜라 불리는 사내가 아니었다. 상대해 봤자 자신이 피곤해질 거 같으니 그냥 무시하는 게 나을 듯싶었다.

"그래서, 허수아비인 겁니까? 아니면 진심인 겁니까?"

"……."

"네? 어느 쪽이에요?"

제하는 한숨을 내쉬었다. 아무래도 안 되겠다. 이 남자, 도저히 사람이 무시할 수 없게 만드는 묘한 매력이 있었다. 아니, 매력이라고 하기보다는 무서운 집착이.

대답을 하기 전에는 그에게서 벗어날 수 없다는 것을 깨달은 제하는 걸음을 멈추고 그를 돌아봤다. 그리고 말했다.

"진심이다."

단순히 허울뿐인 부부가 아니라, 아라를 진심으로 사랑하고 있다는 제하의 말에 월영의 입가에 걸려 있던 미소가 사라졌다. 그러나 그것도 잠시, 아주 잠깐 굳었던 그의 얼굴에 곧 다시 묘한 미소가 떠올랐다.

"정말요? 권력이나 그런 게 탐이 나는 게 아니라?"

"……."

"에이. 남자들끼리의 이야기인데, 솔직하게 터놓고 이야기를 나눠 보자고요."

더는 못 들어 주겠는지 제하가 그를 노려보았다. 원래 무례한 사람이라고는 하지만 그래도 그렇지, 이건 정도가 심하다는 생각이 들었다.

"무슨 권리로 그런 걸 묻는 거지?"

질문이 마음에 들지 않았다. 뭐든 가볍게 보는 듯한 저 눈빛, 그리고 분위기, 모든 것이 마음에 안 들었다. 아니, 사실 제하는 유월영이라는 존재 자체가 마음에 안 들었다.

도대체 왜 저런 걸 묻는 걸까. 만약 저 질문에 자신이 그렇다고 대답하면 저에게서 아라를 빼앗아 가기라도 할 작정인 걸까.

그의 머릿속이 오만가지 생각으로 꼬이고 또 꼬였다.

그런 제하와 달리 여전히 여유로워 보이는 월영이 앞서가는 아라의 뒷모습을 힐끔 바라보더니 말했다.

"저는 아라의 오라버니나 다름없으니까요."

"……그러니까 너에게 인정을 받아야 한다, 뭐 이런 건가?"

"글쎄요. 하지만 제가 당신에 대해 잘 모르고 있다는 건 틀림없는 사실이고……."

"신왕."

"예?"

제하가 그의 말을 싹둑 자르고 뜬금없는 말을 내뱉자, 여전히 저 혼자 붕 떠 있던 월영이 그게 무슨 말이냐는 듯 고개를 갸웃거렸다.

"당신이 아니라 신왕이라고. 아라가 준 이름이야."

그렇게 말하는 제하의 얼굴에 어렴풋이 미소가 보이기 시작했다. 사실 가장 좋아하는 건 그녀가 이름으로 불러 줄 때였지만, 솔직히 이는 정말 드문 경우였다.

"어…… 신하 신인가요?"

"믿을 신이야!"

"……."

제하의 외침에 잠시 아무런 말이 없던 월영이 갑자기 '풉!' 하고 웃음을 터트렸다. 그는 제하의 시선에도 아랑곳 않고 킥킥대기 시작했다.

"지금 저 경계하시는 거죠."

"……."

차마 아니라고 당당하게 말할 수가 없던 제하는 입을 꾹 다물었다. 정곡을 찔린 것이다. 그래, 어떻게 신경이 안 쓰이겠어. 하지만 초조함을 드러내서는 안 되는 거였는데.

"제가 전하의 옛 연인이어서요?"

그 말에 제하의 고개가 빠르게 돌아갔다. 뭐? 지금 뭐라고? 저 뚫린 입으로 무슨 말을 나불대는 건지!

월영이 스스로를 아라의 옛 연인이라 소개하며 씩 웃자, 제하는 주먹을 불끈 쥐었다. 무시할 수 있는 범위를 넘어서고 만 것이다.

"……둘이 그런 사이라고는 안 했는데?"

하지만 금세 침착함을 되찾은 그가 호흡을 가다듬고 차분한 목소리로 말했다. 그의 말에 월영이 곤란하다는 듯 인상을 찌푸린다.

"아, 그래요? 그럼 전하께서 저에 대해 뭐라고 설명하셨는데요?"

"시건형에게서 구해 준 오라버니."

"이런."

사실 첫사랑이라는 말도 했지만, 일부러 그 말은 생략했다.

그가 이 사실을 알고 있다면야 상관없는데, 만약 그러한 마음이 아라 혼자만의 연정이었다고 한다면 굳이 그 이야기를 눈앞의 사내에게 할 필요가 없었으니까.

"전하께서 벌써 다 말씀해 버리셨네요. 재미없게."

남들 이상으로 붕 떠 있던 분위기가 금세 침체되었다. 실망했다는 듯 어깨를 축 늘어뜨리는 월영을 본 제하는 확신했다.

이 남자, 지금 성질을 박박 긁어 놓을 작정을 하고 거짓말을 한 것이다. 순전히 제 반응을 지켜보기 위해.

"그래도 제가 신경 쓰일 텐데."

"아니."

"제가 만약 아라를 빼앗기 위해 왔다면요?"

나름대로 위협적인 말이었으나, 이미 한 번의 불안을 이겨 낸 제하는 꿈쩍도 하지 않았다. 이제는 그의 고의적인 시비가 눈에 훤히 들여다보였다.

"글쎄, 그럴 일은 없을 거 같네."

어깨를 한 번 으쓱인 제하가 걸음을 재촉했다. 대화를 나누느라 어느새 아라와 꽤 거리가 멀어졌다. 그러나 너무나도 자신을 쉽게 무시하는 그의 태도에 흥미를 느낀 월영이 그 뒤를 바짝 따라붙으며 계속해서 질문했다.

"어째서요?"

어째서긴.

"스스로를 오라버니라 소개하는 남자를 상대로 경계해서 뭐해."

"……."

순간 월영은 당황했다. 구제하라는 남자의 날카로운 지적에 할 말이 없어 놀랐다. 계속해서 쪼아 대면 결국엔 본심을 내비칠 거라 생각했는데……. 한편, 드디어 힘겨운 상대를 떨쳐내는 데 성공한 제하는 그를 응시했다. 저 사내가 아라의 첫사랑이라니. 도대체 아라는 저런 놈의 어디에 반했던 건지 이해가 되지 않았다.

"아라가 그러던데. 내가 널 많이 닮았다고."

언젠가 자신의 신경을 잔뜩 거슬리게 만들었던 말이었다. 제하가 씩 웃는다.

"그런데 성격은 내가 더 낫네."

그렇게 말하며 드디어 방 앞에 도착해 문을 막 열려는데, 월영이 재빨리 문 앞을 가로막고 섰다. 지금 이게 뭐 하는 짓인가 싶어 제하가 그를 빤히 바라보자 월영이 대뜸 말을 꺼냈다.

"연적은 안 될 거 같고."

"지금 무슨 말을 하는……."

"그럼 우리, 둘도 없는 단짝 친구 같은 건 어떨까요. 신왕?"

월영이 먼저 손까지 내밀었지만 제하는 그것을 가만히 지켜보기만 할 뿐 그 어떤 반응도 보이지 않았다. 잠시 뒤, 사태 파악이 된 건지 그가 월영의 손을 잡았다. 그리고 가볍게 흔들며 말했다.

"싫어."

"……."

그가 단칼에 거절하자 월영이 적지 않게 당황했다. 그러거나 말거나 제하는 나는 너랑 친구 할 마음이 없다며 그를 지나쳤다.

"난 아라만 있으면 돼."

"재미없게……."

단호한 제하의 반응에 조금은 더 노력할 줄 알았던 월영이 의외로 순순히 물러났다. 좀 전에 매몰차게 거절당한 사람이라고는 믿을 수 없을 정도로 그는 아주 밝았다.

"저 너무 미워하지 마세요."

"그건 두고 봐야지."

글쎄, 그건 앞으로 하는 걸 봐야겠지만.

*　　*　　*

"우리 꼬맹이, 안 본 사이에 많이 컸네?"

월영이 생글생글 웃으며 말했다. 어떻게든 지금 이 무거운 분위기를 쇄신시키고자 온갖 노력을 하는 그였지만, 아라의 표정은 좀처럼 풀릴 생각을 안 했다.

"아직도 꼬맹이, 꼬맹이. 이제 그만하지? 이래 봬도 일국의 왕이거든?"

"그러네. 이제는 야무지네."

"……."

제 성장을 인정해 준 것임에도 불구하고 아라는 왠지 마음이 불편했다. 자신이 알고 있는 그라면 이렇게 순순히 물러날 리가 없는데? 그리고 역시나, 그녀의 생각이 끝나기 무섭게 월영이 두 손을 들어 제 얼굴을 감싸더니 울먹이기 시작했다.

"오라버니, 오라버니, 노래를 부르며 졸졸 쫓아다니던 게 엊그제 같은데…… 이제는 사랑하는 사람도 생기고…… 사춘기인 건가. 응? 그런 건가, 김 상궁?"

그의 물음에 옆에서 대기 중이던 김 상궁이 정말 진지하게 고개를 끄덕였다.

"예, 소인이 봤을 때도 그런 거 같……."

"그만!"

여전히 저를 사춘기로 몰아가고 있는 김 상궁에 아라가 다급히 외쳤다.

"왔으면 곧장 와야지, 궐 안을 헤매고 있으면 어떡해?"

"하하…… 내가 길눈이 어두워서……."

"신왕이 발견 못 했으면 어쩔 뻔했어. 총회에 참석 못 할 뻔했잖아!"

"아니…… 애초에 오늘 총회가 있는 줄도 모르고 온 건데."

"……."

"그것보다 몇 년 만에 보는 오라버니에게 인사도 안 해 주는 거야?"

아라는 한숨을 푹 내쉬었다.

그가 길치인 건 만인이 아는 사실인 데다 결과만 놓고 보면 총회에도 늦지 않았으니, 일단은 그냥 넘어갈까.

"그동안 잘 지내셨습니까."

"딱딱해."

"잘 지냈냐고."

그녀가 안부 인사를 하자, 다시금 밝아진 월영이 고개를 크게 끄덕였다.

"잘 지냈지."

"어디 어디 다녀왔어? 이따금씩 서신을 받기는 했지만……."

"천유의 웬만한 지역은 다 둘러보고 왔어. 아, 물론 국서께서 계셨다는 예서에도 다녀왔습니다."

"예서에?"

오랜만에 들어 보는 그 이름에 제하의 눈이 반짝거렸다. 예서는 국서로 간택되기 전, 그가 수개월을 머물렀던 곳이었다. 이상한 수령에게 이리저리 휘둘리며 뒤처리를 하느라 하루하루가 피곤했는데, 자신을 역술가라 속이고 온 어린 여왕을 만나 지금은 이렇게 국서의 자리에까지 오르다니. 불과 몇 개월 동안 참 많은 일이 있었구나.

"제가 갔을 때는 막 새로운 수령이 부임을 해 왔을 때였지요. 젊고 총명한 사람인데 잘해 나갈 거 같았습니다. 사람들의 기대도 컸고요."

"그것 참 다행이네."

제하는 안도했다. 사실은 많이 불안했다. 일전의 수령이 정말 너무나도 끔찍한 탓에 저에게 기댈 수밖에 없었던 사람들을 내버려두고 천유에 왔으니 그들이 걱정됐던 것이다. 그러나 다행히 이번 수령은 좋은 사람 같다고 하니 마음이 놓였다.

"몸은. 어디 아픈 데는 없고?"

"워낙 팔팔한 몸이라."

"다행이네."

천만다행이라며 그의 건강을 염려하는 모습에 월영은 불안했다. 이런, 오랜 여행으로 인한 피로 때문에 지금이라도 당장 쓰러질 거 같다고 할 걸 그랬나?

"그럼 지금부터 바로 일을 할 수 있겠다."

"……."

역시나!

"지금 당장 국경 지대의 예산을 확보할 수 있는 방도를 궁리해 봐. 귀족들과 대신들을 납득시킬 수 있어야 해. 아, 되도록 세금은 늘리지 않는 방안으로."

"윽. 돌아오자마자 일 시키는 건가?"

오늘 하루만 쉬면 안 되겠느냐는 그의 엄살에 아라는 고개를 저었다. 그러자 이 모든 걸 지켜보고 있던 제하는 피식 웃음이 나왔다.

누가 저 모습을 보고 남몰래 연모하고 있는 상대라 생각하겠는가. 엇나간 애정 표현이라면 또 모를까. 오늘 하루 종일 조금은 침울해 있던 스스로가 우스웠다.

"그럼 다들 이만 나가서 각자 일 보고, 신왕은 남으세요."

"응?"

"시킬 일이 있어서 그럽니다."

총회가 끝났다고 일과가 끝나는 게 아니었다. 오늘 있었던 총회를 다시 되짚어보는 것을 시작으로, 총회 내용을 정리하고 후속 조치도 취해야 하기 때문에 아직 바빴다. 그럼 이만 가 보겠다며 모두가 빠져나가고 난 뒤, 방 안에는 아라와 제하, 이렇게 단둘만이 남게 되었다.

"일. 일. 일. 그놈의 일."

어쩌면 제 부인께서는 일중독일지도 모른다며 작게 중얼거리던 제하가 그녀의 맞은편에 자리를 잡고 앉았다. 그러자 총회에서 들고 온 두툼한 종이 뭉치들을 한 장, 한 장 읽고 있던 아라가 힐끔하고 그를 한 번 바라보더니 정확히 그 종이 뭉치를 절반으로 나누어 그에게 건네었다.

"오늘 총회 때 사관들이 받아 적은 것들입니다."

"……."

"사관이 둘이다 보니 종종 순서가 섞일 때가 있거든요. 오늘 있었던 총회를 다시 한 번 복습하며 순서를 맞추는 것도 일종의 일……."

그것을 받아든 제하는 인상을 찌푸렸다. 다른 것도 아니고, 단순히 중간에 순서가 바뀌지 않았나 확인하는 일인데 왜 이걸 굳이 둘로 나눠서 하는 건지……. 뭐라 뭐라 궁시렁대던 그가 멈칫했다.

"아, 알겠다."

"음?"

뜬금없는 그의 말에 아라가 갑자기 뭘 알겠다는 거냐며 그를 바라본다. 그러자 뭐 그리 기분이 좋은지 생글생글 웃고 있던 그가 말했다.

"지금 이거 마음 써 주는 거지."

갑작스러운 지적에 아라가 멈칫했다. 그리고 이를 본 제하는 작게 웃기까지 했다. 일이라니, 이는 사실 핑계였던 것이다. 원래 이 일은 총회가 끝난 후, 아라가 혼자 처리하던 일이었다. 그런데 나머지 사람들은 다 보내 놓고 굳이 저를 남겼다는 게 무슨 뜻이겠는가.

"내가 불안해할까 봐 걱정돼서?"

"……."

"아니면 이번에도 그냥 내 착각인 건가?"

웃음기를 가득 머금은 그의 질문에 줄곧 시선을 내리깔고 있던 아라가 다시 한 번 그를 힐끗 바라본다.

"기왕 시작한 거 어디 한번 끝까지 말해 봐요. 그 망상."

들어줄 테니 말해 보라며 아라가 고개를 까딱였다. 그러자 신이 난 제하가 두 눈을 반짝였다.

"나한테 오해받고 싶지 않아서 일부러 그 오라버니라는 사람에게 못되게 굴었다든가?"

"오해?"

"내 앞에서 친해 보이는 게 싫었던 거지."

"내가 왜요?"

이 이야기의 끝이 어딘지 궁금해진 아라가 계속해서 물었다. 그리고 그가 드디어 결론을 내렸다.

"그야 날 사랑하니까."

"……."

제하의 말에 경청하고 있던 아라의 얼굴이 와그작 구겨진다. 지금 그는 장난을 치는 게 아니라 확신에 차 있었다.

"엄청 자신 있게 말하네."

"그래, 얼굴에 철판 좀 깔아 봤어."

대놓고 당당하게 말하니까 오히려 뭐라 말도 못 하고, 아라는 잠시 고민에 빠졌다. 웃음기 하나 없는 그녀의 반응에 제하는 불안해졌다. 좀 전의 그 자신감 넘치는 모습은 어디 갔는지 한껏 불쌍한 얼굴로 묻는다.

"아니야?"

"……."

"정말?"

"좋을 대로 받아들이시든가."

성의 없는 말 한마디에 불과했지만, 제하에게 있어서는 바닥까지 뚝 떨어졌던 기분도 단번에 하늘 높이까지 끌어올릴 수 있는 엄청난 한마디였다.

"고마워."

괜히 할 말이 없어진 아라가 빨리 일이나 시작하라며 재촉했다. 고개를 끄덕인 제하가 한 손에 잡는 것조차 힘들 정도로 두터운 서류들을 제 앞에 내려놓았다.

"그러고 보니까…… 아까 낮에 어떻게 둘이 같이 온 거예요?"

"뭐가?"

"월영 오라버니를 어떻게 찾았느냐고요."

안 그래도 아까부터 궁금했다며 아라가 물었다. 아무리 찾아도 보이지 않던 사람을 그는 도대체 어디서 어떻게 찾아낸 걸까?

"희수궁을 헤매고 있더라고."

사실 찾아냈다기보다는 그가 제 발로 굴러들어온 것이나 다름없었다. 제하는 그냥 총회에 참석하고자 궁을 나서고 있었고, 길을 헤매던 월영이 흘러들어온 거니 말이다. 그런 길치는 태어나서 처음이었다. 설마 목적지인 중앙궁을 바로 옆에 두고 희수궁에서 길을 헤맬 줄이야. 그것도 그렇게 넓은 곳도 아니었는데.

"그러고 보니까 오면서 잠깐 대화를 나눠 봤는데……."

이번에는 제하가 입을 열었다. 사실 대화라고 해 봤자 대부분이 유월영의 시비였지만.

"도대체 그 남자의 어디에 반했던 거야?"

그는 도무지 이해가 되지 않았다.

"성격 정말 별로던데."

본인의 말에 따르면 심성은 아주 곱다는데, 남의 기분을 상하게 하는 데에 있어서는 아주 특출한 능력을 지닌 사내였다.

"성격, 별로죠."

오죽하면 아라조차 고개를 끄덕이며 이를 인정할 정도일까.

"음. 그런데 지금 와서 생각해 보면……."

잠시 생각에 잠겨 있던 그녀가 조심스럽게 입을 열었다. 사실은 짚이는 구석이 있었기 때문이다. 이게 다 구제하를 만나고서부터, 그에게 마음을 주었다는 사실을 인정하고서부터였다.

"그때는 의지할 상대가 없다 보니, 그 감정을 좋아한다고 착각했던 거 같아요."

어머님이 돌아가시고 아버님께서는 몸 상태가 급격하게 나빠지셔서, 제 몸 하나 돌보는 것도 겨우였다. 그런 상황에서 시건형네 집에 갇혀 지내던 저를 빼내 준 그는 구원자나 다름없었으니.

"나에게는 이 사람밖에 없어, 라는 느낌이었달까요?"

확신할 수는 없었지만, 그 비슷한 무엇인가였던 것은 틀림없었다. 그러나 지금 다시 생각해 보면 그것은 사랑이 아니었다.

"뭔지 알 거 같아."

제하가 고개를 끄덕이며 작은 목소리로 그녀의 말에 수긍했다.

"나도 그 느낌 알아."

이해할 수 있다는 그의 말에 아라는 싱긋 웃었다.

별로 재미없는 첫사랑 이야기라며 놀림받을 줄 알았는데 이리도 쉽게 인정을 해 주다니.

"그럼 나는?"

"네?"

"나한테서도 이 사람이 내 전부라는 그런 감정을 느껴 본 적이 있어?"

그의 물음에 아라의 눈매가 가늘어졌다. 제하가 대놓고 '네.'라는 말을 기대하는 건지 두 눈을 반짝이며 그녀를 바라보고 있다.

그러나 그에게는 너무나 미안하지만.

"아니요."

아라가 활짝 웃으며 답했다. 놀리는 것이 아니라, 진심으로.

"왜?"

"나에게는 월비도 있고 무휼도 있고 또 월영 오라버니도 있으니까요. 아, 스승님이랑 김 상궁도."

재빨리 끝에 두 명을 추가한 아라가 문가를 힐끔 바라봤다. 문밖에 서 있을 김 상궁은 귀가 밝아서 어쩌면 지금 이 이야기를 듣고 있을지 몰랐다. 그녀의 성격이라면 이런 별거 아닌 일에도 제 이름이 빠졌다는 이유로 족히 일주일은 삐치고도 남았으니.

"나눠 가져야 한다는 건가……."

"네?"

"아무것도 아니야."

혼자 무슨 말을 하는 거냐는 아라의 물음에 제하가 아무것도 아니라며 고개를 저었다. 그러고는 검토가 끝난 묵직한 종이 뭉치를 '탕' 하고 책상 위에 올려놓는다.

"다 했다."

어느새 어둑어둑해진 밖을 내다보던 제하는 한숨을 푹 내쉬었다. 부담스러운 총회와 갑작스러운 연적의 등장에 긴장을 해서 그런지, 막상 그게 아무것도 아니었다는 사실을 깨닫기 무섭게 힘이 풀려 버렸다. 거기에 잠깐이었다고는 하나 남아서 잔업까지 하게 되었으니 피곤할 수밖에.

"그럼 난 이만 돌아갈게."

"어, 진짜요?"

또 여기에 남겠다고 한바탕 고집을 부릴 줄 알았던 그가 너무나도 순순히 자리에서 일어나자 놀란 아라가 저도 모르게 외쳤다. 그러자 제하의 미간이 한껏 모아진다.

"……자꾸 사람 기대하게 만들지 마."

정말 못됐다며 그가 작게 투덜대자 아라가 씩 웃는다.

"혼자 있어도 안 무섭겠어?"

"허, 귀신이라도 나올까 봐서요?"

"귀신보다도 더 무서운 게 바로 사람이지."

그렇게 말하며 제하가 고갯짓으로 문을 가리켰다. 그것이 무엇을 의미하는지 너무나도 잘 알고 있는 아라는 고개를 절레절레 저었다.

지금쯤이면 무휼과 월비도 제 할 일들을 끝내고 퇴궐했을 터. 제하까지 희수궁으로 가고 나면 이곳에는 그녀 혼자 달랑 남게 되는 것인데 중앙궁에는 시도하라는 사내가 있지 않은가. 물론 제멋대로 안에까지 들어올 수는 없겠지만, 그래도 그가 저 밖을 어슬렁거리고 있다는 것만으로도 정신에 상당한 압박을 주었다.

"무휼의 말에 따르면 오늘은 새벽반이 아니래요. 아마 진즉에 퇴근했을 테니 걱정 마세요."

걱정 말라는 아라의 말에 제하는 조금 아쉬워하면서도 내심 안도하는 눈치였다.

"그러는 당신이야말로 괜찮겠어요?"

"내가 뭐?"

"혼자 가도 안 무섭겠냐고요. 귀신이라도 나오면 어째?"

장난 가득한 그녀의 물음에 제하가 곧장 대답했다. 그것도 정색을 하고 진지하게.

"그러게. 나 무서워."

"……."

"귀신한테 잡혀갈지도 몰라."

"아니……."

"그럼 너는 다시 시집가야 할 텐데."

"그냥 농담으로 한 말이었……."

"만약 그러면 죽어서도 끝까지 쫓아다닐 거야."

장난치는 거 같지만, 어쩐지 진심이 듬뿍 담긴 듯한 그 말에 결국 아라는 백기를 들었다.

"……앞에까지만 배웅해 줄게요."

자리에서 일어난 아라가 그 뒤를 따라나섰다.

"중앙궁에서 같이 지내자니까. 어차피 부부인데."

평소와 다르게 제하의 목소리에 약간의 짜증이 섞여 있었다.

"당신이 있으면 일에 집중을 못 하겠단 말이에요."

아라는 기어들어 가는 목소리로 작게 말했다. 그가 앞에 앉아 있으면 자꾸만 신경이 쓰여 다른 것들이 눈에 들어오지 않았다. 그러다 보면 어느샌가 그에게 정신이 팔려서는 손에서 일을 놓고 그를 상대하고 있더란 말이다.

"뭐야……."

그녀의 말에 짜증 가득한 얼굴로 투덜대던 제하가 어느새 걸음을 멈추고는 그녀를 바라봤다. 그러더니 조금은 놀란 얼굴로 묻는다.

"그런 멋진 이유가 있었던 거야?"

"멋지다고요?"

아니, 이 사람이. 지금 장난치나. 덕분에 일에 집중을 못 하겠다니까.

"그런 이유였으면 미리 말해 주지."

"그랬으면 중앙궁 방문 횟수가 좀 줄었을까요?"

"아니, 그냥 나 혼자 방방 뛰며 기뻐했겠지."

어디 그럼 지금이라도 한번 뛰어 보라 재촉하며 중앙궁을 벗어나는데, 그들의 눈앞에 익숙한 뒷모습이 보였다.

안 좋은 예감을 감지한 아라는 곧장 걸음을 멈췄다. 그러자 궁 앞에 꼿꼿이 서 있던 남자가 인기척을 느끼고는 돌아섰다.

"시도하?"

"아, 전하."

"……."

제하가 재빨리 아라를 흘겨봤다. 분명 퇴궐했을 테니 걱정 말라

하더니만 저 사내가 왜 이곳을 지키고 있는 거냐는 물음에, 그녀도 모르겠다며 놀란 표정으로 고개를 절레절레 저었다.

"당신이 왜 여기에 있는 거죠?"

아라가 물었다. 매번 일과가 끝나면 무휼이 오늘 시도하의 근무 위치를 설명해 주며 그녀를 안심시켰기에 아라는 그의 근무 위치라면 전부 다 꿰고 있었다. 무휼의 말에 따르면 오늘 그는 저녁 시간에 다른 병사와 자리를 교대하고 퇴궐을 했어야 했다. 그런데 도대체 왜? 왜 이 사내가 여기에 있는 거지?

"아아, 다른 병사가 집에 일이 생겼다고 교대를 해 달라고 해서요."

"……."

"물론 부대장님의 허가를 받고 이동했습니다."

그가 싱긋 웃으며 답했다. 그러나 아라는 '아, 그렇군요.'라고 대답할 뿐이다. 그놈의 부대장! 언젠가 한번 불러다가 신신당부를 해둬야겠다고 다짐했다.

그나저나 이를 어쩌나. 궁의 바로 앞, 제 코앞에 병사가 떡하니 서 있다니. 마음이 놓여야 할 텐데 오히려 더 불안했다. 물론 더는 그를 시건형과 묶어서 안 좋은 편견을 가지지 않기로 했지만 어떻게 곧장 그럴 수가 있겠는가. 아라는 숨을 가다듬었다. 문득 제 앞에서 싱긋 웃고 있는 그를 보고 있으니 아까의 상황이 떠올랐다.

총회가 끝난 후 제 아들을 보러왔다며 중앙궁에 들어선 시건형. 멀리 떨어져 있었기 때문에 둘이서 무슨 대화를 나눴는지는 알 수 없었지만, 그녀는 분명 보았다. 뒤돌아서기 무섭게 섬뜩한 눈빛으로 시건형을 바라보고 있던 그를.

그 살벌한 기운을 다시금 떠올리자 오싹하고 등골이 서늘했다. 눈앞의 사내가 무서웠다.

"……."

이제 어쩌나. 제하는 한숨을 내쉬었다. 일이 이렇게 된 이상, 더는 아라를 홀로 남겨 두고 제 궁으로 돌아갈 수가 없었다. 설령 시도하에게 제 아비와 달리 나쁜 맘이 없을지는 몰라도 어쨌든 걱정이 되기는 매한가지였다. 마음 같아선 그녀를 제 궁에 데리고 가거나 자신이 이곳에 남고 싶은데 아라가 이를 받아들일 리가 없으니……. 제하가 한창 그녀를 어떻게 설득시켜야 하나 궁리하고 있던 그때였다.

"신왕."

"……."

아라가 그를 돌아보며 물었다.

"오늘 여기서 자고 가지 않을래요?"

"……."

"아니, 여기서 자고 가요."

좀 더 강압적으로 말하며 다시 안으로 쌩하니 들어가 버리는 아라. 그런 그녀의 뒷모습을 빤히 바라보던 제하는 슬쩍 눈앞의 남자를 향해 시선을 옮겼다.

분명 자신에게는 잘된 일이었지만, 마냥 기뻐할 수만은 없었다. 좀 전 그녀의 표정은 분명 새파랗게 질려 있었다. 아무렇지 않은 척하고는 있지만 겁을 먹은 게 분명했다.

자신은 눈앞에서 살랑살랑 웃고 있는 사내에게서 그 어떠한 두려움도 느낄 수 없었지만, 그녀는 그에게서 무언가를 본 게 틀림없었다. 잠시 시도하를 응시하던 제하가 돌아섰다. 그리고 그는 좀 전에 안으로 들어선 아라의 뒤를 따라 다시 중앙궁으로 들어갔다.

* * *

"아버지!"

커다란 목소리와 함께 우당탕탕 대문이 열리고 조금 수수한 차림의 구제용이 집 안으로 들이닥쳤다. 그의 등장에 마당을 분주히 돌아다니던 하인들이 깜짝 놀라며 재빨리 인사했다. 그러거나 말거나 그들의 인사를 무시한 채 집 안을 둘러본 그는 곧 전에 없던 넓은 대청에 앉아 낮술을 하고 있는 자신의 아버지를 발견하고는 재빨리 달려갔다.

"아버지!!"

"제, 제용?"

그의 커다란 외침에 구제율 역시 그를 보고는 깜작 놀라며 자리에서 벌떡 일어났다.

"제용이 네가 왜 여기에……."

"제가 제 집에 온 게 뭐 문제 됩니까?"

날카로운 목소리에 구제율이 미간을 찌푸렸다. 제 어미는 물론 아들도 문제였다. 저 모자는 기본적인 대화를 할 때도 목소리를 높이는데, 어떨 때는 그들과 일절 대화를 하고 싶지도 않을 정도였다.

"그새 또 집이 넓어졌네요? 아들은 지방 촌구석에서 고생하고 있는데, 편하셨나 봅니다."

"하하…… 와, 왔느냐. 잠깐, 너 수령직은 어쩌고!"

구제율 역시 그를 따라 목소리가 높아졌다. 분명 단향에 있어야 할 놈이 천유에 있다니. 설마 또 그 자리가 마음에 들지 않는다고 다 때려치우고 돌아온 건 아니겠지?

"대리에게 맡겼죠. 지금 그게 문제입니까?"

"당연히 문제지! 그 조그마한 고을 하나 못 지켜서야 어떻게 백성을 지키는 중앙에 오겠다는 말이냐! 널 중앙에 불러 달라고 부탁할 때 네 평판이 중요하다는 걸 모르는 게냐!"

"아니……."

"내 분명히 말했잖느냐! 금방 불러들일 테니 조금만 참고 있으라고, 그걸 못 참고 이리 쪼르르 올라와?!"

"그럼 어쩝니까! 어머니께서 그냥 돌아오셨으니 제가 나서야지!"

빽 소리를 지른 제용이 어떤 종이를 꺼내 그의 눈앞에 펼쳐 들었다. 굳이 내용을 보지 않아도 구제율은 그것이 일전에 연희가 들고 온 것과 똑같은 거라는 걸 알고 있었다.

"그년을 어떻게 하지 않으면 제 돈을 떼어 주게 되었다고요. 이제 어쩌면 좋습니까!"

"후우. 알았다. 그 일은 내가 어떻게 해결해 볼 테니까 넌 빨리 돌아가서 수령의 자리를 지켜라."

"싫습니다! 해결되기 전까지는 못 내려갑니다!"

"이 녀석이!"

자리에 털썩 주저앉은 제용이 절대 돌아가지 않을 거라며 고집을 부리기 시작했다. 제 아들이었지만, 정말 구제불능이었다. 구제율은 한숨을 내쉬었다. 그의 고집을 꺾는 것이 힘들다는 것을 너무나도 잘 알고 있었기 때문이다. 이게 다 너무 오냐오냐 키운 탓이다.

"안 그래도 내일 궐에 들어가려던 참이다."

"궐에요?"

"그래. 제하 그 녀석이 요즘 일을 제대로 해 주고 있거든."

제하의 이름에 제용이 미간을 찌푸렸다. 배다른 형제이기는 했지만 지금까지 없는 동생 취급하던 녀석이 이제는 저보다도 아버지에게 관심을 받고 있으니, 그것에 배알이 꼬였다.

"그 녀석이요?"

"그래. 아주 기특하게도 말이야."

그의 말에 제용이 고개를 갸웃거렸다. 자신이 지방에 내려가 있던 사이 훌쩍 늘어난 집의 크기도 그렇고 얼굴에서 미소가 떠날 생각을 안 하는 아버지도 그렇고, 참 많은 일이 있었던 모양이었다.

구제율이 잠잠해진 제용에게 말했다.

"내일 같이 궐에 가자꾸나. 전하를 뵈러 말이야."

八花.
매력 없는 꼬맹이

“잠깐, 너무 멀지 않아?”

제하가 작게 투덜거렸다.

조금 전, 이만 희수궁에 돌아가야겠다며 아라와 함께 중앙궁을 나서다가 어째서인지 그 앞을 지키고 서 있던 시도하와 마주쳤다. 이유는 모르겠지만 그를 본 아라는 겁을 먹었고, 그렇게나 여기 남고 싶다고 조르고 또 졸라도 여태 듣는 둥 마는 둥 하더니만 그녀가 먼저 저를 붙잡은 것이다.

“기왕 이렇게 된 거 둘이 오붓한 시간도 보내고 그러면 좋으련만.”

“…….”

지금 이 상황이 못마땅한 제하는 어느 한 곳을 응시하며 투덜거렸다. 그러자 구석에 웅크린 채 앉아 있던 아라가 고개를 들더니 그를 째릿, 하고 흘겨본다.

신왕께서 오늘 밤 중앙궁에 드신다는 말에 상궁과 궁녀들이 분주해졌다. 바글바글 몰려온 그들은 순식간에 여왕과 신왕이 침소에 들 준비를 끝냈고, 이에 아라는 한숨을 푹 내쉬었다. 어느새 친해진 궁녀들이 하나같이 의미심장한 미소를 지으며 퇴장하는데…….

아, 내일 또 궐 안에 한바탕 소문이 나겠구나.

"이제 그만하지?"

답답하다는 듯 제하가 아라에게 말했다. 그녀는 방에 들어서기 무섭게 구석으로 쪼르르 들어가 버리더니, 지금까지도 자리 잡고 앉아 나올 생각을 안 했다. 베개를 끌어안고는 얼굴을 푹 파묻고 있는 것이 귀여워 보이기도 했지만, 한편으로는 불쌍하고 처량해 보이기까지 했다.

한숨을 내쉰 제하는 결국 얌전히 기다리던 것을 포기하고 그 앞에 자리를 잡고 앉았다. 그러자 베개에 얼굴을 파묻고 있던 아라가 고개를 번쩍 들어 올리더니 경계심 가득한 눈빛으로 그를 쏘아보기 시작했다.

"아, 그 눈빛."

"……."

"나를 무슨 짐승 보듯 하고 있는 게 틀림없어."

"아니라고 확실하게 말할 수 있겠어요?"

정말 그 어떠한 흑심도 없느냐는 아라의 물음에 제하는 잠시 아무 말도 하지 않았다. 아니, 할 수가 없었다. 한참이 지나서야 그가 기어들어 가는 목소리로 말했다.

"……물론 아니라고 확실하게는 말 못 하겠지만."

아니라 말해도 믿을까 말까인데, 그가 확신하지 못하겠다 솔직하게 답하자 아라는 더더욱 기겁을 하며 제 몸을 사렸다.

"알았어."

이를 본 제하가 자리에서 벌떡 일어나더니, 더는 안 되겠다는 듯 빙글 돌아 문을 향해 걸어갔다. 그러자 말없이 그저 눈으로 그의 움직임을 좇고 있던 아라의 얼굴에 다시금 불안이 떠오르기 시작한다.

"그럼 나 갈게."

"네?"

"잘 자."

자신과 함께 있으면 불편하다는데 어쩌겠느냐며 문을 연 제하가 정말 뒤도 돌아보지 않고 막 방을 나서려던 그때였다.

"아니, 잠깐. 잠깐!"

내일 아침까지 꼼짝도 안 할 것처럼 보였던 아라가 자리에서 벌떡 일어나더니, 이제 막 한쪽 발이 문밖으로 나가 있는 제하를 다급히 붙잡았다.

"가지 마요!"

결국 그녀가 큰 소리로 외쳤다. 그러자 처음부터 돌아갈 생각 따위 없었던 제하가 힐끔, 하고 그녀를 바라보더니 웃음을 꾹 참아내며 돌아섰다.

"그럼 네가 이리 오든가."

그의 말에 잠시 머뭇거리던 아라는 결국 한숨을 내쉬며 크게 한 발을 떼었다. 그리고 그에게 조심스럽게 다가갔다. 이렇게 구제하라는 사내와 단둘이 있다는 것이, 아직도 그녀에게는 어렵고 심장 떨리는 일 중 하나였지만 지금 여기서 그를 놓친다면 궁 안에 혼자 남아야 했다.

물론 지금까지도 쭉 그래 오기는 했지만 현재 궁 밖에는 시도하가 있었다. 왕을 지키기 위함이라는 명목하에 중앙궁 가장 가까운 곳에 있단 말이다. 마음이 놓여야 할 텐데 오히려 불안했다. 정확한 이유는 모르겠지만 그의 섬뜩한 눈빛을 본 이후로 아라는 그가 두려워졌다. 그러나 그것은 지금 구제하에게 느끼고 있는 두려움과는 전혀 다른 두려움이었다.

"착하다."

스스로 저에게 다가온 아라에 제하는 부드럽게 미소 지었다. 물론 지금 이러한 상황을 이용하는 게 치사한 일이라는 거 잘 알고 있었지만, 그래도 그녀가 저를 필요로 하는 모습을 보고 있으니 왠지 기뻤다.

"아마 지금쯤 밖에서는 난리가 났겠지?"

"……."

"요즘 궁녀들은 상상하는 수준부터가 남다르니까 말이야."

"……."

"분명 너와 내가 지금 그렇고 그런 짓을 하고 있다고 상상의 나래를 펼치고……."

퍽. 결국 아라의 손이 올라갔다. 가볍게 말아 쥔 작은 주먹으로 그의 어깨며 팔이며 손 닿는 곳은 마구 때리기 시작하는데, 제하는 아프지도 않은지 그저 넉살 좋게 웃으며 씩씩대는 아라에게서 피해

다니기 바빴다.

"알았어, 알았다고. 쓸데없는 소리 그만하라 이거지?"

"잘 알고 있네요."

"예, 예. 그만 자자. 오늘 총회 때문에 피곤했잖아."

"……."

"걱정 마. 나도 꼬맹이한테는 손 안 대."

꼬맹이라는 말에 아라는 발끈했다. 오랜만에 들어보는 호칭이었다. 언제는 그렇게 부르지 말라며 한껏 짜증을 내기도 했지만, 간만에 들으니 반갑기도 했다.

그나저나 뭐? 꼬맹이한테는 손 안 대?

아라의 미간이 단번에 찌푸려졌다. 물론 그래 준다면야 고맙기는 한데 어째 기분이 썩 유쾌하지 않았다.

그녀의 기분을 아는지 모르는지, 조금 들떠 보이는 제하는 그런 아라의 손을 붙잡고 침상으로 이끌었다. 그러고는 마치 아이를 다루듯 그녀를 눕히더니 손수 이불을 덮어 주며 토닥이기까지 하고 있다.

가만히 생각에 잠겨 있던 아라가 이불 위로 고개를 빼꼼 내밀더니 아무래도 신경이 쓰인다며 묻는다.

"그 말은 내가 매력이 없다는 뜻이에요?"

뜬금없는 그녀의 물음에 턱을 괴고 있던 제하가 어이없다는 듯 피식하고 웃었다.

"꼬맹이한테 매력은 무슨 매력."

"어허, 자꾸 꼬맹이란다."

"많이 먹고, 많이 자. 그래야 빨리 크지."

정말 그런다고 하루아침에 쑥쑥 클 리가 없겠지만.

제하의 말과 달리 잘 생각이 조금도 없는 아라는 오히려 두 눈을 부릅뜨며 그를 한껏 노려봤다. 그러자 어느새 이불 위에 털썩 누워 버린 그가 그 상태로 구부정하게 돌아누워 그녀를 빤히 쳐다보는데.

"……."

"……왜요?"

두 눈을 꾹 감는 것으로 떨려 오는 심장을 애써 진정시키고 있던 아라가 결국 그의 시선을 무시하지 못하고 돌아누우며 물었다. 그러자 아라를 빤히 바라보던 그가 손을 들어 올린다. 이윽고 그녀의 뺨 위로 흐르는 머리카락을 유순한 동작으로 한없이 다정하게 귀 뒤로 넘겨 주더니.

"넌 사내에 대해 너무 몰라."

대뜸 투정을 부리기 시작했다.

"알 거 다 알거든요."

"아니야. 몰라."

솔직히 그녀의 곁에 있는 남자들은 죄다 이상했다. 무휼은 오랜 시간을 한 여자에게만 푹 빠져 있는, 보기 드문 지고지순한 순정파였고 유월영은 여자는 물론, 자신 이외의 세상 모든 것에 관심이 없는 이기적인 사내였으니까.

"사랑하면 함께 있고 싶고, 만지고 싶고, 입 맞추고 싶고, 안고 싶은 게 사내의 마음이야."

잠시 머뭇거리던 제하가 아라에게 바짝 다가갔다. 이마를 맞대고, 서로의 숨결이 맞닿을 정도까지 다가가서야 그녀를 빤히 바라보며 묻는다.

"나도 그렇다고 한다면."

"……."

"넌 이런 내가 무서워?"

그의 말에 아라는 인상을 찌푸렸다. 무섭냐고? 당연히 무섭지. 지금까지 이런 식으로 곁에 있었던 사람은 그가 처음이었으니 말이다. 즉, 앞으로 그와 할 무언가들은 그녀에게 있어 전부 새로운 경험이라는 뜻이기도 했다. 원래 자신이 모르는 것에 대해서는 두려움을 느끼는 법이다. 하지만 아라는 고개를 저었다.

"아니요."

"왜, 너랑 달리 나는 항상 그 이상의 것을 바라고 있을지도 모르잖아."

계속되는 그의 질문에 아라는 잠시 생각에 잠겼다. 그래, 자신이 원하는 범위라는 게 있는데 그는 항상 이를 무시하고 선을 넘어 들어오는 바람에 곤란할 때가 한두 번이 아니었지. 하지만 그래도.

"당신은 내가 싫다고 하면 나에게 억지로 무언가를 강요할 사람이 아니니까요."

이에 대해 아라는 확신하고 있었다. 답변이 아닌 반협박처럼 들리는 그녀의 대답에 제하는 잠시 인상을 찌푸렸다.

믿고 있으니까 이 기대를 저버리지 말라는 거잖아, 지금.

"단도직입적으로 물을게."

"뭔데요."

아라가 얼마든지 물어보라며 고개를 끄덕였다. 그러자 제하가 잠시 한숨을 내쉬더니 입을 열었다.

"입맞춤은 언제 하는 게 옳다고 생각해?"

"그야 성인식이 지나고서부터죠."

"……."

두 눈을 동그랗게 뜬 아라가 당연한 거 아니냐며 대답하자, 제하의 미간이 와그작 구겨졌다. 지금 내가 제대로 들은 거 맞지, 그렇지? 혹시 몰라 고개를 갸웃거리며 다시 물었지만, 돌아오는 대답은 한결같았다. '성인이 된 후에.'

그놈의 성인식이 뭐라고, 이렇게 연애를 방해하다니.

"그런데 우리 이미 몇 번이고 하지 않았나?"

"그러니 앞으로는 주의해 주세요."

"……."

열일곱은 너무나 애매한 나이였다. 아직 탄신일이 지나지 않았다는 이유만으로 너무한 거 아닌가, 하는 생각까지 들 정도로. 그가 아무 말도 하지 않고 저를 뚫어져라 바라보자 자신이 뭐 이상한 말이라도 했냐며 아라가 고개를 갸웃거리는데, 그 모습이 제하의 눈에는 너무나 예쁘게만 보였다. 하긴 언제는 예쁘게 안 보였나. 이제는 그냥 다 예뻐 보이는 지경에 이른 거지. 콩깍지가 단단히 씌워져서는 벗겨질 생각을 안 하는데, 성인식이 지날 때까지 그저 가만히 지켜보기만 해야 한다니. 미안하지만 힘들 거 같았다. 지금 '믿습니다.'라는 말 한 마디로 넘어갈 수 있는 문제가 아니란 말이다.

결국 팔을 뻗고 만 제하가 그녀를 제 품 안으로 끌어당겼다. 옴

짝달싹도 할 수 없도록 허리에 팔을 두르고는 다른 한 손으로 놀란 그녀의 얼굴을 들어 올리더니.

"또 왜요."

이거 놓으라며 바둥거리는 그녀의 이마에 가볍게 입술을 눌렀다. 슬쩍 반응을 살펴보더니 괜찮다는 결론을 내린 건지, 다음으로 넘어가 입술에 닿는다.

생각했던 것보다 긴 입맞춤에 숨이 찬 아라가 살고자 하는 의지로 그의 어깨를 강하게 때리자, 그제야 그가 그녀를 놓아 주었다. 그러고는 샐쭉한 얼굴로 말하길.

"네가 틀렸네. 난 네가 싫다고 해도 내가 원하면 하는 몹쓸 놈이야."

"……."

"사람 피 말려 죽게 할 일 있나……."

씩씩거리며 숨을 몰아쉬던 아라가 재빨리 그를 노려봤다. 그러거나 말거나 제하는 자신은 잘못한 게 전혀 없다며 삐딱하게 나왔다. 오히려 피해자는 자신이라며 작게 투덜거린다.

"순수한 건지, 바보 같은 건지, 짜증 나는 건지."

그 말이 끝나기 무섭게 어느 정도 진정한 아라가 그를 째릿 노려봤다. 갑자기 손을 번쩍 들더니 침상 아래를 가리키며 그에게 명령조로 말했다.

"당신, 오늘 바닥에서 자요."

권태기 부부 싸움에서 나올 법한 말에 잠시 불만을 토로하던 그가 어디 두고 보자며 그녀를 바라보더니, 순순히 자신의 베개를 들고 내려갔다.

"안 그래도 그럴 생각이었어."

그러고는 근처에 놓여 있던 푹신한 보료를 끌고 와 침상 아래에 깔아 놓고는 그 위에 쓰러지듯 털썩 누워 버린다. 그러나 아직 분이 덜 풀렸는지 한마디 덧붙인다.

"나도 매력 없는 꼬맹이 옆에서 자고 싶지 않아."

"뭐라고요?!"

아라가 버럭 외쳤다.

잘 거니까 조용히 하라며 눈까지 감아 버리는 그가 기가 막힌다는 듯 가만히 내려다보고 있자, 그녀의 시선이 신경 쓰였던 건지 제하가 슬그머니 다시 눈을 떴다.

"왜?"

"만약 내가 울면 어쩔 건데요?"

울어도 좀 전처럼 억지로 입맞춤을 한다거나 마구 끌어안고 그럴 거냐는 그녀의 물음에 제하는 고민도 하지 않고 곧장 답했다.

"울어도 난 할 건데? 아니, 차라리 우는 게 낫겠다. 울면서 화는 못 낼 거 아니야."

"그럼 안 울면?"

"그럼 더 예뻐해 주고."

어쨌거나 제멋대로 하겠다는 소리였다. 아라는 고개를 저었다. 내 몸은 스스로 지켜야겠다고 다짐하며 다시금 누우려는데 아래에서 그의 푸념 소리가 고스란히 들려왔다.

"이게 뭐하는 거래. 독수공방을 하는 거나 마찬가지……."

"시끄러워요."

"아, 춥다. 몸도 마음도 추워. 한창 부인의 관심과 온기가 필요할 때이거늘……."

"시끄럽다고요."

아라가 시끄러우니 이제 그만 떠들고 자라며 한마디 하자, 문득 새하얀 손이 그녀의 시야에 불쑥 나타났다. 도대체 뭐 하자는 거냐며 눈앞에 살랑거리는 손을 가만히 지켜보고 있던 그녀가 얼결에 손을 덥석 잡자 그가 기다렸다는 듯 손에 힘을 주어 깍지를 끼더니 말했다.

"손만 잡고 자자."

"아, 그거."

아라가 떠오르는 게 있다며 중얼거렸다.

"오라버니가 사내들이 하는 거짓말 중에서 가장 믿어서는 안 되는 거짓말이라고 했는데."

그 말이 끝나기 무섭게 다른 한 손을 들어 제 얼굴을 감싸던 제하가 작게 한숨을 내쉬며 고개를 저었다. 그리고 맞잡은 손에 더더욱 힘을 준다.

"내가 정말 진지하게 경고하는 건데."

"네?"

"역시 너, 그 오라버니랑은 거리를 두는 게 좋겠어."

오라버니라면 분명 유월영밖에 없을 터. 가까이 해 봤자 좋은 영향보다 나쁜 영향을 더 많이 받을 거 같다는 그의 말에 아라는 부정하지 않았다.

앞으로는 그의 말을 전부 귀담아듣지 말라는 약속을 하고서야, 그는 그녀의 손을 움켜쥐고 있던 것을 풀었다.

이제 그만 자자며 손을 놓은 그가 가만히 눈을 감았다.

그렇게 방 안에는 다시금 침묵이 찾아왔다. 밤이다 보니 주변이 조용했다. 그래서 그런지 조금만 움직여도 그 소리가 너무나 크게 울리는데, 아라는 이것이 신경 쓰여 도저히 잘 수가 없었다. 결국 부스스 일어난 그녀가 슬쩍 침대의 아래를 내려다보니, 그새 잠이 든 건지 두 눈을 꼭 감고 옆으로 돌아누운 제하가 보인다.

벌써 잠이 든 건가? 그를 빤히 바라보던 아라가 작은 목소리로 물었다.

"진짜 거기서 잘 거예요?"

"……."

"정말?"

계속되는 질문에 정말 잠이 든 건지 아무런 대꾸도 없던 그의 입꼬리가 슬쩍 올라가더니, 감겨 있던 두 눈이 번쩍하고 떠진다. 슬쩍 아라를 돌아본 제하가 피식 웃었다.

"내려가라, 올라와라. 참 변덕이 심한 부인이야."

* * *

"들었어. 어제 갑자기 근무 일정이 바뀌는 바람에 큰일이었다며?"

"큰일은 무슨. 그냥 조금 놀랐던 거뿐이지."

뒤늦게 소식을 접한 무휼이 다급히 방 안으로 뛰어들어 오며 물었다. 그러자 자리에 앉아 서책을 읽고 있던 아라가 대수롭지 않다는 듯 고개를 끄덕였다.

병사들의 근무 일정이 바뀌는 것은 종종 있는 일이기는 했지만, 무휼이 퇴궐하기 무섭게 교대가 진행되다니 마치 누군가가 일부러 노린 것 같았다. 아라는 처음 있는 일이니 이번은 그냥 넘어가자고 말했지만, 무휼은 이를 가볍게 생각하지 않는 모양이었다.

"부대장에게 말해 둘게. 앞으로 되도록이면 내 허락 없이 근무 일정 바꾸지 말라고."

"아니, 그럴 필요까지는……."

만약 정말 피치 못할 사정이 생기기라도 하면 어쩌냐는 그녀의 말에도 불구하고 무휼은 단호하게 고개를 저었다.

그는 근래 들어 최고로 심각한 상태였다. 아라를 지키기 위해 중앙궁에 들어온 건데, 그 대비가 이렇게 허술하다니. 애초에 부대장에게 제대로 자초지종을 설명하지 않은 게 문제였다. 뒤늦은 자책과 함께 이참에 한동안 궐에 있는 중앙군의 처소에서 지낼까 하는 생각까지 하고 있는데, 책에서 시선을 뗀 아라가 고개를 저었다.

"이제 괜찮아. 그렇게까지 안 해도 돼."

"괜찮기는 뭐가……."

연신 괜찮다 말하는 아라에게 무휼이 슬슬 화를 내기 시작했다. 본인의 일인데 그렇게 가볍게 여겨서야 되겠느냐며 한바탕 잔소리를 쏟아 놓으려는데, 잠시 우물쭈물하던 아라가 말했다.

"신왕이 중앙궁에 들어오기로 했어."

"……응?"

무휼이 그게 무슨 소리냐며 그녀를 바라봤다.

불과 어제까지만 해도 싫은 내색을 보이던 그녀가 갑자기 왜? 자신이 없던 어젯밤, 둘 사이에 정말 무슨 일이라도 있었던 것일까.

“어쩌다 보니 그렇게 됐어.”

“언제부터?”

“내일부터.”

아라가 한숨 섞인 목소리로 답했다. 사실은 오늘 아침, 구제하에게 중앙궁에 있는 방 하나를 내주기로 결심했다.

일단 이 모든 것들이 오해일지도 모르니 며칠은 더 두고 본 뒤 다음 주쯤에 들어오는 게 어떻겠느냐 물었지만, 오늘이라도 당장 들어오겠다는 그를 겨우 설득시킨 것이 바로 내일이었다.

아아, 그가 중앙궁에 들어오면 이제 궐 안에는 무성한 소문들이 퍼지고 또 퍼지겠구나. 물론 침소는 따로 마련해 주겠지만, 밤에 잘 때는 알아서 기어들어올 것을 감수해야겠지.

이러한 모든 점들을 고려했을 때, 아라에게는 정말 큰 결심이 아닐 수 없었다.

“잘됐네.”

신왕이 중앙궁에서 생활한다는 말에 무휼이 그제야 조금 안심이 된 건지 기분이 풀린 듯 작게 웃었다. 이를 본 아라가 고개를 끄덕였다.

“그래. 그러니까, 걱정하지 않아도 돼.”

그러고 보면 그는 처음부터 구제하에게 호의적이었지. 중앙궁에서 공동생활을 하는 것에도 적극적으로 찬성했고 말이야.

"나한테 신경 쓸 시간에 월비한테도 좀 신경 써."

"……."

"지금 우리 사이를 걱정할 때가 아니잖아?"

월비라면 남들 두 배 이상의 정성을 들여야 한다는 충고까지 하자 무휼이 피식 웃는다. 확실히, 그녀는 평범한 연애가 불가능한 여인이었다. 그러니 이제는 슬슬 너희들의 관계에도 신경을 써야 하지 않겠느냐는 아라의 충고에 무휼이 고개를 끄덕이더니 대뜸 물었다.

"자기는 이미 유부녀다 이거야? 남의 연애사에 부쩍 관심이 많아졌네."

"너희 연애사에는 늘 관심 많았거든."

보는 사람이 답답한 연애를 하고 있는데, 어찌 관심을 안 보일 수 있겠느냔 말이야. 이참에 아라가 그동안 자신이 느꼈던 답답한 순간들을 열거하려던 그때였다.

"뭐야, 너희 아직도 진도 안 나간 거야?"

"……."

"……."

누군가의 한마디에 아라와 무휼의 입이 딱 다물어졌다. 그들의 시선이 방 한쪽 벽에 등을 기대고 편히 앉아 있는 월영에게로 향했다. 시선을 느낀 그가 한창 끄적이고 있던 붓의 움직임을 멈추더니 고개를 들었다. 그리고 저를 바라보고 있는 그들을 향해 싱긋 웃으며.

"미안, 아저씨가 괜히 끼어들었네. 계속해."

자신은 신경 쓰지 말라고 말하는데, 어떻게 신경을 안 쓰냔 말이야. 거기 그렇게 앉아 있는 것만으로도 충분히 존재감을 내뿜고 있는걸.

그를 힐끔거리던 무휼은 한숨을 푹 내쉬었다. 그러나 끈기를 갖고 끊겨진 대화를 이어 보려 애를 썼다.

"그냥 난 지금처럼 천천히 가는 게……."

"저렇게 여유 부리고 있다가 몹쓸 놈에게 빼앗기고 나서 땅을 치고 후회하지. 우리 월비가 얼마나 예쁜데."

"……."

"아, 미안."

좀 전에 끼어들지 않기로 해 놓고 그새 깜빡했다며 다시금 고개를 풀썩 숙이는데, 아라와 무휼은 약속이라도 한 듯 동시에 고개를 저었다. 더 해 봤자 유월영의 흥미만 돋울 뿐 제대로 된 대화가 안 될 거라 판단한 그들은 이 이야기는 나중에 다시 이어서 하자며 뒤로 미루었다.

"이거."

수다가 멈추고 한창 떠들썩하던 방 안이 조용해진 그때였다. 아까부터 무언가에 몰두하던 월영이 자리에서 일어나더니 아라의 앞으로 다가왔다. 그러고는 조금 전 대화에 끼어들며 끄적거리던 무언가를 내밀었다. 이게 뭐냐는 그녀의 물음에 월영이 그새 잊었느냐며 작게 투덜거렸다.

"어제 지시했잖아. 국경 지대에 지원할 자금을 확보할 수 있는 좋은 방안을 생각해 오라고."

"아."

그랬지. 그런데 그게 바로 어제였는걸? 벌써 방법을 찾았단 말이야?

어쩐지 일찍부터 찾아와서는 뭔가를 끄적이고 있다 했더니, 그녀에게 올릴 상소를 즉석에서 쓰고 있었던 것이다. 그것도 엄청난 악필로.

월비가 있었다면 바로 해석해 줬겠지만, 안타깝게도 오늘은 간밤의 이야기를 전해 듣고 놀란 무휼이 먼저 입궐을 하는 바람에 그녀는 나중에 혼자 올 예정이었다.

스스로 읽는 것을 포기한 아라가 제 앞에서 생글생글 웃고 있는 월영을 흘겨봤다. 어차피 읽지도 못할 상소를 쓸 거면 뭐하러 일찍부터 와서 쓰고 앉아 있었냐 타박을 늘어놓으며.

"여러 가지 생각해 봤는데."

결국 읽지 못하는 상소를 대신해 그는 자신의 입으로 설명해야만 했다.

"우선은 그냥 간단하게 국고를 여는 방법을 생각……."

"국고는 안 돼."

"……역시 안 되겠지?"

아라의 단호한 말에 월영이 어깨를 축 늘어뜨렸다. 사실 가장 쉽고 간단한 방법은 국고에 쌓여 있는 돈을 푸는 것이었다. 하지만 아라는 이 방법만큼은 선택하고 싶지 않았다. 일단 최대한 방도를 알아 본 뒤에, 그럼에도 별다른 수가 없을 때 최후의 수단으로 쓴다면 모를까.

"잠깐, 설마 생각을 했다는 게 이게 다는 아니겠지?"

"저를 뭐로 보시고."

"다행이네."

월영이 단호히 고개를 저었다. 사실은 그렇게 말할 줄 알고 두 번째로 준비한 안이 있다며 그녀를 안심시켰다.

"조세법을 개정하겠다고 선포하는 거야."

"조세?"

그러나 이번 역시 아라의 표정은 풀어질 생각을 안 했다. 오히려 그가 국고를 거론했을 때보다 낯빛이 한층 더 어두워졌다.

"현재의 조세법은 굳이 바꿀 필요가 없는 거 같은데? 게다가 바꾼다고 하면 또 조율까지 시간도 엄청 걸릴……."

최대한 내지 않으려는 관리들과 그들에게서 최대한 많이 받아내려는 왕. 이 조율 과정이 얼마나 끔찍한지 아느냐며 그녀가 물었다.

"아니. 실제로 바꾸지는 않을 거야."

"……그럼 왜?"

바꾸지도 않을 거면서 왜 바꾼다고 거짓말을 하라는 건지, 아라는 이해가 되지 않았다. 아니, 굳이 그럴 필요가 있나?

"겁을 주는 거지."

"겁이라니?"

도대체 무슨 말이 하고 싶으냐는 그녀의 물음에 월영이 싱긋 웃었다. 그것이 주로 남을 괴롭힐 때 짓는 미소라는 걸 너무나도 잘 알고 있는 아라와 무휼은 벌써부터 오싹했다.

"사실 개정안은 핑계에 불과해."

"핑계?"

"이를 핑계로 현 관리들의 조세 납부 실태를 검사하는 거야."

"……."

"그들이 매년 납부하지 않는 조세의 금액도 어마어마하다고."

그 말에 아라는 고개를 끄덕였다. 확실히 문제가 되고 있는 일이기는 했다. 그러나 워낙 오래전부터 행해지고 있다 보니 뿌리째 뽑지 않고서는 없앨 수 없는 그런 나쁜 관습. 한두 명이 아니었기 때문에, 이를 조사해 색출해 내기 위해서는 대규모의 조사가 필요했다.

"신료들이 내지 않는 조세들을 거둬들여 국경 지대 강화 자금으로 충당하는 거야."

"괜찮은 생각 같은데. 그렇지, 아라?"

"그러네. 문제가 있다면 너무 갑작스럽게 조세 개정안을 검토할 테니 모두 조사에 임하라고 하면 의심하지 않을까인데……."

안 그래도 한창 어디서 그 돈을 충당할지 숨을 죽이고 지켜보고 있을 그들인데, 이 시점에서 지금까지 가만히 있다가 갑자기 움직이면 의심할 게 뻔하지 않은가.

아라의 말에 무휼이 동의했다. 그러자 월영이 생각해 둔 게 있다며 책상 위에 펼쳐진 해석 불가능한 조서를 탁하고 내려친다.

"그래서 신왕의 도움이 필요해."

갑작스레 등장한 구제하의 필요성에 아라는 고개를 갸웃거렸다. 그러자 월영이 씩 미소를 짓는다.

"신왕이 귀족들의 편에 서서, 귀족들이 내는 조세를 낮춰 달라고 여왕에게 건의를 하는 거야."

안 그래도 최근에 귀족들에게 호감을 사고 있는 그라면 충분히 가능한 일이었다. 어리석은 귀족들은 국서가 저들을 위해 나서 주고 있다고 착각하며 또 한바탕 열광할 테니까.

"문제는 조세 문제를 자연스럽게 꺼낸다고 해도, 그들이 조사에 순순히 임할까인데……."

"안 하겠지."

"분명 똘똘 뭉쳐서는 이 조사를 받아들일 수 없다며 버틸 테니까."

월영의 걱정에 아라가 맞장구를 쳤다. 당연히 그들이 순순히 조사에 임할 리가 없었다. 아마 또 들고 일어나겠지. 그것들을 어찌 상대하나. 벌써부터 피로가 몰려오는 거 같았다.

잠시 고민하던 그녀의 두 눈이 곧 반짝이기 시작했다.

"자진해서 신고하는 사람들에게 감면 혜택을 준다고 하면 몇 명은 움직이지 않을까?"

"어, 그거 좋은 생각이네. 몇 명의 마음을 돌려놓기만 해도 그들의 결속은 무너지고 말 테니까."

서서히 계획이 구체화되어가자 아라의 입가에는 만족스러운 미소가 번졌다. 제 배나 불릴 줄 알지, 내놓는 건 죽어도 못 하는 그들에게서 크게 받아낼 수 있을 거 같았다.

"난 귀족들 뒤통수 칠 때가 가장 즐겁더라."

그렇게 말하며 월영이 씨익 웃는데, 이를 지켜보고 있던 아라와 무휼은 말없이 시선을 교환했다. 사악하게 웃으며 말하는 것이 꼭 악마의 탈을 쓴 인간을 보고 있는 듯했다. 같은 편이기에 망정이지, 적이었어 봐. 아주 큰일 날 뻔했어.

"오늘 조회 끝난 다음에 뭐할 거야? 시간 있으면 밖에나 나갈까?"

"시간 없는데."

자신과 놀러나가지 않겠느냐는 월영의 말에, 아라가 단칼에 그의 제안을 잘라 버렸다. 조금의 주저함도 없는 그녀의 단호한 태도에 월영이 입술을 삐죽 내민다.

"왜, 바빠? 나 피하는 거 같아."

"오라버니랑 함께 있으면 남편이 질투하거든."

서운하다는 투의 월영의 말에 아라는 곧장 고개를 끄덕이며 답했다. 워낙에 여린 마음을 지닌 국서라 부인이 다른 남자와 함께 있는 모습을 보면 마음의 상처를 받는다며 월영의 제안을 거절한 아라가 남편만 챙긴다고 삐쳐 있는 그의 투정에 작게 웃었다.

"농담이야."

"그럼, 가자. 신왕도 함께 가면 되잖아."

"그게 아니라."

슬슬 조회에 참석해야겠다며 자리에서 일어난 아라는 한숨을 푹 내쉬었다. 물론 구제하가 신경 쓰여 그러는 것도 있었지만, 가장 큰 이유는 그것이 아니었다.

실은 조회가 끝난 후에 아주 중요한 볼일이 있었다. 기왕이면 이번이 마지막이 되어 주길 바라는 무언가가.

"아주 중요한 귀빈과의 약속이 있어."

그래, 사실은 오늘 오후에 만나기로 한 여인이 있었다.

그녀 역시 만나고 싶지는 않지만.

* * *

궁녀 한 무리가 급한 걸음으로 중앙궁 안에 들어섰다.

그들의 중심에는 장옷을 뒤집어쓴 여인이 있었고, 궁녀들은 마치 그녀를 보호하기라도 하듯 주변을 빙 에워싼 채로 여왕이 있는 궁을 향해 걸음을 재촉하고 있다.

이미 이 광경을 본 적 있는 이들은 그냥 대수롭지 않다는 듯 관심을 갖지 않았지만 들어온 지 얼마 안 된 새 식구, 도하에게는 너무나 희한한 광경이 아닐 수 없었다.

갑자기 중앙궁에 아무도 들이지 말라는 명령이 떨어졌다. 희수궁과의 사이에 있는 중문까지 꼭꼭 걸어 잠갔는데, 뭔가가 이상했다. 이렇게 무언가를 위한 만반의 준비가 끝나기 무섭게 궁녀들에게 폭 싸인 채로 한 여인이 등장했으니 그녀의 정체가 궁금할 수밖에.

"저 여인은 누굽니까?"

정체불명의 여인에게서 눈을 떼지 못하던 도하가 선임에게 슬쩍 물었다. 그러자 그의 옆에 서 있던 사내가 그 무리를 슬쩍 바라보더니.

"글쎄, 누군지는 나도 잘 몰라."

고개를 절레절레 저으며 자신도 그녀에 대한 정보는 잘 모른다 답했다. 그러나 모른다는 그 말은 도하의 호기심을 한층 더 자극시키는 꼴이 되었다. 여왕의 손님인데도 중앙군의 병사조차 정체를 모르는 여성이라니.

"듣자 하니 전하께서 종종 만나고 계시는 귀빈이라더군."

"귀빈이요?"

"그래. 저번에도 찾아왔어. 그때는 대장님께서 직접 모셔 왔을 거야, 아마."

대장이 직접 모셔 올 정도라니. 도대체 누구지?

도하의 시선이 그 여인에게로 향했다. 어느새 중앙궁의 문 안으로 들어서는 그 뒷모습을 빤히 바라보고 있자, 선임이 그의 어깨를 툭툭 쳤다.

쓸데없는 일에 관심 갖지 말고 정신 바짝 차리라는 잔소리에 그가 알겠다며 고개를 끄덕였다.

'여왕이 비밀리에 만나고 있는 귀빈이라?'

도하의 눈빛이 날카롭게 번뜩였다.

* * *

"오랜만에 뵙습니다, 전하."

"오랜만이네요."

방 안에 들어선 설화가 장옷을 벗으며 아라에게 꾸벅 인사했다. 이에 못마땅한 얼굴로 그녀를 반기고 있던 아라가 재빨리 미소를 지으며 고개를 끄덕였다.

그녀는 주설화의 방문이 마음에 들지 않았다.

물론 그녀와의 약속은 며칠 전부터 잡혀 있었지만, 그녀가 궐 안에 있다는 거 자체가 마음에 들지 않았다. 아니, 솔직하게 말하면 구제하랑 가까이 두고 싶지 않았기 때문일 것이다. 그러나 이런 노골적인 투기 따위 보기 좋지 않으니 마음에 묻어둘 수밖에.

"그래서, 이번에는 또 무슨 일로 온 거죠?"

서둘러 이곳에 온 용건을 말하라는 아라의 말에 설화가 티 나지 않게 살짝 눈을 찌푸렸다. 그러나 그것도 잠시, 굳어 있던 근육을 살살 풀더니 슬며시 웃는다.

"우선 이혼 절차를 밟아 주신 것에 대해 감사드립니다."

"아."

뜬금없는 감사 인사에 뭔가 했더니 이혼 절차에 관한 이야기였나. 고개를 끄덕이던 아라는 내심 안도했다. 그녀가 찾아오면 불안했으니까.

"원하던 대로 잘 풀려서 다행이네요."

"네, 아직 재산 분할에 대한 문제가 남아 있지만, 이제 이혼한 거나 다름없으니까요."

설화의 목소리가 밝았다. 그녀가 원했던 것은 어디까지나 구제용과의 관계를 끊는 것으로, 솔직히 돈은 생각지도 못한 문제였기 때문에 이는 횡재나 다름없었다.

연신 고개를 끄덕이던 아라는 멈칫했다. 뭔가 이상했다. 감사 인사를 하고 싶으면 서신으로 하면 될 것을 굳이 이렇게 궐에까지 찾아올 필요는 없지 않은가. 그럼에도 이런 귀찮은 일을 한다는 건 다른 목적이 있어 이곳에 왔다는 뜻이었다. 그리고 역시나, 아라의 예상대로 눈빛부터 바뀐 설화가 주위를 두리번거렸다. 곁에서 계속해서 저를 노려보는 김 상궁의 시선이 영 거슬리는 모양이었다.

"잠시 주위를 물려 주셨으면 좋겠습니다, 전하."

갑작스러운 요청에 아라는 불안해졌다. 왜, 무슨 말을 하려고 이러나. 잠시 망설이던 아라가 슬쩍 김 상궁을 바라보자 김 상궁이 안 된다며 고개를 가로젓는다. 걱정 가득한 그녀를 향해 아라는 괜찮다며 싱긋 웃어 보였다.

"잠시 나가 있어요."

그 말에 김 상궁이 아주 잠깐 난색을 보였지만, 이내 못 이기고 물러났다. 그녀가 나가자 방 안에는 아라와 주설화, 둘만이 남게 되었다.

"자, 원하는 대로 다 물렸으니 말해 보세요."

빨리 용건을 말하라는 그녀의 재촉에 설화가 입을 열었다.

"제가 지낼 수 있는 안전한 거처를 마련해 주셨으면 좋겠습니다."

"……거처라."

그래도 제하와의 옛 정을 생각해 도와줬더니만 이제는 거처까지 구해 달라니, 뻔뻔하기 짝이 없구나. 이러다가 생활비까지 보태 달라 하는 거 아닌가 하는 생각에 아라는 이를 거절하기로 마음먹었다.

"미안하지만, 그 부탁은 들어줄 수 없을 거 같군요."

"하지만 전하! 지금 구가 쪽에서 사람을 풀어 절 찾아내기 위해 혈안이 되어 있습니다."

"……."

"이대로 있다가는 전 쥐도 새도 모르게 그들 손에 죽임을 당할지도 모른단 말입니다!"

공포에 질린 얼굴로 설화가 외쳤다. 그동안 사람들의 눈치를 보며 도망 다니던 삶은 그녀를 지치게 했다. 객주에서도 마음이 편치 않았으며, 시시때때로 장소를 옮겨야만 했다. 게다가 이제 슬슬 집을 나올 때 들고 나온 돈도 떨어져 가고 있었으니, 그녀가 기댈 곳은 제하밖에 없었다.

그러나 그 사이에는 여왕이 가로막고 있으니.

'제하가 지금 내 상황을 알고 있다면 분명 어떻게 해서든 도와주려 할 텐데.'

생각보다 차가운 여왕의 반응에 설화는 생각에 잠겼다. 역시 어떻게 해서든 제하와 만나야만 했다. 깊게 심호흡을 한 그녀가 끓어오르는 화를 억누르며 애써 웃었다. 지금 이 상황에서 이런 말을 해봤자 좋을 게 하나 없겠지만 어쩌겠는가. 방법이 없는걸.

"제가 잘못되면 제하가 슬퍼할 텐데요."

"……."

그녀의 말에 아라는 곧장 인상을 썼다. 다시 생각해 보는 게 어떻겠느냐며 눈썹을 씰룩이는 꼴이 너무나도 꼴 보기 싫었다. 또한 감히 신왕의 이름을 아무렇게나 막 불러대는 것도 싫었다. 그냥 그녀가 구제하와 연관이 있다는 게 싫었다.

"과연 그럴까요?"

"……."

"물론 과거에는 그랬을지도 모르겠지만요."

그러나 아라 역시 이번만큼은 물러서지 않았다. 고개를 들어 팔짱을 낀 채 되묻는 그녀에게서는 여유가 느껴졌다.

반면 설화는 당황했다. 뭐지? 저 여왕이 도대체 뭘 믿고 저렇게 당당한 거지? 뒤늦게 불안이 몰려왔다. 남녀 사이라는 게 한 공간에서 함께 생활을 하며 매일 얼굴을 보다 보면 없던 마음도 생겨날지 모르는 법. 설마 제하의 마음이 바뀌기라도 했단 말인가? 아니, 그럴 리가 없다며 고개를 젓던 설화가 강렬한 눈빛으로 아라를 쏘아보기 시작했다.

'제하가 날 만나 주지 않는 이유는 다 저 여왕 때문이야! 그녀가 중간에서 막고 있기 때문에 제하가 나서지를 못하는 거라고!'

게다가 그녀는 둘 사이가 여느 부부 사이와는 다르다는 걸 너무나도 잘 알고 있었다. 그리고 그것이 오늘 그녀가 궐을 방문한 이유 중 하나이기도 했다. 바들바들 떨던 설화가 한숨을 푹 내쉬었다. 그러더니 곧 빙그레 웃는다. 이를 본 아라는 불안했다. 왜, 또 뭐 때문에 저러는 건데?

"전하께서 저를 이리 대하시면 안 될 텐데요."

그녀를 바라보며 미소 짓고 있던 설화는 생명줄마냥 고이 쥐고 있던 작은 주머니 안에서 부스럭거리며 무언가를 꺼내 들었다. 곧 그것을 아라의 눈앞에 보란 듯이 펼쳐들자, 조금씩 관심을 보이던 아라가 몸을 쭉 빼고 가까이 다가가 그것을 빤히 들여다보았다.

분명 별로 대수롭지 않은 물건이라 장담했건만, 어째서인지 익숙했다. 설화의 손에 들려 있는 그것은 자신이 너무나도 잘 알고 있는 것이었다.

"그건……."

아라가 문서를 알아보자 잠시 긴장으로 굳어져 있던 설화의 미간에 파인 주름이 서서히 펴졌다. 역시나!

"두 분이 신료들의 눈을 속이기 위해 위장 혼인을 한 사실을 알고 있습니다."

설화의 손에 들려 있는 것은 다름 아닌 여왕과 신왕이 나눈 서약서였다. 이런 낭패가 있나! 이를 본 아라의 머릿속이 빠르게 돌아가기 시작했다.

분명 저것은 이 세상에 딱 두 개만 존재하는 문서였다. 하나는 지금 제 방에 있는 문갑 안에 고이 잠들어 있을 것이고, 다른 하나는 구제하의 손에 있다. 안 그래도 저것을 없애려 했지만, 며칠 전에 구제하는 저 서약서를 잃어버렸다고 했다. 그렇다는 건 지금 그녀의 손에 들려 있는 게 바로 제하의 서약서라는 건데…….

그렇게 생각하니 다시 한 번 머릿속이 복잡해졌다.

도대체 어떻게 손에 넣은 건지? 몰래 훔치기라도 한 건가? 아니면 설마…… 구제하가 직접 그녀에게 준 건가?

"이것이 세상에 알려지게 되면, 전하께도 좋을 게 하나 없으실 텐데요."

당황한 기색이 역력한 아라의 얼굴에 설화는 더욱더 의기양양해졌다. 제 손에 들려 있는 보잘것없는 종이 한 장이 무슨 어마어마한 무기라도 되는 듯싶었다.

"제 요구 사항을 들어주지 않으신다면, 이 문서를 공개하겠습니다."

"……."

"그리되면 궐 안이 한바탕 난리가 나겠지요?"

난리는 물론, 귀족들과 대신들이 구제하와의 혼인이 무효라며 들고 일어설게 뻔했다. 그리고 그들과의 대립은 다시 원점으로 돌아가 분명 다른 사내와 또다시 혼인을 치러야 하겠지.

"지금 날 협박하는 겁니까?"

잠시 아무런 말이 없던 아라가 위엄 있는 목소리로 묻자, 설화가 재미있는 말을 들었다는 듯 제 입가를 가리며 작게 웃었다.

"하하. 협박이라뇨, 제가 어찌 감히 전하께…… 저는 지금 협상을 요구하고 있는 겁니다."

"……."

협상, 협상이라. 자신이 원하는 걸 이루어주지 않으면 서약서를 세상에 공개하겠다는 것이 협상이라니. 그러나 한 마디도 할 수 없는 아라는 그저 한숨을 푹 내쉴 뿐이었다.

확실히 자신이 불리한 상황이었다. 일단 지금 서약서가 어떠한 경로로 그녀의 손에 들어간 건지는 나중의 문제였다. 지금은 그녀에게서 저것을 돌려받는 것이 급선무였다.

"좋아요."

결국 아라는 고개를 끄덕였다.

"구가의 손이 닿지 않을 안전한 거처를 제공해 주죠."

긍정적인 답변에 설화가 활짝 웃었다. 사실 그냥 무시하면 어쩌나 걱정했는데, 성공했다. 예상대로 이것은 여왕의 약점이었던 것이다.

"성은이 망극하옵니다, 전하."

생글생글 웃으며 꾸벅 인사하는 꼴이 영 꼴 보기 싫었다. 그러나 어쩌겠는가. 그녀의 손에 쥐어져 있는 것만큼은 무슨 일이 있어도 지켜야 하거늘.

"곧 사람을 보내죠. 그들이 당신이 지낼 거처를 안내해 줄 겁니다."

"예. 감사합니다, 전하!"

다시 한 번 고개를 조아리던 설화가 기쁨을 주체 못 하며 꾸벅 인사했다. 고개를 든 그녀가 펼쳐 놓았던 서약서를 집어 들더니 다시금 고이 접어 주머니 안에 넣으려던 그때였다.

"아니. 그건 놓고 가야죠."

"……."

단호한 아라의 말에 제 품 안에 그 주머니를 넣으려던 설화의 움직임이 멈췄다. 그녀가 아라를 바라보더니 잠깐 찌푸렸던 인상을 재빨리 풀며 침착하게 입을 열었다.

"……분명 협상을 하기로……."

주머니를 쥔 설화의 손에 힘이 들어갔다.

어떻게 손에 넣은 약점인데, 이것을 쉽게 넘겨줄 리가 없지 않은가! 이것만 있으면 언제든지 여왕에게 원하는 걸 요구할 수 있을 텐데! 이런 엄청난 무기를 그저 거처 하나 얻는 데 사용하고 잃기에는 아까웠다.

"이리 내놔요."

어느새 손을 뻗은 아라가 빨리 내놓으라며 은근히 압박을 가하기 시작했다. 그러나 설화는 버티기 시작했고 이에 잠시 손을 거두었던 아라가 후우, 하고 한숨을 내쉬더니 말했다.

"이리 달라고 했습니다."

"이, 이러시는 게 어디…… 이건 말도 안 됩니다."

"난 그래도 됩니다."

"……."

"이 나라 왕이니까, 난 그래도 됩니다."

이번에는 아라가 싱긋 미소 지으며 말했다.

다르게 생각하면 저것을 들고 궐 안에 들어온 것은 어리석은 행동이었다. 좀 더 유용하게 쓸 수도 있었을 텐데, 너무 들뜬 탓인지 협박이 허술했다.

거처 하나쯤 마련해 주는 건 아무것도 아니었으니까.

"놓고 갈래요, 아니면 그렇게 꼭 쥐고 있다가 저 밖에 서 있는 중앙군에게 빼앗긴 채, 아무것도 얻지 못하고 쫓겨날래요."

"……부, 분명 협상을 하기로……."

"아니. 난 지금 협박을 하는 겁니다."

"……."

당당하게 협박이라 밝히는 아라의 말에 설화는 제 입술을 깨물었다. 일전의 만만해 보이던 여왕은 어디로 갔는지 이번에는 그 위압감이 장난 아니었다.

"……드리겠습니다."

결국 설화는 물러서는 것을 선택했다. 안전한 거처를 보장받는 것만으로 만족하기에는 배가 아팠지만, 아무것도 얻지 못한 채 쫓겨나는 것보다는 백번 나았으니까.

아라에게 다가온 설화가 부들부들 떨리는 손으로 종이를 넘겨주었다. 그것을 받아 든 아라는 싱긋 웃었다.

"축하해요. 협상 성공이네요."

협상? 협상은 무슨!

돌아서는 설화의 미간이 다시금 찌푸려졌다. 협박을 하려다가 도리어 제가 당하고 말다니.

들어올 때의 당당함은 어디로 갔는지, 돌아서는 그녀의 안색은 어두웠다. 밖에서 대기 중이던 무흁이 이를 보고는 작게 미소 지었다. 그리고 열린 문 안으로 들어섰다.

"보아하니 잘 끝났나 보네."

"대충은."

건성으로 고개를 끄덕이던 아라는 제 손에 들려 있는 서약서를 팔랑이며 멍하니 바라봤다. 혹시나 위조는 아닐까 기대했지만, 확실한 원본이었다.

"이걸 어떻게 저 여자가 갖고 있는 거지?"

밖에서 안의 이야기를 듣고 있던 무흁이 그녀의 손에 들린 서약서로 시선을 내렸다. 그리고 혹시라도 쓸데없는 걱정을 하고 있을까 싶어 말했다.

"국서께서 줬을 리가 없잖아."

"그건 그렇지."

아라가 고개를 끄덕였다. 이것을 가장 없애고 싶어 하던 사람인 제하가 직접 그녀에게 넘겼다니 말이 안 됐다.

"일단 저 입을 막는 게 우선이야."

"그러네."

"서약서는 돌려받았지만, 이미 이것을 봐 버렸으니까."

설령 물질적인 증거는 없더라도, 자신이 그런 걸 봤다는 그 발언 하나만으로도 신료들은 충분히 들고 일어설 것이다. 그리고 그들이 의혹을 품고 본격적으로 조사에 착수한다면 언젠가는 꼬리가 밟힐지도 몰랐다. 너무 위험해.

"뭔가 좋은 방법이……."

아라가 잠시 생각에 잠겼다. 바로 그때였다.

"어, 뭐야. 좀 전에 나가던데 벌써 끝난 거야?"

문이 열리더니 뒤늦게 입궐한 월비가 방 안에 들어섰다. 그리고 그녀를 빤히 바라보던 아라의 입가에 곧 만족스러운 미소가 지어진다.

"좋은 생각이 났어."

그래, 아주 좋은 생각이 났다. 저 혼자 실실 웃고 있는 그녀의 모습이 무휼의 눈에는 꼭 조그마한 장난기 가득한 도깨비가 앉아 있는 거 같았다.

"안전한 거처를 마련해 준다고 했지, 그게 꼭 편안한 곳이라고는 안 했어."

"도대체 무슨 생각을 하는 거야?"

"외부인의 출입이 불가능한 곳, 어쩌면 천유국에서 궐 다음으로 안전한 곳. 국가가 간섭할 수 없는 영역으로 신료들의 눈을 피할 수 있는 그런 곳이 한군데 있잖아."

그녀의 말에 무휼이 고개를 갸웃거렸다. 그런 곳이 있었나? 정말? 그러나 월비는 이미 눈치를 챈 듯 아라를 따라 싱긋 웃고 있다.

"월비."

"응."

"서하연에 연통을 넣어 줘."

* * *

한 여인이 씩씩거리며 중앙궁을 나서고 있었다.

너무나 흥분한 탓에 장옷을 쓰는 것조차 잊은 채 모든 이의 시선을 한 몸에 받으며 궁을 나서던 그녀가 멈칫했다. 바로 옆에 작은 문 하나가 보였다. 그리고 그것이 희수궁과 이어져 있는 문이라는 걸 알고 있는 설화는 잠시 걸음을 멈췄다. 힐끔, 궁녀들의 움직임을 신경 쓰며 조심스럽게 문을 향해 다가가는데.

"거기 잠깐."

한 사내가 뒤에서 그녀를 불러 세웠다. 화들짝 놀란 설화가 뒤를 돌아보자 그녀를 주시하고 있던 도하가 재빨리 다가왔다.

"이쪽으로 가는 길은 지금 막혔습니다."

놀란 설화가 재빨리 얼굴에 완연한 미소를 짓더니 아무것도 아니라며 돌아섰다.

"……그, 그렇군요. 저는 그냥 궁금해서……."

"가시죠. 궐 밖에까지 모셔다 드리겠습니다."

도하가 상냥하게 말하자 설화가 금세 얼굴을 붉히며 고개를 끄덕였다. 그리고 순한 양처럼 그 뒤를 따랐다. 그러길 얼마, 잠시 앞서가던 그가 돌아섰다.

"혹시 실례가 되지 않는다면……."

잠시 망설이던 그가 물었다.

"이름을 여쭤 봐도 괜찮겠습니까?"

"네, 네?"

갑자기 제 이름을 묻자 뭔가가 수상하다고 느꼈는지 설화가 잠시 머뭇거렸다. 그러나 그것도 잠시, 상대가 왕의 직속 부대인 중앙군의 병사라는 것을 재확인한 그녀의 표정이 혼란으로 물들었다. 그녀가 갈등하고 있다는 것을 알아차린 도하가 재빨리 말을 덧붙였다.

"아아. 전하의 신변 보호를 위해 방문객들에 대한 기록을 남겨놓아야 해서 말입니다."

그럴싸한 그의 말에 홀라당 넘어간 설화의 눈에서 의심이 사라졌고, 곧 그녀가 고개를 끄덕였다.

"주설화라고 합니다만……."

주설화?

"예쁜 이름이네요."

그녀의 이름을 알아낸 도하가 알겠다며 고개를 끄덕이고는 다시금 걸음을 재촉했다. 중간중간 뒤를 돌아 그녀가 잘 따라오고 있는지를 확인하며 앞서던 그가 생각에 잠겼다.

주설화. 주설화라……. 어디서 들어본 거 같은데, 어디였지?

* * *

"제하, 구제하!"

제하는 한숨을 내쉬었다. 그는 지금 눈앞에서 떠들어 대는 두 명의 남자 때문에 기분이 매우 안 좋았다. 안 그래도 머리에 들어오지 않는 글자들을 꾸역꾸역 집어넣느라 피곤해 죽겠는데.

"지금 우리 말을 듣고 있는 게냐?"

"예."

앞에서 계속해서 말을 걸어 대는데, 글자가 눈에 들어올 리가 없지 않은가. 결국 그는 들고 있던 서면을 내려놓고 그들을 바라봤다. 그저 징징거리기 바쁜 제 형과 아버지라는 사람을.

"듣고는 있지만, 적당히 흘려듣고 있습니다."

"구제하!"

사실은 조금도 듣고 있지 않았다. 아니, 듣고 싶지도 않았다.

오늘 아침 조회가 끝난 이후, 그는 아라와 월영의 부탁으로 어떠한 막중한 임무를 맡게 되었다. 그것이 바로 지금 그의 손에 들려 있는 서면에 적힌 내용이다. 일종의 대본 같은 것인데, 귀족들의 뒤통수를 치기 위한 극의 내용이니 최대한 빨리 숙지하라기에 한창 외우고 있었는데 그들이 찾아온 것이다.

구가의 전 가주와 전 후계자께서.

정말 오랜만의 방문이 아닐 수 없었다. 그러나 제하는 조금도 그들이 반갑거나 하지 않았다. 마음 같아선 유신에게 당장에라도 내쫓으라 명령하고 싶었지만 그럴 수가 없었다.

"전하를 뵈러 왔는데, 현재 귀빈과 접견 중이라 하셔서……."

중앙궁에서 어쩔 수 없이 발길을 돌려 여기까지 왔다는데 들일 수밖에. 가만히 내버려 뒀다가는 또 중앙궁에 갈 게 뻔했다. 밖에서 기다리고 있다가 귀빈이 나오기 무섭게 아라를 괴롭히려 들겠지. 그럴 바에는 차라리 자신이 상대하는 게 나았다.

"단향에 내려갔다더니?"

제용을 응시하고 있던 제하는 못마땅하다는 투로 대뜸 물었다. 들려오는 소문에 의하면 후계자 자리에서 물러난 이후 집안의 힘으로 어찌어찌 지방 수령 자리를 꿰차고 앉았다던데.

"그래. 네 덕분에 말이다."

"고마워할 거까지는 없는데."

"너……!"

"원하면 언제든 말해. 더 아래로 보내 줄 테니까."

"야, 구제하!!"

이를 바드득 가는 소리가 문가에 서 있던 유신에게까지 들릴 정도였다. 그 정도로 제용은 지금 이 상황이 너무나 못마땅했다. 저 녀석에게 고개를 숙여야 한다니, 너무나도 굴욕적이었다. 그가 상석에 앉아 있는 제하를 한참이나 노려봤다.

"어허. 제용아, 그만해라."

"하지만 아버지! 저 녀석 태도를 보세요!"

"그만, 그만. 국서라는 자리가 얼마나 고단한데, 좀 받아 줄 수도 있는 거잖니."

더더욱 마음에 들지 않는 건, 언제나 제 편을 들어주시던 아버지께서 어떻게든 제하의 마음에 들려고 온갖 노력을 다하고 있다는 것이다. 할 수 없이 제용은 씩씩거리며 입을 다물 수밖에 없었다. 물론 이 기회를 그냥 넘어갈 제하가 아니었지만.

"그래도 지방 수령이라니."

저에게 꼼짝 못 하고 있는 제용의 모습이 신기한 제하가 들고 있던 종이를 내려놓더니 팔꿈치를 올리고 턱을 괴었다. 그러고는 씩 미소 짓는다.

"그것도 형님께는 감지덕지한 자리 같은데, 제대로 일도 안 하고 뭐하는 건지…….”

“뭐야?!”

“어휴, 그러게 말이다.”

“아버지!!”

제율조차 제 편을 들어주기는커녕 오히려 함께 잔소리를 늘어놓고 있으니 제용의 입장에서는 복장이 터질 지경이었다.

“시끄럽다, 인석아. 그건 제하의 말이 맞아.”

제율이 씩씩대는 제용의 허벅지를 꼬집으며 눈치를 줬다.

바보 같은 녀석, 바짝 엎드리라고 그렇게나 경고를 했거늘. 가뜩이나 속을 모르겠는 녀석인데 성질을 긁어 놨다가 마음이 돌아서면 어쩌려고 이러는지!

“크흠. 그래, 요즘 여왕과의 사이는 어떠냐. 진척이 있느냐?”

“…….”

“초야는 치른 거지, 그렇지?”

제하의 눈치를 보던 제율이 조심스럽게 물었다. 그러자 다시금 제하가 눈썹을 꿈틀거리며 그를 흘겨보기 시작한다.

하하하. 어색하게 웃고 있지만 제율은 순간 뜨끔했다. 이런, 너무 성급하게 물었나? 좀 더 근황이라든가 그런 걸 묻고 은근하게 물어봤어야 했나?

“알았다, 알았어. 허허. 그래, 네가 어련히 알아서 잘하겠지. 그럼, 그럼.”

여느 때라면 버럭 소리를 질렀겠지만, 제율은 꽤 조심스러웠다. 저의 가문이 살기 위해서는 제하밖에 없었다.

가뜩이나 요즘 들어 예쁜 짓 많이 하는 아들인데, 괜히 기분 상하게 하여 천금과도 같은 기회를 잃어서는 안 되지 않겠는가.

"크흠. 그, 그래도 말이다…… 사람 일이라는 게 어떻게 될지 모르는 거니까."

잘 알고 있지만 조바심이 나는 건 어쩔 수 없었다. 시건형의 양자가 중앙군에 들어갔다는 말을 들었을 때부터 그는 불안했다.

"듣자 하니 시건형의 양자가 중앙군에 들어갔다던데, 한시라도 빨리 후계자를 봐야 그래도 네가……."

"……."

제하는 잠시 고민에 빠졌다. 어쩌면 좋을까. 여기서 그냥 짜증을 버럭 내 버릴까? 그만하라고 화를 내면 꼼짝도 못 하고 꼬리를 내릴 거 같기는 한데…….

하지만 너무 거리를 둬서도 안 됐다.

'친하게 지내요.'

아라가 그랬다. 귀족들이 국서를 이용하고 있다는 착각에 빠지면 빠질수록 그녀에게 이익이고, 자신들이 유리해지는 것이라고.

후우. 한숨을 푹 내쉰 제하가 끓어오르는 짜증을 꾹 삼켰다. 그러고는 아무렇지도 않은 척 퉁명스럽게 대꾸했다.

"내일 중앙궁에 들어가기로 했습니다."

"……으, 응?"

제율의 두 눈이 휘둥그레졌다. 너무나도 갑작스러운 일이라, 좀 전에 제하가 내뱉은 말이 좋은 건지 나쁜 건지 판단하는 데에도 시간이 걸렸다. 자신이 무슨 말을 들은 건지 모르겠다며 아직도 어리둥절해하고 있는 그에게 제하는 다시 한 번 말했다.

"앞으로 중앙궁에서 함께 지내게 되었다고요. 전. 하. 와."

그 말이 끝나기 무섭게, 잠시 어안이 벙벙해져 있던 구제율의 두 눈이 부담스러울 정도로 커다래지더니 앉아 있는 것도 아니고 서 있는 것도 아닌, 애매한 자세로 어쩔 줄을 몰라 했다.

"그, 그게 정말이냐?!"

"예. 그러니 쓸데없는 걱정은 그만하고 집에 돌아……."

"잘됐다! 참으로 잘되었어! 잘했다, 제하야. 잘했어! 하하하하!"

자리에서 벌떡 일어난 제율이 큰 소리로 웃기 시작했다. 제하가 국서로 간택되었을 때 이후로 가장 기뻐하는 모습이었다. 중앙궁에 들어간다는 것이 어떤 의미겠는가. 본디 왕후들은 희수궁에서 생활했지만, 선왕들 중 일부 왕후를 끔찍하게 아끼는 경우에는 중앙궁에서 함께 생활하고는 했다. 즉, 어린 여왕이 제하에게 온전히 마음을 내줬다는 것이나 다름없었다.

"내 당장 전하를 만나 뵈러 가야겠구나."

한창 들뜬 제율은 신이 났다. 이 기세를 몰아 제용을 중앙으로 불러들여 적당한 자리 하나 내려줄 것을 부탁드려야겠다며 머릿속이 바빠졌다.

이를 알아차린 제하는 재빨리 그를 저지했다.

"그만두세요. 괜히 전하의 심기를 건드렸다가 이 이야기가 무산되면 어쩌려고."

"아, 그것도 그렇구나. 하긴, 너무 욕심 부려서는 안 되지."

잠시 고민하는 듯 보이던 제율이 곧 고개를 끄덕이며 제하의 말에 동의했다. 괜히 더 바랐다가 몽땅 잃을 수도 있으니, 침착해야 했다. 그러나 그와는 다르게 오로지 제 일에만 관심이 있던 제용은 다급히 제율의 바짓가랑이를 붙잡고 징징대기 시작했다.

"아버지! 그럼 제 자리는요!"

"넌 잠시 단향에 더 있거라. 거기서 좀 더 때를 기다려."

"얼마나, 도대체 얼마를 기다려요! 그런 촌구석에서!"

"어허, 지금 네 자리가 중요한 게 아니잖느냐."

매정하게 그의 손을 뿌리치는 제율. 제용은 뭔가 일이 제 뜻대로 풀리지 않고 있다는 걸 깨달았다. 어렸을 때부터 아버지의 사랑을 듬뿍 받으며 그 애정을 등에 업고 구제하를 괴롭혀 온 그로서는 지금 이 현실을 받아들이기가 쉽지 않았다. 제 발로 구가를 나가는 제하의 쓸쓸하고도 처량한 모습이 아직도 기억 속에 생생하건만, 어떻게 하루아침에 처지가 이렇게까지 뒤집힐 수 있단 말인가.

"네가 이리 알아서 나서 주니, 더는 내가 걱정하지 않아도 되겠구나."

몇 번인가 고개를 크게 끄덕이던 구제율이 만족스러운 미소를 지으며 다시금 자리에 앉았다. 여전히 분을 삭이지 못하고 있는 제용을 힐끔거리던 그가 제용의 어깨를 탁탁 두드렸다.

"조금만 더 참거라."

"하지만……."

"그래. 형님도 이참에 그만 욕심 부리고, 가정에나 충실해. 예쁜 아들딸 낳아서 행복하게 살아야지."

"……."

"다시는 올라오지 말고."

조용히 단향에 처박혀 있으라는 제하의 말에 제용은 눈을 번뜩이며 그를 노려보기 시작했다. 두 주먹을 꼭 쥐고 어찌어찌 분노를 삼키고 있던 그가 겨우 입을 열었다.

"뭐야, 지금 일부러 그러는 거야, 아니면 아직 그 이야기를 못 들은 거야?"

"이야기? 무슨 이야기?"

제하가 물었다. 그러자 제율이 제용의 손을 붙잡더니 눈살을 찌푸리며 고개를 절레절레 저었다. 아무래도 그 이야기는 하지 않는 게 좋을 거 같다며.

"왜요. 어차피 제하도 나중에 다 알게 될 텐데."

"그래도 지금은……."

도대체 무슨 이야기이기에 이렇게나 망설이는 걸까. 무언가 숨기는 게 있음을 짐작한 제하가 빨리 말해 보라며 제용을 재촉했다.

"안 그래도 오늘 그 이야기를 하러 온 거다."

"도대체 무슨 이야기기에……."

"네 형수가 나한테 이혼을 요청했어."

"뭐?"

그 말에 그게 무슨 소리냐며 고개를 들어 올리던 제하는 잠시 멈칫했다.

"형수가?"

"그래."

"……."

웃음기 싹 뺀 얼굴로 고개를 끄덕이고 있는 제용에 제하는 잠시 입을 다물었다. 갑작스러운 말에 조금 놀라기는 했지만 그뿐이었다. 놀랍게도 그는 전혀 동요하거나 흔들리지 않았다. 불과 얼마 전까지만 해도 그 이름만 나오면 예민하게 반응했던 저인데, 그것이 없어진 것이다.

가만히 가슴에 손을 대어 본다. 심장이 뛰고는 있지만 비이상적으로 뛰고 있지는 않다. 구제용과 그 여자의 이혼 소식에 기쁘다거나 화가 나는 게 아니라 그 어떤 감정도 느껴지지 않았다. 마치 나와는 아무런 상관 없는 이야기를 들었을 때와 같이, 놀라울 정도로 아무렇지 않다.

이를 깨달은 제하는 자꾸만 올라가는 입꼬리를 주체하지 못하고 결국 피식 웃어 버렸다. 저를 옭아매고 있던 무언가에서 벗어난 거 같은 해방감마저 들었다.

"하긴, 나 같아도 형님 같은 남자랑은 못 살 거 같아."

"……."

한편, 저 혼자 피식피식 웃고 있는 제하를 본 제용은 어리둥절해졌다.

도대체 왜? 왜 아무렇지도 않은 거지? 저 녀석에게 주설화라는 여인은 매우 의미 있는 존재가 아니었던가?

제용이 입술을 깨물었다. 말을 안 해서 그렇지, 사실은 제하가 국서로 간택이 되었다는 말을 듣는 그 순간부터 속이 배배 꼬이는 거 같았다. 어렸을 때부터 제하가 사랑하는 것들은 모두 자신이 빼앗아야만 직성이 풀렸다. 때문에 주설화라는 여자도 그에게서 빼앗은 것이다.

절망하는 그 모습을 보며 통쾌했는데, 그랬던 그가 지금은 여왕에게 사랑받고 있으니 배가 아플 수밖에. 때문에 제율의 만류에도 불구하고 일부러 그를 자극하기 위해 설화의 이야기를 꺼냈던 건데 전혀 먹히질 않다니.

아니, 잠깐.

"너…… 정말 몰랐던 거야?"

제용이 다시 한 번 진지하게 물었다. 그러나 제하가 정말 몰랐다며 다시 한 번 고개를 끄덕인다. 그러자 그의 표정이 미묘하게 일그러졌다. 뭔가 이상하지 않은가. 듣자 하니 주설화, 그 꽃뱀이 여왕과 개인적으로 만나기까지 했다는데 어떻게 제하가 모르고 있을 수가 있느냔 말이야.

'설마, 전하께서 제하 몰래 은밀히 만나셨다는 건가? 그렇다면 왜?'

머리가 복잡해진 제용이 단도직입적으로 묻기 위해 몸을 들썩였다. 그러자 제율이 이번에는 좀 더 강하게 그를 말렸다.

여왕이 설화와 만났다는 이야기를 들었을 때는 순간 철렁했는데, 다행히 둘 사이에 별다른 문제가 없는 거 같았다. 여왕의 의도 따위 상관없다. 이렇듯 모든 것이 안정적인데 굳이 그 이야기를 꺼낼 필요는 없지 않은가.

그냥 넘어가자, 넘어가.

* * *

"……짐은 그게 다예요?"

아라의 물음에 슬쩍 뒤를 돌아본 제하는 고개를 끄덕였다. 짐이라고 해 봤자 궁녀 두 명이 들고 있는 것이 전부였다. 궐 안에서 지낸 시간이 몇 개월밖에 안 돼서 그렇다고는 해도, 희수궁에서 중앙궁으로 이사를 오는 것치고는 짐이 너무 없었다.

"누구처럼 치장하거나 하지 않아서."

그래도 그렇지 책 몇 권이 전부라니. 평소 여유 시간에 책을 읽는 거 말고 달리 할 일이 없느냐 묻던 아라가 힐끔 뒤를 바라봤다. 달랑 베개 하나를 들고 뒤를 따르는 유신이 보인다.

"침구는 저게 다고요?"

"응."

침구가 베개뿐이라는 제하의 말에 잠시 방 안에 쌓인 짐들을 둘러보던 아라가 고개를 갸웃거리며 그에게 물었다.

"이불은?"

"말했잖아."

"뭘요."

그러자 제 방을 둘러보고 있던 제하가 그새 잊었냐는 듯 싱긋 웃는다.

"네 이불이 훨씬 좋다니까?"

그제야 아라는 언젠가 그가 은근슬쩍 제 침상에 드러누우며 장난스럽게 했던 말이 떠올랐다. 오호라. 그러니까 이 남자, 매일 밤

내 침소에 기어들어올 생각이로구나.

중앙궁에 방치되어 있던 방 중 한 곳이라고는 하지만, 워낙 궁 자체가 크다 보니 방 역시 넓었다. 위치는 아라의 방에서 가장 근처에 있는 곳이었다. 사실은 좀 멀찍이 떨어져 있는 곳을 내주고 싶었지만, 기왕 불러들인 거 근처에 두는 게 좋지 않겠느냐는 무휼의 의견을 받아들여 이곳으로 결정했다.

"역시 무휼이랑은 말이 잘 통한다니까. 같은 남자로서."

"……."

그런데 그것도 지금 보니 모종의 이유 같은 게 있었던 거 같다.

"아, 유신."

"예?"

아라의 부름에 어느새 정리를 끝낸 궁녀들을 따라 밖으로 나가려던 유신이 멈춰 섰다. 움찔하고 떠는 모양새가 왠지 모르게 불안해 보였다.

"무휼에게 말해 뒀으니까, 오늘부터 중앙군에 들어가요."

"예, 예?!"

그리고 그의 불안은 적중했다.

놀란 유신이 펄쩍 뛰기까지 하며 외쳤다. 그도 그럴 것이 중앙군이라니, 이게 말이 되는가! 중앙군이라면 왕의 직속 부대였다. 몇 차례의 시험을 거쳐 선택된 극소수의 병사만이 들어갈 수 있는 부대이건만 거기에 자신이 들어가게 되다니!

"저는 희수궁을 지켜야……."

"거긴 이제 비었는데?"

"그, 그야 그렇지만……."

"마침 좀 불안하던 것도 있었는데 잘됐네요. 중앙군에 들어가세요."

당황한 유신과 달리 아라는 마음이 가벼웠다. 안 그래도 최근 중앙군에 새로 들어온 누군가 때문에 걱정이 많았는데, 유신이 그곳에 들어가면 여러모로 도움이 될 거 같았기 때문이다.

"거기 들어가기 힘든 곳인 건 알고 있죠?"

유신이 재빨리 고개를 끄덕였다. 암요, 잘 알고 있지요. 안 그래도 그것 때문에 지금 걱정이 이만저만이 아닌데.

"조심해요."

"……."

"텃새가 엄청 심한 곳이니까."

아라가 경고했다. 아무래도 들어오기 힘든 곳이다 보니, 먼저 들어온 선임들의 텃새라는 게 조금은 있었다. 그래도 예전에는 더 심했다던데, 무휼이 중앙군의 대장이 되고부터는 그 텃새라는 것도 애교 수준으로 줄었다고 한다.

"하, 하지만 전하……."

"유신."

물론 중앙군이라는 것이 엄청난 명예가 따르기 자리이기는 하지만 유신은 명예보다도 그냥 조용히 살고 싶었다. 선뜻 알겠다 대답하지 못하는 그에 제하가 입을 열었다.

"토 달지 마."

"……."

"전하께서 그러라는데, 그럼 따라야지."

"으으으……."

그 말에 유신이 끙끙대기 시작했다. 아니, 본인은 그렇게나 어린 여왕의 말을 안 듣더니, 언제부터 이렇게 복종했대?! 두 눈을 꼭 감은 그가 제 머리를 쥐어뜯으며 고민에 빠졌다. 그러나 그것도 잠시.

"……알겠습니다."

결국 그는 평온한 일상을 포기했다. 어깨를 축 늘어뜨리며 유신이 퇴장하자 잠시 그 모습을 지켜보고 있던 아라가 멍하니 생각에 잠기더니, 제하를 빤히 바라봤다.

"……왜?"

그녀의 집요한 시선에 제하가 물었다.

"왜 그렇게 보는 거……."

"나, 당신한테 부탁할 게 있는데."

어느새 바짝 다가온 아라가 부담스러울 정도로 두 눈을 반짝이기 시작했다. 이를 본 제하는 작게 한숨을 내쉬었다.

"왠지 불안한데."

무슨 말을 하려는지는 모르겠지만, 일단 불안하다는 그의 말에 아라는 작게 웃었다. 이상한 부탁을 하려는 건 어떻게 알고. 아라가 그의 귓가에 뭐라 뭐라 작게 속삭였다. 잠자코 그 말을 듣고 있던 제하의 미간이 서서히 찌푸려지더니 이내 그가 못마땅하다는 얼굴로 그녀를 바라본다.

"들키면 나 무휼한테 혼날 텐데……."

*　　*　　*

"지금 내 말이 우습습니까?!"

"아니, 그게 아니라……."

화가 난 듯 보이는 아라가 버럭 외쳤다. 그러자 맞은편에 앉아 있던 제하가 어쩔 줄 몰라 하며 그녀의 눈치를 보더니 이내 기어들어가는 목소리로 말했다.

"당장 시행하란 말입니다!"

그러나 화가 단단히 난 듯 보이는 아라는 좀처럼 진정할 기미를 보이지 않았다. 결국 한 걸음 물러서기로 한 제하는 한숨을 내쉬었다.

"하지만……."

"어명입니다, 어명!"

어명이라는 말이 나왔음에도 불구하고 제하는 꿈쩍도 하지 않았다. 그저 굳은 얼굴로 자리에 앉아 그녀를 바라보고 있을 뿐이다. 한참 동안 그녀를 바라보고 있던 그가 곧 다시 무슨 말을 하려는 듯 입술을 달싹였다. 이를 본 아라가 재빨리 외쳤다.

"또 무슨 말을 하려고! 이제 듣기 싫습니다. 꼴도 보기 싫으니까 나가세요!"

"……."

"지금 당장!"

자리에서 벌떡 일어난 아라가 문을 가리키며 분노에 찬 목소리로 외쳤다. 그러자 지금까지 아무 말도 못 하고 있던 제하가 심각한 얼굴로 그녀를 올려다본다.

"……."

씩씩거리며 책상을 '쾅!' 하고 내려친 아라가 제하를 강하게 노려보기를 얼마, 곧 무거운 한숨을 푹 내쉰다. 그러고는 제 머리를 감싸 쥐더니 묻는다.

"……어때요?"

조심스러운 물음에 내내 굳은 얼굴로 그녀를 지켜보고 있던 제하가 그제야 피식 웃더니, 손바닥을 들어 보였다.

"잘했어."

제하의 칭찬에 다시 한 번 한숨을 내쉰 아라가 '짝!' 소리 나게 그와 손바닥을 마주치고는 자리에 앉았다. 한 거라고는 소리친 게 전부인 거 같은데 기운이 빠지며 피로가 몰려왔다. 그런 그녀를 바라보며 제하가 부드럽게 미소 지었다. 솔직히 좀 전에 그녀가 이상한 부탁을 했을 때는 조금 걱정이 되었는데.

'나, 당신한테 부탁할 게 있는데.'

'왠지 불안한데.'

'나 좀 가르쳐줘요.'

'뭘?'

'당신 잘하는 거 있잖아요.'

뜬금없이 뭔가를 가르쳐 달라는 그 말에 당황하지 않았다면 그건 거짓말. 그러나 더욱더 놀라운 것은 그 다음이었다.

'윗사람 무시하는 거.'

부탁이라는 것의 정체를 알게 된 제하는 곧장 미간을 찌푸렸다. 별로 듣기 좋은 말이 아니었다. 게다가 그건 가르친다고 해서 배울 수 있는 것도 아니었으며, 설령 배울 수 있다고 해도 그녀에게 가르치고 싶지는 않았다.

'그 대신에 나는 내가 잘하는 걸 당신에게 가르쳐줄게요.'

'잘하는 거?'

'네. 윗사람 존중하는 거요.'

너무나도 해맑게 웃으며 말하는 그녀를 바라보던 제하는 잠시 생각에 잠겼다가 이내 작게 웃음을 터트렸다. 존중하는 법을 가르쳐 줄 테니 그 대가로 무시하는 법을 알려 달라니.

'별로 배우고 싶지 않은데.'

돌려 말하기식의 거절에 아라는 금세 샐쭉해졌다. 실망한 그녀의 모습에 잠시 고민하던 제하가 말했다.

'그럼 이건 어때?'

'뭐요?'

'강하게 밀어붙이는 법을 알려줄게. 남들이 무시하지 못하게.'

기어오르려는 신료들을 상대로 그녀가 마음껏 목소리를 높일 수 있게, 약간의 조언으로 숨통을 트이게 해 준 것이다.

"어쩜 이리 잘 배우지?"

가만히 그녀를 바라보고 있던 제하는 손을 뻗었다. 아라의 얼굴을 부드럽게 감싸 쥐더니 양 볼을 조물거리며 기특하다는 듯 피식 웃는다. 제 손에 잡혀 있는 이 작은 여인이 너무나 예뻐서 어쩔 줄 모르겠다.

"워낙 습득력이 좋아서."

아라가 씩 웃으며 말했다. 조금 뻔뻔해 보이는 그녀의 말에 제하 역시 웃었다. 붙잡고 있는 손에 힘을 준 그가 그녀를 자신에게 바짝 끌어당기더니 이마에 가볍게 입을 맞추고는 떨어졌다. 그러고는 잠시 아라의 눈치를 보더니 곧 놀란 듯 눈을 크게 뜬다.

"어어. 여기까지는 괜찮나 봐, 이제?"

"아니, 괜찮고 자시고 항상 갑작스레 하는데 어떡해요?"

"그야 네가 밀어낼까 봐 그러는 거잖아."

그래, 밀어낼 거라는 걸 알면서도 그런다는 말이로구나. 사실 아라는 이미 포기한 상태였다. 아니, 포기라고 하기도 애매했다.

좀 더 솔직하게 말하자면, 이제는 자연스럽게 제 손을 붙잡는 그의 커다란 손이 좋았다. 활짝 웃으며 꼭 끌어안아 주는 그의 팔도 좋았고, 따듯한 품도 좋았다. 그리고 매번 제 눈치를 보며 조심스럽게 닿는 그의 입술이 좋았다.

하지만, 이것들이 좋다고 그에게 솔직하게 말할 수는 없지. 아직 그 정도로 뻔뻔하지는 못하니 말이다.

"거부당하면 나도 상처받는단 말이야."

입술을 삐죽 내밀고 토라진 듯 웅얼거리는 그에게 아라는 작게 웃었다. 저를 밀어내지 말라 칭얼대는 것이 꼭 저보다 한참이나 어린아이 같았다.

"……난 너랑 해 보고 싶은 게 아주 많은데."

"왠지 물어보면 안 될 거 같지만, 일단 그래도 물어볼게요. 나랑 뭘 그렇게 하고 싶은데요?"

어디 이참에 한번 속 시원하게 말해 보라는 그녀의 말에 턱을 괴고 있던 제하는 두 눈을 반짝이며 곧장 대답했다.

"남편이 사랑하는 부인에게 원하는 게 있다면 뭐가 있겠어."

역시나. 아라는 속으로 그럴 줄 알았다며 고개를 끄덕였다. 그러나 아무리 예상하고 있었다고는 해도 이렇게 직접 그의 입을 통해 들으니 기분이 이상했다.

심장이 미친 듯이 뛰기 시작하며, 얼굴이 금세 붉게 달아올랐다. 그녀가 얼굴을 붉히자, 이를 본 제하가 신기하다는 듯 조금은 들뜬 목소리로 말했다.

"그래도 이제는 얼굴도 붉히네. 예전 같았으면 바보같이 못 알아듣고 눈만 깜빡거리고 있었을 텐데 말이야."

"누굴 바보로 아나."

"그러게. 바보가 아니었어."

솔직하게 조금 무시한 것을 인정한 그가 사과했다. 이에 아라는 살짝 놀랐다. 항상 저를 꼬맹이라 부르며 아이 취급을 하던 그가 웬일로 자신의 생각이 틀렸음을 인정하고 물러서다니 놀랄 수밖에. 그러자 그녀의 손을 잡고 있던 제하가 무언가를 망설이더니, 곧 결심을 한 듯한 얼굴로 고개를 들어 올려 그녀를 바라본다. 여유가 넘실거리던 평소와 달리 얼굴에 웃음기 하나 없는 그는, 지금까지 중에서 가장 진지한 모습이었고 놀랍게도 긴장한 상태였다.

"성인식이 지나면, 완벽하게 내 것이 되어 줄 거야?"

"……."

"그때까지라면 얌전히 기다릴 수도 있을 거 같은데."

그 말에 아라는 잠시 고민에 빠졌다. 서약도 없던 일로 하기로 한 마당에 무조건 얼굴을 붉히며 '아니요!'라고 외칠 시기는 이제 좀 지나지 않았을까.

지난 몇 년간 무휼과 월비의 연애를 곁에서 지켜본 자로서, 그녀 역시 깨달은 게 아주 많았다. 눈치 없는 월비 때문에 무휼이 얼마나 마음고생을 해 왔던가. 게다가 그는 먼저 성인식이 지날 때까지 기다리겠다고 말하고 있으니.

"좋아요."

이런 남자를 어떻게 거절을 해.

아라가 고개를 끄덕이자 놀란 제하가 삐끗했다. 어디 그뿐이랴, 바보 같은 표정까지 지었다. 솔직히 그녀가 이렇게 순순히 받아줄 거라고는 생각도 못 했던 것이다.

"그럼 조금 더 기다리지, 뭐."

전보다 한층 밝아진 얼굴로 말하는 그에 아라는 이제 그냥 웃어버렸다. 그러나 그것도 잠시, 그녀의 손을 잡고 있던 그가 팔을 덥석 잡더니 다시 힘주어 그녀를 제 품으로 끌어당겼다.

"그래도 우리 인간적으로 입술까지는 합의를 보자. 부부잖아."

"……두 번 '좋아요.' 하면 내가 너무 많이 물러서는 거 같은데?"

"한 번만 봐줘."

은근슬쩍 애교까지 부리고 있는 그를 흘겨보던 아라는 한숨을 내쉬었다. 그래, 기왕 져 주기로 한 거 한 번이나 두 번이나 그게 그

거겠지. 아라가 슬쩍 눈을 감아 주었다. 그러자 제하가 만족스러운 미소를 짓더니, 서서히 고개를 숙인다. 그녀에게 막 닿으려던 바로 그때였다.

"제하 님, 저 유신인데 잠시……."

밖에서 들려오는 갑작스러운 유신의 목소리에 제하가 움찔하고 멈췄다. 이내 그의 인상이 험악하게 찌푸려진다. 바닥이 꺼져라 내쉬는 한숨과 함께 그대로 아라의 어깨에 얼굴을 묻은 그가 작게 중얼거렸다.

"저 녀석 그냥 희수궁에 떨궈 두고 오면 안 될까."

"언제는 가족 같은 소중한 사람이라더니."

곁에 두면 엄청난 방해꾼이 될 거라는 그의 말에 아라가 어깨를 들썩이며 웃었다. 확실히, 예전부터 종종 유신이 거슬리기는 했지.

슬쩍 고개를 돌린 아라가 곧장 닿는 그의 뺨에 짧게 입을 맞추고는 떨어지더니, 그의 얼굴을 밀어냈다.

"그래도 안 돼요."

그럼 자신은 이만 돌아가 보겠다며 방을 나선 아라가 문 앞에서 울상을 짓고 있던 유신과 마주쳤다. 저를 보고 움찔거리는 그가 불쌍해 힘내라며 어깨를 몇 번 토닥여 주고는 얼마 떨어지지 않은 제 방으로 향했다.

"아, 맞다."

방으로 돌아온 아라가 자리에 앉으려다 문득 무언가를 떠올리고는 다시금 자리에서 벌떡 일어났다. 멍하니 문을 바라보길 얼마, 방 한쪽 벽에 놓여 있는 문갑에서 문서 하나를 꺼내든다.

"이거 돌려줘야 하는데."

주설화에게서 빼앗은 구제하와의 서약서였다. 지난 며칠간 그가 찾기 위해 혈안이 되어 있던 물건이란 말이다. 자리에 앉아 그것을 들여다보고 있던 아라는 고민에 빠졌다.

"이걸 어떻게 줘야 하나……."

*　　*　　*

"뭐? 그게 정말이냐?"

놀란 시건형이 제 앞에 앉아 있는 도하를 향해 재차 물었다. 왠지 모르게 기뻐 보이기까지 하는 그의 반응에 좀 전에 엄청난 소식을 들고 온 도하는 스스로 뿌듯해했다.

"예. 최근 중앙궁에 '주설화'라는 여인이 전하를 만나러 왔습니다."

"그래서?"

"알아보니 주설화는 국서의 전 애인이었다고 합니다. 그게 또 꽤 심각한 사이로……."

"여자, 여자라! 하하하하!"

시건형이 제 무릎을 탁 내려치며 큰 소리로 웃기 시작했다. 그러자 굳은 채로 자리에 앉아 있던 도하의 입가에도 어렴풋이 미소가 지어진다.

"국서의 전 애인이 궐 안을 들락날락하고 있다고?"

"예."

"어쩌면 이거, 잘 써먹을 수도 있겠구나."

시건형의 두 눈빛이 어둡게 반짝였다. 무언가 계략을 구상할 때 나오는 눈빛과 미소이다. 이를 알아본 도하는 잠시 망설였다. 이 말을 해야 할까 말아야 할까.

"저, 그런데……."

"그런데 뭐?"

"그 여인은 이미 결혼을 한 상태였습니다. 그것도 구제하의 형님 되시는 분과……."

기혼자라는 말에 한창 좋게 펴져 있던 시건형의 인상이 와그작 구겨졌다.

"그런데 알아본 바에 의하면 얼마 전부터 행방이 묘연해졌다는 이야기도 있었습니다. 현재 이혼 소송 중이라나 뭐라나."

"호오……."

형수라는 관계가 걸리기는 했지만, 그래도 잘만 하면 여왕을 몰아세울 좋은 패가 될 수도 있었다.

"우리가 먼저 그 여자를 찾아야 한다."

여왕이 국서의 전 애인과 만나고 있다니. 조금만 머리를 굴리면 그럴싸한 이야기들 여럿을 뽑아 낼 수 있을 것이다. 진위 여부 따위 상관없었다. 열 개의 근거 없는 소문 중에 하나라도 진실이 섞여 있다면 나머지 아홉의 소문도 의심을 사는 법.

그 하나의 진실을 위해서라도 그녀를 찾아야만 했다.

"그런데 구가에서는 왜 그 여자를 찾지 않는 걸까요?"

도하의 질문에 시건형의 입가에 미소가 지어졌다.

"안 찾는 게 아니라 못 찾고 있는 거겠지."

장남의 부인, 구가의 며느리가 사라졌는데 구제율이 가만히 있을 리가 없었다. 게다가 그녀는 신왕의 전 애인이지 않은가. 혹시라도 허튼 짓을 할까 걱정되어서라도 벌써 사람들을 풀어놓았을 것이다.

"하지만 너무 티 나게 찾을 수는 없을 테니까."

지금 구가는 한창 주위 사람들의 시선을 받고 있었다. 그런데 그런 구가가 전력을 다해 어떤 여인을 찾고 있다는 걸 다른 이들이 알게 된다면 분명 관심을 가질 터.

자, 그렇다면 지금 그 계집은 어디에 숨어 있을까?

사냥감을 발견한 사냥꾼마냥 시건형의 눈빛이 번뜩였다. 일단 구가의 사람들이 깔려 있는 상태에서 자유로운 외출은 힘들 테고……. 그러나 이미 몇 번이고 왕을 만났다는 것을 보면 언제 또 그들의 만남이 성사될지 모르는 일이었다.

즉, 궐과는 그리 멀리 떨어지지 않은 곳에 있을 것이다.

"천유에 있는 모든 객주의 주인들에게 일러라. 최근 장기 투숙을 하고 있는 여인이 있으면 바로 알리라고."

"예."

"구가와는 다르게 우리 쪽에는 동원할 인력이 많으니 금방 찾을 수 있을 거야."

괜히 이 자리가 좋은 줄 아는가. 귀족도 아니면서 귀족들의 수장 자리를 지키고 있는 것에는 다 이유가 있었다. 자리가 높으면 높을수록 아래에 따르는 사람들이 많은 법. 그리고 이들은 정말 필요로 할 때 유용한 장기 말이 되어 주니 말이다. 한참을 웃던 시건형이 잠시 멈칫했다. 그러고는 다시금 매정하고 싸늘함으로 무장한 눈빛으로 도하를 바라보더니 고갯짓으로 그만 나가라 지시한다. 이를 알아들은 그가 고개를 끄덕이며 자리에서 일어났다.

"그럼 이만 가 보겠습니다."

꾸벅 인사를 하고 나가려는데 문이 벌컥 열렸다.

평소 제 방에 아무렇게나 들어오는 것을 극도로 싫어하는 시건형이었기에 누군지는 모르겠지만 또 한바탕 하겠구나, 하고 한숨을 내쉬고 있던 그때였다. 도하의 허벅지 근처에도 못 미치는 작은 아이 하나가 문 앞에 서 있다가 방 안으로 쪼르르 뛰어 들어오더니, 그대로 시건형을 향해 달려갔다.

"아버지~"

보기에 영 불안한 뜀박질로 아버지를 연호하며 달려가는 그 모습이 사랑스럽다.

"건율이 왔구나. 이리 오너라, 우리 아들!"

좀 전에 도하를 상대할 때와는 다르게 어느새 헤벌쭉 웃는 상으로 바뀐 시건형이 자신을 향해 달려오는 아이를 품 안에 끌어안았다. 그러고는 머리를 비비적거리며 아이에 대한 애정을 가감 없이 드러내길 얼마.

"뭐하느냐. 나가지 않고."

시건형이 방 안에 멈춰 서 있는 도하를 노려보며 말했다. 그 말에 멍하니 서 있던 그가 화들짝 놀라며 재빨리 방을 나섰다.

문이 닫힌 방 안에서는 행복함이 물씬 묻어나는 웃음소리가 들려오고 있었지만, 도하는 이를 무시하고 돌아섰다.

*　*　*

"다들 어디 아픈 데라도 있습니까?"

"……."

아라의 물음에 슬금슬금 눈치를 보고 있던 대신들이 움찔거렸다. 그들은 조회 내내 좌불안석이었다.

"오늘따라 말이 별로 없네요."

오늘따라 유난히 조용한 대전 안을 둘러보던 아라는 고개를 갸웃거리며 물었다. 그러자 대신들이 화들짝 놀라더니 하나같이 아니라며 격렬하게 고개를 젓기 시작한다.

"아니요. 아니요, 전하. 신들은 쌩쌩하옵니다."

"하하. 걱정해 주셔서 감사합니다."

나이는 있어도 아직 기운은 넘친다며, 쌀 한 가마니는 거뜬히 들 수 있을 거 같다는 등의 허세까지 부리기 시작하는데 아라의 눈에는 그저 이 모든 것들이 이상하게만 보였다.

어디 그녀뿐이랴. 사실 대신들도 지금 이 상황이 매우 답답했다. 아침 조회에 참석할 수 있는 자격이 실적순으로 제한되면서 그들은 한층 더 입조심을 하게 되었다. 괜히 여왕의 심기를 불편하게 해 봤자 저들에게 좋을 게 하나 없었기 때문에 자연스럽게 쓸데없는 말이 생략되었고, 그렇다 보니 말수가 줄어들게 된 것이다.

'게다가…….'

그들의 목을 조이고 있는 것은 또 있었다.

여왕을 건드렸다가는 가만히 있지 않겠다는 듯 노려보고 있는 구제하와 오늘은 또 누구에게 시비를 걸어 볼까 눈을 번뜩이며 희생양을 찾고 있는 유월영. 이 둘이 문제였다.

"그래서, 세금 개정안 말인데."

덕분에 아라는 오늘 조회를 쉽게 쉽게 진행할 수 있었다.

"이에 대해 다들 어떻게 생각하십니까."

"……그게……."

우물쭈물거리며 은근슬쩍 거절의 의사를 내비치고 있는 그들을 응시하던 아라가 재빨리 말했다.

"참고로 말씀드리면, 귀족들은 이미 과반수가 찬성했습니다."

그 말에 제하가 미리 받아 온 동의서를 그녀에게 넘겼다.

예전에 그가 건의했던 실적주의의 조회는 다음 달부터 시행하기로 했기 때문에 아직 귀족들은 조회에 참석할 수 없었다. 때문에 제하는 따로 그들을 불러 이 제안에 대한 연설을 펼쳤고, 그의 뛰어난 연기에 홀라당 넘어가 버린 귀족들에게서 손쉽게 동의서를 받아낸 것이다.

물론 이번만 예외로 임시 총회를 여는 방법도 있었지만, 아라는 일부러 이를 선택하지 않았다. 귀족들은 귀족들끼리 모아 놓았을 때 더 많이 욕심냈고, 그 욕심이 그들의 올바른 판단을 흐리게 만들었으니까.

"불만 있는 사람은 지금 말하세요."

아라의 말에 대신들은 무거운 한숨을 내쉬었다. 언제나 귀족들이 문제였다. 어리석은 그들이 감언이설에 홀라당 넘어가 버린 것이다.

'한심한 양반들 같으니라고…….'

마음 같아선 무지한 귀족들의 이야기를 술안주로 삼아 아그작아그작 씹고 싶었지만, 일단 지금은 여왕의 마음을 돌려놓는 것이 급선무였다.

"구, 굳이 지금의 세금 제도를 개정할 필요가 있을까요?"

눈치를 보던 대신 중 하나가 용기를 내어 조심스럽게 말했다. 예전 같았으면 마음에 안 들면 안 든다고 분명하고 확실하게 의사 표현을 했겠지만 이제는 아니었다. 여왕의 심기를 건드렸다가는 바로 이 자리에서 퇴출이나 마찬가지였으니까.

"글쎄요. 개정을 할지 안 할지는 두고 봐야 알겠지만…… 그래도 혹시 모르니 현 제도가 타당한지, 제대로 시행되고 있는지 한 번쯤 확인을 해 두는 게 좋지 않을까요?"

"그야 그렇습니다만……."

대신들의 목소리가 서서히 작아졌다. 여왕의 말은 틀린 게 하나도 없었다. 이를 어쩌면 좋을까. 이대로는 꼼짝없이 저 조사라는 것을 받게 되니 큰일이었다. 물론 귀족들에 비하면 비리가 별로 없기는 했지만, 그렇다고 해서 아주 없는 것도 아니었다.

"너무 갑자기 하신다고 하니까……."

"원래 감사와 시험은 갑자기 해야 하는 겁니다."

"그, 그도 그렇지요."

그야말로 완패였다. 차라리 저들에게 먼저 말을 해 줬더라면 귀족들이 찬성하기 전에 반대를 할 수도 있었을 텐데. 그저 커다란 이익에만 사로잡혀 그 안에 숨겨진 의도를 파악하지 못하는 어리석은 귀족들 때문에 이게 다 무슨 일이래.

"그럼 다들 찬성하는 거로 알겠습니다."

"……."

결국 그들은 여왕의 뜻을 거스를 수가 없었다. 구구절절 맞는 말이었다. 어쨌거나 귀족들까지 다 찬성한 마당에 저들이 반대를 외쳤다가는 미운털이 박힐 게 뻔했으니까. 하지만 그렇다고 해서 마음 놓고 찬성을 외칠 수도 없는 노릇. 일부 대신들의 불명예는 곧 대신 전체의 문제나 다름없었으니 말이다. 순식간에 대전 안의 공기가 무거워졌다. 한숨을 푹푹 내쉬는 사람, 곤란하다는 듯 안색이 창백하게 질린 사람 등등 아주 가관이로구나.

이들을 지켜보고 있던 아라는 입을 열었다.

"보니까 일부 대신분들께서는 이 결정이 못마땅한 거 같군요."

"아, 아니. 그게 아니라……."

"왜요, 혹시 뭐 숨기는 거라도 있어서 그러는 겁니까?"

아라의 말이 날카로운 칼이 되어 대신들의 양심을 푹푹 찔렀다. 마치 자신은 다 알고 있다는 듯한 그녀의 말에 뭔가 켕기는 게 있는 대신들은 마른침을 삼켰다.

어떻게 올라온 자리인데. 이대로 있다가는 자신의 지위, 재산, 명예 등 모든 것을 잃게 생겼다. 그것도 순간의 작은 욕심 때문에!

그런데 바로 그때였다.

"후우…… 그래요. 그대들도 사람인데 실수할 수도 있죠."

"……예?"

"그래서 기회를 드리겠습니다."

한숨을 내쉰 아라가 작게 말했다. 그러자 '기회'라는 말에 내내 절망에 빠져 있던 대신들의 두 눈이 반짝이기 시작한다.

"자진해서 신고하는 사람은 사면해 주겠습니다."

"……예?"

그녀의 말에 대신들의 두 눈이 휘둥그레졌다. 그러나 그것도 잠시, 이내 곤란하다는 얼굴로 서로의 눈치를 보기 시작한다.

"이번만큼은 특별히, 자진 납세를 하는 사람들은 봐 드리겠단 말입니다."

이는 그야말로 파격적인 조건이 아닐 수 없었다. 이번 건에 있어서는 특별히 봐주겠다는데 과연 저 말이 사실일까, 아니면 그냥 하는 말일까?

"정말입니다."

제 말을 믿지 못하겠다는 대신들의 반응에 아라는 재빨리 덧붙였다. 손가락 세 개를 들어 보이자 대신들이 움찔하고 떠는데, 제 눈치를 보는 그들의 반응이 꽤 재미있었다.

"앞으로 딱 삼 일 간의 시간을 주겠습니다."

"……."

"삼 일 후, 조사를 받다가 탈세의 혐의가 드러난 자들은 그에 따른 벌을 받게 될 테니 알아서 하세요."

자신은 제안을 했으니 이제 선택은 그대들의 몫이라며 아라가 단호히 말했다. 무겁게 내려앉아 있던 대전 안의 공기가 이제는 차가워졌다.

"그럼 오늘 조회는 여기까지 하죠."

그녀가 자리에서 일어나자 조회 내내 인상을 찌푸리고 있던 두 명의 남자가 그 뒤를 따랐다.

"잘 생각해 보는 게 좋을 겁니다. 두 번 다시 없을 기회니까요."

마지막으로 깔끔하게 쐐기를 박은 아라는 유유히 대전 안을 빠져나갔다. 속이 시원해 보이는 그녀와 달리 대전 안에 남은 대신들은 상당히 혼란스러워 보였다.

"자, 그럼 문제는 이 방법이 제대로 먹힐까인데……."

일단은 기다려 보는 수밖에 없겠지.

* * *

"부르셨습니까."

조심스럽게 방 안에 들어선 유신이 아라에게 꾸벅 인사했다. 고개를 들어 올리며 슬쩍 주위를 둘러보던 그가 속으로 한숨을 삼켰다. 그는 지금 불안했다. 한창 선임들을 찾아다니며 인사를 하던 중 갑작스러운 여왕의 호출을 받게 되었다. 그것만으로도 불안한데, 눈앞에 펼쳐진 상황은 그의 불안을 더욱 가중시켰다. 항상 여왕의 곁을 맴돌던 월비는 어디 갔는지 보이지 않았고 무휼과 제하는 현재 검술 수련 중이니 이 넓은 방에는 여왕과 그, 단둘이었다. 단둘이란 말이다.

"앉아요."

게다가 앉으란다. 아무래도 간단한 이야기는 아닌 듯했다. 도대체 무슨 이야기를 하려고 이러나?

잠시 생각에 잠겨 있던 유신이 뒤늦게 정신을 차리고는 후다닥 그녀의 맞은편에 자리를 잡고 앉았다.

책상 위에는 종이와 두루마리들이 한가득 쌓여 있었다. 물론 그녀가 평소 읽는 상소의 양도 어마어마했지만, 아무리 그래도 이 정도까지는 아니었다. 지금 이 순간에도 아라의 손에는 책상 위에 쌓여 있는 것들과 같은 것으로 추정되는 문서가 잔뜩 들려 있었다.

"저…… 무슨 일로 찾으셨는지……."

한참 동안 그녀의 눈치를 보고 있던 유신이 물었다. 아니, 사람을 불렀으면 무슨 말이라도 해야 하는 게 정상인데 불러다 앉혀 놓고는 저 혼자 분주하니.

이럴 거면 그냥 나중에 한가할 때 다시 부르는 게 어떻겠냐 말을 하려는데, 그제야 내내 종이 위에 시선을 고정하고 있던 아라가 그를 힐끔 바라봤다. 그녀가 '탕' 소리 나게 들고 있던 문서를 책상 위에 올려놓았다.

"몇 시진밖에 안 지났는데 벌써 이렇게 많은 자들이 자진 신고를 했네요."

놀랍게도 이것들은 전부 귀족과 대신들에게서 들어온 자진 신고서였다. 원하던 대로 일이 풀리니 기쁘기는 한데, 한편으로는 마음이 무겁고 착잡하기도 했다.

'예상은 했지만 설마 이렇게나 많을 줄이야…….'

대충 계산해 보니 월영이 예상했던 금액의 배를 뛰어넘는 액수였다. 일단 이번은 봐준다고 했으니까 눈감아 주기는 하겠지만, 앞으로 이자들은 특별 감시 대상으로 눈여겨 볼 필요가 있었다.

'기왕 이렇게 된 거, 그 썩어 빠진 정신머리들을 아주 싹 다 고쳐 놓아야지.'

굳게 다짐한 아라가 수북이 쌓여 있는 두루마리에서 시선을 떼고는 유신을 향해 고개를 돌렸다. 멍하니 있던 유신은 어린 여왕이 갑자기 저를 보자 화들짝 놀라며 어색하게 웃는다.

"야, 양이 엄청나네요. 역시 전하십니다. 이번 일은 전하의 명안이 있었기에 가능……."

"유신."

"예, 예에?"

그를 응시하던 아라가 싱긋 웃었다. 입에 침도 안 바르고 마음에도 없는 소리를 꾸며내는 것이 눈에 빤히 보였다.

"아부를 너무 못하네."

"죄송합니다. 안 해 봐서……."

"그 점은 참 마음에 들어."

기본적으로 입에 아부라는 것을 달고 사는 관리들보다는 차라리 건방진 게 나았다. 버럭 화라도 낼 수 있었으니까. 한편, 여왕에게서 '마음에 든다.'라는 칭찬도 들었겠다, 기뻐하거나 뿌듯해야 하는 게 정상일 텐데 유신은 창백하게 질려 버렸다. 칭찬이고 뭐고 간에 그런 거 안 해 줘도 좋으니 그는 한시라도 빨리 이곳에서 나가고 싶었다.

"제하 님께서 아시면 저 죽습니다."

그러니 빨리 본론만 이야기하고 저를 좀 내보내 달라는 유신의 말에 아라는 피식 웃어 버렸다.

"당신을 부른 건 다름이 아니라……."

그러나 웃던 것도 잠시, 이내 다시금 진지한 얼굴로 돌아온 아라가 옆에 따로 빼 두었던 종이를 집어 들었다. 아주 잠깐 망설이던 그녀가 그것을 유신에게 내밀었다.

"이것 좀 신왕에게 전해 줘요."

여왕이 건넨 물건을 빤히 쳐다보던 유신은 고개를 갸웃거리며 손을 뻗었다. 일단 주니까 받기는 하겠는데 이게 뭐지? 뭔지는 몰라도 종이의 상태는 그리 좋아 보이지 않았다.

제하에게 전해 달라기에 연서나 뭐 그런 건 줄 알았는데, 그것은 아닌 거 같았다. 그렇다면 도대체 이것은 무엇이란 말인가. 슬쩍 아라의 눈치를 보던 유신이 조심스럽게 그것을 펼쳤다. 한 장인 줄 알았는데 두 장이었다. 그것도 똑같이 생긴 두 개의 문서.

"이건……."

잠시 뒤 내용을 확인한 그의 두 눈이 어마어마하게 커지더니, 꾹 닫혀 있던 입이 바보처럼 쩍 벌어진다.

"서약서잖아요!"

유신이 버럭 외쳤다. 그는 지금 매우 혼란스러웠다. 아니, 그렇게 찾아 헤매고 헤맸던 것이 어째서 여기에 있는 거지?

"설마 전하께서 숨기고 계셨던 겁니까?!"

그가 억울하다는 듯 외쳤다. 이거 때문에 지금까지 얼마나 고생을 했는데!

"제가 이걸 찾느라 얼마나 고생했는데, 이런 장난을 치시면……."

"아니. 내가 숨긴 거 아니거든요."

"제하 님을 골탕 먹이고 싶으신 마음은 알겠습니다. 왜 안 그러겠어요. 저도 종종 뒤통수를 때리고 싶은 걸 꾹 참고 있는데 말입니다. 그래도 그렇지 이런……."

"글쎄, 아니라고요."

"그럼 어디서 나신 건데요?"

아니라고. 도대체 몇 번을 말해야 알아듣겠냐며 아라가 그의 말을 잘랐다. 그러나 그동안 쌓인 게 많았던 건지 유신은 그녀의 말을 조금도 들으려 하지 않았고, 그저 제 분노를 뿜어대기 바빴다. 답답한 아라는 한숨을 내쉬었다. 할 수 없지.

"주설화."

"……네?"

아라의 입에서 누군가의 이름이 튀어나오기 무섭게 씩씩대던 유신이 멈칫했다. 서약서로 이미 한 번 커졌던 그의 눈동자가 불안하게 흔들리기 시작했다.

"예에?!"

유신이 화들짝 놀라다 못해 기겁을 했다. 너무 놀라 말도 제대로 나오지 않는지 두 팔을 휘적거리며 온갖 호들갑을 떨어 댔다.

"그 여자가 갖고 있었어요. 내가 빼앗았고."

"아니, 이게 왜 작은 마님의 손에…… 아니, 그것보다!"

도대체 어떻게 하면 희수궁에 있던 이것이 궐 밖에 있을 그녀의 손에 들어갈 수 있느냐며 이해를 할 수 없다 외쳐 대던 유신이 잠시 멈칫했다. 한껏 미간을 찌푸린 그가 조금은 화가 난 듯한 얼굴로 아라를 바라보며 진지하게 물었다.

"설마 또 만나신 거예요?"

"……."

"잠깐, 그럼 그동안 전하께서 만나셨던 그 귀빈이라는 여인이……."

"……."

"전하!!"

한참을 씩씩더리던 유신은 결국 큰 소리로 외쳤다. 여왕에게 목소리를 높이는 것은 호되게 경을 칠 일이었지만, 그럼 어쩌나. 그 정도로 화가 났는걸.

씩씩거리던 그의 머릿속에 문득 어떠한 기억 하나가 빠르게 스치고 지나갔다. 그리고 보니 그가 집무실에서 서약서를 찾아냈던 그 날, 그 날은 바로 여왕께서 귀빈과의 접견이 있던 날이었다. 그리고 궁녀가 저를 찾아온 손님이 있다고 해서 잠시 자리를 비웠던 날이기도 했다.

"이제야 알겠네요."

"알겠다니, 뭘?"

"지금까지 전하께서 만나셨던 귀빈이라는 여인이 모두 작은 마님이 맞다면, 그녀가 희수궁에 들어와서 이걸 훔쳐간 거예요."

유신이 그간 있었던 일을 그녀에게 이야기했다. 그러자 아라의 표정이 풀렸다. 물론 아니라고는 믿고 있기는 했지만, 그럼에도 아주 조금은 '제하가 직접 그녀에게 준 건 아닐까' 하고 걱정했기 때문이었다. 하긴, 말이 안 되지. 구제하가 서약서를 주설화에게 줬다면 그녀가 그것을 들고 굳이 저를 찾아올 리가 없었으니까. 좀 더 다른 곳에 이용했겠지.

“그런데 도대체 왜 만나신 거예요?”

“구가에 쫓기고 있다더라고요.”

“네?”

“목숨을 위협받고 있으니 살려 달라고 찾아왔어요.”

깜짝 놀란 유신은 잠시 아무런 말도 하지 않았다. 그녀가 구가와의 연을 끊었다는 건 희수궁을 찾아온 구제율과 구제용의 이야기를 통해 알고 있었다. 그냥 이제는 남처럼 살고 있는 줄 알았는데 설마 쫓기는 신세로 전락했을 줄이야. 어쩌다 그렇게 된 거지?

“어쨌든 난 도와주기로 했고, 그리고 끝났어요. 아마 궐을 찾아오는 일은 이제 없을 거예요.”

걱정 말라는 그녀의 말에 놀란 가슴을 애써 잠재운 유신은 한숨을 내쉬었다.

“……아무리 그래도 제하 님께서 아시게 되면 별로 좋아하지 않으실 텐데요.”

“그렇다고 죽는 걸 가만히 지켜볼 수는 없잖아요.”

“……그것도 그렇지만.”

우물쭈물 말끝을 흐리던 유신의 목소리가 점차 작아졌다. 그녀의 눈치를 보던 그가 조심스럽게 입을 열었다.

“그래도 제하 님께는 사실대로 말씀드리는 게 좋을 거 같습니다. 연인 사이에 무언가 숨기는 게 있으면 안 되니까요.”

그 말에 아라는 잠시 생각에 잠겼다. 그 말대로, 연인 사이에 서로 숨기는 일이 없어야 한다는 데에는 동의했다.

"조언 고마워요. 조만간 사실대로 말할게요."

만약 자신이 그 몰래 주설화와 만난 적이 있다는 걸 제3자의 입을 통해 그가 알게 된다면 분명 기분이 나쁠 테니까.

"보기완 달리 제하 님은 마음이 약하시니까요."

"알아요."

알겠다며 고개를 끄덕이는 아라에 유신은 그제야 조금은 마음을 놓을 수 있었다. 제발 부탁이니 이 부부는 꽃길만 걸었으면 좋겠다. 두 사람 모두 지금까지 걸어온 길이 그리 밝지만은 않았으니까.

"그런데 어디에 숨기신 거예요? 구가에게서 벗어날 수 있는 안전한 곳이라면……."

지방으로 돌려보냈느냔 물음에 아라는 고개를 저었다. 그럼 천유 어딘가에 숨겨 놓았다는 건가? 그러나 아무리 꽁꽁 숨겨 놓았다고 해도 수도에 있는 이상 언젠가 발각될 텐데…….

"준비는 다 마쳤으니 내일 서하연에 들어갈 겁니다."

"내일이요?"

놀란 유신의 물음에 아라가 바로 고개를 끄덕였다. 수속을 밟느라 며칠이 걸렸지만, 이것도 최대한 빨리 움직인 것이다. 먼 산을 바라보듯 열린 창밖 풍경을 응시하던 아라가 작게 중얼거렸다.

"내일까지 별일이 없어야 할 텐데 말이죠……."

九花.
이제 꼬맹이처럼 안 보여

“이쪽으로 오시면 됩니다.”

하인의 안내를 받으며 으리으리한 저택 안에 들어선 여주인은 잠시 생각에 잠겼다. 과연 이게 옳은 일일까? 이곳에 온 것은 옳은 선택이었을까? 머릿속이 복잡하다. 그러나 그 고민도 잠시, 한 남자가 앉아 있는 방에 들어서기 무섭게 그녀는 숨을 멈췄다. 문제의 남자와 눈이 마주치기 무섭게 지금까지의 고민이 눈 녹듯 사라졌다.

어디 그뿐이랴, 눈앞에 놓여 있는 두둑한 주머니에 침이 꼴깍 넘어가고 있다.

“이건…….”

“그냥 작은 성의이니 받아 두시게.”

작은 성의라 하기에는 주머니가 꽤 묵직했다. 힐끗 보이는 번쩍

이는 금화에 여주인의 머리가 빠르게 돌아간다. 눈대중으로 보나 무게로 보나, 어마어마한 액수임이 틀림없었다.

"이, 이렇게나 많이……."

"별거 아닐세. 내 오랫동안 찾던 이의 소식을 드디어 듣게 되었으니 마땅히 보답은 해야지."

여주인이 재빨리 흐트러진 호흡을 가다듬었다. 지금 제 손에 들려 있는 돈이라면, 지난 30년간의 세월이 고스란히 묻어 있는 낡아 빠진 객주를 싹 뜯어고치고도 남을 정도였다.

'도대체 그 계집이 뭐라고.'

자꾸만 씰룩거리는 입가. 이는 곧 기회였다.

바로 얼마 전의 일이었다.

수도에 있는 모든 객주들에 어떠한 공문이 내려왔다.

귀족들의 수장이신 시건형이 한 여인을 찾고 있다는 내용이었는데, 놀랍게도 공문 속 여인의 인상착의와 일치하는 손님이 그녀의 객주에 있었던 것이다.

솔직히 여기 오기 전까지만 해도 망설였는데…….

"자네가 해 줬으면 하는 일이 하나 있는데."

그 말에 금화에서 눈을 못 떼고 있던 여주인이 화들짝 놀라며 고개를 끄덕였다. 그럼 그렇지. 이 정도 액수가 공짜로 제 손에 들어올 리가 없었다.

"예. 제가 무엇을 하면 됩니까."

그녀의 말에 시건형이 만족스러운 미소를 지으며 무언가를 내밀었다. 그것은 금화가 가득 들어 있는 주머니 따위가 아닌 작은 서신이었다.

“이것을 그녀에게 전해 주기만 하면 된다네.”

“……그, 그것뿐입니까?”

“그것뿐일세.”

너무 간단한데?

정말 별거 아닌 부탁에 오히려 여주인은 당황했다. 고작 서신을 전달해 주는 것치고는 사례가 너무 두둑했기 때문이다. 아니면 이 서신에 문제가 있는 걸까?

“무슨 문제 있는가?”

“아닙니다.”

은근히 압박을 가하며 대답을 재촉하는 시건형의 분위기에 여주인이 재빨리 고개를 저었다.

그래, 복잡하게 생각해서 무엇하랴, 그냥 서신을 전해 주기만 하면 이 돈은 제 것이었다. 간단하게 생각하자.

“맡겨만 주세요.”

* * *

방 안에 앉아 있는 아라는 고민에 빠져 있었다.

책상 한편에 수북하게 쌓여 있는 문서들은 모두 관리들의 실적을 정리한 자료였다. 그리고 그 옆에는 아무것도 적혀 있지 않은 빈 종이가 놓여 있다.

“역시 할 수밖에 없겠지…….”

한숨을 내쉰 아라가 붓을 들어 올렸다. 그리고 아무것도 없는 빈 종이 위에 툭 하고 떨군다. 순식간에 먹물이 번지면서 평온하던 그녀의 머릿속 역시 잔뜩 흐려졌다. 그렇게 한 자, 한 자 써 내려가던 것은 곧 누군가의 이름이 되었고, 그것들이 서른 개가 모여 종이 안을 가득 채웠다.

다시 한 번 이름들을 검토하던 아라가 붓을 내려놓았다. 바로 그 때였다.

우당탕탕!

갑자기 밖이 소란스러워졌다. 아라는 한숨을 내쉬며 문을 바라봤다. 그리고 곧 들이닥칠 누군가를 기다린다. 다급한 걸음 소리와 함께 김 상궁의 외침이 점차 가깝게 들려오는가 싶더니, 역시나.

"아, 죄송합니다."

문이 벌컥 열리더니 제하가 꾸벅 사과하며 안으로 들어섰다.

"매번 말하는 거지만, 그러면 사과하는 의미가 없다니까요?"

틈만 나면 저런 식으로 들어오는데, 제발. 간 떨어질 거 같으니까 그러지 말라고 해도 말을 듣지 않으니 문제였다. 결국 아라는 포기했고, 그녀보다 조금 더 인내심이 강한 김 상궁은 아직도 노력하고 있는 중이었다.

"신왕!"

"미안."

말과는 달리 전혀 미안해 보이지 않는데?

"이거 뭐, 사생활이 전혀 없는……."

"그럼 침소 말고 방도 같이 쓸까?"

"됐습니다."

"왜, 하루 종일 붙어 있으면 좋잖아."

"누구한테 좋으라고?"

"물론 저죠. 전하."

쓸데없는 소리를 할 거면 그만 돌아가라는 말에도 그는 그저 좋다고 웃고만 있다. 제하를 흘겨보던 아라의 시선이 점차 아래로 내려갔다.

사실은 그가 들이닥쳤을 때부터 신경 쓰이던 것이 하나 있었다. 바로 그의 손에 들려 있는 저 무언가.

"빨리 보여 주고 싶은 게 있어서."

"그래 보이네요."

무엇이 그를 저리도 들뜨게 했을까? 그러나 그 궁금증도 잠시, 곧 숨을 헐떡이며 뒤따라온 유신을 보아하니 딱 감이 왔다.

"이거 찾았어."

역시나.

제하가 해맑은 미소를 지으며 손에 들고 있던 그것을 펼쳐 보였다. 마치 그 모습이 신이 난 아이같이 보여 아라는 작게 웃었다.

손에 들려 있는 그것이 무엇인지 그녀가 모를 리 없었다. 그것은 두 사람이 혼례를 올리던 날 밤 그와 함께 작성한 서약서로, 그들의 혼인이 거짓 결혼임을 뒷받침해 주는 중요한 문서였다. 어제 주설화에게서 빼앗아 유신에게 돌려줬으니, 안 그래도 오늘쯤이면 구제하의 손에 들어가지 않았을까 생각하던 차였다.

"바보 같은 유신이 책 사이에 꽂아 놓은 걸 깜빡했다지 뭐야?"

"아, 유신이……."

"따끔하게 한마디 해 줘."

아라가 재빨리 저 뒤에 서 있는 유신을 바라봤다. 답답한지 제 가슴을 탁탁 두드리고 있는 그가 오늘따라 너무나도 불쌍해 보였다.

그래, 지금쯤 속이 타들어 가고 있겠지. 왜 안 그렇겠는가.

이 서약서의 진실을 알고 있는 건 그와 아라, 둘뿐이었다. 차마 주설화가 훔쳐갔다는 말은 할 수 없었는지 욕먹을 각오를 하고 스스로 죄를 뒤집어쓰다니. 아라는 그 희생에 박수를 쳐 주고 싶었다.

"하여간에 덜렁댄다니까?"

"그러게 말이에요. 정신 좀 차리지."

그녀가 곧장 고개를 끄덕이며 제하의 말에 맞장구를 치자, 유신이 억울해 죽겠다는 얼굴로 소리 없이 울먹이기 시작했다. 이를 지켜보고 있던 아라는 살포시 웃어 주었다.

"왜 그랬대."

그래, 당신이 결백하다는 건 내가 알고 있어요. 그러니 힘내요.

"뭐야, 기쁘지 않은 거야?"

"네?"

유신을 신경 쓰느라 미처 적절한 시기에 그럴싸한 반응을 보이지 못한 아라가 화들짝 놀라며 제하를 바라봤다.

좀 전까지만 해도 잔뜩 들떠 있던 그가 토라진 아이마냥 부루퉁해 있는데, 이런. 아라는 뒤늦게 자신이 실수를 했다는 것을 깨달았다.

"우, 우와, 찾았구나……."

스스로 생각해도 너무나도 어색한 감탄이 아닐 수 없다며 아라가 미간을 찌푸렸다. 그러자 이를 놓칠 리가 없는 제하의 얼굴에 금세 어두운 그림자가 드리워졌다.

"별로 기뻐 보이지 않는데."

"하하. 그럴 리가. 지금 아주 많이 기뻐하는 건데."

아라가 다시금 어색한 연기를 펼치기 시작했다. 그러나 아무리 노력한다고 한들 기뻐 보이지 않는 건 어쩌면 당연한 일일지도 몰랐다. 문제의 저 서약서를 찾아낸 건 유신이 아닌 그녀였으니, 이제 와서 놀랄 것도 없지.

다만 궁금할 뿐이었다. 만약 그가 서약서가 행방불명된 원인이 주설화 때문이었다는 것을 알게 되면 어떤 반응을 보이려나?

"설마……."

"……."

아라가 이런저런 생각에 잠겨 있는 사이, 그새 또 혼자 무슨 상상의 나래를 펼치고 있던 건지 조용하던 제하가 갑자기 심각한 목소리로 말을 이었다.

"다른 남자가 생겼다든가……."

자신에게서 멀어질 생각이냐는 그의 말에 아라는 머리가 지끈거렸다. 봐라, 꼭 이렇게 이상한 쪽으로 생각한단 말이야.

"어디 그럴 틈이라도 줬나."

툭하면 찾아와서는 얼굴을 비추는데, 사실 아라는 이제 슬슬 귀찮기까지 했다. 희수궁에 있었을 때도 하루의 절반은 중앙궁에서 지냈을 정도로 시도 때도 없이 방문하기는 했지만, 궁을 옮기고서부터는 그것이 한층 더 심해졌다.

"혹시라도 눈이 가는 사내가 생기면 미리 말해 줘."

"왜요?"

사랑에 빠지기 전에 저에게 먼저 알려 달라는 그는 꽤 진지해 보였다.

"미리 마음의 준비라도 하게요?"

퉁명스럽게 물으면서도 사실 아라의 마음은 편치 않았다. 그의 말이 조금 거슬렸다. 왜, 만약 정말 있다고 하면 순순히 물러나기라도 할 거란 말인가?

"쥐도 새도 모르게 처리하게."

"……."

그러나 그런 아라의 걱정도 잠시, 제하가 이를 갈며 짙은 질투를 고스란히 드러냈다. 실존하지도 않는 연적을 상대로 예민해져 있는 그를 보니 참으로 우스웠다.

아무래도 안 되겠다. 자칫하다가는 궐 안에 사내가 남아나질 않겠어.

"내가 다른 남자와 눈이 맞는 일 따위 일어나지 않겠지만, 설사 그런 일이 생긴다고 해도 그러지 마요."

제아무리 신왕이라도 죄를 지으면 그에 따른 형벌을 내려야 하는 것이 당연지사.

"그렇게 되면 내 손으로 당신을 내쳐야 하니까."

국서의 자리가 비게 되면 귀족들과 대신들이 또다시 득달같이 달라붙겠지. 어떻게 찾은 내 사람인데.

그를 폐위시키는 일만큼은 하고 싶지 않았다. 사실 이는 핑계고, 아라도 이제는 그냥 이 남자를 놓고 싶지 않았다.

"행실 똑바로 해요. 폐위당하고 싶지 않으면."

지금도 아슬아슬했다. 만약 여기서 조금 더 삐딱하게 삐뚤어졌다가는 정말 내쫓길지도 모른다며 아라가 은근히 주의를 주자, 그가 고개를 풀썩 떨군다.

"내가 잘못하면 날 감옥에 가둘 거야?"

"그야 당연하죠."

뭐 그렇게 당연한 걸 묻느냐며 아라가 곧장 답했다.

"설령 상대가 내 소중한 친우라 해도, 존경하는 스승님이라 해도, 사랑하는 연인이라고 해도, 죄를 지었다면 당연히 벌을 받아야죠."

왕이라는 지위를 이용해 눈감아 줄 수는 없었다. 법 앞에서는 모두가 공정해야 하니까.

"말 잘 들어야겠네."

매정한 그녀의 말에 조금 섭섭할 수도 있었을 텐데, 전혀. 제하는 오히려 그럴 줄 알았다며 작게 웃기 시작했다.

암, 그래야 내 여왕이지. 슬그머니 입술을 늘리며 미소 짓던 그가 몸을 앞으로 당겼다. 그러고는 작은 목소리로 속삭이듯 묻기를.

"그런데 그 마지막, 사랑하는 연인이라는 건 날 말하는 건가?"

"……당신은 본인이 원하는 것만 골라 듣는 능력이 있어요."

아라가 재빨리 말했다. 저 얄미운 입꼬리가 거슬려서 저도 모르게 밉살맞게 대꾸해 버렸다.

"몹쓸 놈이라 그래."

이제는 아무렇지 않게 스스로를 몹쓸 놈이라 칭하기까지 하는데 뭐라 할 말이 없었다. 오히려 그것이 더 얄밉다. 그러나 아라 역시 이제 뭐라 투덜대지도 못하는 입장이었다. 콩깍지가 쓰여서 그렇다. 내가 이 남자를 좋아해서 그렇다. 망할.

"크흠, 제하 님. 슬슬 공부하러 가실……."

그때였다. 지금까지 잊고 있었는데, 방 한구석에 조용히 앉아 있던 유신이 힘없는 목소리로 제하를 불렀다. 그는 지금 이 자리가 너무나도 불편했다.

도대체 자신이 무슨 잘못을 했다고 이렇게 바로 앞에서 연인들의 애정 행각을 지켜봐야 한단 말인가. 시도하니 주설화니, 그들이 아무리 설쳐도 저 두 사람 사이는 끄떡도 없을 거 같아 마음이 놓이기는 하는데 제발, 제발 나 좀 여기서 나가게 해 주라!

"내가 말했지. 저 녀석 일부러 저러는 거라니까?"

"어머, 진짜."

"어렸을 때부터 날 좀 많이 좋아했거든."

그러나 그의 마음을 아는지 모르는지, 제하와 아라는 여전히 딱 달라붙어서는 꽁꽁대고 있는 유신의 흉을 보기 바빴다.

"꼭 이렇게 둘이 있으면 방해를 해. 눈치 없게."

"평생 연애 같은 거 못 할 거 같아."

다 들린다, 다 들려! 유신이 씩식거리며 그들을 바라봤다. 지금 그는 너무나 억울하게도 엄청 귀찮은 사람 취급을 받고 있었다.

"사표를 내든가 해야지."

이렇게는 못 살겠다며 그가 작게 중얼거렸다.

누구는 이곳에 오고 싶어서 왔나. 빈 희수궁을 책임지고 지키겠다니까 굳이 이곳으로 부른 게 누구인데. 어디 그뿐이랴, 죽어도 하기 싫다는 중앙군에 억지로 집어넣기까지 하지 않았나. 피해자는 자신이라며 그가 궁시렁대기 시작했다. 그러자 제하가 그제야 안 되겠다는 듯 한숨을 내쉬며 그에게 말했다.

"먼저 나가 있어라. 뒤따라갈 테니."

"예!"

마치 기다리고 있었다는 듯 우렁차게 답한 유신이 쌩하니 밖으로 나갔다. 그 모습을 지켜보던 제하는 한숨을 푹 내쉬었다. 그녀와 한시도 떨어지고 싶지 않았다. 특별한 일 같은 게 일어나지 않아도 좋으니, 그냥 계속 이렇게 서로를 바라보며 있고 싶었다.

"가기 싫다."

"썩 물러가요."

금방 따라 나갈 것처럼 말하더니만, 제하가 떨어지기 싫다며 책상에 딱 달라붙어 버렸다. 이를 지켜보고 있던 아라는 피식 웃었다.

멍하니 그의 정수리를 바라보던 그녀가 슬그머니 손을 뻗었다. 그러고는 부드러운 그의 머리에 조심스럽게 손을 얹어 본다. 월비나 무휼은 다른 사람이 자신의 머리를 만지는 것을 극도로 싫어하는데, 그도 그러려나?

혹시라도 싫어할까 봐 상당히 조심스러운 아라였지만, 제하는 오히려 기분 좋다는 듯 작게 웃고 있었다. 그가 손을 들어 제 머리를 쓰다듬고 있는 그녀의 손을 잡았다.

"왜요, 기분 나빠요?"

"전혀. 좋아."

"아, 제하 님!"

그냥 계속 이러고 있었으면 좋겠다며 딱 버티고 있는데, 문밖에서 다시금 유신의 목소리가 들려왔다. 더는 못 참겠다는 듯 제 딴에는 다급함에 버럭 외친 거 같은데, 뒤이어 '찰싹!' 하는 소리와 함께 외마디 비명이 들린 것으로 보아.

"김 상궁한테 혼났네. 잘됐다, 잘됐어."

"내 저럴 줄 알았지."

"쟤는 좀 혼나야 해."

눈치 없이 시끄럽게 굴더니만 쌤통이라며 제하가 중얼댔다. 이참에 아주 정신을 차릴 정도로 혼이 나야 한다며 김 상궁의 편을 드는 그에게 아라가 말했다.

"가족과도 같은 소중한 사람이라면서."

언젠가 유신을 그렇게 표현했던 것을 떠올리며 묻자, 제하가 자신은 그런 낯간지러운 말을 한 적이 없노라 발뺌을 하기 시작했다.

"무슨 소리야. 나한테 가족은 너지."

"……."

"뭐야, 왜 그렇게 놀라?"

당연한 이야기를 했을 뿐인데 왜 그렇게 놀라냐며 제하가 물었다. 그러자 아라가 곧장 고개를 저으며 답했다.

"안 놀랐어요."

아니, 사실은 조금 놀랐다.

그러게. 어찌 보면 당연한 이야기인데 뭘 그렇게 놀란 걸까? 부부의 연을 맺었으니 그와는 분명 가족이었다.

새삼스럽지만 미처 깨닫고 있지 못했던 사실이었기에, 조금 놀란 아라는 뒤늦게 슬그머니 미소를 지었다.

"그러네요, 우린 가족이네요."

가족, 가족이라. 사실 가족이라는 말은 그녀에게 그리 좋은 인상을 주는 단어가 아니었다.

그녀에게 가족이란 어렸을 때 돌아가신 아버지와 어머니, 그리고 숙부의 가족이 전부였다. 그러나 부모님이 돌아가시면서 이제 남은 것은 숙부뿐. 그리고 그는 자신의 자리를 노리고 있는 적으로 돌변했으니. 그녀에게 있어 가족이란 자신을 대신해 왕좌에 오를 수 있는 자격 요건을 갖춘 사람들로, 경계 대상이나 다름없었다.

"당신은 날 배신하지 말아요."

"안 해."

"단명하지도 말고."

"……그건 내가 어떻게 할 수 있는 게 아닌 거 같은데?"

본디 사람의 운명이라는 게 어떻게 마음대로 할 수 있는 게 아니라며 그가 말했지만, 아라는 단호히 고개를 저었다.

"노력해요."

"아니, 그게 노력한다고 될 일이……."

"할 수 있어요."

노력만 한다면 백 년 이상도 살 수 있다며, 적극적으로 그에게 장수할 것을 권하던 아라가 그의 손을 잡더니 간절하게 말했다.

"오래오래 내 곁에 있어야 해요."

장난치는 거라고 생각했던 건지 웃고 있던 제하가 움찔 떨었다. 평소 자신에게 이렇게 매달리거나 하지 않는 그녀였다. 그런데 오늘은 왜 이러나 싶었다. 그러나 복잡한 생각도 잠시, 그녀의 눈가가 촉촉해 지는 것을 본 제하가 괜히 저도 가슴이 뭉클해져서는 무작정 고개를 끄덕였다.

"알았어. 오래 살게."

제 손을 꼭 잡고 있는 그녀의 손에 가볍게 입을 맞추며 그가 약속했다.

"한 이백 년은 살게."

"아니, 솔직히 이백 년은 무리죠."

"……."

"사람이 어떻게 이백 살까지 살아요? 하여튼 참 이상한 사람이야."

좀 전의 그 달달한 분위기는 어디에 갖다 버렸는지, 아라가 단호하게 말했다. 그러자 멍하니 그 말을 들어 주고 있던 제하가 울컥, 미간을 찌푸린다. 분명 감동 비슷한 무언가가 가슴에 벅차오르며 울렁하고 물결치는 느낌이 들었는데, 그것이 단번에 꽁꽁 얼어붙었다.

"참 종잡을 수 없는 여인이야."

제하가 불만 가득한 목소리로 중얼거렸다. 제 딴에는 말이 안 되는 걸 알면서도 이백까지 어떻게 살아 보겠다는 다짐을 하고 있었는데 말이다. 김 빠졌다는 그의 반응에 아라는 피식 웃어 버렸다. 이제 됐으니까 빨리 나가 보라며 그를 밀어내려는데 멈칫, 뭔가가 이상했다.

"여인?"

지금까지 그의 입에서 한 번도 들어 본 적이 없는 생소한 단어였다. 툭하면 꼬맹이 취급에 어린애라며 놀리기 일쑤였지, 여인이라는 성숙함이 묻어나는 어른스러운 단어로 불린 적은 이번이 처음이었다.

"툭하면 꼬맹이라고 부르더니만?"

그렇게 부르지 말라고 해도 일부러 이러나 싶을 정도로 입에 달고 살던 말이건만 최근 들어 그 횟수가 줄어들었다.

물론 그는 유월영과 비교당하는 것이 싫기 때문이라고 했지만, 정말? 정말 그것뿐이야?

"음……."

그녀의 물음에 제하는 잠시 고민에 빠졌다. 그러게. 왜 그랬을까? 제하는 당황했다. 사실은 그도 별 생각 없이 내뱉은 말이었기 때문이다. 그런데 이를 눈치챈 아라가 콕 집어 물어오자 할 말이 없었다.

손을 뻗어 아라의 볼을 쓱쓱 문지르던 그가 저 혼자 고개를 저었다. 그러자 도대체 뭐하는 거냐며 그녀가 미간을 찌푸리더니, 그에게서 벗어나고자 바동대기 시작한다.

"도대체 뭐하는 겁니까."

"가만히 있어 봐, 좀."

이거 놓으라며 발버둥을 쳤지만, 제하는 끝까지 아라를 놓아 주지 않았다. 오히려 부담스러울 정도로 바짝 붙어서는 그녀의 얼굴을 샅샅이 뜯어보고 있다.

흔히들 여자아이가 여인이 되는 건 순식간이라고 하지. 나이를 먹으면 먹을수록 젖살이 빠지며 그 아래 숨어 있던 골격들이 드러나 점차 선이 고와질 것이다.

"큰일 났네."

갑자기 제하가 미간을 찌푸렸다. 지금도 한외모 하는데, 나중에는 더 예뻐지겠다는 생각을 하니 갑자기 불안해졌다.

"이제 꼬맹이처럼 안 보여."

"진짜?"

도대체 왜 이러느냐며 투덜대던 아라가 언제 그랬냐는 듯 밝게 웃으며 물었다. 그러나 그녀와 달리 제하는 여전히 못마땅하다는 반응이었다.

"기뻐할 일이야?"

"당연하죠!"

누가 어린애 취급당하는 걸 좋아할까. 매번 들을 때마다 짜증이 울컥 났는데 드디어 그것에서 벗어나게 되었다. 그러나 그녀가 활짝 웃으면 웃을수록 제하의 마음은 더 착잡해졌다.

"마냥 좋아할 만한 일은 아닌 거 같은데."

"어째서?"

그래, 너는 타들어 가는 내 속을 모르겠지.

"기다리겠다는 약속을 하지 말걸 그랬어."

그가 뒤늦게 후회했다. 그땐 조금 더 자랄 때까지 기다려 주겠다고 했는데, 지금 기다리고 자시고 할 여유가 없는 거 같았다.

지금이라도 당장 눈엣가시 같은 서약서를 없애고 싶었지만, 밖에 유신이 버티고 있어 그럴 시간이 없었다.

"잘 보관하고 있어. 이따 저녁에 태워 버릴 거니까."

"그냥 내가 혼자 해도 되는데."

"직접 내 눈으로 확인해야 마음이 놓일 거 같아."

이미 한번 잃어버린 적이 있어서 그런지 그는 상당히 예민했다. 제 눈으로 직접, 저 꼴도 보기 싫은 것이 완벽하게 소멸되는 것을 봐야 마음이 놓이겠단다.

"알았어요."

자리에서 일어난 아라가 그것들을 문갑 안에 깊숙이 집어넣자 제하가 만족한 듯 고개를 끄덕였다. 그렇게 문제의 서약서는 각자에게 주어진 오늘 하루 일정을 끝내고 나서야 없애기로 했다.

"갈 거면 빨리 가요. 자꾸 버티지 말고."

"그렇게 아쉽다는 표정을 짓고 있는데 내가 어떻게 가?"

그의 말에 아라가 발끈했다. 그녀가 아쉽다는 얼굴로 자신을 붙잡고 있어 차마 걸음이 떨어지지 않는단다. 허, 참. 기가 막혀서.

"큰일 났네. 벌써 그 나이에 노안은 아닐 테고."

"이백 살까지 살아야 하는데 벌써 노안이 오면 큰일 나지."

잠깐, 정말 살려고?

"누구 때문에 오래 사는 건데, 정작 못 보면 슬프잖아."

어느샌가 조용해진 문밖에서 쿵쿵거리는 의문의 소리가 들려왔다. 아무래도 안 되겠다 판단한 건지 제하가 이제 정말 가 봐야겠다며 자리에서 일어나려다 다시 한 번 멈칫.

왜 또. 이제 진짜 가라는 아라의 말에도 불구하고 그가 갑자기 몸을 갸우뚱 기울더니, 그대로 그녀에게 가볍게 입을 맞추고는 떨어졌다. 순간 움찔하기는 했지만 그래도 일전에 서로 합의를 한 게 있는지라, 아라도 이제는 그를 밀어내거나 하지 않았다.

오히려 만족스러운 미소를 짓는 제하를 따라 옅게 미소 짓기까지 했다. 그만큼이나 그가 익숙해진 것이다. 그제야 제하가 아쉬움을 뒤로하고 방을 나섰다.

"아, 신왕."

때마침 아라에게 볼일이 있어 중앙궁을 찾은 무휼이 그를 향해 꾸벅 인사를 하며 방에 들어섰다. 이제 겨우 한 명을 보냈더니 또 다른 사람이 들어오는구나. 정말 혼자 있을 틈을 주지 않는다며 아라가 무휼에게 용건을 물으려던 그때였다. 문이 닫히기 무섭게 밖에서 유신의 처절한 외침 소리가 들려왔다.

그것도 무휼이 깜짝 놀라 뒤를 돌아볼 정도로 어마어마하게.

"뭐야, 나가 봐야 하는 거 아니야?"

"내버려 둬."

그와 달리 너무나도 평온해 보이는 아라는 기지개까지 켜 가며 밝게 말했다.

"오늘도 중앙궁은 참 평화롭구나."

"저게?"

무휼이 어이없다는 듯 그녀를 바라봤다.

"난 무슨 개가 고양이 잡는 소리인 줄 알았네."

한동안 문에서 눈을 떼지 못하던 무휼이 영 떨떠름한 얼굴로 자리에 앉았다. 그제야 그의 시선이 책상 위에 놓여 있는 무언가에 꽂힌다.

"아, 완성된 거야?"

"응."

그의 물음에 아라는 고개를 끄덕였다. 갑자기 제하가 들이닥치는 바람에 잠시 잊고 있었는데, 한창 힘든 결정을 내리던 중이었다. 아, 좀 전까지만 해도 발이 동동 뜰 정도로 기분이 좋았는데 갑자기 기분이 바닥으로 떨어졌다.

"이거 공개하면 한바탕 난리가 날 거 같은데."

아라가 조심스럽게 말하며 그것을 무휼에게 건넸다.

반듯한 종이 위에 자리 잡고 있는 것은 서른 명의 이름이었다. 모두 다음 달부터 시행되는 실적순 상위 30명에 해당되는 사람들이었다. 하나하나 이름을 확인하던 무휼의 표정이 점차 어두워진다. 그러자 아라가 그럴 줄 알았다며 작게 한숨을 내쉬었다.

그도 그럴 것이.

"총 서른 명 중 귀족이 두 명이야?"

그래, 왜 안 놀랐겠는가.

"지금까지 권세만 믿고 버텼으니까. 그나저나 역시 너무 적지? 이러면 비율이……."

이게 다 자기네들이 자초한 일이라며 아라가 대꾸하는데, 무휼이 정말 충격을 받은 얼굴로 그녀를 바라보며 중얼거렸다. 믿기지 않는다는 듯.

"둘씩이나 들어올 줄이야."

"……."

너무 한쪽으로 치우쳐서 고민이라는 그녀와 달리, 무훌은 오히려 생각보다 많아서 놀랐단다.

"그러고 보니 신기하네."

그렇게 말하니까 또 그러네. 아라의 시선이 한쪽에 외롭게 적혀 있는 두 개의 이름으로 향했다. 이들은 기존에 있던 대신들을 제치고 올라왔다는 뜻이었으니.

"귀족들 중에도 똑바로 일하는 사람들이 있나 보군."

그녀의 눈이 한참을 두 이름에 머물렀다. 처음 보는 이름. 이런 사람이 있었나 싶을 정도로 생소한 이름이었다.

"귀족들 중에서도 특정 분파에 들지 못한 자들일 거야. 혹은 스스로가 안 들었거나."

조회에 참석할 수 없던 귀족들에게 총회는 그야말로 유일한 기회였다. 때문에 그들은 어떻게든 그 짧은 시간 동안에 제 뜻을 알리기 위해 노력했고, 그러다 보니 자연스럽게 뜻이 맞는 사람들끼리 똘똘 뭉치게 되었다. 지금 시건형과 구제율을 중심으로 나누어진 것처럼 말이다.

한 명이 목소리를 높이는 것보다 여럿이 함께 목소리를 내는 것이 효과적이었기 때문에, 그들은 출세를 위해 어떻게든 분파에 들기 위해 필사적이었다. 하지만 수많은 귀족들 모두가 그런 것은 아니었으니, 이처럼 꿋꿋이 혼자만의 길을 걷고자 하는 이들도 있었다. 그러나 분파에 속한 이들 모두가 한마음 한뜻으로 목소리를 높이다 보니 그들의 총회 발언권은 상대적으로 적었고, 때문에 눈에 띌 기회가 없었던 것이다.

"잘됐어. 이번 기회에 물갈이를 해야지."

"……."

"뭐야, 왜 그렇게 보는 건데?"

"아니……."

무휼의 목소리가 점점 사그라졌다. 사실 그는 놀랐다. 지금까지 최대한 싸움을 피하기 위해 노력하며 그것이 평화적인 방법이라 여기던 그녀가 스스로 싸움판에 들어서려 하다니.

"네 입에서 나올 만한 말은 아닌 거 같아서."

"그래?"

"지금까지는 조심스러웠잖아."

어느 한쪽의 편을 들어 주면 골치가 아파진다며 어떻게든 중립적인 입장을 유지하려던 그녀가 칼을 들었다. 그리고 양쪽 모두를 겨누고 있다.

굳이 선택하자면 무휼은 지금의 분위기가 더 좋았다.

한껏 들떠있는 그를 응시하던 아라는 잠시 생각에 잠겼다. 생각해 보니 그 말이 맞았다. 뭔가 많이 바뀐 거 같았지만, 사실 변한 거라고는 한 가지밖에 없었으니.

곁에 구제하라는 남자가 있다. 그리고 그를 사랑하고 있다.

"지금은 상황이 바뀌었잖아."

"구체적으로 뭐가 바뀌었는데?"

바뀐 거라곤 그녀의 곁에 구제하라는 남자가 붙어 있다는 것뿐. 그 작은 변화가 아라의 얼마나 많은 부분에 영향을 미쳤을까, 무휼은 그것이 궁금했다.

"새로운 목표."

아라가 답했다. 목표가 바뀌었다. 지금까지 자신이 할 수 있는 것은 후계자로 내정한 건율이 시건형과 같은 길을 걷지 않도록 지키는 게 전부라고 생각했는데.

"미래에 태어날지도 모르는 우리 아이들에게 지금 이 상황을 고스란히 물려주고 싶지 않아."

일찍이 부모를 여의며 유일하게 의지할 수밖에 없었던 숙부에게 배신을 당하고, 반듯하게 설 자리가 없어 항상 위태로웠던 자신과 같은 길을 걷지 않도록 말이다.

"좋았어. 전하께서 그렇게 생각하고 계신다면 나도 마음을 단단히 먹어야겠네."

만족스러운 미소를 지으며 고개를 끄덕이던 무휼이 무언가를 꺼내 들었다.

"마음 단단히 먹은 김에 이것도 좀 봐 줘."

그것은 좀 전에 아라에게 건네준 서른 명의 이름이 적힌 명단과 비슷한 형식의 문서였다. 사실 오늘 무휼이 중앙궁을 찾은 이유는 따로 있었다.

"끝까지 납세를 하지 않은 신료들의 명단이야. 이들을 조사 1순위에 올릴 생각인데……."

약조한 대로 철저한 조사를 거쳐서 벌을 내려야 했지만, 한 가지 신경 쓰이는 게 있었다.

"시건형과 구제율이 포함되어 있어."

"그럴 줄 알았어."

"특히나 구제율 쪽 귀족들은 거의 전부."

아무래도 신왕의 연기가 꽤 그럴싸했던 모양이다. 그를 철석같이 믿고 이리 버티고 있으니 말이다. 그러나 귀족들에게는 미안하지만, 이제 그들은 큰일 났다.

"가서 싹싹 긁어 와."

"당연하지."

얼마나 배를 불렸는지 알아볼 시간이었다. 다만 한 가지 걱정되는 게 있었다.

"신왕께서 타격이 크시겠네."

무휼의 말에 아라는 고개를 끄덕였다.

물론 신왕은 처음부터 그들 편이 아닌 저들의 편이었지만, 귀족들은 착각의 늪에 빠져 있으니까.

이제 모든 것이 제자리를 찾을 때가 되었다.

"그 사람이라면 걱정 마. 아마 끄떡도 없을 테니까."

그에게는 귀를 열었다 닫았다 하는 특이한 능력이 있어서, 아마 귀족들이 이게 어찌 된 일이냐 화를 내거나 징징거려도 아무렇지 않게 무시할 게 뻔했다. 그는 원래부터 남의 말을 잘 안 듣는 사람이었으니까.

"한창 방심하고 있을 때 찬물을 확 끼얹어 주는 거야."

"아주 정신이 번쩍 들겠어."

무휼의 대꾸에 아라가 웃었다. 참 볼 만한 광경이 펼쳐지겠다며 그녀는 들떠 있었다.

탈세의 강도에 따라 다르겠지만, 대충 규모를 보아하니 몇몇은 재산의 절반을 뚝 떼어 갈 정도였다. 그러나 그들은 찍소리도 못 하고 내놓을 수밖에 없다. 법을 어긴 건 저들이니 뭐라 할 말이 없을 테니까. 가슴을 치며 몰수당하는 것을 지켜보다 울먹이며 신왕을 찾아가겠지. 그러나 소용없을 것이다.

"운 좋게 피해 간 이들도 이번 일을 계기로 깨닫는 바가 있겠지."

조회 참석 문제와 함께 부당하게 취득한 이득의 몰수라. 연이은 타격에 그들이 어떻게 나올까, 아라는 내심 기대가 되었다.

자, 그러면 귀족들과 대신들의 문제는 이쯤에서 마무리 짓고, 그들에게는 또 하나의 문제가 남아 있었다.

"그러고 보니 주설화는? 불안하니까 서하연까지 직접 동행하겠다고 하지 않았던가?"

"그랬지."

"그런데 지금 여기에서 뭐해. 나가 봐야 하지 않아?"

아라가 물었다. 아니, 사실은 이제 출발한다고 해도 늦었다. 지금이라면 막 객주를 나서고 있을 테니까.

"가려고 했는데, 그 녀석이 이번에는 저에게 맡겨 달라고 하더라고."

그 녀석이라는 말에 아라는 미간을 찌푸렸다. 그 녀석이라니. 뻔하지, 뭐. 누가 더 있겠는가. 무휼은 물론 아라보다도 더 주설화를 싫어하는 사람이 한 명 있었으니.

"월비가 부디 소란 피우지 않았으면 좋으련만."

"사실은 나도 그게 좀 불안해."

원래 이런 말이 나오면 걱정 말라느니 한번 믿어 보라느니 따위의 말을 하는 것이 보통일 텐데, 무휼은 월비에 대해 너무나도 잘 알고 있었다.

"괜찮아. 별일 없을 거야."

걱정 가득한 연인을 대신해 아라가 말했다. 자신은 친우를 믿는다며 두 주먹을 불끈 쥐기까지 하는 그녀였지만, 그럼에도 무휼의 얼굴은 여전히 어두웠다. 이 말을 해야 할까 말아야 할까를 고민하던 그가 무거운 한숨을 내쉬었다. 곧 그의 입이 열렸다.

"그 녀석, 창고에 있던 꽃가마를 타고 나갔어."

잠깐. 그건 또 왜.

* * *

"오늘 나가신다고요."

"네."

너무나도 소박한 짐을 챙기던 설화가 작게 대답했다. 그녀는 아까부터 제 곁을 맴돌고 있는 여주인이 너무나도 신경 쓰였다. 지금까지 방값 지불할 때를 제외하고는 코빼기도 보이지 않던 사람이, 이만 나간다고 하니까 왜 이렇게 사람을 귀찮게 하는 건지. 그것도 마치 무슨 할 말이 있는 사람처럼 우물쭈물대는데 그 꼴이 너무나 거슬렸다. 드디어 이곳에서 벗어날 수 있다는 해방감 때문에 겨우 참고 있을 뿐이다.

'난 이제 자유야.'

한 사람이 서 있으면 숨이 턱 막힐 정도로 코딱지만 한 방이었다.

여왕이 마련해 놓은 곳이 어딘지는 모르겠지만 분명 이곳보다는 낫겠지. 어디 조금 나을 뿐이랴, 어쩌면 아주 화려하고 멋진 곳일지도.

몰려오는 기대감에 설화의 입꼬리가 자꾸만 씰룩거렸다. 그러자 그녀의 눈치를 보고 있던 여주인이 이를 포착하고는 재빨리 서신 하나를 그녀에게 내밀었다.

"저기……."

"아, 정말. 아까부터 도대체 뭡니까?"

"이거, 어떤 높으신 분이 아가씨에게 전해 달라고……."

드디어 건네줬다! 아무래도 내용이 신경 쓰이기는 했지만, 어쨌든 건네줬다! 저에게 주어진 임무를 끝냈다는 것에 여주인이 나름대로 만족스러운 미소를 지었다.

한편, 조금 전까지만 해도 주인에게 날카롭게 굴더니만 서신을 보기 무섭게 설화의 두 눈이 반짝하고 빛이 났다. 그녀는 재빨리 그것을 펼쳐 보고는 실망한 목소리로 중얼거렸다.

"뭐야, 제하나 여왕일 줄 알았는데……."

그러나 투덜대던 것도 잠시, 서신의 내용을 꼼꼼히 살피던 그녀의 표정이 점차 환하게 밝아지기 시작했다.

"정말 저에게 이걸 전해 달라고 하셨다고요?"

"그래요."

그 물음에 여주인이 고개를 끄덕였다. 그녀는 궁금했다.

도대체 저 안에는 무슨 내용이 적혀 있는 걸까? 대충 반응을 보아하니 나쁜 내용은 아닌 듯한데.

"고맙습니다."

설화는 궁금함에 좀처럼 걸음을 떼지 못하고 있는 여주인을 쌩하니 지나쳐 버렸다. 좁고 낡아서 걸을 때마다 삐걱대는 복도를 지나며, 그녀는 들고 있던 서신을 품 안에 넣었다.

"훗. 하늘이 무너져도 솟아날 구멍은 있다더니……."

그녀가 작게 중얼거렸다. 물론 지금 이 상황이 하늘이 무너질 것만큼 최악은 아니었지만, 그래도 여왕에게 서약서를 빼앗긴 건 꽤 타격이 컸기 때문이다.

그러나 방금, 비어 있던 손아귀에 새로운 패가 들어왔다.

언제든 도움이 필요하면 찾아오세요.

분명 서신의 마지막에는 그렇게 적혀 있었다. 심지어 보낸 이의 이름은 '시건형.'

과연 천유에서 그 이름을 모르는 자가 있을까? 여왕의 숙부이자, 여왕의 천적의 이름을 말이다. 도대체 자신이 이곳에 있다는 걸 어떻게 알았는지는 모르겠지만, 이는 그녀에게 두 번째로 찾아온 기회일지도 몰랐다.

"보아하니 날 여왕의 목을 조이는 데에 이용할 생각인가 본데."

남에게 이용당한다는 것은 불쾌했지만, 어쩌면 반대로 자신이 이 상황을 이용할 수 있을지도 모른다는 생각이 들었다. 그는 분명 여왕의 천적임과 동시에 자신을 쫓고 있는 구가와 척을 지는 사이가 아니던가.

"나중에라도 쓸모가 있겠어."

전보다 한결 가벼워진 걸음으로 계단을 내려온 그녀가 장옷을 단단히 여미며 밖으로 나갔다. 밖에는 다섯 명 정도 되는 사람이 그녀를 기다리고 있었다. 이를 본 설화는 기분이 나빴다. 물론 눈에 띄어 봤자 좋을 게 하나 없다는 건 잘 알고 있었지만, 그래도 이건 너무 초라하지 않은가. 여왕이 보냈다는 게 고작 다섯 명이라니.

"기다리고 있었습니다."

병사 중 하나가 꾸벅 인사하며 그녀에게 다가왔다. 후문 쪽에 가마가 준비되어 있다는 말에 그제야 설화의 표정이 밝아졌다.

"어머, 이 가마를 타면 되는 건가요?"

조금 전까지 자신을 호위하는 병사들의 수가 적다느니 뭐라느니 궁시렁대던 그녀의 목소리가 갑자기 밝아졌다.

그도 그럴 것이 눈앞에 대기 중인 가마는 그녀가 지금까지 봐 온 가마들 중에서도 으뜸이라 할 정도로 화려했기 때문이다. 지나치다는 생각이 들 정도로 주렁주렁 달려 있는 구슬 장식이라든가 꽃장식이 그러하다.

그야말로 사치의 극치를 보여 주는 가마였다.

어떻게든 저 가마에 타 보고 싶다는 욕망이 그녀의 눈빛에서 짙게 드러났다. 마음이 급해진 설화가 저도 모르게 손을 뻗어 문을 열려던 그때였다.

"안녕하십니까."

'드르륵!' 하는 소리와 함께 가마의 옆으로 나 있는 작은 창이 열리더니, 한 여인이 안에서 얼굴을 불쑥 내밀었다.

"뭐, 뭐야!"

화들짝 놀란 설화가 뒤로 물러났다. 이미 그 안에는 사람이 타고 있었던 것이다.

"빨리 타세요. 시간 없으니까."

"……."

"아니면 구가의 사람들에게 끌려가고 싶습니까?"

월비가 인상을 찌푸리며 말했다. 그러자 갑작스러운 여인의 등장에 잠시 당황하던 설화가 재빨리 가마에 올랐다.

"그럼 힘들겠지만, 수고들 해 주세요."

싱긋 웃으며 가마꾼들을 응원한 월비가 창을 닫았다. 그러고는 제 앞에 앉아 있는 설화라는 여인을 바라본다. 설화 역시 월비를 응시했다. 저보다 어린 듯하면서도 분위기는 그렇지 않은 게 묘한 여인이라는 생각이 들었다.

아니, 그것보다도.

"답답하지 않으십니까."

설화가 작게 불만을 드러냈다. 아무리 규모가 큰 가마라고는 해도 그렇지, 이렇게 둘이 타니까 조금 답답한 감이 없잖아 있었다. 어디로 가는지도 모르는데, 가는 길만큼은 좀 편히 가면 안 되나. 이럴 거면 차라리 조금 평범하고 좁아도 좋으니 작은 가마 두 채를 마련해 주지.

"답답하면 그쪽이 내려서 걸어가든가요."

그 말에 설화가 째릿 월비를 노려보기 시작했다. 태도가 너무나 건방졌다. 그럼에도 뭐라 할 수 없는 건 그녀에게서 어떠한 당당함이 보였기 때문이다.

도대체 이 여인은 누구인가. 이곳저곳을 전전하며 허름해진 자신과 달리 눈앞의 여인은 너무나 말끔했다. 그리 치장을 하지도 않았음에도 기품이 넘치는 것이 한눈에 봐도 높은 집안의 아가씨임이 틀림없었다.

"전하께서 사람을 보내신다기에 중앙군이 나올 줄 알았는데."

"……."

"설마 가는 길 심심하지 말라고 말동무를 보내 주실 줄이야……."

그냥 이 가마 하나만 보내 주지 뭐하러 안에 이런 여인을 태워 보낸 거냐며 설화가 투덜대자, 이를 놓치지 않고 월비가 싱긋 웃었다.

"제가 나가겠다고 고집을 피웠습니다."

"예?"

"그쪽을 만나고 싶었으니까."

"저를요? 왜……."

"경고하려고요."

말동무? 웃기지도 않는구나. 그런 걸 하자고 무휼에게 졸라 가며 이렇게 온 것이 아니다.

"이 가마, 예쁘지 않아요?"

뜬금없는 가마 이야기에 설화의 시선이 높은 천장으로 향했다. 확실히 타기 전에도 생각했던 거지만 마음에 쏙 드는 가마였다. 그런데 갑자기 이건 왜?

"이것은 신왕께서 국혼을 올리기 위해 타고 오신 가마입니다."

그 말에 설화의 눈이 커졌다.

그 말대로 이 가마는 신왕이 예서에서부터 천유까지 타고 온 것이었다. 물론 보관상의 이유로 장식들을 떼어내어 그때보다는 덜 화려하긴 했지만.

"전하께서 일부러 더 공을 들여 준비하신 거죠. 우리는 지금 그것에 타고 있습니다."

국혼을 올리던 날, 죽을상을 하고 이 가마에 타고 있던 제하의 모습을 떠올린 월비는 피식 웃었다.

"사실은 당신보다도 더 태우고 싶은 사람이 있었지만 할 수 없죠, 뭐."

월비가 큰맘 먹고 태워 주는 거니 감사하라며 그녀에게 말했다.

"잘 들으세요."

그녀의 목소리가 한층 단호해졌다. 눈빛마저 날카로운 것이, 누가 유월영의 누이 아니랄까 봐 상대를 기죽이는 위압감이 꼭 닮았다.

"솔직히 말하면 저는 전하께서 당신에게 이러한 호의를 베푸는 게 너무나도 싫습니다."

듣자 하니 눈앞의 저 여우 같은 여자가 서약서를 가지고 협박을 했다던데, 만약 자신이 아라였다면 그깟 협박에 굴하지 않고 밀고 나갔을 것이다.

"그러니 이쯤에서 만족하고, 더는 그 두 분의 앞에 나타나지 마세요."

"……."

"혹시라도 허황된 기대를 품고 있다면 단념하는 게 좋을 거란 뜻입니다."

덜컹거리는 가마 안, 오늘따라 유난히 낮게 들리는 월비의 목소리만이 무겁게 울려 퍼졌다. 잠시 넋을 놓은 듯 그녀를 바라보던 설화가 멈추고 있던 숨을 들이쉬더니 작게 웃는다.

"지금 뭔가 오해를 하시는 거 같은데."

"오해?"

"설마 제가 신왕을 빼앗기라도 할까 봐 걱정하고 계시는 겁니까?"

"……쓸데없는 걱정이었나요?"

"저도 생각이 있는 사람입니다."

"아, 그래요?"

"어찌 감히 전하의 사람을 빼앗는단 말입니까?"

자신에게도 그 정도의 상식은 있다며 설화가 당당하게 나오자 월비는 입을 딱 다물어 버렸다.

괜한 기우였나? 그냥 이 여자는 구제율과 마찬가지로, 출세한 신왕의 덕 좀 보려고 했던 거뿐일까? 차라리 그러면 다행이지만. 하지만 정말 이상하게도 이 여자의 말을 믿을 수가 없었다. 그러나 그 일이 가당키나 하느냐며 웃고 있는 그녀를 보니, 거짓은 아닌 듯했다. 그런데 어째서일까. 자꾸만 불안한 이 감정이 지워지지 않는다.

"하지만."

역시나.

"그건 어디까지나 두 분이 부부로 있을 때의 이야기 아닌가요?"

"그게 무슨 소리죠"

"솔직히 전하께서도 지금 신왕을 이용하고 계시는 거 아닙니까."

피식. 한껏 끌어 올려진 그녀의 입매를 바라보고 있던 월비의 미간이 잔뜩 찌푸려진다. 생각이 있는 사람이라더니, 확실히 머리가 빠르게 돌아가는 여자였다.

"1년 후 두 분이 헤어지게 되면, 그 이후는 상관없는 거잖아요?"

"그래서, 1년이 지날 때까지 곁에서 기다리시겠다?"

"네."

해맑게 말하는 것이 얄밉기는 했으나 월비는 잠시 주춤했다. 하긴 가만 생각해 보면 틀린 말도 아니었다.

아라와 제하가 그저 각자의 목적을 위해 1년간 위장 혼인을 한 상태라면, 1년 후 둘의 관계가 끝이 났을 때 구제하가 다른 여자를 만나든 말든 상관없었기 때문이다. 설령 그것이 구가의 안주인 자리를 노리는 못된 여우 같은 여자라고 해도, 그가 그녀에게 홀라당 넘어가 재산을 탕진한다고 해도 그들과는 상관없는 일이었다.

하지만.

"그런데 그 이야기는 못 들으셨나 봅니다."

월비가 참았던 웃음을 터트렸다. 그녀가 모르고 있는 게 하나 있다.

"그 서약서, 한동안 국서께서 찾느라 혈안이 되어 있으셨지요."

"그야 그렇겠죠. 위장 혼인을 한 사실을 다른 이들에게 들키면 큰일 날 테니……."

"아니요."

월비가 단호하게 고개를 저었다.

"두 사람은 그것을 없애기로 했거든요."

"네?"

그게 무슨 말이냐며 놀란 설화가 되물었다. 없애다니, 서약서를? 어째서? 그녀의 반응에 월비는 얄미운 미소를 지으며 일부러 대답을 아꼈다. 어디 한번, 머리 아프게 스스로 생각을 해 보라고. 답이야 뻔하지 않은가.

설화의 낯빛이 점차 어두워지기 시작했다. 그동안 궐 밖에 도는 여왕과 국서의 소문 따위, 전부 여왕이 멋대로 만들어낸 헛소문에 불과하다고 믿었는데.

"그, 그럴 리가 없는데. 제하가 다른 사람에게 마음을 열었을 리가……."

"그러게요. 그럴 리가 없는데 그런 일이 생겼네요. 놀랍게도."

"그럼 어머니의 일은? 그 일은 어떻게 극복한 거지? 그게 그렇게 간단히……."

"도대체 무슨 소리를 하는 건지 모르겠군요."

월비가 횡설수설하고 있는 설화에게 알아들을 수 있게 이야기하라던 그때였다. 목적지에 도착한 건지 가마가 덜컹거렸다. 그러다 잠시, 움직이던 것이 멈추고 가마의 옆을 따르던 유모의 목소리가 들려온다.

"월비 아가씨, 도착했습니다."

드디어 도착했다는 말에 엉거주춤 일어난 월비가 막 열린 문으로 나서려다 굳어 있는 그녀를 바라봤다. 그리고

"어디 한번 계속 기다려 보세요. 1년이 지나도, 5년이 지나도 신왕께서 궐 밖으로 나오는 일은 없을 테니 말입니다."

"……."

“단, 기다리는 건 좋은데 혼자 기다리세요. 괜히 주위에 민폐 끼치지 말고.”

“…….”

“우리 전하께서는 마음이 여리신 분이라 당신을 많이 봐주고 있지만, 요구를 들어주는 건 여기까지입니다.”

휘청거리며 가마에서 내린 설화가 바로 눈앞에 있는 커다란 건물을 올려다보았다. 안 그래도 지금 제정신이 아닌 듯한데, 정문에 새겨져 있는 ‘서하연’이라는 세 글자를 본 그녀는 흠칫 놀랐다.

“잠깐, 여기는…….”

“네, 맞습니다. 서하연.”

“왜 저를 이곳에 데리고 온 겁니까?”

“안전한 곳을 원하지 않았습니까.”

싱긋 웃으며 말하는 월비와 달리 설화는 웃을 수가 없었다. 그녀가 원한 것은 혼자서도 충분히 살 수 있는 환경이었다.

으리으리한 저택까지는 바라지 않더라도 남부럽지 않은 거처와 그 삶을 유지할 수 있는 금전적인 여유였는데!

“함부로 출입이 불가능한 곳이니, 당신은 구가에게서 안전할 겁니다.”

월비의 설명이 계속되었다. 서하연의 특성상 정해진 날을 제외하고는 웬만해서는 출입이 불가능하니, 안전 하나는 확실했다. 다만 한 가지 문제가 있다면.

“물론 함부로 들어올 수 없는 동시에 멋대로 나갈 수도 없겠지만.”

"지금 장난하십니까!"

"당신을 감시하기에 이보다 더 좋은 장소가 또 있을까요."

비록 자유는 보장되지 않더라도 목숨과 안전은 보장되니 이 얼마나 다행이냐며 월비가 깐죽대기 시작했다. 이를 지켜보고 있던 설화는 울화가 치밀어 올랐다. 지금 이게 절에 들어가는 것과 뭐가 다르냔 말이다.

서하연이라니. 물론 수많은 여인들이 이곳에 들어가고 싶어 한다는 건 그녀도 알고 있었다. 그러나 그것은 어디까지나 배움에 목이 마른 이들의 이야기. 그녀에게 있어서는 감옥이나 다름없다는 뜻이다.

"아, 여기서 잘 지내시려면 그 성격 고치시는 게 좋을 겁니다."

"……."

"서하연의 규칙은 아주 엄격하거든요."

사사로운 감정은 물론이고 잠시 헛된 생각을 할 틈도 주지 않는, 오로지 면학을 위한 최적의 장소가 바로 서하연이었다. 왕권이 미치지 않는 특수한 기관인 덕분에 독자적인 교칙이 있으며, 그것이 꽤나 엄격하여 오죽하면 중간에 버티지 못하고 도중 졸업을 선택하는 사람들도 제법 많았다. 월비 역시 그런 사람들 중 한 명이었다.

"앞으로는 조용히 사세요."

사람들의 안내를 받으며 안으로 들어서는 꼴이 꼭 감옥에 갇히는 사람마냥 절망적으로까지 보였다.

"이 이상 눈에 띄었다가는 구가가 아닌, 우리 소월가와 유월가에게 쫓기는 신세가 되고 말 테니까요."

월비의 은근한 협박이 통한 건지 파르르 떨던 설화가 잠시 멈칫했다. 잠깐, 소월가? 유월가? 그러고 보니 '월비'라는 이름도 꽤나 익숙했다.

'유월가의 유월비!'

유월가의 공주라 불리는 그 어마어마한 성격의 소유자가 아니던가. 여왕의 측근이라더니 이리 직접 납실 줄이야. 씩씩거리던 설화가 한 걸음, 한 걸음 서하연 안으로 들어섰다. 그리고 서서히 문이 닫혔다.

연신 생글생글 웃는 얼굴로 두 팔을 크게 흔들며 배웅해 주던 월비가 문이 닫힘과 동시에 팔을 떨궜다.

"아, 이제야 속이 다 시원하네!"

월비가 외쳤다. 좀 전의 시뻘겋게 달아오른 주설화의 얼굴이 머릿속에서 떠나질 않았다. 아마 그녀가 이 서하연에 묶여 있는 동안에는 두 다리 뻗고 잘 수 있을 거 같았다.

"내가 꼭 이렇게 나서야 한다니까? 쯧쯧. 안 그래?"

"아……하하. 네."

"정말 손이 많이 가는 부부야."

툴툴대는 그녀의 뒤를 따르던 유모는 생각했다.

아가씨가 할 소리예요?! 그리고 무흘 도련님께서 가지 말라는 거 억지로 온 거면서!

"그런데 아가씨, 국서를 못마땅하게 여기지 않으셨어요?"

"계속 보니까 꽤 괜찮은 사람 같더라고. 이제는 네 번째로 좋아."

"……몇 명 중에서요?"

"당연히 네 명이지. 아라, 무휼, 오라버니 그리고 신왕."

그 말은 결국 꼴찌라는 거잖아! 유모는 새삼 신왕이 불쌍하다는 생각이 들었다. 아니, 그것보다도 제 아가씨의 곁에 있는 사람이 넷밖에 없다는 사실에 더 슬퍼해야 하나.

"그리고 전하가 세 번째로 좋으시고요?"

"아니, 아라는 두 번째야. 세 번째는 오라버니. 난 오라버니보다 아라가 더 좋거든."

"저런, 월영 도련님이 들으시면 우실 거예요."

아주 펑펑 울 거라며 유모가 고개를 절레절레 저었다. 팔불출이라는 소리까지 들으며 누이에 대한 사랑으로 유명한 그이건만, 정작 그 누이께서는 오라버니보다 친우가 더 좋다고 하니.

어? 그런데 잠깐.

갈 때와는 다르게 한결 가벼워진 가마에 가마꾼들의 걸음이 경쾌하다. 그리고 그 옆을 따르며 월비와 대화 중이던 유모가 멈칫했다.

어라? 한 자리가 비는데요, 아가씨?

단순히 실수였던 건지, 아니면 이것이야말로 진심인 건지 모르겠다. 어렸을 때부터 봐 온 아가씨였지만 정말 그 속을 알 수가 없었다.

그렇게 고개를 갸웃거리며 걷기를 얼마, 저 앞에 궐의 정문이 보이기 시작했다. 그리고 그 앞에서 안절부절못하고 있는 사내가 보이자 유모가 빙그레 미소 지었다.

"아가씨, 무휼 도련님께서 마중 나와 계시네요."

"그래?"

언제 도착하느냐며 툴툴대던 월비의 표정이 단번에 밝아지는 것을 본 유모가 작게 웃었다.

아무래도 우리 아가씨, 시집보낼 날이 멀지 않은 거 같았다.

* * *

"혼인 같은 거 할 생각 없어?"

"……."

"……."

뜬금없는 제하의 말에 무휼과 월영이 그를 바라봤다.

한창 일하는 사람 불러다 놓고 술 한잔 하자기에 왜 이러나 했더니, 갑자기 장가들 생각이 없느냔다. 도대체 왜 이러는 건데?

"지금 전하께서 바쁘셔서 이러는 거죠."

"그래. 방해하지 말라고 쫓겨났다, 왜."

눈치 빠른 무휼이 묻자 제하가 순순히 인정했다.

"혼인은 왜요, 보내 주시게요?"

묵묵히 술잔을 비워내던 월영이 물었다.

"보내주면 가기는 할 거야?"

"참한 아가씨라도 알고 계시는 겁니까?"

"아니."

제하가 재빨리 답했다.

"내가 우리 부인 말고 아는 아가씨가 있을 리가."

하마터면 큰일 날 뻔했다. 물론 없다는 말은 사실이었지만, 좀 전의 그 질문은 월영의 함정이 분명했기 때문이다.

유월영이라는 사내의 앞에서는 정신을 바짝 차려야만 했다. 조금이라도 방심했다가는 덜컥 물릴 테니까.

"안 넘어가시네요?"

역시나. 아쉽다는 듯 작게 웃고 있는 그를 본 제하는 애써 웃었다. 정말 짜증 나는 녀석이야.

"말 돌리지 말고 질문에나 답하지?"

"하아…… 장가라……."

응? 웬만해서는 당황하는 모습을 보이지 않던 월영이 웬일로 작게 한숨을 내쉬었다.

천하의 유월영도 꼼짝 못 하는 것이 있을 줄이야.

"솔직히 나이 스물넷이면 장가가고도 남지 않았나?"

"늦은 감이 없잖아 있기는 하죠."

제하의 물음에 무휼이 고개를 끄덕이며 맞장구를 쳤다. 사내의 경우, 성인식을 치르는 18살을 시작으로 22세 사이에는 가정을 꾸리는 것이 보통이었다. 혼례를 올리지 않더라도 기본적으로 집안끼리 미리 정해 둔 정혼자가 있기 마련인데, 그에게는 이조차 없었다.

"게다가 너는 월가의 후계자잖아."

저래 보여도 월영은 월가의 후계자였다. 즉, 집안을 위해 후사를 이어야 하는 의무가 있다는 뜻이다.

"왜 저에게만 그러십니까? 무휼도 월가의 후계자인데요."

"아, 그러고 보니까 그러네."

왜 자신에게만 그러는 거냐며 월영이 작게 투덜거렸다. 그 말에 고개를 끄덕이던 제하는 새삼 놀란 얼굴로 무흘을 바라봤다. 아라의 소꿉친구이자 중앙군을 이끄는 대장 정도로 여기고 있었지만, 그 역시 사실은 소월가의 후계자였다.

"저는 신경 안 써 주셔도 됩니다."

갑자기 저에게로 쏠린 관심이 부담스럽다는 듯 무흘이 재빨리 말을 돌렸다. 장가든 뭐든 알아서 할 테니 신경 쓰지 말아 달라는 그의 부탁에 제하는 고개를 끄덕였다.

"그래. 사실 너는 내가 도와주고 싶어도 방법이 없어."

"……."

그가 월비에게 마음이 있다는 건 궐 안은 물론, 저잣거리의 상인들까지 알 정도로 유명한 이야기였다. 정작 월비가 모르고 있다는 게 가장 큰 문제였지만.

"말이 나온 김에 묻겠는데, 둘은 언제 혼인할 거야?"

"알아서 잘 할 테니, 걱정 안 하셔도 됩니다."

"아라가 걱정하니까 그렇지."

툭하면 둘을 걱정하는 아라에게 옮았나? 이제는 제하도 그들이 걱정되기 시작했다. 지금까지 눈치 없는 부인과 살고 있는 자신의 처지가 가장 불쌍하다고 생각했는데, 저보다도 더 불쌍한 사내가 바로 눈앞에 있었던 것이다.

"난 행복한 녀석이었어."

제하는 새삼 깨달았다. 최근 눈치가 빨라진 아라 덕분에 둘 사이의 관계는 나날이 발전하고 있었다. 하지만 그는 아니지 않은가. 아무리 곁을 맴돌며 좋아한다고 눈치를 주면 뭐하나, 상대가 아예 귀와 눈을 닫아 버렸는데.

"……힘내라."

"동정은 필요 없습니다!"

제하의 진심 어린 충고에 무휼이 발끈했다.

불과 얼마 전까지만 해도 그와 비슷한 처지에 놓여 있다고 생각했는데, 어쩌다 이렇게 되었을까? 무휼은 제하가 얄미웠다.

종종 아라의 상담 상대가 되어 주기도 하고, 둘 사이를 방해하려는 월비를 이 한 몸 바쳐 막아 주기도 했다. 나름대로 숨은 조력자였단 말이다.

그런데 그런 제 앞에서 한껏 으스대다니.

"너는 어떤데?"

한편, 자신과 상관없는 이야기가 나오자 곧장 딴청을 피우던 월영이 제하의 눈에 걸렸다. 안주로 올라온 육포를 씹으며 말없이 생각에 잠겨 있던 그가 곧 눈을 반짝였다. 이를 본 제하는 불안했다. 저것은 조회나 총회에서, 그가 본격적으로 관리들을 괴롭히기 직전에 보이고는 했던 눈빛이었다.

"글쎄요, 혼인할 생각이 있었으면 전하와 벌써 하지 않았을까요?"

"하하하."

너무나도 어색한 웃음소리가 뜰 안에 울려 퍼졌다. 쓸데없는 소리 할 거면 술이나 더 마시라며 제하가 황급히 그의 술잔을 채웠다.

여기서 발끈하면 지는 거였다. 그래, 분명 지는 건데…….

"확, 저 입을 꿰매 버릴 수도 없고."

그가 아라의 첫사랑이라는 건 이미 알고 있는 사실이었지만, 매번 들을 때마다 울컥하는 건 어쩔 수 없었다.

"그냥 궁금해서 묻는 건데, 아라는 왜 거절한 거야?"

생각해 보니 물어본 적이 없었다.

상대가 이 나라 여왕에 얼굴도 예쁜 데다가 심지어는 자신이 좋다고 졸졸 쫓아다니기까지 하는데, 왜. 도대체 왜? 제하는 이해를 할 수 없었다.

"아, 그건……."

어떻게 아라를 거절할 수 있느냐는 제하의 물음에 월영이 작게 미소 지었다.

"저도 취향이 있어서……."

"……."

아라의 마음을 거절한 이유가 단순히 취향 탓이라니. 그 말을 듣기 무섭게 제하는 인상을 찌푸렸다.

"왠지 기분 나쁘네."

참 이상도 하지. 자신은 아라에게 관심 없으니 걱정하지 말라는 월영의 말에 안심을 해야 할 텐데, 이상하게도 기분이 나빴다. 그가 아라에게 오라버니 이상의 관심을 보이는 것은 싫었지만, 이런 식으로 아라가 무시당하는 것도 싫었다.

이를 알아차린 무휼이 재빨리 월영의 옆구리를 쿡 하고 찔렀다. 그러나 정작 문제의 원인께서는 자신이 무엇을 잘못했는지 모르겠다는 얼굴로 웃고 있으니 답답할 따름이다.

한참만에야 월영이 이해했다며 고개를 끄덕였다.

"전하께서 예쁘신 건 저도 알고 있습니다."

"뭐야? 평소에 그런 눈으로 보고 있었단 말이야?"

"……."

그러나 실패했다.

예쁘다고 하면 화를 내고, 그렇다고 제 취향이 아니라고 말해도 화를 냈다. 이 경우에는 어떻게 해야 하는 거야?

도대체 자신은 어떻게 해야 하는 거냐며 월영이 슬쩍 무휼에게 도움을 요청했지만, 그 역시 잘 모르겠다며 시선을 피해 버렸다.

"예쁘기는 한데, 어리잖습니까. 그래서 거절했습니다."

고민 끝에 월영은 나름대로 현명한 답변을 찾아냈다. 그제야 제하의 표정이 서서히 풀리는 것을 본 그가 마음을 놓았다. 딱히 국서를 두려워하거나 하지는 않았지만, 저 상태로 두었다가는 나중에 귀찮아질지도 몰랐으니까.

"둘이 나이 차이가 그렇게 많이 나는 건가?"

"예닐곱 정도 차이 납니다만."

"별로 안 나는데?"

제하와 아라의 나이 차는 다섯 살. 다섯이나 예닐곱이나 그게 그거 아닌가? 혹시나 아라가 나이 차를 많이 신경 쓰는 편이냐는 제하의 물음에 월영이 고개를 저었다.

"아니요, 아니요. 물론 나이도 나이지만……."

웬일로 우물쭈물거리던 그가 작게 한숨을 내쉬더니 목소리를 낮췄다.

"전하께서는 앳되어 보이지 않습니까."

그 말에 잠자코 있던 무휼이 눈썹을 씰룩거렸다. 여왕이 앳되어 보인다는 것은 평소 귀족들이 어린애가 무슨 정치냐며 그녀를 무시할 때 쓰는 말이었기 때문이다.

"그게 바로 아라의 매력이지."

"그래도 어린애 데리고 연애하려면 힘들지 않습니까."

"……."

흐뭇하게 웃고 있던 제하의 미소가 단번에 경직됐다. 안 그래도 최근까지만 해도 그 부분에 대해서 심각하게 고민하고 안달을 한지라 뭐라 할 말이 없었던 것이다.

그의 반응에 월영이 그것 보라며 웃는다.

"전 평범하게 성숙한 여인이 좋습니다."

"그 말은 내 취향이 이상하다는 걸 돌려 말하는 건가?"

"하하. 그렇게 곡해하시면 제가 당황스러운데요."

그래도 끝까지 아니라고는 말 안 하는구나.

"나는 앞으로 더 예뻐질까 봐 걱정인데……."

"……."

제하가 툭하고 던진 말에 실실거리던 월영이 웃음을 멈췄다. 곧 그의 미간에 깊은 주름이 새겨진다.

"거기까지는 미처 생각을 못 했는데."

꼬맹이인 현재만 생각했지 먼 훗날의 일까지는 미처 생각하지 않았다는 그의 말에 제하는 한숨을 내쉬었다.

"……너는 필히 장가를 보내 놔야겠어."

그래야 마음이 놓일 거 같았다.

"기왕이면 마음씨가 고운 여자 말고 예쁜 여자로 부탁드립니다."

외모를 지나치게 많이 따진다는 그의 솔직한 발언에 제하는 물론, 무휼까지 최악이라며 그를 바라봤다. 그러자 월영이 억울하다는 듯 탁자를 탕탕 내려치더니 열변을 토해 냈다.

"허참. 왜들 이러십니까. 평생을 함께할 사람인데, 기왕이면 예쁜 사람이 좋잖아요."

아무리 그래도 그렇지 너무 노골적이잖아!

최근 들어 제하는 월영, 무휼과 잘 어울렸다. 무휼은 그렇다 치고, 문제는 월영이었다.

처음에는 본능적으로 거리를 두려 했지만, 월영이 아라에게 가족 이상의 관심이 없다는 것을 깨닫게 된 뒤부터 다가오는 그를 막지 않았다. 하지만 곁에 두고 지켜보면 지켜볼수록 이해가 안 되는 게 하나 있었으니.

"도대체 아라는 왜 이런 녀석에게 반했던 거지?"

"제가 좀 매력 덩어리지 않습니까."

"민폐 덩어리겠지."

문제투성이지만, 그래도 집안이 좋다. 돈도 많다. 나름대로 잘 생기기도 했다. 아니, 천유국 여인들은 뭐한대. 이런 남자를 덥석 물어가지 않고.

"무휼, 네 생각은 어때?"

"……."

"주변에 알고 있는 아가씨 없어?"

제하가 물었다. 혹시라도 지인 중에 혼기가 찬 여인이 없느냐는 그의 질문에 무휼은 한동안 아무런 대꾸도 하지 않았다.

"무슨 생각을 그리해."

"별건 아닌데……."

그러길 얼마, 저 혼자만의 세상에 빠진 듯 멍하니 생각에 잠겨 있던 그가 고개를 들었다. 그리고 심각한 얼굴로 입을 열었다.

"그것보다도 신왕, 이번 귀족들 세금 징수 건 말입니다……."

"……."

한창 으르렁거리며 투닥대던 월영과 제하의 입이 딱 다물어졌다. 지금 이 상황에서 뜬금없이 일 이야기라니. 아니, 물론 신하로서 성실하고 열성적인 건 좋긴 한데…….

"저러니 십 년 이상 곁에 있으면서도 아무런 진전이 없지."

이 녀석, 이 정도면 일중독이 아닐까 심히 걱정되기까지 했다.

"무휼, 내가 생각해도 좀 그렇다. 너도 일만 하지 말고 남자들의 대화에도 어울리고 그래."

답답하다는 듯 월영이 육포를 질겅질겅 씹으며 말했다. 근심과 걱정이라는 단어를 모르는 사람이 이렇게 말할 정도면 꽤 심각한 상태였다.

"넌 여인을 좀 알아야 해."

"됐습니다. 한 사람 마음도 붙잡기 힘든데."

"이래서 외골수들은……."

월영이 작게 중얼거렸다.

어렸을 때부터 지독한 짝사랑을 하고 있으면서도 지치지 않고 유지되는, 한결같은 그의 사랑에 박수를 쳐 주고 싶을 정도였다. 물론 이 때문에 일찍부터 무휼을 인정한 거지만. 아마 세상 모든 오라버니들이 그렇겠지만, 그들에게는 누이의 곁을 맴도는 사내들을 모두 짐승 취급하며 쫓아내려는 이상한 보호 본능이 있었다.

하지만 무휼은 예외였다. 아니, 오히려 그 반대이다.

"내가 다 미안하네."

그런 동생을 둬서.

"언제 한번 앉혀 놓고 설교 좀 할게."

"됐습니다. 애한테 괜히 이상한 거 주입하지 마세요."

도움이 되기는커녕 오히려 방해만 된다며 무휼이 이를 거절하자 월영이 울상을 지었다. 왜 자신을 믿지 못하는 거냐며 징징대기까지 하는데, 바로 그때였다.

"아."

잠자코 있던 제하의 머릿속에 무언가가 떠오른 것이다. 곧 그가 인상을 구겼다.

"그러고 보니 아라에게 이상한 말을 한 게 네놈이었구나."

"제가 또 뭘요?"

도대체 왜 모든 사람들이 자신을 문제만 일으키는 사람으로 생각하는 건지 모르겠다며 월영이 날카롭게 묻자, 이를 바드득 갈던 제하가 짜증을 꾹 참아내며 물었다.

"아라가 남자들은 꽃밭을 좋아하네 어쩌네 그러던데, 그거 네가 가르친 거 맞지?"

맨 처음 궐에 들어왔을 때, 가례 직후 희수궁에서 그녀가 했던 말이었다. 남자들은 꽃밭을 좋아한다며 자신을 위해 방 안을 꽃으로 도배를 했던 그날 말이다. 분명 아는 오라버니에게 들은 이야기라고 했는데.

"어? 어렸을 때 이야기했던 거 같은데 그걸 아직도 기억하고 있습니까?"

"덕분에 꽃 냄새가 진득하게 배어, 며칠 동안 꽃향기를 풍기고 다녔어야 했지."

아니 그것보다도, 도대체 어린아이에게 무슨 이야기를 한 거야? 제하가 멋쩍게 웃고 있는 그를 노려봤다.

나중에 자식이 태어나거든, 그 아이가 자라 사춘기가 되기 전까지 이놈을 만나게 해서는 안 되겠다는 생각이 들었다. 그렇게 월영을 경계하던 제하의 시선이 문득 무휼에게로 넘어갔다.

"무휼."

오늘따라 그는 왠지 이상해 보였다. 자꾸만 다른 생각을 한다거나 제 눈치를 본다거나. 게다가 조금 전에도 저에게 무슨 말을 하려하지 않았던가.

그냥 넘어갈 수도 있었지만, 신경이 쓰여 안 되겠다.

"그러고 보니, 아까 나한테 무슨 말 하려고 하지 않았나?"

"네?"

제하가 물었다.

평소 남의 이야기를 잘 들어 주는 그가 아까부터 계속 다른 생각을 하고 있으니 신경이 쓰일 수밖에. 그리고 시기상 그가 하려던 말은 한 가지밖에 없었다.

"곧 있으면 벌어질 소동에 대한 이야기인가?"

"아…… 예."

역시나. 그의 걱정대로이다. 오늘따라 우물쭈물거리던 무휼이 제하의 눈치를 보더니 조심스럽게 입을 열었다.

"이번 1순위 조사 대상에 구가가 포함되어 있는데요……."

조심스러울 수밖에. 아무리 제하가 아라의 편에 서 있다고는 해도, 이는 집안의 문제였다. 자칫 하다가는 가문이 폭삭 망해 버릴지도 모르는 상황이란 말이다. 물론 아라가 국서는 꿈쩍도 하지 않을 테니 걱정하지 말라고 했지만, 걱정이 안 될 리가 없었다. 때문에 미리 언질을 준 건데…….

"잘됐네. 이참에 그 정신머리들 좀 고치라지."

신경 쓰기는커녕, 오히려 아주 좋은 기회가 될 테니 마음껏 털어오라며 부추기기까지 했다.

"그런데 생각보다 많이 건지지는 못할 거야."

여왕의 시부라는 지위를 이용해 귀족들에게 받아먹은 뇌물이야 많겠지만, 이번 소동의 목적인 세금 관련 문제는 별 탈이 없을 것이다.

"그 양반, 목소리만 크지 간은 작으니까."

제하의 목소리에 확신이 있었다. 그동안 남남처럼 지내 왔지만, 그는 구제율에 대해 아주 잘 알고 있었다. 아니, 잘 알고 있다고 생각했다. 그러나 제하가 아직 모르고 있는 게 한 가지 있었으니, 바로 구가에서 주설화의 암살을 꾀한 것이다. 이를 알고 있는 무휼은 마음이 무거워졌다.

걱정거리가 더 늘어나고 말았다. 그의 아버지가 옛 연인인 주설화를 제거하라는 명령을 내렸고 이를 알게 된 아라가 그녀를 보호하고 있다는 이야기 따위, 죽어도 할 수 없었다.

"그런데 조사 말이야, 그거 모든 귀족들에게 적용되나?"

"예. 현시점에서 천유에 있는 귀족들과 대신들은 모두 심사 대상에 포함됩니다."

"그래?"

앞쪽에 붙은 조건이 만족스러운 제하가 미소 지었다.

"그럼 털려거든 구제율이 아닌 구제용 쪽을 노려 봐. 아마 탈탈 터는 대로 나올 테니."

제용은 단향의 수령이기는 했지만, 분명 조건은 현시점을 기준으로 한다고 했다. 아마 단향의 수령직을 하면서 제 주머니를 두둑하게 챙겼을 테니 그를 조사해 보라는 말에, 무휼이 고개를 끄덕였다.

"좋은 정보 감사합니다."

걱정했던 것과 다르게 오히려 협조를 해 주고 있는 제하에 무휼은 의아했다. 결국 궁금증을 참지 못하고 물었다.

"그런데 구가가 타격을 입으면 신왕께서도 타격을 입으시는 거 아닌가요?"

"신경 써 주는 건가?"

"그야 신왕께서는 구가의 가주이시잖아요."

"이름만 그렇지 운영은 전 가주가 맡고 있는걸."

빼앗는 건 이름만으로도 충분했다. 원래 생각해 둔 계획은 1년

후 계약 기간이 끝나면 궐 밖으로 나가 구가를 이끌어 가는 거였지만, 상황이 달라지지 않았나.

"하지만 신왕을 못마땅하게 생각하는 신료들에게는 이번 일이 기회가 될 수도 있습니다."

"그러니까 확실하게 조사하고 제대로 털어 와. 그래야 내가 의심을 안 받을 테니까."

"……알겠습니다."

무휼이 고개를 끄덕였다. 제하가 무덤덤해서 다행이었다. 괜히 또 곤란한 상황이 일어나면 어쩌나 걱정했는데 말이야. 그럼 구가에 대한 조사를 이대로 진행하겠다며 다시금 명단을 검토하는데, 어느새 등 뒤로 다가온 월영이 어깨 너머로 명단을 들여다보며 물었다.

"혹시 우리 유월가도 있어?"

"없습니다."

무휼이 재빨리 답했다. 그러자 월영이 그럴 줄 알았다며 한숨을 푹 내쉰다.

"하긴, 재산을 자식들에게 물려주지 않고 전부 사회에 환원하겠다는 양반인데."

"……네가 가주가 되면 유월가는 풍비박산이 날지도 몰라."

제하가 별 생각 없이 장난스레 말했다. 하지만 이를 진지하게 받아들인 월영이 싱긋 웃더니 고개를 끄덕였다. 어떻게 알았느냐는 감탄사를 터트리며.

"그럴까 봐 미리 사회에 환원하는 거라고 하셨습니다."

“현명하시네.”

“그러게요.”

제하와 무휼이 고개를 끄덕이며 답했다.

집안은 물려줄 테니 바닥에서부터 다시 시작하라고 했단다. 어찌 보면 벌칙처럼 보이기도 했지만, 사실 이는 월영을 믿지 않고서는 불가능한 결심이기도 했다.

“뭐, 여차하면 사위가 있잖습니까.”

마냥 해맑은 월영이 그래도 굶어 죽는 일은 없을 거라며 무휼을 가리켰다. 그러자 한창 명단에 집중하고 있던 그가 슬쩍 고개를 들어 올리더니 미간을 찌푸렸다.

“지금 저보고 두 집을 먹여 살리라는 겁니까? 한 명으로도 충분…….”

“어라? 그래도 우리 집 사위가 될 생각은 있나 봐?”

“…….”

“어머, 어머, 어머.”

무휼의 입이 꾹 다물어졌다. 이를 본 월영은 재미있다며 계속해서 그를 놀려 댔고, 그들을 지켜보고 있던 제하가 작게 중얼거렸다.

“아, 진짜 아라는 왜 저런 남자에게 반한 거지?”

풀리지 않는 난제였다.

* * *

“정말?”

"그래, 정말."

벌써 다섯 번째 주고받는 의미 없는 대화였음에도 제하는 곧잘 받아주고 있었다. 한편 아라는 여전히 확신이 서지 않는다는 눈으로 그를 바라보고 있었다.

그들의 앞에는 계절상 일찍 나온 화롯불이 놓여 있었고, 아라의 손에는 똑같은 내용의 종이 두 장이 들려 있었다. 그리고 제하는 그녀의 팔을 붙잡고 있다.

"이제 필요 없잖아."

"그래도 잠깐만요."

당장이라도 서약서를 태워 버리겠다며 난리를 치는 제하를 아라가 진정하라며 막고 있는 상황이었다.

"팔에서 힘 빼시죠, 전하."

"안 빼면 강제로라도 빼앗아갈 건가요."

"제가 전하께 꼼짝을 못 한다는 걸 아시면서."

"어머, 그럼 이 팔은 뭘까. 슬슬 아프려고 하는데."

"그러니까 손 놓아."

"그럼 그쪽이 먼저 팔을 놓으시든가."

중앙궁 정원 한복판에서 여왕과 신왕의 싸움이 벌어졌다. 멀찍이 떨어져서 이를 보고 있던 궁녀들은 꺄꺄거리며 난리가 났다.

"그냥 저대로 확 덮치시지."

"어우, 아무리 그래도 밖인데."

"뭐 어때. 보는 사람도 없는데."

아라에게는 필사적인 상황이었지만 그들의 눈에는 사랑스러운 연인이 아옹다옹하는 것으로밖에 보이지 않았으니. 궁녀들 틈에 끼어 있는 김 상궁 역시 그녀를 걱정하면서도 내심 열광하고 있었다.

오직 한 사람, 중앙궁에 온 지 얼마 안 된 정 상궁만이 심각했다. 곧 그녀가 조심스럽게 입을 열었다.

"저기…… 말려야 하는 거 아닙니까?"

아무래도 거리가 있다 보니 둘 사이에 정확히 무슨 일이 일어나고 있는지는 잘 모르겠지만, 그녀의 눈에는 그저 무언가를 두고 싸우고 있는 것처럼 보였다.

"뭘 모르는군요, 정 상궁!"

"그래요, 상궁마마. 보세요, 저 해맑은 두 분의 표정을!"

"……신왕께서만 신이 나신 거 같은데요."

아니, 누가 봐도 저건 괴롭히는 거라고 정 상궁은 확신했다. 아무래도 안 되겠다며 잠시 상황을 보고 오겠다고 말하고는 자리에서 일어나는데, 김 상궁이 그녀를 붙잡고 늘어졌다.

"가만있어 보세요. 정 상궁은 아직 온 지 얼마 안 돼서 모르는 것이니."

"아니, 하지만……."

"거참, 괜찮대도요."

결국 그들은 조금만 더 상황을 두고 보기로 했다. 혹시라도 여왕과 신왕에게 들키지 않도록 제대로 숨을 죽인 채. 하지만 그들이 모르는 것이 하나 있었으니.

"……아까부터 궁금했는데, 저들은 뭐하는 거야?"

"내버려 두세요."

아라가 모르는 척하라며 제하에게 말했다.

한두 명이 몰려 있으면 모르겠지만, 대여섯 명이 옹기종기 모여 힐끔거리는데 아라와 제하가 이를 눈치 못 챘을 리가 없었다. 자신들이 안 보인다고 생각하는 건지, 아까부터 이쪽을 주시하고 있는 이들의 시선에 아라는 한숨을 내쉬었다. 제하가 중앙궁에 들어오고서부터 궁녀들의 시선이 한층 더 많아졌다. 아라와 무휼이 이어지기를 바라던 이들까지 구제하 쪽으로 영입되었기 때문이다.

고개를 절레절레 젓던 아라가 정말 저들을 어떻게 해야 할지 모르겠다며 투덜대는 사이, 제하가 이 기회를 놓치지 않고 그녀가 쥐고 있던 서약서를 재빠르게 낚아챘다.

"아!"

"방심은 금물이랍니다, 전하."

"아, 치사하게 이러기예요?"

당장 내놓으라며 버둥대 보지만, 팔의 길이라든가 기타 여러 가지 방면에서 서약서를 돌려받기란 역부족이었다.

한편, 여유롭게 한 손으로 그녀를 저지한 제하는 다른 한 손으로 재빨리 서약서를 들고 내용을 확인했다. 혹시나 실수를 해서 중간에 다른 것과 바뀌지는 않았을까 하고.

"막상 태운다고 하니까 왠지 좀 아쉬운데."

아라는 고민에 빠졌다. 막상 저것이 없어진다고 하니 여러모로 걱정이 된 것이다. 혹시 모르니 아예 없애지 말고 그냥 꽁꽁 숨겨두는 편이 나중을 위해서도 낫지 않을까?

"아쉬울 게 뭐가 있습니까. 이런 멋진 남편을 평생 붙잡아 둘 수 있는데.”

“반대겠죠.”

“하긴.”

그녀의 말에 제하는 고개를 끄덕이며 순순히 인정했다.

“이렇게 예쁜 아내를 얻는다는 게 그렇게 쉬운 일이 아니기는 하지.”

“어디 그뿐인가. 어린 데다가 권력까지 갖고 있잖아요. 이런 부인 찾기 힘듭니다. 그건 좀 알아 두세요.”

서하연의 등장 이후 여성의 사회적 진출이 보다 쉬워지기는 했지만, 권력과는 별개의 문제였다. 지금도 봐라.

왕위에 여자아이가 오른 것에도 불만을 가지는 이들이 더러 있는데 이를 두고 완벽한 평등이라 할 수 있겠는가. 그런데 지금 여기에 한 여인이 있다. 그것도 권력의 구조상 가장 정점에 서 있는 어마어마한 여인이.

“그러니까 내놔요. 어명입니다.”

팔을 휘적거리며 피하던 제하가 미간을 찌푸렸다. 평소 말을 안 듣는 그였지만, 아무래도 어명이라는 말까지 무시할 수는 없었기 때문이다. 이를 알고 있기에 아라는 정말 필요한 상황에서는 어명이라는 말을 사용했다. 그것은 그녀만이 사용할 수 있는 일종의 주문이나 다름없었다.

“……치사한 게 누군데.”

못마땅하다는 듯 두 눈을 가늘게 뜬 채 그녀를 응시하던 제하가 결국 한숨을 내쉬며 서약서를 넘겼다. 팔랑이는 종이가 다시금 아라의 손에 넘어간다. 그러나 그것도 잠시, 그녀의 손끝에 닿기도 전에 한 장의 종이는 두 장으로 나뉘어 버렸다.

"뭐 하는 거예요!"

"죄송합니다. 손이 미끄러졌네요."

그럼 그렇지. 순순히 넘길 사람이 아니었다. 누굴 탓하랴, 방심한 자신의 잘못이었다며 아라는 울상이 되었다. 물론 이렇게 찢어 놓는다고 서약서의 효력이 사라지는 건 아니었지만.

"기왕 이렇게 된 거 그냥 화끈하게 태워 버려."

"그래도……."

아라는 갈등했다. 눈앞에는 화롯불이 놓여 있고 제 손에는 없애고자 다짐했던 서약서가 있다.

"자칫하다가 다른 사람의 손에 들어가기라도 하면 어쩌려고."

그 말에 순간 멈칫. 일전에 주설화가 이것을 가져갔던 아찔한 상황을 떠올린 아라의 마음이 순식간에 기울었다.

기껏 그 위기를 넘겼는데 만약 다른 사람이 또 같은 짓을 저지른다면? 그리고 그 사람이 시건형 쪽의 사람이라면?

시건형의 사람이라고 하니 자연스럽게 떠오르는 이가 있다.

시도하. 궐 밖의 주설화도 가능한 일은 중앙궁을 지키는 그가 작정만 한다면 얼마든지 가능한 일이었다.

마음을 굳힌 아라가 더는 고민할 필요도 없다며 그것을 화롯불에 던져 넣었다. 새하얀 종이 끝에 붉은 불길이 붙으며 그것을 서서히 까맣게 물들었다. 이윽고 종이는 재가 되었고, 그 안에 적혀 있던 그들의 비밀 이야기는 이제 아무도 읽을 수 없게 타들어 갔다.

"이제 정말 아무것도 안 남았네요."

숨을 죽인 채 그 종이가 사라지는 것을 지켜보고 있던 아라가 참았던 숨을 단번에 토해 내며 말했다.

"안 남기는 뭐가 안 남아. 내가 있는데."

"그래도 허무해."

왠지 모르게 너무 허무했다. 이러한 결심을 하기까지 정말 오랜 시간이 걸렸는데, 그것에 비하면 너무나 순식간에 사라졌다. 팔을 뻗은 제하가 아라의 손을 잡았다. 깍지를 낀 그의 손은 서늘한 바람이 무색하게 열이 올라 있다. 그가 어깨를 부딪치며 웃는다.

"내년 꽃놀이 때도 함께 갈 수 있겠다."

"아, 그러네."

"또 유신은 빼놓고 단둘이 가자."

"이번에는 이틀 연속으로."

"그러려면 한동안 일은 몰아서 해야겠네."

"당신만 방해 안 하면 돼요, 당신만."

놀아 달라고, 자신에게도 좀 관심을 가져 달라고 곁에서 조르지만 않으면 그깟 일, 집중하면 금방이었다.

"안 추워?"

"아직 여름이거든요. 괜히 끌어안을 생각 하지 마세요."

"하지만 지금 이 분위기상 뭔가를 해야만 할 거 같은데."

여름의 끝자락. 밤이라 그런지 선선했다. 아쉽게도 춥지는 않았지만 연인에게 안길 핑곗거리로는 충분했으니, 징징대는 그를 본 아라는 한숨을 내쉬었다.

“궁녀들이 지켜보고 있다는 거 뻔히 알고 있으면서.”

내일은 새로운 소문이 돌겠구나. 어디, 열심히 일하는 그녀들을 위해서라도 이야깃거리를 제공해 주도록 하지, 뭐.

팔을 뻗은 아라가 그의 어깨를 끌어안았다. 그러나 안았다기보다는 매달려 있는 모양새가 되어 버렸다. 아무래도 작은 체구인 그녀의 몸으로 그를 품에 안는 것은 한계가 있었기 때문이다. 어설프게 안기는 꼴이 되었음에도 불구하고 제하는 그저 좋았다. 가만히 그의 어깨에 기대어 등을 토닥이던 아라가 문득 생각난 게 있다며 고개를 틀어 그를 돌아본다. 그녀의 얼굴에는 걱정이 가득했다.

“그러고 보니 무휼에게 들었어요. 내일 구가가 조사에 들어간다던데.”

“아, 나도 들었어.”

제하가 한숨을 내쉬었다. 지금쯤 아무 걱정 없이 만사태평하게 술이나 퍼마시고 있겠지. 자신은 여왕의 시부이니 괜찮을 거라며 주위에서 일어나고 있는 일들을 여유롭게 구경하고 있을 텐데, 이제는 그 불에 직접 데일 차례였다.

“빈털터리 되면 나 버릴 거야?”

빈털터리 가주가 되면 쓸모없다고 버릴 거냐는 그의 말에 아라는 피식 웃어 버렸다. 저 말이 왜 이렇게 처량 맞게 들리는지 모르겠다.

“서약서도 태워 버린 마당에 이제 내가 먹여 살려야죠, 뭐.”

평생 책임지고 먹여 주고 재워 줄 테니 걱정 말라는 그녀의 말에 제하가 웃었다. 그렇게 한참 웃기를 얼마,

"날 사랑하는 거 같아?"

눈을 찡긋이던 그가 약간의 애교를 부리며 묻자, 아라는 잠시 고민에 빠졌다.

"그 질문에는 이미 답을 한 걸로 기억하는데요."

"몇 번을 들어도 계속 듣고 싶은걸."

"너무 엎드려 절 받기 아닌가요? 자존심도 없나?"

"전하께서 알아서 내어주지를 않으시니 어쩝니까. 졸라서라도 받아내야지."

사랑한다는 말이 듣고 싶어 안달이 난 그를 바라보던 아라는 작게 한숨을 내쉬었다. 나이는 저보다 몇 살을 더 먹었으면서, 이럴 때보면 완전 애였다.

할 수 없지.

"이번이 마지막이에요. 아마 다음번에 말하는 건 지금 이 사태를 다 정리한 후가 될 테니까."

"응."

크게 말하면 저 멀리서 귀를 쫑긋거리고 있는 궁녀와 상궁들에게까지 들릴 테니 가까이 오라는 아라의 손짓에 제하가 순순히 고개를 숙여 주었다. 곧 그녀가 그의 귓가에 작은 목소리로 속삭였다.

"사랑합니다."

〈다음 권에 계속〉